LES CENDRES DES ANNEES DE BRAISE

Toutes mes amitiés à Andrés de la Paz de [illegible]

SLIM

LES CENDRES DES ANNEES DE BRAISE

Roman

LES EDITIONS LA BRUYERE
128, rue de Belleville
75020 Paris

De cette édition
il a été tiré 30 exemplaires
numérotés de 1 à 30
représentant
l'édition originale

12

ISBN : 2-84014-574-X
Dépôt légal : 3e trimestre 1999

« A toi mon enfant.
Depuis le jour de ta naissance
le bonheur de mon âme est né ».

« A toi Fati mon amour.
Ta fidélité et le don inné de ta noblesse de cœur
ont fait jaillir en moi le désir de la vie nouvelle ».

Cette histoire est authentique.

Je relate à mon gamin les faits réels
de 1975 à 1985, dix années semées
d'embûches de toutes sortes.
J'ai juste transformé les noms des
personnages existants à ce jour.

« Toute personne est sujet
aux changements
tant qu'il est encore sur ses deux pieds ».

Un matin du mois de septembre 1975, le jour de ma libération de la prison de Fleury Mérogis, il y avait un ciel serein, le soleil faisait naître ses rayons d'espérance. Après avoir récupéré toutes mes affaires personnelles au greffe de la prison, un maton m'a fait monter dans un fourgon administratif avec cinq autres gars libérés ce jour-là comme moi. Ce sont les matons qui sont désignés pour conduire les libérables jusqu'à la gare la plus proche, du moins pour ceux qui n'ont pas de parents pour venir les chercher en voiture devant la porte de sortie de la maison d'arrêt de Fleury Mérogis. Moi et les cinq autres libérables nous nous sommes installés à l'intérieur du fourgon et nous avons été conduits à la gare de Sainte Geneviève des Bois pour les hommes, les femmes libérées seront conduites à la gare de Grigny. Le fourgon s'est s'arrêté près de la gare, nous sommes tous descendus. La plupart des gars avaient des sacs plastique contenant leur linge et d'autres affaires personnelles auxquelles ils tenaient. Moi, j'ai laissé toutes les bricoles que j'avais derrière moi. J'ai juste les mains dans les poches, un bulletin de sortie et mon pécule dans mon portefeuille. Tous ensemble, nous sommes allés au Bar-Tabac qui est à proximité de la gare de Sainte Geneviève des Bois. Je rentre au bureau de tabac et m'achète un paquet de cigarettes blondes. Je regarde le comptoir du bar, je prends un café noir. D'entrée, mes compagnons de misère ont commencé a consommer des boissons alcoolisées. Je finis ma tasse de café, je quitte le Bar-Tabac en direction de la gare. J'attends sur le quai l'arrivée du train pour Paris. Après une brève attente le train arrive, je prends place à l'intérieur du compartiment vide. Le train prend sa course en direction de Paris, terminus Gare de Lyon. Je suis descendu et à la sortie de la gare, j'ai dirigé mes pas vers la station de taxis. Je monte dans celui de tête qui me conduit à la place Pigalle, puis je rejoins le Bar-Tabac de Pigalle, voir Betty, l'amie de mon ami Prosper que j'ai laissé derrière moi en prison. Prosper m'a confié une lettre à remettre à Betty. Je rentre au bar, il y a quelques clients debout contre le comptoir. Dans la salle, il y a un couple et trois filles assises ensemble autour d'une table. Je reconnais parmi elles deux filles : Wardia et Betty, l'amie de Prosper. Je prends place au comptoir et j'appelle Betty qui me fixe depuis que j'ai mis les pieds au bar. Betty arrive, elle me salue. Je lui remets la lettre de Prosper, sans plus, et elle retourne à sa place. Je consomme une bière bouteille et je prends la porte de sortie, je traverse le boulevard Rochechouart et arrive au Prisunic. J'achète quelques ustensiles d'usage personnel puis je flâne sur le boulevard et j'achète du linge de rechange. A pied, j'arrive à la place de la Chapelle et je prends la rue Marx Dormoy dans le 18ème. Je me loue une chambre à l'Hôtel de France, j'installe les affaires que j'ai achetées dans la chambre et je vais au Hammam sur le boulevard de la Chapelle. J'ai enlevé l'odeur de renfermé incrustée dans les pores de ma peau et je suis allé ensuite au salon de coiffure, rue de la Goutte d'Or dans le quartier de Barbès. C'est mon coiffeur attitré. Je l'appelle "Monsieur Saitout", il m'a égalisé la coupe de cheveux que j'avais à ma libération de prison. Dans la soirée, je suis allé rendre visite à Zino, une ancienne connaissance du milieu de la boxe. Zino est un ancien boxeur professionnel qui a raccroché et aujourd'hui il gère l'Empire Bar à Paris 17ème. Nous nous étions connus lors des réunions de boxe à l'époque où j'exerçais le noble art avec passion. J'étais arrivé en demi-finale du Championnat de France de Boxe Amateur. Je m'étais engagé à passer professionnel avec l'espoir d'arriver à un bon palmarès. Je passe la visite médicale avec un généraliste puis avec un ophtalmologiste avec une grande réticence car j'avais reçu auparavant un sale coup à l'œil gauche, la rétine était touchée et malgré des soins approfondis elle reste sensible. Je remets les deux ordonnances médicales à mon manager, Monsieur Bodros, du ring de Gennevilliers. Bodros a réuni tout ce qui était nécessaire et a déposé ma candidature, pour passer professionnel, à la Fédération Française de Boxe. J'ai reçu plus tard une réponse négative, à cause de mon œil gauche qui reste fragile et d'une coupure sur la cicatrice que j'ai au-dessus de la pommette gauche, laissée par la première blessure. Cela risque d'être fatal à mon œil. Pas de licence de boxe professionnelle. C'est mon manager, Monsieur Bodros, qui m'a fait part de la mauvaise nouvelle avec nostalgie et j'en étais sidéré. Après l'accident, j'avais fait plusieurs combats, tout était normal, les visites médicales d'amateurs n'étaient pas sévères. Là, tous mes projets d'avenir se sont envolés en fumée ainsi que tous les espoirs que Monsieur Bodros avait fondé pour moi. Il croyait en moi et en ma boxe. J'ai une bonne frappe des deux mains et la chance que j'avais de sortir de la misère venait de me quitter. Terminés les rêves de gloire, j'ai rangé mes espoirs dans le tiroir aux souvenirs. A chaque fois que mes rêves construits sur la boxe traversent mon esprit la douleur de la déception me serre comme un étau et cela arrache toutes les larmes de mon corps. La haine et la révolte ont pris place dans mon cœur, contre tout, j'ai décidé de forcer mon destin. J'ai commencé à gagner mon bifteck par tous les moyens et sans gêne.

A pied, j'ai fait le trajet de Barbès jusqu'à la rue Chapelier dans le 17ème, j'arrive à l'Empire Bar de Zino le boxeur. Il m'accueille à bras ouverts, c'est l'embrassade, nous avons arrosé ma libération à coup de bouteilles de whisky. Zino a sorti du tiroir-caisse une somme d'argent qu'il a enfouie dans la poche de ma veste. Nous évoquions les souvenirs du temps de nos réunions de boxe lorsque deux hommes et une jeune fille sont entrés dans le bar. Le premier, je le connais, c'est Milou, il fait les marchés en plein air, il vend des vêtements pour enfants ; il gagne bien sa vie mais il a un défaut, il ne peut se passer de la bouteille. Il a les veines des yeux rouges, un visage allongé, un teint basané, une casquette qui cache sa chevelure noire crépue, il a une corpulence moyenne et toute l'année il porte une salopette sur une veste en jeans. Son compagnon a les cheveux châtain clair, mi-long, un visage ovale, un teint bronzé avec une cicatrice allant du coin de la lèvre inférieure au milieu de son menton. Il est grand et svelte habillé d'un ensemble de jeans, il ressemble à un cow-boy.

A, la vue de la jeune fille qui les accompagne, j'ai senti mon cœur battre plus vite qu'à l'ordinaire. Je n'ai pas cessé de l'admirer. Elle n'est ni grande ni petite, son joli visage est ovale, ses yeux marrons, son teint bruni, sa bouche pleine. Elle avait l'air décidé. Dès que mon regard a croisé le sien, une violente sensation de bien-être a envahi mon cœur. Elle doit avoir environ vingt ans. Je me suis dit que cette fille serait à moi par n'importe quel moyen.

Je sais prêcher le faux pour savoir le vrai.

— Alors Milou, présente nous tes deux nouveaux associés.

Très vite, il me répondit :

— Il n'y en a qu'un seul, le grand cow-boy qui travaille avec moi, fifty-fifty, la jeune fille Thérèse est avec nous depuis deux jours, elle est là temporairement. Elle arrive de Marseille ces jours-ci, elle n'a personne à Paris. Tout ce que je peux dire c'est qu'elle est brave et très bonne vendeuse au marché.

Milou me les présente et nous sommes tous debout contre le comptoir du bar. Nous buvons ensemble plusieurs verres. Moi, toutes mes intentions sont tournées vers Thérèse et à chaque fois que je lui pose une question, elle me répond avec simplicité et avec un sourire timide. A chaque fois que nos regards se croisent, je sens qu'une bouffée de chaleur s'empare de moi. Je fais des efforts pour maîtriser ma passion. Je pense qu'elle a remarqué mon trouble. Je me suis dit qu'il fallait que je trouve un prétexte pour quitter le bar pour faire croire à la jeune fille qu'elle m'était indifférente.

— Zino, ça ne te dérange pas de me passer le téléphone ?

— Fais comme chez toi, me répondit Zino.

Je suis passé derrière le comptoir et j'ai composé le numéro d'un bar à Barbès dont je connais le propriétaire, nous avons échangé quelques banalités puis j'ai déposé le combiné.

J'ai réglé les consommations et me tournant vers Milou et ses compagnons :

— Milou, je dois quitter cette bonne ambiance à contrecœur mais le devoir m'appelle. A la prochaine occasion ! Il n'y a que les montagnes qui ne se rencontrent pas !

Je suis sorti de l'Empire Bar pour me diriger à pied vers le quartier de Barbès. J'ai fait la tournée des ducs, de bistrot en bistrot. J'ai salué tous les anciens que je connaissais. J'ai terminé la soirée au cabaret oriental El Za Zaïr, rue de la Huchette dans le sixième.

Quelques jours plus tard, le soir, je suis allé voir Madame Yvonne pour qui j'ai une grande estime et qui tient le bar de l'avenue de Saint Ouen dans le 17ème. En entrant, je jette un coup d'œil de gauche à droite afin de voir Madame Yvonne, aucune trace d'elle. Le comptoir est tenu par une jeune fille blonde ayant une coupe de cheveux à la garçonne, un visage rond très maquillé, des yeux couleur d'or et une poitrine bien dessinée dans un sweet-shirt. Je traîne encore une fois mon regard dans la salle. Je remarque Milou, son associé le cow-boy et Thérèse qui occupent une table au coin de la salle du bar. Lorsque j'aperçois la jeune fille mon cœur se met à battre la chamade, je ressens la même chose que la première fois où je l'ai vue. Le cow-boy me voit et passe le mot à ses compagnons, ils regardent dans ma direction et nous échangeons un salut de la main. Ce soir là, il y a du monde au bar et je me suis fait une petite place au comptoir.

Je commande un pastis à la blonde et en profite pour demander des nouvelles de Madame Yvonne. En servant mon pastis elle répond d'un ton sec :

— Elle est partie à la campagne.

Je vide mon verre et en commande un deuxième. Je m'absente un instant pour aller aux W.C et à mon retour je trouve mon pastis complètement noyé. M'adressant à la blonde :

— Je vous ai demandé un pastis, pas un verre d'eau plate, je ne le bois pas, je veux un vrai pastis.

Elle me fixe d'un air méprisant et me répond sèchement :

— Règles-moi les deux verres et va ailleurs.

— Je paie un verre et rien de plus.

A peine ai-je terminé ma phrase que je sens une main me saisir le bras. Je me retourne et je vois un jeune homme d'environ vingt-cinq ans, il a des cheveux clairs qui lui tombent sur les épaules, la chemise ouverte sur une poitrine couverte de poils, une taille moyenne, bien bâti, du style déménageur. Il me regarde méchamment et me dit d'un air menaçant :

— Tu as entendu ce que la dame t'a dit, tu règles tes deux verres et tu prends la porte fissa.

Sans lui répondre je plonge la main dans la poche de mon pantalon et j'en sors une poignée de monnaie, faisant semblant de compter les pièces. Le jeune homme ne se méfie pas et me relâche le bras. Je fais un pas de côté et, de tout mon poids, je lui envoie ma main droite qui contient les pièces de monnaie en plein menton. Il tombe en arrière comme un sac de patates. KO technique. Je me retourne vers la serveuse blonde :

— Je repasserai plus tard dire deux mots à Madame Yvonne.

Je me suis rendu ensuite à l'Empire Bar, chez Zino le boxeur. Je buvais un verre lorsque Milou, son associé et Thérèse font leur entrée, ils m'ont suivi. Milou s'approche de moi au comptoir et pose sa main sur mon épaule en éclatant de rire, il me dit :

— Tu ne sais pas combien ça m'a fait plaisir de te voir corriger Dédé, le mac de la blonde Dominique, Dédé se prenait pour Dieu le Père, ce coup va lui faire mettre de l'eau dans son vin.

Je lui demandais ce que la fille blonde était pour Madame

Yvonne.

— C'est sa fille et Dédé, le mec que tu as frappé, c'est son petit ami.

Milou commande une tournée générale, heureusement qu'il n'y avait pas beaucoup de clients au bar. Il est joyeux et se met à nous raconter une histoire :

— L'autre jour j'étais avec le cow-boy et Thérèse au marché de Creil dans l'Oise, il faisait un temps superbe et au moment de remballer la marchandise, à la fin du marché, j'envoie Thérèse faire des achats chez l'épicier du coin pour casser la croûte. A son retour nous avions terminé notre rangement dans l'Estafette, elle nous ramenait une bouteille de vin rouge, six canettes de bière, du pain, du fromage, des fruits et trois boites de conserve qu'elle avait fait ouvrir sur place par l'épicier. Nous sommes tous montés dans l'Estafette, j'ai roulé environ un kilomètre, puis je me suis arrêté au bord de la route. Nous nous sommes installés par terre et chacun s'est fait un sandwich. On était en train de becqueter quand le cow-boy éclate de rire en prenant une boite de pâté dans sa main, il m'annonce que ce que nous mangions était du pâté pour chien. Trop tard, j'avais déjà avalé quelques bouchées et de colère, j'ai jeté mon sandwich en direction de Thérèse en la traitant de tous les noms d'animaux. Elle balança aussi son casse-croûte et, se tournant vers moi, me jura qu'elle croyait que c'était du pâté de porc.

Elle est devenue rouge comme un coquelicot.

— Je suis une illettrée, dit elle, je ne suis jamais allée à l'école, comme la majorité des gens de chez nous, les Gitans.

Cette histoire nous a tous fait bien rire. A la fermeture du bar, j'ai invité Milou, le cow-boy, Thérèse et Zino à finir la soirée dans une boîte de nuit espagnole située rue de la République dans le onzième. Milou et son équipe était partants mais Zino me prit à part :

— Slim, je suis désolé de ne pas t'accompagner mais j'ai une affaire familiale à régler ce soir.

Discrètement, il enfouit des billets de banque dans la poche de ma veste en cuir.

— Ouvre une bouteille de whisky à ma santé, me dit-il en nous quittant.

C'est avec l'Estafette que Milou nous a conduit à la boîte de nuit espagnole. Nous nous sommes installés autour d'une table, en face de la porte d'entrée, nous étions bien placés et nous pouvions voir les gens qui sortaient et qui entraient. J'avais commandé une bouteille de whisky pour nous tous. Sur une musique douce, j'invite Thérèse à danser. Elle me dit oui et nous nous retrouvons tête-à-tête sur la piste, parmi d'autres couples. Je fais le premier pas et j'ouvre mon cœur à Thérèse.

— Depuis le jour de notre rencontre à l'Empire Bar, mon cœur n'a cessé de battre pour toi et tu occupes toutes mes pensées.

Je sens sa main moite dans la mienne, je la serre contre moi, elle se laisse aller. La musique avait changé de rythme et nous sommes restés collés l'un contre l'autre, nous étions bien ensemble, seuls sur terre à respirer le même air de bonheur. Je dépose à plusieurs reprises mes lèvres sur son cou, Thérèse reste muette, elle a posé sa tête au creux de mon épaule et à ce moment-là je ne pensais à rien, noyé dans cet amour naissant.

Nous avons rejoins la table et nos deux compagnons. Mon cœur est gonflé de joie, c'est la première fois, depuis que je suis sorti de prison que je me sens revivre. Nous avons repris une bouteille de Whisky, moi, j'étais occupé avec Thérèse, les deux autres s'occupaient de la bouteille.

A l'aube j'ai réglé la totalité de nos consommations, nous avions passé une bonne soirée. Nous avons quitté la boite de nuit et dehors, sur le trottoir, Milou s'est proposé pour me reconduire chez moi. Je le remerciai en lui disant qu'il pouvait rentrer avec le cow-boy en voiture et que moi et Thérèse, nous allions partir ensemble.

C'était le petit matin et je dis à Thérèse que j'avais un creux à l'estomac :

— Tu veux prendre un petit déjeuner avec moi, avant de rentrer à l'hôtel ?

— Pourquoi pas, moi aussi j'ai une petite faim me répondit-elle.

J'arrête un taxi et nous nous installons à l'arrière, nous allons à la Gare du Nord. Je paie le chauffeur et j'accompagne Thérèse à la brasserie Nord-Est. Il y a trois clients accoudés au comptoir, une femme blonde entre deux âges escortée par deux hommes de couleur. Dans la salle il y a un jeune couple de touristes assis à une table avec des consommations, à leurs côtés, par terre, deux sacs à dos.

Thérèse et moi avons pris place à une table dans le coin de la salle. Je commande deux grandes tasses de café crème, des croissants et des œufs durs. Plus tard, nous avons repris un café noir chacun en grillant une blonde et je lui dis :

— Thérèse, maintenant qu'on est ensemble tu n'as plus à te soucier d'aller faire les marchés avec Milou, dès maintenant on tourne la page du passé et je ne veux rien savoir. Ce qui compte aujourd'hui c'est le présent.

Pour toute réponse, elle posa sa main sur la mienne en la serrant très fort. Je règle l'addition et nous partons main dans la main vers la station de taxis de la Gare du Nord. Nous montons dans le premier, et il nous conduit à l'Hôtel de France. J'accompagne Thérèse jusqu'à ma chambre et nous voilà tête à tête. Nous nous dépouillons de nos fringues, je la prends dans mes bras et l'embrasse partout, elle répond à mes baisers avec passion, puis nous sommes tombés tous les deux sur le lit. Nos corps se sont serrés, sans limite, jusqu'à l'extase suprême. Après une cigarette, nous avons encore faim l'un de l'autre et nous avons récidivé dans la jouissance de nos deux corps. Je me suis endormi presqu'aussitôt et vers deux heures de l'après-midi, j'étais debout.

Après avoir fait notre toilette, nous nous sommes rendus à l'hôtel de Thérèse pour récupérer ses affaires. A la réception, elle a donné son congé et payé son loyer. Nous sommes montés dans sa chambre, elle avait peu d'affaires dans un sac de voyage et nous avons quitté les lieux.

En cours de route, j'ai parlé à Thérèse :

— On va rester ensemble à mon hôtel le temps de se trouver un studio où nous pourrons vivre dans l'intimité.

Revenus à l'Hôtel de France, nous sommes remontés dans ma chambre et j'ai laissé le soin à Thérèse de ranger ses affaires dans l'armoire. Je me suis allongé tout habillé en me demandant à qui je pourrais bien m'adresser pour trouver un logement. Pour le moment, je ne vois qu'une seule personne : mon coiffeur de Barbès, Monsieur Saitout, rue de la Goutte d'Or. Il a une clientèle très diverse et c'est une vraie concierge.

Je décide d'aller le voir et je quitte la chambre. Arrivé au salon, je vois Monsieur Saitout au téléphone, j'attends qu'il ait terminé. Dès qu'il dépose le combiné, il vient vers moi et on se serre la pogne.

— Saitout, je suis venu te voir pour savoir à quelle porte frapper pour avoir un logement.

Il resta un moment à réfléchir, puis la parole lui revint :

— Slim, tu connais Jacky le Kabile qui travaillait au cabaret El Za Zaïr, eh bien il vient d'acheter un Bar-Hôtel dans la rue des Pyrénées dans le vingtième, j'ai entendu dire qu'il avait transformé des chambres en studios. Repasse me voir tout à l'heure avant la fermeture. Je t'accompagnerai chez Jacky, c'est un ami et il ne m'a jamais déçu.

Je m'en suis retourné à l'Hôtel de France où j'ai trouvé Thérèse allongée sur le lit, toute habillée, écoutant le transistor. Je lui ai demandé de s'arranger un peu :

— Mon coiffeur va me conduire chez un ami à lui pour un logement, je veux que tu viennes avec moi.

Quelques instants plus tard, nous étions en route pour la Goutte d'Or. Le salon est vide et je présente Thérèse à Monsieur Saitout qui, après avoir fermé, nous emmène dans sa Fiat jusqu'à la rue des Pyrénées, à l'Hôtel Le Mont Blanc. Nous entrons au bar qui est de style ancien, il y avait peu de clients à ce moment-là, la salle était grande séparée en deux par un petit muret garni de pots de fleurs. Deux tables étaient occupées par des joueurs de Rami. Derrière le comptoir se tenait le patron, Jacky, un homme de taille moyenne, les cheveux châtains, les tempes grisonnantes, un physique de P.D.G. avec une tête bon-enfant. Il est enchanté de recevoir son ami le coiffeur et nous aussi. Saitout lui fait remarquer que le coin est bien calme, Jacky lui réponds :

— Ici ce n'est pas comme ton quartier de Barbès où il y a constamment des va-et-vient, des nouvelles têtes qui débarquent et qui ne respectent rien. Moi, je travaille avec les gens du quartier, on est en famille.

Jacky sert trois Pastis et un café noir pour Thérèse. Saitout s'adresse à Jacky :

— Au fait, tu connais mon ami Slim ?

— Bien sûr, répondit-il, nous nous sommes entrevus au cabaret El Za Zaïr quand j'étais chef de rang.

Saitout lui fit comprendre qu'il souhaitait que Jacky nous trouve un toit.

— On va régler ça tout de suite, tu peux dire que Slim a de la chance car j'ai justement un petit studio libre, au rez-de-chaussée dans la cour, près de mon appartement. Il y a quelques jours que son occupant m'a écrit de la prison de la Santé pour une méchante affaire. J'ai vidé le studio, viens y jeter un coup d'œil.

Le coiffeur est resté au bar, Thérèse et moi avons suivi Jacky qui nous a fait traverser la cuisine et a ouvert la porte de secours donnant sur la cour dans laquelle nous avons fait quelques pas avant de pénétrer dans le studio. C'est une grande chambre à coucher, le sol est recouvert de moquette, les murs tapissés d'un papier à fleurs, il y a une grande fenêtre. La cuisine est meublée d'un petit frigidaire, d'un réchaud à gaz, d'une table ordinaire avec des chaises au milieu de la cuisine, d'un ancien poêle à mazout. Les W.C sont dans la cour.

— Qu'est ce que tu en penses, Slim ? me demanda Jacky.

Avant de lui donner une réponse, je me suis tourné vers Thérèse qui me fit un signe de tête qui montrait sa satisfaction. Je répondis à Jacky que nous étions d'accord tous les deux. Celui-ci rajouta :

— Tu sais Slim le téléphone arabe marche vite et j'ai déjà eu plusieurs visites avant que toi et le coiffeur ne viennent ici, mais je ne veux pas le louer à n'importe qui, j'habite l'appartement à coté avec ma femme et mes enfants. Je souhaitais une femme seule ou un couple correct, je ne pouvais pas mieux tomber ; l'ami de mon ami est mon ami. Slim, tu me paies un mois de loyer d'avance et celui de ce mois-ci et l'affaire est faite.

Il me remit la clef du studio qu'il avait dans la main et une autre qui était celle de la grande porte d'entrée.

— Tu es maintenant chez toi, dit il, tu peux emménager quand tu veux.

Je lui ai payé sur place les deux mois de loyer, j'ai refermé la porte et nous sommes retournés au bar. Il m'a remis une quittance et nous avons rebu un coup ensemble et lorsque j'ai voulu payer nos consommations il m'a fait comprendre que c'était payé par la maison. Nous nous sommes serré la main en nous séparant puis la Fiat de Monsieur Saitout nous a reconduit à la place de la Chapelle. Saitout a continué sa route.

Arrivé à l'hôtel, j'ai annoncé au responsable que je quittais ma chambre le lendemain matin. J'ai payé ma note puis nous sommes montés chercher nos affaires dans la chambre. Nous avons rempli le sac de voyage de Thérèse et mis ce qui restait dans des sacs en plastique.

Le lendemain matin, nous étions dans notre nouvelle demeure. Ensemble nous avons acheté de la vaisselle, des draps, des rideaux et le nécessaire. J'ai laissé Thérèse ranger tout cela à sa façon et je suis allé traîner dans le quartier, j'en ai profité pour faire quelques courses. A mon retour, j'ai trouvé la maison arrangée avec goût et amour. Nous avons maintenant un abri confortable.

Dans la journée, par un beau ciel bleu et un soleil éblouissant, nous sommes sortis nous promener en amoureux sur les grands boulevards de la capitale. Nous nous arrêtions devant les affiches de cinémas et les vitrines de vêtements. A un moment, sur le boulevard des Italiens, j'ai ressenti une certaine fatigue dans les jambes et nous avons décidé de faire une halte. Nous sommes allés au Drugstore de l'Opéra pour reprendre des forces. J'ai pris un steak-frites et Thérèse un plat froid, puis nous avons savouré un café noir accompagné d'une cigarette.

Cela faisait une semaine que je n'avais pas donné de mes nouvelles à Zino le boxeur, depuis la soirée où il n'avait pas pu venir avec nous à la boite de nuit espagnole. Je décidai de lui téléphoner, j'en parle à Thérèse et je suis allé à la cabine scellée au mur. Je compose le numéro de l'Empire Bar, j'entends que l'on décroche et c'est le silence. "Allô, allô, c'est Slim", j'entends enfin la voix de Zino :

— Excuse moi, j'ai eu des problèmes, je sors de l'hôpital, j'ai une jambe dans le plâtre. Une équipe de jeunes maghrébins ont essayé de me racketter et ils ont cassé tout ce qui leur est tombé sous la main dans le bar. Ensuite ils se sont jetés sur moi comme des loups, ils m'ont traîné jusqu'aux toilettes et m'ont enfoncé le pied droit dans la tinette, leur chef a appuyé sur ma jambe jusqu'à ce que l'os craque et ils sont repartis en me laissant là après avoir vidé mes poches.

Il continue son récit en mélangeant la langue arabe et le français :

— Je me suis traîné jusqu'au bar, j'ai été aidé par quelques clients qui arrivaient, j'ai constaté que le tiroir caisse avait été vidé de la recette de la journée. On m'a conduit à l'hôpital et je me suis fait plâtrer la jambe. Juste avant ton coup de fil les gars m'ont rappelé pour me dire qu'ils allaient repasser.

J'essayais de le calmer.

— Les mecs, ils sont deux pour se permettre de te prévenir de leur passage, mais rassure toi, tout va s'arranger. Dis moi est ce que tu es enfouraillé ou bien je passe chez moi prendre le nécessaire ?

Il me dit qu'il avait ce qu'il fallait.

— J'arrive tout de suite.

Je raccroche et je rejoins Thérèse. Je règle la note et nous sommes sortis aussitôt du drugstore pour prendre un taxi place de l'Opéra. Il nous a conduit jusqu'à la rue de Vichy à l'angle de la rue Chapelier et nous nous sommes rendus à l'Empire Bar à pied.

Zino, le pied droit dans le plâtre, avait une canne qui lui servait d'appui. Il m'accueille avec un sourire triste.

— Slim, je n'en reviens pas de cette histoire, cette bande de fripouilles qui essaient de me racketter. Ils sont déjà venus avant la casse, en tant que clients, ils ont consommé et ils ont payé sans problème. Quand ils sont partis, en débarrassant la table, j'ai vu une inscription sur la nappe : "Tu as trois jours pour nous préparer deux bâtons, sinon ça va te coûter très cher", sur le coup j'ai cru à une blague mais trois jours plus tard j'ai reçu un coup de fil de leur part. Je les ai traité de tous les noms et j'ai raccroché. Vers dix heures du soir, les quatre hommes ont fait irruption dans le bar, ils ont brisé les miroirs, retourné les tables, frappé les clients, ils ont pris l'argent de la caisse et m'ont bousillé la jambe.

Encore une fois je le calmais :

— Ne t'inquiète plus, je suis à tes côtés, ils vont payer chèrement leur audace par le sang. Tu l'as sur toi ton calibre ?

Il me répondit qu'il était dans la cuisine et en s'appuyant sur sa canne, il m'y conduisit. Il a ouvert le tiroir en bois pour en sortir un 7,65 automatique qu'il me remit. Je vérifie le fonctionnement et le chargeur, j'engage une balle dans le canon et j'enfouis le calibre entre ma hanche et la ceinture de mon pantalon, puis je laisse tomber ma veste par-dessus.

Je suis sorti en premier de la cuisine en direction de la table qu'occupe Thérèse et je prends place à ses côtés en lui disant :

— Maintenant tu vas rentrer à la maison, l'équipe qui a fait du dégât ici va repasser d'un moment à l'autre et ça peut tourner mal.

Elle me répondit qu'elle ne rentrerait qu'avec moi.

A ce même moment, quatre jeunes hommes font une entrée théâtrale en claquant la porte d'entrée du bar bousculant un client qui était sur leur chemin. Je tourne les yeux vers Zino, il était blême, son visage semblait vidé de son sang. Je compris que c'était les gars qui lui avait cassé la jambe.

Les quatre mecs ont fait le tour des deux salles en regardant partout, même dans les toilettes, ils sont même entrés dans la cuisine, ils se comportent en maîtres des lieux

Deux des envahisseurs se sont pointés au coin du comptoir, les deux autres ont encadré Zino. Ils sont tous les quatre habillés de jogging et de baskets, ils sont venus en tenue de combat. Celui qui semble être leur chef est âgé d'environ vingt-cinq ans, de taille moyenne avec une carrure de rugbyman. Il porte une casquette de cuir sur la tête. Le second est grand et sec avec une tête de fouine, le troisième a à peine vingt ans, il est râblé, il a un visage rond et des cheveux noirs très courts, il ressemble à un cosaque. Le quatrième n'est ni grand ni petit avec des cheveux châtains foncés bouclés, mi-longs, il a une tache d'envie au coin du menton.

L'homme à la casquette s'adressa à Zino :

— Tu vois bien que je tiens parole, j'écrase tous ceux qui

se mettent en travers de ma route, j'ai le gosier sec, sers nous à boire.

Zino est pris d'une quinte de toux puis reste muet, les lèvres soudées l'une à l'autre.

Il s'est mis à servir quatre verres de Whisky. Thérèse et moi restons assis à notre table comme de simples clients. Je ne connaissais aucun gars de l'équipe. Tous les muscles de mon corps sont tendus comme la corde d'un arc. Je ne tiens plus en place, comme si j'étais assis sur du charbon ardent. J'appelle le patron en lui demandant l'addition. Zino arrive à ma table, je lui remets un billet et je lui dis tout bas :

— Arrange toi, par n'importe quel prétexte, pour faire sortir le chef de la bande dans la rue, les autres suivront, je brûle d'impatience de faire parler l'automatique.

Sans prononcer un mot, Zino retourne à son comptoir et dépose le billet de banque dans le tiroir-caisse. Il se met à discuter avec l'homme à la casquette. Quelques minutes plus tard, il est sorti accompagné du chef et des trois autres. Je me lève d'un bond, mon cœur bat très vite, je dégage l'automatique de ma ceinture, je relève le cran de sécurité et je vais vers la porte du bar. Je vois que Zino et le chef de la bande sont près de l'entrée du bar-hôtel Le Gisors, à vingt mètres de l'Empire Bar, sur le même trottoir. Les trois autres de la bande étaient sur le trottoir d'en face.

Je fais quelques pas en direction du chef qui me tourne le dos. Je ressors l'arme et je l'appelle :

— Hé, toi, casquette.

Il se retourne et voit mon bras droit tenir une arme braquée sur lui. Il reste une fraction de seconde hypnotisé par l'arme. J'appuie sur la gâchette et lui loge une balle dans la hanche, il en tombe à genoux en criant au secours. Je retourne mon arme vers ses complices en tirant à deux reprises sans les atteindre, ils s'enfuient en courant comme des damnés le long de la rue Chapelier.

Je vais voir le blessé qui est entré dans le bar Le Gisors en boitant, il s'est caché derrière le comptoir en demandant du secours en arabe. Le patron du bar, avec qui j'ai de bonnes relations, vient vers moi en me demandant de ne rien faire chez lui. Je range mon calibre. Aussitôt j'entends Zino me dire :

— Casse toi, après la fermeture je te rejoins au Bar Rose du Sable, place de la Réunion et ne bouge pas avant mon arrivée.

Je quitte Zino accompagné de Thérèse.

Nous nous sommes rendus en taxi jusqu'à la place de la

Réunion dans le vingtième. Thérèse avait assisté à la scène sans broncher.

Au bar Rose du Sable il y avait des musiciens, un groupe de chanteurs arabe. Il y avait beaucoup de monde des deux sexes, l'ambiance était très agréable. Nous nous sommes contentés de places au comptoir sur des tabourets, j'ai pris un Whisky et ma compagne une boisson chaude.

Vers minuit, Zino fait son entrée avec Milou, le marchand de vêtements. Il salue le patron qu'il connaît et vient prendre place au comptoir à nos côtés.

Zino fait porter une bouteille de Whisky par le patron qui la dépose entre nous avec trois verres. Milou fait le service.

Zino me prévient que la police était venue rue Chapelier :

— Ils ont été avertis par des locataires de l'immeuble voisin. Quand tu es parti, j'ai fermé le bar et je suis allé au Gisors. Nous étions en train de trinquer avec le patron quand la police est entrée. Ils l'ont questionné et il est resté neutre. Actuellement, on ne connaît pas la comportement du mec que tu as blessé, personne ne connaît sa réaction. S'il a une bonne mentalité, c'est bon, mais s'il a une mentalité pourrie, la police va rappliquer ces jours ci dans mon bar. Je te conseille d'aller prendre l'air en attendant la suite des événements.

Thérèse se tourne vers moi :

— Slim, j'ai une cousine germaine qui vit à Bruxelles, nous avons été élevées ensemble, elle ne me refuse rien. Si tu le veux, je la contacte pour que tu puisses passer chez elle.

Milou rajouta :

— Si tu vas en Belgique, je t'y conduis avec Thérèse en Estafette. J'ai habité cinq ans à Tourcoing et je connais bien la frontière franco-belge et les endroits où l'on peut passer clandestinement.

Zino m'encourage :

— Slim, Milou est un garçon de confiance que je connais très bien. Si tu prends la décision de t'absenter, ne t'inquiète pas, je m'occupe de ton studio et du reste.

Je rétorquai que j'avais eu affaire à la justice belge en 1968, que j'étais allé en prison et que j'étais interdit de territoire.

— Ne te casse pas la tête, reprit Zino, Milou va te conduire clandestinement et là-bas, à Bruxelles, tu seras hébergé par la cousine de Thérèse. On reste en contact par téléphone et si tu as besoin de quoi que ce soit, je te le fais parvenir, tu restes juste le temps que j'aie des nouvelles du mec à la casquette.

Je me tourne vers Thérèse :

— Nous allons jouer les touristes à Bruxelles, tu vas téléphoner à ta cousine et la prévenir de notre arrivée.

Dans le bar les musiciens faisaient un sacré boucan, c'était fou. J'ai décidé d'aller avec Thérèse à la poste de la Bourse qui est ouverte 24 heures sur 24 pour téléphoner. Milou nous y a conduit en Estafette.

Thérèse et moi sommes entrés dans une cabine et elle a composé le numéro de sa cousine. J'avais l'oreille collée contre le combiné qu'elle tenait quand une voix grincheuse, celle de quelqu'un qui vient de se réveiller, répondit. Lorsque Thérèse se présenta, la voix se fit plus aimable :

— Ma bonne Thérèse as tu vu l'heure qu'il est, il n'y a pas le feu chez toi, d'où m'appelles tu ?

— De Paris, j'ai actuellement un petit problème dans la capitale, Pépita je voudrais savoir si tu peux me recevoir chez toi pour quelques jours.

— Pourquoi cette question, répondit Pépita, tu sais bien que tu peux compter sur moi à n'importe quel moment.

— C'est que je suis mariée et je viendrais avec mon mari à Bruxelles.

— Thérèse, tu es une sœur pour moi, tu es la bienvenue chez moi avec ton mari. Quand veux-tu venir ?

Je dis à voix basse :

— Dans les jours qui suivent.

Thérèse répéta ce que je venais de lui souffler. Pépita nous répondit que nous pouvions venir quand nous le voulions.

Sur ces mots, je suis sorti de la cabine, laissant Thérèse au téléphone avec sa cousine.

Dés qu'elle a eu terminé, elle est venue me rejoindre et nous sommes montés dans l'Estafette. Milou nous a reconduit à la place de la Réunion au bar Rose du Sable où nous avons retrouvé Zino assis à la même place sur un tabouret du comptoir. Je lui dis :

— Thérèse a tout réglé par téléphone avec sa cousine en Belgique, toi Milou, tu seras prêt pour demain dans l'après-midi pour nous conduire.

Milou me répondit que cela lui convenait et qu'il viendrait nous chercher à quatre heures de l'après-midi avec Zino.

Zino a réglé les consommations et nous sommes partis ensemble dans l'Estafette jusqu'à la place Gambetta. Milou nous a déposé, Thérèse et moi sommes rentrés dans notre studio.

Le lendemain, à notre réveil, après le petit déjeuner,

Thérèse a commencé à ranger nos affaires dans la valise et le sac de voyage. Moi, je suis allé voir Jacky, le propriétaire du studio, à son bar. Il n'était pas à son comptoir mais debout près d'une table occupée par des joueurs de carte. Lorsqu'il m'a aperçu, il est venu prendre place derrière son comptoir et nous nous sommes serrés la pogne puis il m'a servi un verre d'apéritif, je lui propose de s'en prendre un à mon compte.

Je lui annonce que je vais m'absenter à partir d'aujourd'hui :

— Je pars en vacances avec Thérèse, je ne sais pas combien de temps va durer mon séjour, s'il se prolonge, j'ai chargé Zino de s'occuper du loyer.

— Il n'y a pas de problème me répondit Jacky, je te souhaite de bonnes vacances.

J'ai encore bu quelques verres d'apéritif et je suis rentré. Thérèse avait préparé le repas de midi, je mangeai sans appétit, mon esprit était préoccupé par le voyage. Je suis sorti dans la rue des Pyrénées et je guettai l'Estafette de Milou. Il est arrivé à quatre heures pile accompagné de Zino.

Je suis retourné au studio j'ai pris la valise, Thérèse le sac de voyage.

Nous avons porté les bagages dans la voiture et nous sommes tous allés boire un verre au bar.

Nous faisons nos adieux à Zino puis nous grimpons dans l'Estafette. Milou prend la direction de la porte de Bagnolet pour prendre la route du nord.

Sur l'autoroute, Milou me fit part de son plan :

— Slim, on va jusqu'à Tourcoing et de là, on passe la frontière de Moucron la nuit. Le moment propice est deux heures du matin, il y a juste une baraque qui fait fonction de poste de douane et à deux heures elle est fermée. J'ai déjà fait le trajet à plusieurs reprises.

L'Estafette sort de l'autoroute, nous arrivons à Lille. Le trajet a duré une heure cinquante.

Nous avons fait une halte dans un bistrot du centre ville. Thérèse est allé dans des magasins pour acheter quelques cadeaux pour sa cousine Pépita.

Nous avons repris la route pour Tourcoing. Arrivé là, Milou nous a conduit dans un bar maghrébin qu'il connaît et nous nous sommes restaurés. Il a fait le plein de sa voiture et nous sommes restés dans un bistrot jusqu'à une heure du matin, quand nous sommes repartis pour Moucron à la frontière belge.

La cabane des douaniers était éteinte et la route déserte. Nous traversons la frontière et nous voilà en Belgique.

Là, Milou m'annonça qu'il allait nous déposer à Bruxelles et faire demi-tour vers Paris.

— Je suis rodé pour les longs voyages.

— Merci Milou, je te suis redevable de tout ce que tu as fait pour moi.

Nous avons pris la route de Gand puis Anvers jusqu'à Bruxelles. Nous sommes descendus avec nos bagages près de la gare du Midi à Bruxelles. Milou est reparti tout de suite.

Nous sommes entrés au buffet de la gare pour prendre un petit déjeuner. A l'ouverture du bureau de change, j'ai échangé mon argent français contre des billets de banque belges et de la monnaie. J'ai remis celle-ci à Thérèse pour téléphoner à sa cousine Pépita. Nous sommes entrés tous les deux dans la cabine et Thérèse a obtenu la communication très vite. Pépita nous a indiqué l'adresse de son appartement, rue de l'Amigo qui se trouve près du marché aux fleurs de Bruxelles.

Nous avons pris un taxi Mercédès pour nous y rendre. Rendus sur place, nous avons fait quelques pas dans la rue avec nos bagages pour arriver devant la porte de l'immeuble équipée d'un système électronique.

J'appuie sur le bouton situé près du nom de Pépita, une voix de femme nous répond :

— C'est toi Thérèse ?

— Oui, c'est moi répondit Thérèse, je suis là avec mon mari.

— Montez, c'est au premier étage.

La porte de l'immeuble s'ouvre et nous avons pris l'escalier jusqu'au premier. Pépita nous attendait devant la porte d'entrée de son appartement en peignoir chinois. Elle avait une taille moyenne, un visage ovale, un teint brunâtre, des yeux couleur noisette et des cheveux châtain foncé qui lui tombaient sur les épaules. Elle nous accueille avec un large sourire.

Ses bras s'ouvrent et se referment sur Thérèse. Elles s'embrassent longuement puis elle se tourne vers moi et me tend la main, on se serre la pogne. Puis, s'adressant à Thérèse :

— Tu es la bienvenue chez moi avec ton mari.

Nous sommes entrés dans l'appartement avec nos bagages et Pépita a refermé la porte derrière nous. Nous avons traversé l'appartement jusqu'au salon, les murs sont tapissés de papier peint de couleur bleu ciel avec des motifs. Le salon est aménagé avec goût.

Nous nous sommes installés, Thérèse et moi, sur le canapé de cuir et Pépita disparut un moment pour revenir avec un plateau portant une cafetière, une carafe de lait, un sucrier et trois tasses qu'elle dépose sur la table basse en verre. Elle nous demande ce que l'on préfère et elle fait le service. Je grille une cigarette en dégustant mon café.

Pépita nous invite à visiter notre chambre, nous indique la salle d'eau. J'amène les bagages dans la chambre d'amis qu'elle nous a préparée. Il y avait un grand lit, une belle armoire moderne, deux fauteuils et une petite table au milieu.

Elles retournent au salon, elles ont sûrement beaucoup de choses à se dire. Resté dans la chambre, je me mets à l'aise et me glisse entre les draps du lit. J'avais un coup de barre, le stress du voyage. Je me suis détendu puis j'ai plongé dans un profond sommeil.

Lorsque je me suis réveillé, il était cinq heures de l'après-midi à ma montre, j'avais une faim de loup. J'ai enfilé un pantalon et je me suis dirigé vers le salon où j'ai trouvé Pépita, dans une toilette magnifique, à côté de Thérèse qui portait encore ses fringues du voyage.

Thérèse s'adressa à moi :

— Slim, tu as de la chance d'avoir dormi comme un bébé, moi, je n'ai pas encore fermé l'œil, je suis restée avec ma cousine à discuter et nous avons fait quelques courses.

— Tu vas te rattraper lui dis-je. J'ai les boyaux qui crient famine. Fais moi quelque chose de vite fait à manger, le temps que je prenne une douche.

Je me suis douché, rasé et j'étais de retour au salon. Thérèse m'avait préparé un bifteck et une salade de tomates que j'ai dévorés avant de prendre un café noir.

Je me sentais dans une forme olympique.

Vers huit heures du soir Pépita était prête à sortir.

— Je vous laisse, moi je vais au boulot. Voilà les doubles des clefs de l'appartement et de la grande porte d'entrée de l'immeuble au cas où vous sortiriez. Bonne soirée et amusez vous bien.

Elle ferma la porte derrière elle et nous nous retrouvâmes en tête à tête.

J'ai mis la télé en marche en allumant une blonde. Thérèse a préparé le dîner j'ai remangé avec elle et je me suis remis au lit.

Le soir suivant, il se passe la même chose, Pépita nous quitte pour aller au boulot. Moi, je sors faire un tour au centre ville et je téléphone à Paris, puis je retrouve Thérèse à l'appartement.

Il y avait pas mal d'alcool dans le buffet de Pépita, je ne me gênais pas pour me servir.

Un soir où j'étais allongé sur le lit aux côtés de Thérèse :

— Par simple curiosité, quel genre de boulot exerce ta cousine ?

Elle travaille comme hôtesse dans une boîte de nuit de la place Louise. Elle m'a donné le numéro de téléphone au cas où j'aurais besoin d'elle en urgence.

— Mon désir de savoir est satisfait.

Depuis que je suis à Bruxelles, chaque soir, je téléphone à Zino. Il me tient au courant de tout ce qui se passe dans le coin. Le soir du dixième jour, j'ai Zino au bout du fil :

— Slim, aujourd'hui j'ai eu la visite de deux hommes envoyés par le gars à la casquette, celui que tu as blessé, il s'appelle Mourad. Ils sont venus en conciliateurs et ils ont plaidé la cause du blessé en disant qu'il s'était racheté de son erreur commise dans mon bar et avec moi. Ils ont dit aussi que quand les flics sont venus le voir à l'hôpital, Mourad leur a déclaré qu'il n'avait pas vu celui qui avait tiré car il faisait sombre. Il ne t'a pas dénoncé. J'ai confiance en ces deux visiteurs, je les connais de réputation et ils se portent garant de Mourad. Slim, maintenant que tout est éclairci, fais demi-tour et rejoins la capitale. Sois prudent au passage de la frontière, je te dis merde.

Je raccroche et j'annonce la nouvelle à Thérèse qui m'avait accompagné. Nos vacances sont terminées, demain on repart pour Paris.

— C'est OK dit-elle, on va annoncer ça à Pépita.

Arrivés chez elle, nous la trouvons prête à partir et c'est Thérèse qui prend la parole :

— Pépita, nous venons juste d'avoir une bonne nouvelle de Paris. Nous repartons pour la France demain dans la journée.

— Slim répondit Pépita, je me propose pour vous accompagner. Thérèse m'avait expliqué la situation en gros. Je vous conduis en voiture jusqu'au passage neutre pour aller en France sans risque. J'ai déjà fait le parcours avec un ami belge.

J'étais touché par sa bravoure.

— J'accepte ton offre qui m'avantage drôlement.

Nous nous sommes mis d'accord pour voyager ensemble. Pépita est partie au boulot.

Le lendemain, après le petit déjeuner, nous avons bouclé nos bagages et nous sommes allés les mettre dans le coffre de l'Opel Kadett de Pépita. Thérèse s'est installée à côté de celle-ci qui s'était mise au volant et moi à l'arrière. Nous sommes sortis de Bruxelles en direction de Gand puis Courtrai.

Pépita a arrêté sa voiture dans le village de Herseaux à proximité du territoire français. Nous sommes descendus tous les trois de l'Opel, Pépita a ouvert le coffre pour me laisser prendre les bagages, j'ai confié le sac de voyage à Thérèse et j'ai pris la valise. Pépita nous conduit à pied devant un chemin et elle se tourne vers nous :

— C'est là qu'on se quitte, vous allez suivre ce chemin, il vous conduira en France, jusqu'à Tourcoing, sans problème. Lorsque vous serez arrivés chez vous, n'oubliez pas de me donner de vos nouvelles par téléphone.

Elle nous fit la bise à tour de rôle et nous la laissons là en prenant le chemin avec nos bagages à la main.

J'avançai devant Thérèse, les oreilles en alerte, mon cœur battait très fort, je craignais une mauvaise rencontre, la brigade volante. Un quart d'heure plus tard, nous étions sur le territoire français. Nous avons poursuivi notre marche jusqu'à la gare de Tourcoing. J'ai pris deux billets pour Paris.

Une fois à la Gare du Nord, nous avons pris un taxi qui nous a conduit rue des Pyrénées. Enfin nous étions rentrés chez nous.

Le studio était tel que nous l'avions laissé à notre départ pour la Belgique. Thérèse a défait les bagages et je suis sorti faire des achats pour manger. A mon retour, avec des provisions, j'ai retrouvé Thérèse qui avait mis un peu d'ordre et qui était en train de boire un café noir. Je lui laissai le soin de téléphoner à sa cousine en Belgique alors que je décidai d'aller faire un tour rue des Chapeliers, chez Zino.

En sortant j'ai rendu une petite visite de politesse à Jacky, au bar Le Mont Blanc. Ensuite, j'ai pris un taxi place Gambetta pour me rendre à l'Empire Bar.

Zino n'avait plus son plâtre à la jambe, il m'a accueilli chaleureusement :

— Je suis content que tu aies fait un bon voyage et surtout sans ennui aux frontières. Après ton coup de fil d'hier soir les deux bonshommes envoyés par Mourad sont revenus pour te voir, ils veulent te parler et voir ta réaction sur la situation. J'ai pris la responsabilité de leur dire qu'il n'y aurait pas de suite à condition que Mourad ne remette plus les pieds dans la rue Chapelier. Les deux conciliateurs m'ont promis, de leur côté, que les conditions seront respectées par Mourad.

Nous avons débouché une bouteille de Whisky, nous avons trinqué et nous sommes restés ensemble jusqu'à l'heure de la fermeture du bar.

A mon départ Zino m'a filé quelques billets de banque et je suis rentré auprès de Thérèse.

Trois jours après mon retour de Bruxelles, je suis allé à Belleville rendre visite à mon ami Félix qui gère un bar dans la rue Ramponneau dans le vingtième. C'est un Israélite de Tunis.

A mon arrivée, Félix est derrière son comptoir occupé à servir et à discuter avec un client. J'avance vers le comptoir, Félix me flashe de son regard d'aigle et un sourire se dessine sur ses lèvres.

— Alors Slim, tu te fais rare ces temps-ci, tu te fais appeler Monsieur Désiré.

Il s'est penché vers moi et nous nous sommes fait la bise. Je reste debout au coin du comptoir, Félix me sert un verre de Pastis avec une soucoupe de kémia, et lui se verse une anisette. Nous trinquons.

— Dis donc Slim, Bob et son associé Bruno sont passés au bar à deux reprises hier soir. Ils ont demandé après toi sans me donner de détail.

— Merci Félix, je passerai plus tard leur rendre visite rue de Lappe, dans leur bistrot.

Je suis resté à trinquer avec Félix, tournée après tournée, en déballant certains mecs de notre connaissance qui retournent leur veste afin de couvrir leurs trafics en donnant des affaires à la "flicaille" sans scrupule ; des mecs qui jouent les voyous mais qui ont peur de la prison. Ce sont des empoisonneurs, ils sont dans chaque bistrot. Dorénavant. avant de tendre la main à son voisin, il faut bien se demander si elle ne va pas se retourner un jour contre soi-même.

Entre temps, Bob et Bruno franchissent la porte du bar. Ces deux là, ils sont inséparables depuis qu'ils sont associés dans un bistrot de la rue de Lappe.

Bob est de taille moyenne avec un visage allongé, les cheveux noirs coupés court, des yeux noirs au regard calme, c'est un homme de dialogue mais très malin.

Bruno est de même taille que Bob mais plus solidement bâti, un visage ovale, des cheveux châtain séparés par une raie prés de la tempe. C'est un beau garçon du genre vulgaire.

Je les interpellai :

— Tiens, tiens, vous tombez à pic, j'allais justement faire un saut chez vous, Félix m'a fait la commission et m'a dit que vous me cherchiez

Ils se pointent à ma hauteur et on se serre la pogne.

— Slim dit Bob, on a à te parler d'un sujet sérieux. On va s'asseoir autour d'une table pour causer tranquillement.

Nous nous sommes assis tous les trois et Félix nous a porté trois verres de Pastis et une carafe d'eau avec une assiette de kémia (un mélange d'olives et des morceaux de saucisson casher).

Bob reprit la parole :

— Depuis déjà quelques jours, Bruno et moi avons pensé à toi pour nous accompagner voir une personne qui nous a mis dans la mélasse à la suite d'une histoire sans rapport avec nous. Il est en train de nous faire porter le chapeau parmi des gens qu'on connaît. Si tu acceptes il y aura une prime pour toi.

— C'est bien beau tout ça mais je veux d'abord avoir plus de précisions sur les faits et sur le lascar en question.

C'est Bruno qui répondit :

— C'est correct ce que tu viens de dire là. Ce type, c'est Salem, le chanteur algérien, il a aussi un bar rue Popincourt dans le onzième arrondissement. Salem est allé dire partout que le jour de la mort de Moustache le Kabile qui a été tué au cabaret El Za Zaïr, que moi et Bob nous avons fêté l'événement en débouchant des bouteilles de champagne dans notre bar. Nous voulons qu'il retire cette calomnie, qu'il a fait circuler avec des excuses devant nous et notre entourage. Voilà l'histoire. Si tu es d'accord avec notre proposition, nous allons rendre visite à Salem ce soir.

— Par principe, je n'aime pas ces gens qui ramassent des tas d'ordures pour les déposer devant la porte du voisin. C'est OK je suis votre homme. Donnez moi un quart d'heure pour satisfaire un besoin personnel et je reviens.

Bruno me dit qu'ils m'attendaient là.

Je suis ressorti sur le boulevard de Belleville et j'ai arrêté un taxi pour aller rue des Pyrénées, à mon studio, récupérer mon arme. Je n'aime pas me présenter à une réunion pareille les poches vides.

A l'intérieur du studio, je vois Thérèse allongée toute habillée sur le lit de la chambre à coucher, en train de regarder la télévision. Je vais à la cuisine et je soulève le couvercle du poêle à mazout éteint, j'en retire le chiffon qui contient deux calibres, un Smith et Wesson et un 7,65 automatique. Je prends le 7,65 que je mets dans la ceinture de mon pantalon, à ma hanche et j'enroule le chiffon autour du Smith et Wesson que je remets à sa place. Je repose le couvercle sur le poêle.

En levant les yeux vers la porte de la chambre à coucher, je vois Thérèse, debout, appuyée au cadre de la porte, bras croisés, elle a suivi tout mon manège et elle me dit :

— Slim, si tu veux, je t'accompagne pour porter le calibre. Le soir c'est malsain, si par malheur tu tombes sur un contrôle de police, tu es bon, alors qu'une femme ils n'y font pas attention. Je passe toujours au travers. En plus je m'ennuie à mourir ici, toute seule.

Elle m'a convaincu par son entêtement et je lui donne l'adresse du bar de Salem le chanteur.

— Tu vas rue Popincourt dans le onzième, tu te pointes au comptoir du bar et tu m'attends. Dès que je suis là, tu me remets l'arme et tu repars aussitôt au bar de Bob et Bruno, rue de Lappe.

Je retire l'automatique de ma ceinture et le remets à Thérèse.

J'ai rejoins Bob et Bruno chez Félix, ils sont tous les deux là, à m'attendre à la même place. Dès qu'ils m'ont vu, ils se sont levés et nous sommes ressortis ensemble.

Nous prenons un taxi pour nous rendre rue Popincourt, au bar de Salem le chanteur. Arrivés là, nous pénétrons dans la salle remplie de clients, tous des maghrébins. Salem chante au milieu de ses musiciens. C'est une chanson à lui qui a eu du succès. Toutes les tables sont occupées et l'ambiance est chaude et agréable.

Nous nous sommes installés à une table libre, près du comptoir. Bob se tourne vers moi :

— Slim, ta femme est là, au comptoir.

Je fais semblant d'être surpris et je me lève pour rejoindre Thérèse.

J'arrive à sa hauteur :

— Suis moi aux toilettes.

Je passe le premier, elle me suit de très près. Elle sort le calibre de son sac d'un mouvement rapide et elle me le file. Je le saisis et l'enfourne dans la poche de ma veste de cuir.

— Règle ta consommation et va au bar de Bob et Bruno jusqu'à mon retour.

Je suis ressorti pour rejoindre les deux associés à leur table. Il y a une bouteille de Whisky, je m'en sers une dose avec un glaçon.

A un moment Bob se lève et fait un signe de la main à Salem lui demandant de venir avec nous. Quelques instants plus tard Salem est à notre table. Les musiciens continuent à jouer. Salem nous serre la main à tour de rôle en poussant une légère toux de gêne.

Bob s'adressa à lui :

— Salem tu as dépassé les bornes, tu nous traînes dans la boue avec tes calomnies partout où tu passes. Tu racontes que nous nous sommes réjouis de la mort de Moustache le Kabile et que l'on a arrosé ça au champagne. Pour quelles raisons tu as fait ça.

Salem passe la main dans ses cheveux crépus.

— Sûrement que les gens interprètent mal mes propos Je peux vous répéter exactement ce que j'ai raconté. J'ai dit que beaucoup de monde était satisfait le jour de la mort de Moustache le Kabile, mais je n'ai cité aucun nom.

J'interviens :

— Ça se voit sur ta tronche que t'essayes de te rattraper avec des morceaux d'excuses, tu es une vraie ordure !!

— Moi je ne te connais pas pour me parler comme ça !

Je me lève d'un bond et j'attrape Salem par le col de sa chemise, je l'empoigne solidement.

— Maintenant, on va aller dehors, t'inquiète pas, on va faire connaissance, salope !

Au même moment, on entend une voix de femme qui vient du comptoir, elle a l'accent du pays :

— Hé mec, enlève tes mains de sur Salem et arrête de fanfaronner.

Je lâche prise et je tourne la tête vers la femme qui a parlé, elle est jeune. Elle se tenait derrière le comptoir près du tiroir-caisse Les mots qu'elle avait prononcés avaient blessé mon orgueil d'homme

Comme un fou, je sors mon automatique et je tire en l'air. Le regard de tous les clients se tourne vers moi.

— Qui est le mari de cette pouffiasse qui ne lui a pas appris les bonnes manières ?

Personne ne répond dans le bar. Bruno vient vers moi en me disant :

— Calme toi Slim et rentre rue de Lappe, à mon bistrot. Attends notre retour. On va rester avec Salem à s'expliquer, il est déjà tout retourné.

Seul, je quitte le bar et je marche à pied jusqu'au boulevard Richard Lenoir. J'arrête un taxi qui me conduit rue de Lappe. J'arrive au bar des deux associés. Derrière le comptoir se tenait une jeune métisse, Marina, la compagne de Bruno. Je la salue et je rejoins Thérèse qui est assise dans la salle à une table avec une boisson chaude.

Je me fais servir une bière bouteille par Marina. Un instant après, je remets le calibre à l'intérieur du sac à main de Thérèse. J'attends les deux associés.

Après quelques bières, Bruno et Bob arrivent au bar et viennent s'installer a note table. Ils se font servir deux verres de Whisky par Marina.

Je pris la parole :

— Moi dès le début je voulais pousser Salem à bout de nerfs pour lui faire sortir de la bouche un mot qui l'aurait accusé, mais la stupidité de cette femme a gâché la soirée.

Bruno me répondit :

— Salem est resté sur ses positions, il clame son innocence. Il va venir nous voir au bar ces jours-ci avec témoins pour mettre un point final à cette histoire entre nous, on va l'attendre de pied ferme.

— Franchement, dis-je, moi je m'en tape de ce que vous avez manigancé, par contre la prime, je ne veux pas la perdre. Je vais attendre sa venue. En ce moment Salem doit être en train de se renseigner sur nous pour savoir sur quel pied danser.

Sur ce, je me lève.

— Salut les gars, à demain.

Je quitte le bar avec Thérèse et nous rentrons chez nous en taxi.

Tous les jours suivants je suis au bar des deux associés avec Thérèse. Je bois et je mange aux frais de la princesse et j'ai déjà reçu la moitié de la prime. Je commence à m'impatienter.

Le quatrième jour, vers dix heures du soir, Salem a fait son entrée, tout souriant, accompagné d'un homme de grande taille et de forte corpulence, brun de peau, des cheveux poivre et sel coupés en brosse. Il avait la quarantaine passée, il tenait un gros cigare entre ses doigts épais. Salem le chanteur, lui, n'est ni grand ni petit, il a un teint basané, un visage jovial avec des cheveux noirs crépus, des yeux également noirs et un regard vicieux. Le chanteur lance un “bonsoir” à tout le monde.

Ce soir, à cette heure-là, nous sommes cinq personnes dans le bar, les deux associés qui discutent avec un habitué au comptoir, moi et Thérèse qui occupons une table dans la salle.

Les deux nouveaux arrivés, Salem et son compagnon, le gros au cigare, sont restés debout contre le comptoir. Salem commande une bouteille de Whisky que Bob dépose près de lui en la débouchant.

Salem invite Bob, Bruno et l'habitué du bar à boire avec

eux. Il remplit largement les cinq verres et ils trinquent ensemble.

Puis Salem prend deux verres vides que Bob lui a donné et la bouteille pour se diriger vers moi. Il pose les deux verres sur la table gardant la bouteille à la main. et me dit :

— Slim, tu vas trinquer avec moi.

— Tu vois bien que je ne suis pas seul et que tu déranges, retourne à ta place, c'est ce qu'il y a de mieux pour toi.

— Slim, reprit Salem, qu'est ce que je t'ai fait pour m'en vouloir à ce point ?

— Je n'ai aucun compte à te rendre, lui répondis-je, chacun mène sa vie comme il l'entend.

Il reprend ses verres et sa bouteille et retourne au comptoir avec les autres. Vexé, il vide le restant du contenu de la bouteille de Whisky dans le récipient à vaisselle. Il demanda à Bob d'ouvrir une bouteille de champagne. Bob s'exécute et il remplit cinq verres de champagne, ils trinquent. Il en redébouche une autre. Salem commence à chanter et son compagnon, le gros, répète ses paroles. Salem se déplace jusqu'à l'entrée du comptoir, il appelle les deux associés et lorsque Bob et Bruno sont à sa hauteur le chanteur pose ses bras autour de leur cou. Il leur fait la causette, le gros les rejoint et je vois qu'ils se font la bise tous les quatre. Ils sont joyeux. Moi, je suis des yeux leur manège, sans plus, mais la curiosité me démange et je suis incapable de me dominer. Je veux en avoir le cœur net. Je me lève et j'appelle Bruno, c'est lui qui semble prendre les décisions. Je me tenais au milieu de la salle quand Bruno arrive à ma hauteur.

— Bruno, dis moi à quoi rime tout ce folklore avec vos embrassades de Judas ?

— Salem a ramené avec lui le gros bonhomme, c'est le propriétaire d'un magasin de disques à Barbès. Il fréquente les mêmes endroits et il jure qu'il n'a jamais entendu Salem tenir de mauvais propos sur quiconque de la place de Paris. Le gros est crédible. Moi et Bob, on laisse tomber l'affaire avec Salem, dans l'oubli…

Je lui rétorquai :

— Le choix de vos décisions, c'est votre problème, moi ça me fait ni chaud ni froid, je demande seulement que vous me régliez le restant de la prime et basta, je disparais.

— Slim, tu as déjà reçu la moitié de la somme promise. Entre nous, passe l'éponge sur le restant.

— Alors toi, au moins, tu es sûr de ce que tu veux mon pote, tu te mets le doigt dans l'œil.

Bruno fait un mouvement du corps en reculant, il passe la main derrière son dos et il sort un gros calibre. Sans lui laisser le temps de réagir, avec agilité, j'attrape la main qui tient l'arme et je tente de la lui arracher. Je maintiens le poignet de Bruno de toutes mes forces, l'arme se trouve dirigée vers le sol et dans ce désordre une balle s'échappe du calibre.

Bruno est soulevé du sol et retombe par terre. Sous la brûlure de la balle, il a lâché son arme. Je la ramasse aussitôt. Le sang pisse de sa cuisse gauche et fait une mare.

— Slim, casse toi, me dit-il, le coup de feu va sûrement éveiller la curiosité des voisins et ils vont appeler la police, sauve toi, on parlera de tout ça plus tard.

On dirait que la balle qu'il s'est tirée dans la cuisse lui a rendu ses esprits. L'arme de Bruno est toujours dans ma main droite, c'est un calibre 11,43. Je retire les balles du chargeur je les enfouis dans ma poche et je remets le calibre vide à Bob. Je me tourne vers le blessé :

— Ne t'inquiète pas, on se verra bientôt.

Nous repartons Thérèse et moi en direction de notre studio.

Une fois rendu au studio, je m'allonge dans le lit et je pèse le pour et le contre de ce changement de position subit de Bruno. Le mieux, pour être dans le vrai, est qu'il vaut mieux être chasseur que gibier.

Le lendemain, dans la journée, je mis les balles de 11,43 dans une enveloppe que je glissai dans la poche de ma veste. Thérèse a pris mon automatique dans son sac à main et nous sommes partis tous les deux rue de Lappe. Nous sommes entrés dans le bar des deux associés. Bob est derrière le comptoir, il vient à ma rencontre et me fait la bise ; j'appelle cela bise de Judas.

Je lui demande où est soigné Bruno.

— Je l'ai conduit à l'hôpital Saint Antoine me répondit-il. Il est en chirurgie.

Aussitôt, j'ai pris congé de Bob et j'ai quitté le bar suivi de Thérèse. Nous avons marché le long de la rue du Faubourg Saint Antoine jusqu'à l'hôpital. Une fois à l'intérieur du service de chirurgie, nous avons regardé dans les salles de malades jusqu'à ce que nous trouvions celle où était hospitalisé Bruno. Nous entrons et nous le voyons adossé sur l'oreiller contre le mur. Il y a deux visiteuses dans la chambre, la métisse Marina et une autre de type maghrébin que je ne connais pas.

Je m'avance dans la salle, mon regard et celui de Bruno se croisent et il me sourit, les deux visiteuses se tournent vers moi. Je salue Marina et me penche vers Bruno :

— Ecoute moi bien, je ne suis pas venu faire une visite de politesse. Je veux avoir une explication sur ton sale comportement que je n'ai pas encore digéré.

Il se racle la gorge.

— Slim, je n'ai pas de mauvaises idées à ton égard. Hier soir, je ne sais pas ce qui m'a pris, peut-être le mélange d'alcool qui m'a fait perdre toutes mes facultés. Je suis bien content que tu sois indemne et je regrette infiniment l'incident d'hier soir. Marina va t'accompagner jusqu'à la rue de Lappe, au bar, et dire à Bob qu'il te remette le restant de ta prime.

De sa main, Bruno me donna une petite claque sur la jambe.

— Sans rancune Slim.

Et il me tendit la main que j'ai serrée dans la mienne. Je plonge ma main dans la poche de ma veste et j'ai sorti l'enveloppe qui contenait les balles de 11,43 que j'ai déposé sur la table de nuit.

J'ai quitté la salle avec Thérèse et Marina pour aller, à pied, au bar de la rue de Lappe. Nous y entrons tous les trois et Marina parla à Bob :

— On revient de l'hôpital Saint Antoine. Bruno te demande de remettre le restant de l'argent à Slim.

Sans chercher à comprendre, Bob ouvre le tiroir du comptoir et en sort une sacoche de cuir qu'il ouvre. Il en tire une liasse de billets de banque, il les compte puis me les remets. Je vérifie et je donne le tout à Thérèse qui enfourne la liasse dans son sac à main.

Nous sommes allés ensuite à la place du Tertre. En ce début d'après-midi, à Montmartre, le temps était magnifique, il y avait beaucoup de promeneurs, des citadins et des touristes des deux sexes. Nous nous sommes mêlés à cette foule sur la butte, puis nous avons descendu le jardin du Sacré Cœur, tranquillement. Nous sommes arrivés ensuite dans la rue Saint Pierre où il y a le marché aux tissus.

Tout à coup, je vois le visage de Thérèse s'épanouir, elle sourit à une femme gitane qui lui rend son sourire. Cette femme gitane est de taille moyenne, elle a un visage sec au teint cuit par le soleil, des yeux marrons, des cheveux châtains clairs avec des mèches rousses laissées par un colorant. Elle est habillée d'une longue robe qui lui tombe jusqu'aux pieds, un grand châle multicolore en tissu fin qui lui couvre les épaules. Il est difficile de lui donner un âge.

Elle vient droit sur Thérèse et elle se font la bise.

— La Zoune, je te présente mon mari, dit Thérèse en posant sa main sur mon épaule, Slim, c'est ma grande sœur.

La Zoune me regarde en face puis elle remue sa tête de haut en bas en disant bonjour.

Je les invitai à entrer dans la brasserie qui était à côté.

— On va prendre un verre et vous serez plus à l'aise pour discuter, leur dis-je.

Nous nous sommes installés dans la brasserie du coin de la rue Steinkerque. La rue donne sur la Basilique du Sacré Cœur. Nous avons commandé trois bières bouteilles. La Zoune a le regard constamment en mouvement et elle fume nerveusement des cigarettes brunes sans filtre. Elle parle avec sa sœur en français quelques fois mélangé à la langue manouche et avec des gestes des mains. Elle parle vite comme si elle récitait un dialogue de théâtre. Leur conversation tourne autour de leur famille.

A un moment, La Zoune consulte sa montre d'homme qu'elle porte au poignet et dit à sa sœur :

— Thérèse, c'est l'heure pour moi de rentrer chez moi, à la caravane.

Les deux sœurs se sont levées en même temps et ont quitté la salle de la brasserie alors que je règle les consommations. Je sors à mon tour pour les rejoindre en restant un peu en arrière. Elles discutent ensemble, puis Thérèse fouille dans son sac à main et en sort un billet de banque qu'elle donne à La Zoune. Elles se séparent et La Zoune me fait un petit signe timide de la main, elle me tourne le dos et en la regardant partir, je remarque qu'elle a une démarche d'homme.

Thérèse s'approche de moi et je lui dis :

— Ta sœur n'a pas perdu son temps avec toi. Elle t'a fait payer les nouvelles de la famille qu'elle t'a données.

Tout de suite Thérèse prit la défense de sa grande sœur :

— Toi, tu as toujours quelque chose à dire. La Zoune est plutôt à plaindre, du matin au soir, elle est dans les rues de Paris à essayer de gagner quelques billets en lisant les lignes de la main aux passants pour subvenir aux besoins de ses six enfants. Son mari est un bon-à-rien, toute la journée il s'affiche au comptoir des bars sans se soucier de rien. C'est La Zoune qui assume tout. Le geste que je viens de faire, c'est naturel pour moi.

Nous sommes rentrés au studio et le soir après le dîner, je me suis allongé sur le lit de la chambre à coucher, le dos appuyé sur le coussin contre le mur, à regarder la télé. Lorsque Thérèse a terminé la vaisselle, elle est venue s'installer à mes côtés en posant sa tête sur ma poitrine.

— Slim, j'ai une bonne surprise pour toi, ça fait aujourd'hui deux mois que je n'ai pas eu mes règles, je pense que je suis enceinte.

— C'est une bonne nouvelle qui me réjouit beaucoup, lui dis-je en posant un baiser sur son front. Demain tu iras voir le docteur du quartier.

C'est ce qu'elle fit le lendemain dans la matinée pendant que de mon côté, je me rendis au bar de Madame Yvonne, avenue de Saint Ouen, dans le dix-septième.

J'y ai retrouvé la blonde Dominique derrière son comptoir et dès qu'elle m'a vu, elle s'est mise à me fixer du regard sans dire un mot. Madame Yvonne était assise à une table près du comptoir avec un verre d'apéro et un livre de comptes. Je me pointe à sa table, on se serre la pogne et je m'installe en face d'elle.

— Slim, me dit-elle, j'attendais ta visite plus tôt, ma fille Dominique m'a expliqué le topo. Grosso modo, ne revenons pas là-dessus, j'ai déjà remis les pendules à l'heure avec ma fille.

— Si je ne suis pas venu plus tôt, c'est que j'étais occupé à régler ma situation. Au fait, j'ai une dette de comptoir du fameux jour.

— C'est déjà réglé par la maison me répondit Madame Yvonne. Dominique, apporte nous deux verres d'apéro.

La blonde s'exécute. Je suis resté au bar de Madame Yvonne jusqu'à la tombée de la nuit et puis je suis rentré chez moi.

Dés que j'ai franchi la porte du studio Thérèse est venue vers moi toute joyeuse :

— Slim, le docteur a confirmé que je suis bel et bien enceinte de deux mois.

Je la prends dans mes bras et la serre contre mon cœur rempli de joie de savoir que dans quelques mois j'allais être père.

— Il va falloir que tu t'assures un travail légal pour avoir droit à la sécurité sociale et que tu puisses profiter des droits de la maternité.

— Je suis d'accord avec toi me dit-elle, mais moi je n'ai jamais travaillé pour un patron légalement. Chez nous les Manouches, on apprend tout seul à faire face aux exigences de la vie. C'est le seul héritage que nous recevons des générations précédentes.

— Il y a un début à tout, ne t'inquiète pas, je serai avec toi pour t'aider dans ta situation de future maman. Comme tu n'as pas de métier, nous allons faire les agences d'intérim qui cherchent souvent des serveuses dans les cantines. Nous allons commencer nos recherches demain matin.

Les premiers jours, les recherches furent vaines. Puis, une annonce dans le journal nous a conduit à une agence d'emploi intérimaire de la rue d'Amsterdam, dans le neuvième. Nous y sommes allés tous les deux, le responsable de l'embauche a accepté de faire travailler Thérèse simplement avec sa carte d'identité. Il lui a fait signer un contrat temporaire pour la cantine de la société “l'Abeille” de la rue Saint Lazare. Il lui a remis le double du contrat, nous avons quitté l'agence ensemble et nous avons pris le métro jusqu'à la station Notre Dame de Lorette.

Là, j'ai laissé Thérèse devant la porte de la société “l'Abeille”, elle est entrée à l'intérieur et je suis parti à pied vers le quartier de Barbès. J'ai fait les bistrots du coin jusqu'au soir.

A mon retour au studio, j'ai trouvé Thérèse radieuse, satisfaite de sa nouvelle occupation.

Elle est restée deux mois à travailler là, puis son contrat a pris fin. L'agence d'intérim lui en a trouvé un autre dans une société de Levallois Perret. Entre-temps, Thérèse a reçu son numéro d'immatriculation à la sécurité sociale. Pour le moment, elle avait pris goût à travailler dans les cantines.

Les mois s'écoulent et le ventre de Thérèse se développe. Sa grossesse est suivie régulièrement par un docteur de l'hôpital Tenon dans le vingtième arrondissement.

Nous avons réunis les papiers nécessaires à la caisse de sécurité sociale pour obtenir l'indemnité de grossesse. Le dossier nous a été renvoyé quelques jours plus tard car il manquait des heures de travail à Thérèse pour bénéficier de ses droits. Sans perdre de temps je lui ai apporté deux fiches de paie que j'ai obtenues d'un patron d'hôtel que je connais, pour compléter les heures. Elle les a rajoutées au dossier qu'elle a porté au centre de sécurité sociale du vingtième arrondissement.

Les jours suivants Thérèse a reçu un chèque payable de la sécurité sociale pour le premier trimestre de grossesse puis le reste a suivi normalement, tout était rentré dans l'ordre.

Un matin, me levant pour prendre mon petit déjeuner, je vois Thérèse portant une toilette habillée.

— Tu es ravissante, lui dis-je, cet ensemble te va à merveille, à quelle fête es tu invitée ?

— J'ai l'intention d'aller rendre visite à mon père, à son

camping sur le terrain de Sarcelle en Brie en Seine et Oise, avec toi. Comme ça, tu feras sa connaissance. Je ne peux pas me présenter toute seule devant mon père après quatre années d'absence.

J'étais étonné :

— Dis moi Thérèse, comment es-tu au courant que ton père se trouve sur le terrain de Sarcelle en Brie.

— Pardi, c'est ma sœur La Zoune, le jour où nous l'avons rencontrée au Sacré-Cœur à Montmartre, qui m'a dit où se trouvait mon père avec mes frères et mes sœurs.

— D'accord, je vais t'accompagner chez ton père. Comme je ne sais pas comment ta famille va m'accueillir, par précaution j'amène mon calibre.

Je prends le petit déjeuner que Thérèse m'a servi puis j'ai fait ma toilette.

J'enfouis mon automatique entre ma ceinture et ma hanche et j'endosse mon manteau de cuir. Thérèse prend, avec son sac à main, un sac de papier qui contient deux bonnes bouteilles de vin rouge et nous sommes sortis tous les deux pour prendre un taxi à la place Gambetta. Le taxi nous a conduit jusqu'à la Gare du Nord où nous avons pris le train en direction de Sarcelle St Brice. Il est dix heures du matin.

En quittant la gare de Sarcelle St Brice, nous avons marché à pied sur deux kilomètres pour arriver à un grand terrain vague où il y a quelques caravanes de voyageurs, de toutes marques.

Thérèse porte le sac en papier qui contient les bouteilles de vin rouge.

Devant nous, sur le terrain vague, il y a trois jeunes garçons manouches groupés devant une vieille carcasse de voiture. Thérèse s'approche d'eux et brise la glace car ils se méfient. Elle leur demande, en manouche, l'emplacement du campement de son père Tchavo. Deux des jeunes garçons répondent en même temps et avec des signes de mains, ils montrent l'endroit où se trouve Tchavo.

Nous avons traversé le terrain vague jusqu'au campement indiqué. Il y a là une "Caravélaire" de couleur crème, à quatre places. Thérèse frappe deux coups à la porte d'entrée. La porte s'ouvre aussitôt sur un homme d'une soixantaine d'année de forte corpulence, un visage rond aux traits bien marqués par les années, des yeux bleus clairs et des cheveux châtains clairs avec une pincée de cheveux blancs sur les tempes.

L'homme me regarde avec un grand calme, sans dire un mot. Thérèse rompt le silence :

— Tata (papa), je te présente mon mari, Slim.

Le père, à nouveau, nous regarde à tour de rôle, vite fait, puis un petit sourire se dessine sur ses lèvres.

— Montez mes enfants.

Thérèse monte en premier dans la caravane et je la suis. A l'intérieur je me suis assis sur le banc scellé qui était couvert d'une imitation cuir. Thérèse s'est installée au bord du lit de son père qui était déplié, recouvert d'un édredon.

La caravane est bien entretenue, avec un équipement moderne, la Caravélaire est récente. Thérèse a remis le sac en papier qui content les deux bonnes bouteilles de vin rouge à son père. Tchavo, sans perdre de temps, en a débouché une et remplit deux verres de vin pour nous deux. Thérèse, elle, se verse une tasse de café noir du thermos qui est posé sur la table au coin de la cuisine.

Depuis la rencontre du père et de la fille, je n'ai vu qu'une seule fois le paternel tapoter la joue de sa fille, sans plus. Au cours de notre entretien il se montre très correct. J'étais en train de trinquer avec Tchavo lorsqu'on frappe à la porte de la caravane. Le père va ouvrir et fait entrer un homme de grande taille au teint noiraud, cheveux noirs corbeau, peigné en arrière, il ressemble à un indien.

Tchavo s'adressa à lui :

— Zanzi ta sœur Thérèse est venue me rendre visite avec son mari Slim.

Zanzi me fait un salut de la tête et s'approche de sa sœur, il lui passe le bras autour de ses épaules et prononce des paroles manouches mélangées avec quelques mots de français.

Le père a de nouveau rempli trois verres de vin rouge et nous avons trinqué ensemble. Nous avons vidé les deux bouteilles. Puis je me suis levé de ma place en disant à Thérèse :

— Bon, on rentre à Paris.

Et, me tournant vers le père et le fils :

— J'ai bien apprécié cette rencontre chaleureuse. A un autre jour aussi favorable !

Zanzi parla à sa sœur :

— Thérèse, je vais t'accompagner avec Slim dans mon fourgon jusqu'à la gare de Sarcelle en Brie.

Nous sommes descendus tous les trois de la caravane de Tchavo et nous sommes montés dans le fourgon Citroën G7 de Zanzi qui nous a conduit près de la gare de Sarcelle St Brice. Il est reparti avec son fourgon et nous avons, moi et Thérèse, pris le train pour Paris. Nous nous sommes installés dans un compartiment vide tous les deux. Thérèse est décontractée et joyeuse d'avoir retrouvé son père et aussi d'avoir su qu'il m'avait adopté tout de suite.

Au cours du trajet, elle m'ouvre son cœur :

— Slim, si tu avais connu mon père avant, c'était un homme très gai et généreux, il aimait rendre service aux gens malheureux, il aimait aussi les grandes fêtes, jusqu'au jour où ma mère a quitté le foyer conjugal après une grande dispute. Elle a tout laissé derrière elle, mon père et ses onze enfants, elle est partie avec seulement ce qu'elle portait sur elle. Les gens du voyage radotaient entre eux : "la femme de Tchavo l'a quitté pour un autre homme" et cela venait aux oreilles de mon père. Il ne disait rien mais une haine violente est née en lui.

"Un jour d'été, alors qu'il avait fait stationner notre caravane prés de la porte de Saint Ouen, un bonhomme, membre de la famille, est venu chercher mon père pour l'emmener au bar de Clignancourt où se trouvait ma mère.

Mon père est entré seul dans le bar, il s'est approché de ma mère qui était debout contre le comptoir et lui a demandé de revenir près des enfants. Elle a réagi de façon impolie à l'égard de mon père qui, dans un accès de folie et de désespoir, a plongé sa main dans la poche de sa veste pour en sortir sa serpette avec laquelle il a entaillé le visage de ma mère. Elle a voulu se protéger avec ses deux bras en les plaçant devant son visage et elle reçu un deuxième coup sur l'avant-bras, elle était toute ensanglantée. Elle hurlait de douleur, mon père était hors de lui. Le patron du bistrot avait téléphoné à la police, quelques clients sont intervenus et ils ont ceinturé mon père jusqu'à l'arrivée du fourgon et d'une ambulance.

La police a embarqué mon père au commissariat du coin et ma mère a été conduite en ambulance à l'hôpital Bichat.

Moi, j'avais suivi mon père avec mon jeune frère sur les bras et j'avais assisté à toute la scène de la porte d'entrée du bar.

Après le commissariat, mon père fut écroué à la maison d'arrêt de Fresnes. Toute la famille réunie est allée voir ma mère à l'hôpital, ils l'ont convaincue de ne pas porter plainte contre son mari. Mais la loi française ne pardonne pas. La justice a fait comparaître mon père devant la cour correctionnelle de Paris."

Le jour du jugement, toute la famille était là, sauf ma mère. Pendant le procès, le président s'adressa à mon père :

— Monsieur Tchavo, regrettez-vous votre conduite envers la mère de vos enfants.

Mon père, avec son caractère fier et borné, regarda le président de la cour droit dans les yeux et lui répondit :

— Si c'était à refaire, je le referais sans regret.

Le tribunal l'a condamné à six mois de prison ferme. Depuis, mon père vit seul, ma mère aussi. Elle n'a jamais reparu sur le chemin du paternel.

Le train s'est arrêté à la Gare du Nord, nous sommes sortis et j'ai accompagné Thérèse jusqu'à un taxi pour qu'elle rentre à la maison. De mon côté, je prends le métro jusqu'à la station de la place de Clichy, et je vais chez mon ami Albert qui gère avec sa femme Nina un snack-bar dans la rue Biot dans le dix-septième pour récupérer des balles de 7,65. C'était un marché que j'avais conclu avec Albert.

Arrivé au snack-bar, je vois deux clients au comptoir et une habituée du quartier qui est assise à une table. La femme d'Albert, Nina, est derrière son comptoir et dès que je suis entré elle est venue me faire la bise et elle me dit :

— Albert est absent aujourd'hui mais il m'a laissé une commission pour toi.

Elle m'a remis un petit paquet que j'ai mis dans ma poche et je suis ressorti aussitôt sans avoir rien consommé.

Place Clichy, j'ai pris un taxi pour rentrer chez moi. Thérèse était devant la télé. Sur la table de la cuisine, j'ai ouvert le paquet que m'avait remis Nina, il y avait vingt-cinq balles de 7,65. Les balles de ce calibre sont très demandées et il y a peu de fournisseurs.

Dans la soirée d'un samedi de novembre 1976, je décidai d'aller rendre visite à Marie-Louise, une vieille relation amicale, à son bar-restaurant “Le Cadran”, boulevard de Magenta dans le dixième. Quand elle avait acheté ce restaurant deux ans auparavant, elle l'avait fait rénover entièrement dans un style moderne. Chaque fois que je suis dans les parages, je passe lui dire bonjour.

J'arrive au bar, il n'y a pas mal de mecs que je connais, certains de près, d'autres de loin. J'échange des poignées de mains avec la patronne Marie-Louise et avec des gars que je connais. Je m'installe au comptoir près de la caisse et je commence à consommer du Whisky jusqu'à la fermeture du Cadran Bar.

Je n'ai pas encore l'intention de rentrer chez moi et je prends le boulevard de Rochechouart à pied, en direction de Pigalle.

Arrivé boulevard de Clichy, sur le trottoir du Cookney Bar, une boite qui reste ouverte jusqu'à cinq heures du matin, je rencontre Leïla. C'est une jeune femme oranaise grande et élancée, elle a un visage ovale au teint mat et de grands yeux noirs. Elle porte une robe demi-soirée bleu nuit. Elle avait fait ses débuts de tapin sur les trottoirs de Marseille, aujourd'hui elle tapine sur Pigalle.

Leïla et moi, nous nous sommes entrevus plusieurs fois dans les bars du quartier de Pigalle. Ce soir-là, elle est en train de se quereller avec Toni, un chasseur du cabaret Rotiqua de Pigalle. Lui, je le connais depuis 1969 quand il vendait des photos pornos dans le coin, puis il s'est mis à travailler comme chasseur pour les cabarets, il est aussi un peu proxénète. Il traficote tout ce qui se présente à lui, il bouffe à tous les râteliers.

Au moment où je suis intervenu, il réclamait à Leïla une commission, convenue entre eux deux. Il lui avait mis dans les bras un touriste allemand et Leïla voulait resquiller. Aujourd'hui Toni veut sa part du gâteau.

Je le prends amicalement par le bras et nous nous retrouvons face à face.

— Alors Toni, tu n'as pas changé, toujours aussi vorace. Laisse tomber pour cette fois-ci. C'est moi qui te le demande, je connais Leïla.

Toni posa sa main sur mon épaule et me dit :

— Slim, c'est OK, je passe l'éponge.

— J'apprécie la valeur de ton amitié, Toni, allez, on va boire un verre tous ensemble.

Et je les ai entraînés tous les deux au Cookney Bar. A l'intérieur, nous nous sommes assis sur les grands tabourets contre le comptoir du bar et la barmaid nous a servi les trois verres de Whisky que nous avions commandés.

Toni boit le deuxième verre de Whisky de la tournée et descend de son tabouret en se tournant sers moi :

— Slim, il faut que je me sauve, ce n'est pas ta compagnie qui me déplaît, c'est le travail qui m'appelle, il est le roi et moi je suis son serviteur. Bonne soirée.

Il a tourné les talons en direction de la porte de sortie et je reste avec Leïla qui semble bien à l'aise en ma compagnie.

— Je t'invite à venir à une table dans la salle, nous serons mieux.

— Si tu veux, me répondit-elle.

Nous allons nous installer à une table et le serveur nous apporte deux autres verres de Whisky que j'avais commandés. Je parle avec Leïla de tout ce qui me passe par la tête, mon seul désir est de l'avoir dans mon lit.

Je brûle les étapes et je dépose ma main sur la sienne. Elle ne proteste pas, c'est un signe d'encouragement. Je me penche sur son visage et l'embrasse maladroitement sur le coin de la bouche. J'ai l'impression que nous avons les mêmes sentiments. A la seconde tentative, je l'embrasse à pleine bouche et elle répond à mon élan.

Vers quatre heures du matin, nous sommes sortis du Cookney Bar bras dessus, bras dessous et nous sommes allés à pied jusqu'à la rue de la Py dans le dix-huitième où Leïla m'a conduit dans un hôtel qu'elle connaît. Nous avons loué un chambre et en y entrant je n'ai pas regardé le décor, mais mon attention a été attirée par le grand lit qui m'avait tapé dans l'œil. Je me suis tout de suite mis à l'aise, j'ai retiré mes vêtements et j'ai pris place sur le lit.

Leïla à son tour, se débarrasse de ses fringues avec flegme. Elle est nue devant moi dans la lumière. J'admire son corps élancé au teint bronzé. Elle s'avance vers le lit et vient s'allonger à mes côtés. Mes mains parcourent avec souplesse les zones sensibles de son corps et avec mes lèvres je caresse de haut en bas les lignes du corps nerveux de ma partenaire qui se tortille.

Puis nos deux corps se sont soudés l'un contre l'autre dans un même rythme jusqu'au plaisir extrême. Le temps de reprendre notre souffle et nous avons repris le même combat délicieux jusqu'à l'explosion d'une jouissance inégalable. Ma partenaire n'a pas de frontière pour l'amour corporel. Nous sommes restés à faire l'amour jusqu'à sept heures du matin.

Là, je me suis revêtu, j'ai laissé Leïla allongée sur le lit et j'ai quitté la chambre d'hôtel. Une fois dans la rue, j'ai pris un taxi jusqu'à la rue des Pyrénées.

Lorsque je rentre chez moi, je trouve Thérèse debout dans la cuisine prête à sortir pour aller travailler. Sans prononcer un mot, elle me fusille de son regard meurtrier, puis elle est sortie en claquant la porte.

Après son départ, j'ai mangé les restants du dîner d'hier soir qui restaient dans la marmite froide. Je regagne la chambre à coucher, je me déshabille, je plonge dans le lit et je m'endors aussitôt.

Je me suis réveillé au coucher du soleil, Thérèse était rentrée de son travail. Je suis resté en pyjama à la maison avec elle.

Dans la soirée je suis allé faire un tour au Cadran Bar du boulevard Magenta. A mon arrivée, la patronne Marie-Louise s'adressa à moi :

— Slim, il y a la fille Leïla qui est venue à deux reprises demander après toi.

— Merci Marie-Louise, sers moi un verre de Pastis.

Je prends un premier verre et les autres serrés suivent. Je suis resté là jusqu'à minuit puis je suis parti à pied rue Saint Germain Pilon, au Nomade Bar. Cette boite reste ouverte jusqu'à six heures du matin.

A l'intérieur, il y avait peu de clients. La clientèle est irrégulière, c'est le va-et-vient, par moment c'est plein, par moment c'est relâche.

Je m'assied sur un grand tabouret contre le comptoir. Le barman me sert un verre de Whisky et quelques temps plus tard, Leïla fait son apparition au bar, habillée d'un ensemble chic, avec une nouvelle coupe de cheveux et maquillée avec soin. Elle arrive à ma hauteur, elle me fait la bise et s'assoit sur le tabouret qui se trouve à ma droite en me disant :

— Slim, hier soir et aujourd'hui, je ne t'ai pas vu dans le coin. J'ai également fait un tour au quartier de Barbès dans les bars dont tu as l'habitude. Tu étais introuvable.

— C'est la première fois qu'on s'inquiète pour ma gueule, que je sache on n'a pas de projet d'avenir tous les deux.

Elle pousse un long soupir de reproche et elle commande deux verres de Whisky pour elle et moi. Puis elle commence à me parler des vieux quartiers et des propriétaires de certains établissements commerciaux connus de la ville d'Oran, en Algérie, dont nous sommes tous deux originaires.

Dans la conversation, Leïla pose son bras autour de mon cou. A ce moment précis, Thérèse entre au Nomade Bar et se pointe au milieu de l'entrée du bar.

Elle est habillée d'une longue robe de grossesse couleur brique et d'un gros pull cardigan. Son ventre est énorme pour le début de son huitième mois de grossesse. Aucun des clients présents ne connaît ma compagne.

A la seconde où mes yeux sont tombés sur Thérèse, les battements de mon cœur se sont accélérés, je ne pouvais articuler un mot, j'étais pris en flagrant délit d'adultère.

Leïla s'est tournée vers Thérèse, l'a dévisagée de haut en bas et d'une voix moqueuse, lui lança :

— Alors ma grosse, tu viens ici chercher l'homme qui t'a gonflée.

Elle éclata de rire. Ce rire moqueur de Leïla m'a fait très

mal, je fus saisi instantanément d'un spasme nerveux et j'envoyai un coup de revers de ma main droite, de toutes mes forces sur la gueule de Leïla.

Le coup est si violent qu'il fait tomber Leïla de son grand tabouret et qu'elle se retrouve allongée par terre. Elle se ramasse et pose sa main sur ses lèvres qui saignent, au coin de la bouche. Elle me fusille avec des yeux pleins de haine et d'une voix tremblante de rage :

— Slim, ma parole, tu vas me payer très cher cet affront. Tu vas me rendre des comptes de ton geste osé devant les hommes. Tu vas regretter toute ta vie d'avoir porté la main sur Leïla.

— Sache que cette femme enceinte, c'est la mienne et je ne permets à personne de se moquer d'elle. Tes menaces, tu te les mets là où je pense.

Je rejoins Thérèse qui n'avait pas bougée de sa place, arrivant près d'elle, je vis sur ses joues des traces de larmes.

— C'est à cause de cette pouffiasse que tu découches. Si je n'étais pas gênée par mon ventre, je lui donnerais un coup de ciseaux sur la gueule, je lui laisserais la marque de la maison.

J'essayais de la calmer :

— Crois moi, elle n'est rien pour moi. A mes yeux et à mon cœur, aucune femme ne peut t'égaler.

En lui parlant, j'avais pris sa main et elle se refermait sur la mienne, très fort.

Elle s'est calmée et nous sommes rentrés à la maison en taxi.

Depuis cette horrible scène du Nomade Bar, la paix s'est installée dans notre foyer, tout tourne à merveille.

Thérèse est en congé de maternité et chaque week-end nous rendons visite à son père à Sarcelle St Brice. Presqu'à chaque fois que nous allons voir Tchavo, le frère, Zanzi, vient nous chercher et nous emmène dans son grand Caravélaire presque neuf. Sa femme Rosa a le teint très brun, elle est d'une beauté sauvage et très vaillante. Ils ont huit enfants ensemble.

Le dernier mois avant l'accouchement, je suis toujours aux côtés de Thérèse, ma présence lui est d'un grand réconfort moral. Le 20 décembre 1976 à six heures du soir, les douleurs la font gémir, elles étaient espacées puis à un moment, Thérèse me crie :

— Slim, Slim, la poche d'eau est percée, ça me coule le long des cuisses, je ne vais pas tarder à accoucher.

Je suis sorti en vitesse vers la station de taxis de la place Gambetta. Il y en avait juste un en stationnement et le chauffeur était debout devant la boîte de communication-téléphone des taxis, en train de parler dans le combiné. C'était un petit homme maigre entre deux âges, il portait une belle paires de moustaches et une casquette vissée sur sa tête. Je ne lui laisse pas le temps de terminer sa communication.

— Monsieur, je vous prie de venir m'accompagner chez moi pour conduire ma femme qui est enceinte à l'hôpital Tenon. Elle va accoucher d'un moment à l'autre.

Le chauffeur n'a pas insisté, il a raccroché le téléphone et a pris place au volant de sa Mercédès, je me suis installé à côté de lui et il m'a conduit jusqu'à la porte de notre immeuble. Là, j'ai foncé comme un bolide et j'ai ramené Thérèse, son corps appuyé contre le mien. Je l'installe sur le siège arrière avec l'aide du chauffeur. Le taxi est entré dans l'hôpital jusqu'aux urgences.

Le taxi m'a encore aidé à soutenir Thérèse jusqu'à la salle d'urgence. Je lui ai payé sa course puis je me suis occupé des formalités demandées par l'hôpital.

Je suis reparti à pied au studio pour préparer tout ce dont Thérèse avait besoin, le nécessaire de toilette, le peignoir, les serviettes-éponges, les chaussons que j'ai rangés dans le sac de voyage. Je suis retourné a Tenon avec le sac, je suis resté dans la salle d'attente où je trouvais le temps long. Je suis retourné chez moi.

J'allume la télé et je sors une demi bouteille de Whisky restée dans le buffet et je me verse à boire. En regardant la télé, j'ai sifflé le Whisky jusqu'à la dernière goutte. J'étais tellement fatigué que je n'avais pas le courage d'éteindre la télé, j'ai débranché la prise et je me suis allongé sur le lit tout habillé, je me suis endormi aussi sec.

Le lendemain matin j'étais réveillé par des petits coups donnés sur ma porte d'entrée, il était une heure de l'après-midi à mon bracelet-montre. C'était Zanzi, le grand frère de Thérèse, il a une sale mine, il porte un barbe de deux jours ou plus, ses yeux sont rougis par le manque de sommeil. Il me regarde avec un sourire qui ressemble à une grimace.

— Entre, lui dis-je. Tu as l'air tout bizarre, j'espère qu'il ne t'est rien arrivé de grave.

— Ça ne va pas du tout mon bon Slim, ma roumni (ma femme) est en chtildi (prison) à Amiens dans la Somme, avec mon jeune frère Domino. Mon bon Slim, le mauvais sort m'est tombé dessus impitoyablement, avec mes huit enfants sur les bras. Je suis venu te demander de l'aide, à toi et à ma sœur, pour louer les services d'un avocat pour défendre ma femme Rosa. Mais je ne vois pas Thérèse, que devient-elle ?

— Hier soir je l'ai amené à l'hôpital Tenon en taxi pour qu'elle accouche. Je vais lui rendre visite dès que j'aurai fait ma toilette.

— Slim, reprit Zanzi, chez nous les Manouches, quand la femme va à l'hôpital pour accoucher, les hommes ne vont pas leur rendre visite, ma sœur est au courant de la coutume.

Je réchauffe le café de la veille resté dans la cafetière puis j'en sers deux tasses. Ensuite je suis allé dans la chambre à coucher prendre une somme d'argent de mes économies qui sont dans l'armoire. De retour à la cuisine, je remets cette somme à Zanzi.

— Prends cet argent, avec ça tu pourras déjà t'arranger avec un avocat. Lorsque Thérèse sera rétablie de son accouchement, nous viendrons te rendre visite avec le bébé.

— Slim, me dit Zanzi, je suis actuellement arrêté à Garges les Gonesses, sur le terrain vague en face du foyer Sonatrac.

Il termine sa tasse de café.

— De ce pas, je vais passer voir l'ancien avocat de Rosa et je vais lui verser un acompte pour qu'il assure la défense de ma femme.

Il se lève et prend la porte de sortie

"Il devait s'attendre à ce coup dur" pensai-je. Sa femme prenait chaque jour des risques à duper des vieux couples. Rosa et son beau-frère Domino partaient en voiture avec un chauffeur en dehors de Paris. Ils rendaient visite aux occupants d'un pavillon qu'ils avaient repéré et se faisaient passer pour des assistantes sociales envoyées par la commune pour une enquête d'aide matérielle. Cela endormait la méfiance des couples âgés. Pendant la discussion, Rosa, sous le prétexte de la soif ou d'un besoin naturel allait directement dans la chambre à coucher pour fouiller car les gens acceptaient facilement ces prétextes. Domino restait avec le couple à les endormir avec du baratin.

Dès qu'elle trouvait ce qu'elle cherchait, Rosa revenait auprès de son beau-frère et trouvait une bonne excuse pour quitter les occupants de la maison afin de rejoindre la voiture qui les attendais dans la rue.

J'ai mis un peu d'ordre dans le studio et je suis retourné à l'hôpital Tenon. En cours de route, je me suis arrêté chez le fleuriste pour acheter un bouquet de glaïeuls de couleurs variées, puis chez l'épicier j'ai acheté des fruits frais.

Je suis entré à l'hôpital et je me présente devant le lit de Thérèse, elle est adossée à un coussin, elle a le visage marqué par la fatigue. Elle me reçoit avec un sourire aux lèvres.

— Slim, tu es papa d'un garçon, en désignant de la main le bébé qui est à ses côtés.

Je le regarde, il dormait et je n'ai pas osé le toucher de peur de le réveiller. Mais mon cœur était gonflé de bonheur.

— Ce bout de chou m'a fait souffrir, reprit-elle. Il est venu par césarienne. Au fait, ce matin, une femme de l'état civil de la mairie du vingtième est venue me voir avec un registre pour inscrire le nom du bébé. Je lui ai répondu que je n'étais pas encore décidée et que j'attendais que le père soit arrivé pour lui donner un prénom. Elle m'a dit que dès que tu serais là, tu devrais aller la voir au bureau de l'état civil pour régulariser la situation de notre enfant.

— Je vais le faire appeler Nassim, lui répondis-je.

Je lui ai ensuite raconté la venue de Zanzi au studio :

— Il est venu il y a deux heures, il était malheureux car sa femme a été arrêtée et mise en prison. Ton jeune frère Domino est tombé avec elle. Je lui ai remis un peu d'argent pour qu'il puisse payer un avocat. Lorsque tu seras rétablie, nous irons lui rendre visite, à lui et à ses enfants.

J'ai rangé les fruits à l'intérieur de la table de nuit et posé le bouquet de glaïeuls encore enveloppé dans son papier sur le dessus.

Ensuite je me suis précipité à la mairie du vingtième, au bureau de l'état civil. Il était quinze heures, je remets ma carte d'identité française à la personne chargée de l'enregistrement et je donne le nom choisi pour l'enfant : Nassim. Il est enregistré le 21 décembre 1976, reconnu par le père et la mère. L'enfant est né le 20 décembre au soir mais enregistré le 21.

Thérèse est restée quatre jours à l'hôpital puis elle est rentrée à la maison. Dés qu'elle a repris des forces, nous sommes allés rendre visite à son frère Zanzi avec le bébé que Thérèse portait dans ses bras.

A Garges les Gonesses, sur le terrain vague nous sommes allés à la caravane de Zanzi. A l'intérieur, il n'y avait que ses enfants. La grande fille de Zanzi, Violette, nous a reçus. Thérèse la questionna :

— Violette, où est passé ton père ?

— Il est parti dans son fourgon avec mon frère Pichon, faire la récupération de la ferraille.

“Dans chaque famille manouche, la femme chourave (vole) et si elle se retrouve en prison, c'est au mari de subvenir aux besoins des enfants. En faisant la ferraille et avec l'argent des allocations familiales, ils vivent jusqu'à la libération de prison de la femme."

Thérèse a mis le bébé dans les bras de Violette et elle s'est occupée d'aller faire des achats de nourriture.

Elle a préparé le déjeuner et elle a servi à manger aux enfants.

Vers une heure de l'après-midi, Zanzi et son fils sont arrivés dans le G7. Dès que Zanzi est descendu du fourgon, ses enfants sont venus l'entourer pour lui annoncer la venue de leur tante Thérèse, du bébé et de Slim.

Zanzi est monté dans la Caravélaire suivi de Pichon, il s'est lavé les mains et s'est adressé à sa sœur :

— Thérèse, approche un peu par ici avec ton enfant que je lui fasse un tchoume (une bise). Comment tu l'as appelé ?

— Nassim, répondit Thérèse, c'est Slim qui lui a trouvé ce nom.

Et elle dépose le bébé dans les bras de son frère, puis elle leur sert à manger à tous les deux

Dès qu'elle a terminé de servir le déjeuner, Thérèse reprend son enfant des bras de son frère en le laissant manger tranquillement.

Nous avons passé toute la journée ensemble et le soir, en famille, nous avons tous dormi dans la caravane de Zanzi comme on a pu.

Le lendemain matin, Zanzi n'est pas allé faire la ferraille. Après le petit déjeuner, Thérèse et son frère sont partis en voiture faire des achats alimentaires pour la caravane. Le bébé est resté sous la surveillance de Violette qui est âgée de quatorze ans, moi, je n'ai pas bougé du devant de la caravane.

Au retour du fourgon, Zanzi en est sorti avec deux grands sacs remplis de commissions. Thérèse avait à la main un paquet de couches-culottes jetables. Elle s'est mise, avec Violette, à ranger toutes les courses dans les placards et dans le frigidaire.

Zanzi débouche une bouteille de vin rouge, il remplit deux verres, il m'en donne un, prend l'autre pour lui et nous avons commencé à trinquer tous les deux. Nous avons presque terminé la bouteille.

Zanzi se mit à me parler de sa sœur :

— Slim, il y a des années, quand Thérèse vivait avec nous, c'était une bonne chouraveuse (voleuse), elle avait la main heureuse, elle revenait toujours les mains pleines. Je souhaite vous voir vous installer en caravane près de nous et nous ferons les voyages ensemble.

J'écoute sans rien dire, je le vois venir avec ses gros sabots, il est en train d'employer la flatterie pour arriver à son dessein. "La flatterie est un vive éclat éblouissant, il aveugle l'esprit de celui qui le reçoit". Je lui répondis :

— Pour le moment, nous sommes bien installés où nous sommes, le propriétaire est un ami, mais on ne sait jamais, à l'avenir…

Je me tourne vers Thérèse :

— Thérèse, emballe les affaires de l'enfant, nous rentrons chez nous.

Zanzi nous proposa de nous reconduire avec son fourgon jusqu'à Paris. Thérèse mit toutes les affaires du bébé dans un sac plastique qu'elle prit d'une main en tenant Nassim dans ses bras. Puis nous avons pris place dans le fourgon G7, Zanzi démarre et nous roulons en direction de Paris.

En cours de route, il remet sur le tapis le passé de sa sœur en la couvrant de fleurs.

Thérèse, séduite, répond avec orgueil :

— Zanzi, si tu es d'accord pour que ton fils Pichon m'accompagne pour chouraver dans les kerres (voler dans les maisons), je peux le refaire pour te donner un coup de main.

— Thérèse, reprit Zanzi, j'ai confiance en toi, je laisserais mon fils t'accompagner au bout du monde. Est-ce que Slim accepte de te laisser prendre des risques après ton accouchement ?

— Si tu demandes mon avis, dis-je, ce n'est pas moi qui vais lui imposer un choix. J'espère que Thérèse est assez grande pour savoir prendre ses responsabilités de mère.

Thérèse prit sa décision :

— Tu as raison. C'est tout vu. Je vais aider mon frère Zanzi à sortir de l'impasse.

Le fourgon s'arrêta dans la rue des Pyrénées devant note domicile et Thérèse poursuivit :

— Zanzi, demain tu ramènes ton fils Pichon avec toi pour qu'il m'accompagne à pagave (à casser).

— Demain matin je serai sans faute chez toi avec Pichon, répondit Zanzi.

Nous sommes descendus du fourgon, Thérèse avec le bébé, moi avec le sac plastique contenant le linge de rechange.

Nous sommes entrés dans le studio, il faisait froid. J'ai rallumé le poêle à mazout en le réglant au maximum pour faire monter la température le plus vite possible. J'ai un petit creux à l'estomac et Thérèse me fait cuire une omelette aux oignons. Le temps de la manger et les deux pièces étaient réchauffées.

J'ai réduit le poêle puis je me suis allongé sur le lit pour gamberger, je pensais à la décision prise par Thérèse. Elle a fait passer son frère avant son bébé. Elle verra d'elle-même ce qui est le plus payant par la suite. J'ai sombré dans un sommeil profond.

Le lendemain matin, je suis réveillé par des coups sur les volets de la fenêtre de la chambre à coucher. Je regarde mon bracelet-montre posé sur la table de nuit et je vois qu'elle marque sept heures et demi du matin. Thérèse dort profondément à mes côtés. Je me suis levé en mettant ma robe de chambre et je suis allé ouvrir la porte du studio.

Zanzi est là avec son fils Pichon qui est âgé de seize ans mais on lui donne plus que son âge. Il y a aussi sa fille Rosita qui a huit ans passés.

Zanzi a tout prévu, il a amené sa fille pour m'aider à m'occuper de Nassim pendant l'absence de Thérèse.

Thérèse s'est réveillée, elle nous a rejoint dans la cuisine et a préparé le petit déjeuner que nous avons pris ensemble. Pour l'instant le bébé dormait.

Lorsque Thérèse a fini de se préparer, elle se tourne vers moi :

— Slim, je serai de retour chez nous vers quatre heures de l'après-midi. Tu as ma nièce Rosita avec toi, elle est habituée à s'occuper des bébés. Toutes les mères manouches qui vivent dans des campings enseignent au plus âgé de leurs enfants à s'occuper des plus jeunes. On leur donne la responsabilité d'entretenir leurs jeunes frères et sœurs, de prendre soin du camping en l'absence des parents. Les enfants grandissent avec le sens de la responsabilité et de la solidarité avec leur entourage.

Thérèse et Pichon sont sortis et ont pris le chemin qu'ils s'étaient tracé. Zanzi est reparti avec son fourgon, à Garges les Gonesses, auprès de ses enfants.

Après leur départ, Rosita s'est occupé de faire la vaisselle et moi, j'ai commencé à faire un ragoût pour le déjeuner de midi. Le bébé s'est réveillé en pleurant, Rosita s'est occupé de lui comme une grande. Elle a lavé le bébé, changé sa couche-culotte et lui a donné son biberon. Puis moi et Rosita, nous nous sommes rempli la panse avec le ragoût. Ensuite nous nous sommes installés devant la télévision, le bébé dans les bras de Rosita.

A trois heures de l'après-midi, j'entends la clé dans la serrure de la porte d'entrée du studio et je vais au devant de Thérèse qui rentrait suivie de son frère, ils avaient tous les deux le visage souriant.

Thérèse déposa leur récolte sur la table de la cuisine et elle fit le partage en deux puis elle poussa une part vers Pichon en lui disant :

— Prends cet argent, remets le à ton père. Dis-lui qu'il te ramène demain matin à la même heure qu'aujourd'hui.

Pichon empoche sa part d'argent et prend congé de nous.

Le jour suivant, comme convenu, le matin, Zanzi a ramené son fils. Puis Thérèse et Pichon sont partis.

J'ai passé la journée avec le bébé et Rosita. A quatre heures de l'après-midi je ne vois personne venir. Deux heures plus tard, toujours rien. L'inquiétude s'installe en moi et à chaque heure qui s'écoule l'angoisse m'envahit de plus en plus. Je suis debout à faire le va-et-vient entre la chambre et la cuisine. Je sentais un feu se consumer en moi, assis ou debout, je ne tenais plus.

A neuf heures du soir, j'entends frapper à la porte, je me précipite et j'ouvre, c'est Pichon, il est tout excité.

— Tu es tout bizarre, lui dis-je, où est passé ta tante ?

— J'ai loué les services d'un taxi qui est devant l'immeuble, je n'ai pas l'argent pour le payer.

Je l'ai accompagné dans la rue, près du taxi, j'ai réglé le chauffeur et nous sommes retournés tous les deux au studio.

Pichon passe la langue sur ses lèvres :

— Slim, ma tante s'est fait arrêtée. Je vais t'expliquer les faits en détail. Moi et Thérèse, nous nous trouvions à Longjumeaux et ma tante avait repéré un pavillon un peu isolé. Elle a sonné et une bonne femme entre deux âges est venue ouvrir accompagnée d'un jeune homme. Ma tante a tout de suite trouvé un motif. Elle dit à la propriétaire qu'elle était mère de trois enfants, seule et sans ressource, lui demandant si elle n'avait pas quelque linge à lui offrir. Elle referme la porte et quelques instants plus tard revient, toujours accompagnée du jeune homme, et donne un sac à moitié plein de linge à Thérèse. Elle a pris le sac et nous nous sommes éloignés du pavillon. Thérèse a vidé le contenu du sac plastique, il y avait des vieux pulls, jupes, soutiens-gorge, que des vieux machins démodés. Nous avons tout remis dans le sac en plastique et nous l'avons déposé au pied d'un arbre.

Plus loin, ma tante a sonné à un autre pavillon sans que personne ne se manifeste. Tous les deux, nous avons fait le tour du pavillon et je l'ai aidé à forcer un volet qui s'est ouvert. Elle a cassé un carreau puis elle a ouvert la fenêtre et nous sommes entrés à l'intérieur du pavillon, nous avons fouillé chacun de notre côté.

Moi, je suis monté à l'étage et en fouillant dans une chambre, j'ai trouvé un petit coffre contenant des bijoux de femme et quelques Louis d'or. J'ai appelé Thérèse qui m'a rejoins a vu le coffre et son contenu puis elle me dit qu'il devait y avoir de l'argent quelque part. Nous avons fouillé, sans résultat, Thérèse a pris un petit vase antique et nous sommes partis par le chemin que nous avions pris pour entrer. Nous étions au rez-de-chaussée lorsque la porte d'entrée s'est ouverte sur un jeune couple avec une petite fille. Nous avons pris la fuite pour tenter de ressortir par la fenêtre au carreau cassé. Mais l'homme était vif, il a ceinturé ma tante. Moi, j'ai réussi à sauter par la fenêtre et je me suis retrouvé dans le petit jardin du pavillon, j'ai sauté une clôture.

J'ai couru et marché jusqu'à Palaiseau. Là, j'ai arrêté un taxi, nous avons pris la route de Paris et il a accepté de me conduire jusqu'à chez toi.

Tout au long de ce récit, je tremble de tous mes membres, cette mauvaise nouvelle me met en furie, je ne pouvais rester en place et je manquais d'air. Sur le coup, j'habille chaudement mon fils et j'emballe le linge de rechange et le nécessaire de Nassim que je mets dans le couffin.

Nous sommes sortis tous les quatre pour aller rejoindre Zanzi à Garges les Gonesses.

Nous avons pris un taxi place Gambetta jusqu'à la Gare du Nord où nous avons pris le train pour Sarcelles Centre. Là, nous avons marché jusqu'au terrain vague où était Zanzi. Nous sommes arrivés à onze heures du soir.

Zanzi venait de rentrer chez lui, il avait un coup dans l'aile, ses deux grandes filles et le benjamin étaient réveillés. Il se tourna vers son fils :

— Pichon, Thérèse n'est pas venue avec vous ?

— Elle a été arrêtée, répondit Pichon, moi, j'ai pu me sauver.

Zanzi s'adressa à moi :

— Slim, je suis désolé de ce qui est arrivé à Thérèse.

— Thérèse a agi selon sa conscience, répondis-je, personne ne peut éviter l'inévitable, c'est le destin.

— Mon Pichon dit Zanzi, quand je ne t'ai pas vu revenir à six heures, j'avais décidé d'aller voir chez Slim. Avant, je me suis rendu à Stains au bar des Charbonniers, rue Carnot pour voir s'il y avait du courrier de ta mère pour moi. (Tous les gens du voyage ont un point fixe, une adresse pour le courrier, dans un bar où ils sont habitués. Il suffit de se mettre d'accord avec le propriétaire. Le plus souvent ça marche bien). Lorsque je suis arrivé au bar, j'ai rencontré un cousin avec d'autres voyageurs au comptoir, je les ai rejoins et j'ai trinqué avec eux, nous avons bu plusieurs tournées ensemble. J'ai eu toutes les peines du monde à me libérer d'eux. Il y a juste dix minutes que je suis de retour ici, je voulais voir les enfants avant de repartir à Paris chez Slim.

J'ai remis mon fils entre les mains de Violette pour qu'elle prenne soin de lui et j'ai passé la nuit dans la caravane. Le matin suivant, je me suis réveillé de bonne heure et j'ai préparé le petit déjeuner pour tout le monde. Lorsque tout le monde fut debout, nous avons déjeuné ensemble, puis Zanzi s'apprêta à partir avec Pichon pour faire la récupération de ferraille. Je leur proposai de les accompagner pour donner un coup de main.

Zanzi ne dit ni oui ni non et je suis monté à l'arrière du fourgon. Nous avons parcouru plusieurs communes de la Seine Saint Denis pour récupérer la ferraille dans des garages.

A midi, nous en avions une bonne quantité et Zanzi a conduit le G7 au dépôt de ferraille de Stains où le négociant acheta le tout au poids, il le paya cash en lui donnant un bordereau.

Nous avons pris le chemin du retour au camping où nous avons trouvé Violette qui avait préparé des spaghettis avec des boulettes de viande hachée.

Nous nous sommes lavé les mains avant de passer à table. Le repas fut suivi d'un café noir, j'allumai une blonde en face de mon fils, dans les bras de Rosita. Zanzi, lui, prit une brune qu'il alluma avec le briquet posé sur mon paquet, près de moi sur la table. Il souffla la fumée de sa bouche avec un soupir et me regarda dans les yeux.

— Slim, tu sais que je ne suis pas riche, avec la ferraille et les allocations, j'arrive à peine à joindre les deux bouts. Si je te prends avec moi, ce sera dur pour nous deux.

Je lui répondis d'une voix sèche :

— Mets toi bien dans la tête que je suis venu chez toi simplement pour me reposer et remettre un peu d'ordre dans mes idées afin de me réorganiser.

Zanzi se frotta la joue mal rasée du bout de son doigt.

— Slim, je regrette de t'avoir choqué sans le vouloir.

Il fit un demi-tour sur lui-même et d'un geste nerveux de la main désigna tout ce qui nous entourait.

— Slim, ma caravane et tout ce qu'il y a dedans t'appartient, tu es chez toi ici.

Puis il prit la bouteille de gaz vide pour aller la changer chez le droguiste du coin.

A son départ, je suis sorti à mon tour me promener à pied et goûter un peu la solitude. Je laissai mon fils avec les enfants, je sais que Violette prend bien soin de Nassim. Je suis rentré le soir, à l'heure du dîner. Je me suis mis à table et Violette m'a servi un plat de purée avec du poulet.

A la fin du repas, Zanzi me parla :

— Slim, tu vas m'écrire une lettre pour ma femme Rosa.

Il se lève et ramène la dernière lettre de sa femme, de prison, et le nécessaire pour y répondre avec une bouteille de rouge qu'il débouche aussitôt. Il en remplit deux verres. Je prends le bloc de papier et le stylo pour écrire à Rosa et je l'adresse à son nom à la maison d'arrêt d'Amiens. Zanzi et moi avons avalé deux bouteilles de vin avant de nous coucher.

Je demandai à Zanzi de me réveiller en même temps que lui, le lendemain matin :

— Je vais rentrer chez moi avec mon fils pour faire mon devoir envers lui et envers Thérèse.

— Alors, répondit-il, je vais t'envoyer Rosita pour te donner un coup de main pour le bébé et elle pourra le garder quand tu seras absent pour tes affaires.

— Zanzi, je suis très touché de ta confiance mais je ne veux pas que Rosita soit enchaînée à la maison à cause du bébé. Même si j'accepte, un jour ou l'autre elle va rentrer chez toi, je serais encore plus malheureux à ce moment là. Ne t'inquiète pas, je vais m'arranger tout seul à meubler le vide que Thérèse a laissé derrière elle. Dans mon immeuble, il y a des voisins généreux qui ne me refuseront pas un coup de main. Au cours des années passées, j'ai toujours trouvé une solution aux problèmes qui se posaient à moi.

Puis j'ai quitté Zanzi pour prendre ma place entre les enfants, pour dormir.

Le lendemain matin, je partis après le petit déjeuner avec le couffin de Nassim.

Arrivé au studio, je trouve une lettre sous la porte, elle est postée de Fleury Mérogis, c'est Thérèse, je la pose sur la table de la cuisine pour m'occuper du bébé. Je lui fais chauffer du lait sur le réchaud à gaz puis je lui change sa couche-culotte. Ensuite, je dépose Nassim sur le grand lit et lui donne à boire le biberon que je lui ai préparé.

Je peux maintenant lire la lettre de Thérèse, je déchire

l'enveloppe. Le contenu est bref. Elle me dit où elle en est. Elle me demande de lui apporter du linge de rechange et de lui fournir un avocat. Elle veut des nouvelles du bébé.

J'allume une cigarette, je laisse mon esprit vagabonder et je me décide à aller rendre visite à ma voisine, Madame Gaby. Elle est âgée d'une soixantaine d'année et elle est veuve, elle loue le studio au-dessus du notre et nous sommes en bons termes avec elle. Elle passe de temps en temps chez nous, nous buvons l'apéritif ensemble, elle aime ça.

Madame Gaby n'est pas au courant de l'événement fâcheux qui a touché Thérèse et nous avec.

Je mets des couches de rechange et le lait du bébé dans un sac plastique, je prends Nassim dans mes bras avec son biberon et je monte au premier étage, chez Madame Gaby, je frappe à la porte qui s'ouvre immédiatement. Dés qu'elle me voit avec le bébé dans les bras, un sourire se dessine sur ses lèvres. Son visage est pale et elle est habillée d'une robe de chambre de laine, elle porte de vieilles pantoufles aux pieds.

Me voyant entrer, elle me dit :

— Slim, donne moi ton bébé que je l'embrasse.

Je mets Nassim dans les bras de Madame Gaby et je m'assied sur une chaise à la table de la cuisine. L'intérieur du studio est soigneusement entretenu. Elle me propose de boire l'apéro avec elle.

— Je veux bien, mais je ne suis pas venu pour ça. Je voudrais que tu gardes mon bébé une heure ou deux. Je suis seul avec lui car sa mère est absente actuellement.

Elle me répondit :

— Un joli bébé comme lui, on ne peut pas refuser de le garder, je prendrai soin de lui jusqu'à ton retour, il va me tenir compagnie ce petit bout de chou.

Elle me le dépose dans les bras pour aller jusqu'à son buffet duquel elle retire une bouteille d'apéritif. Elle en sert deux verres et nous trinquons ensemble. Je lui dis que j'avais apporté de quoi changer le bébé et du lait en poudre et je pris congé de ma voisine.

Je me suis rendu chez un avocat que je connais de réputation dans le dix-huitième arrondissement. Arrivé dans son immeuble, je monte au deuxième étage où je suis accueilli par une secrétaire qui prend mon nom et me fait attendre dans une grande salle garnie d'une bibliothèque pleine de livres. Il y a des cadres au mur, une table basse avec des magazines entourée de fauteuils.

Je feuilletais une revue lorsque la porte du cabinet s'ouvrit. L'avocat, Maître Seba, me fit entrer en me serrant la main. C'est un homme ni grand ni petit avec un visage au teint mat, des cheveux châtains foncés, des yeux noirs qui brillent de malice.

Je m'assis en face de lui et entrai dans le vif du sujet.

— Maître, ma femme est incarcérée à Fleury Mérogis pour délit de cambriolage et je souhaite que vous preniez sa défense.

— Je vais lui apporter l'aide dont elle a besoin. Il faut que vous lui écriviez pour lui dire de m'envoyer un mot ainsi qu'à son juge d'instruction pour signifier qu'elle m'a choisi pour sa défense. Ainsi, je pourrai aller lui rendre visite à la prison.

Je lui remis les coordonnées de Thérèse ainsi qu'un acompte pour l'ouverture du dossier. Ensuite, j'ai quitté le cabinet.

Je suis resté un moment sur le trottoir à réfléchir et j'ai décidé d'aller faire un tour au Cadran Bar, chez Marie-Louise, il y avait un mois que je n'y avais pas mis les pieds.

Je traverse le quartier de Barbès pour arriver sur le boulevard Magenta, au Cadran Bar. Je pousse la porte d'entrée et derrière le comptoir, je vois Brigitte, mon ancienne maîtresse, dans l'année 1968. Elle m'avait laissé dans une situation embarrassante en Belgique, elle était partie sans se soucier de moi.

Lorsque mes yeux se posent sur elle, je sens un choc violent au creux de l'estomac et mon cœur bat plus vite qu'à l'ordinaire dans ma poitrine.

Je m'avance vers elle, résolu, nos regards se croisent et Brigitte baisse les yeux afin de dissimuler sa crainte. Elle rejoint la patronne Marie-Louise à la caisse. Elle lui chuchote quelques mots et Marie-Louise tourne son regard vers moi.

Entre Brigitte et moi, c'est une longue histoire qui a commencé en 1967. Elle avait, à ce moment-là vingt deux ans, un corps parfait, un visage ovale au teint laiteux, des yeux couleur de la mer et une chevelure magnifique, blonde, qui lui tombait sur les épaules.

Un jour d'été, elle est arrivé avec son jules Krimo, un coiffeur de Barbès, au snack-bar de la Rue Biot, dans le 17ème, que je fréquentais, guidée par mon ami et associé Alex.

C'est Alex qui fit les présentations et nous avons pris un verre ensemble au comptoir, puis il me dit :

— Slim, je t'ai amené Krimo car il souhaite rencontrer un gars qui puisse l'aider à résoudre un problème.

Krimo prit la parole :

— C'est Alex qui m'a proposé de te rencontrer. Je cherche

quelqu'un capable de remettre au pas un dénommé Sami qui embête mon amie Brigitte, rue des Charbonnières à Barbès. Slim, si tu es intéressé, je dédommagerai ton intervention.

Je jette un coup d'œil sur la fille, c'est un beau brin.

— Je fais mon affaire de ce mec Sami, mais il faut qu'on soit bien d'accord sur ce que tu appelles dédommagé.

Krimo me prend à part et me fixe une somme d'argent et nous nous mettons d'accord sur toutes les conditions.

Krimo a fixé un rendez-vous à dix heures pour Brigitte et moi à l'Eden, un bar du boulevard de la Chapelle pour qu'elle me montre cet emmerdeur de Sami.

Dés que Krimo et sa poule sont partis, je me tourne vers mon ami Alex.

— Où as tu connu cet oiseau de Krimo ?

— Il travaille dans le salon de coiffure de la rue Poissonnière dans le 18ème, où je me fais arranger les cheveux

— Dés que j'aurai réglé cette histoire, je m'occupe de ce cave de Krimo, je lui prends l'argent et la fille. "La fortune est aveugle. Elle donne la viande à ceux qui n'ont pas de dents". Moi, j'ai les dents prêtes à broyer des os. Je ne vais pas laisser passer une si belle occasion.

Le lendemain, à dix heures du matin, j'étais au rendez-vous avec Alex à l'Eden. Brigitte est sur place, au comptoir, une tasse de café, un paquet de blondes avec une pochette d'allumettes à ses côtés. Nous la rejoignons, je me fais servir un café noir et Alex une bière bouteille.

— Slim, me dit Brigitte, franchement, je craignais que tu ne viennes pas au rendez-vous à cause de la mauvaise réputation du quartier de Barbès-City.

— La preuve est là, lui répondis-je, je tiens toujours parole et sois certaine que je vais régler ton affaire avec Sami.

A cet instant, les yeux de Brigitte se tournent vers la porte d'entrée du bar, son teint est devenu blême.

Je me tourne en suivant le regard de Brigitte porté sur un jeune homme d'environ 25 ans, de taille moyenne, d'un teint noiraud, avec des cheveux noirs crépus, habillé d'un ensemble de jeans. Il prend place au coin du comptoir du bar.

Brigitte me dit d'une voix blanche :

— Slim, c'est Sami qui vient d'entrer.

— Sois tranquille, je suis là. Je vais le remettre à sa place, fais moi confiance. Mon cœur bat vite comme lorsque je montais sur le ring.

Quelques minutes plus tard, Sami vient vers nous, gonflé de prétention, une cigarette au bec non allumée. Arrivé à la hauteur de Brigitte, il pose sa main sur la pochette d'allumette qui est sur le paquet de cigarettes.

J'étais vexé par son attitude, j'ai balayé son geste de la main avec violence et sans lui laisser le temps de réagir, je lui balance un coup de boule accompagné d'un crochet du droit. Il tombe par terre.

Le gérant du bar et le serveur interviennent en me priant de quitter l'endroit.

Sami se relève, essuie le sang qu'il a sur le visage avec son mouchoir en m'injuriant.

Je sors du bar, restant à proximité de la porte pour attendre Sami qui n'a pas tardé à se pointer. Dés qu'il me voit, il se met en garde. Je m'avance sur mon bonhomme et nous échangcons des coups violents. Il s'accroche à moi de tout son poids pour me faire tomber, il me fait une prise, je le contre, il m'entraîne avec lui dans sa chute. Je me retrouve sur lui et, avec rage, j'écarte ses bras que je maintiens fermement et je lui martèle la gueule à coups de boule. Son arcade sourcilière pisse le sang, son visage est tout rouge.

Mon ami Alex intervient :

— Slim, arrête, tu vas lui crever l'œil.

Il se penche sur moi et m'écarte de Sami.

Brigitte avait assisté avec d'autres curieux au combat, du début à la fin. Elle s'est approchée de moi.

— Viens Slim, je vais te conduire chez une copine, tu vas te débarbouiller un peu.

Elle avait les yeux brillants de joie. Elle nous a entraînés, moi et Alex, jusqu'à chez sa copine Ginette qui tient un bistrot rue Belhomme dans le 18ème.

Nous nous sommes installés à une table dans la salle, j'avais un goût salé dans la bouche. Je suis allé me laver au lavabo des toilettes. En me nettoyant la gueule, je remarque que l'intérieur de ma lèvre est coupé et une fois propre, je rejoins Brigitte et Alex à leur table.

Ils ont déjà une consommation devant eux, je m'assois, je me fait servir un Ricard et je fais le point avec Brigitte.

— Maintenant l'affaire est close avec Sami, avec la dérouillée que je lui ai donnée, je ne pense pas qu'il aie le courage de se présenter devant toi une autre fois.

— Slim, je connais Sami de réputation, il ne va pas s'arrêter là. Il va revenir à la charge et Krimo n'est pas capable de le mettre au pied du mur. Sami pense qu'il a des droits sur moi. Auparavant, j'étais la femme de son cousin qui a été expulsé en Algérie à la suite d'un délit. Je me rends compte que ce n'est pas une vie pour moi, à chaque fois qu'il y a un problème, Krimo fait appel à toi ou à quelqu'un d'autre. Je ne veux plus vivre avec la peur d'être marquée d'un coup de rasoir sur la gueule. Il me faut un homme sur qui je peux compter

— L'homme que tu cherches est devant toi. Je pourrai te soutenir dans les bons et les mauvais moments, on va bien s'entendre tous les deux.

Je pose ma main sur le dos de la sienne, elle la retourne et serre la mienne.

— On est ensemble et on y reste, tout ce qui te touche me touche. Aujourd'hui même, tu vas aller voir Krimo et tu lui diras que c'est terminé entre vous deux et que tu vas rester avec Slim. Tu arranges ça à ta façon, c'est à toi de jouer, s'il cherche à comprendre, je m'occupe de lui. C'est moi qui vais y aller en premier pour empocher la prime et après ce sera à ton tour de lui faire la surprise. Attendez moi là tous les deux, le temps d'un aller-retour chez Krimo.

Au salon de coiffure de la rue Poissonnière, Krimo vient à ma rencontre avec un grand sourire. Je sentais qu'il était déjà au courant de la bagarre entre Sami et moi.

— Slim, je t'attendais, je sais pour la bagarre, tu l'as bien arrangé à ce qu'on m'a dit. Pour en avoir le cœur net, je me suis rendu à l'Eden où j'ai parlé avec le barman.

Discrètement, il tire une enveloppe de la poche arrière de son pantalon et me la passe en douce. Je jette un coup d'œil vite fait sur le contenu, le compte y est. Je prends congé de Krimo et je retourne rue Belhomme, chez Ginette ou je vois Brigitte et Alex à la même place que tout à l'heure, à m'attendre

Je me tiens debout près de la table.

— Moi, c'est OK avec le coiffeur, à ton tour Brigitte, on se verra ce soir à La Taverne, un bar de la place Clichy, à dix heures.

Puis me tournant vers Alex :

— Viens, on se casse.

Nous sommes partis à pied en direction de la rue Biot et nous nous sommes installés au comptoir du Snack-Bar, nous avons pris deux bières bouteilles, j'ai partagé en deux la somme d'argent de Krimo et donné une part à Alex.

Le soir, je suis allé au rendez-vous au bar La Taverne,

place Clichy. Il est dix heures passées de quelques minutes. Brigitte est assise à une table dans la salle, je la rejoins et elle me dit :

— Cela fait déjà dix minutes que je suis là. J'ai vu Krimo, je lui ai fait part de mon choix et il m'a juste dit : moi j'ai horreur de la violence et je respecte ton choix, puis on s'est quitté en silence.

Je suis resté avec Brigitte quelques temps à La Taverne puis nous sommes allés au restaurant, chez Charlot, juste à côté. Nous y avons fait un dîner copieux arrosé d'une bonne bouteille de vin rouge. Nous avons quitté le restaurant vers une heure du matin, j'ai conduit Brigitte rue des Dames dans le 17ème, à l'hôtel où je logeais à cette époque.

— Brigitte, lui dis-je, tu vas entrer dans l'hôtel et louer une chambre pour toi, moi, j'en ai une au deuxième étage.

Je lui en donne le numéro et nous entrons séparément. Je monte dans ma chambre et quelques instants plus tard, Brigitte me rejoint. Nous avons passé une nuit d'enfer.

Deux jours après la bagarre avec Sami, je me trouvais au Chango Bar boulevard de la Chapelle dans le 18ème. J'étais seul au bar à consommer quand Sami est entré avec un jeune homme trapu, du même âge que lui. Sami a un pansement sur l'arcade sourcilière gauche. Ils viennent tous les deux dans ma direction et s'arrêtent près de moi. Je les fixe à tour de rôle, le compagnon de Sami a une rose tatouée sur le dos de sa main gauche.

Sami me dit :

— Slim, viens dehors, j'ai à te parler.

Sans lui répondre, je ferme mon blouson de cuir et le suis vers la porte. Il s'est arrêté sur le trottoir, son ami à ses cotés. Je m'approche, en alerte. Sans prononcer une parole, Sami m'envoie sa droite à la face, en traître. J'esquive le coup, je riposte d'une gauche et d'un crochet du droit en pleine gueule. Sami est déséquilibré.

Son ami, le tatoué, me balance un coup de couteau, je recule. J'ai reçu le coup de couteau à la poitrine, il m'a entaillé le blouson.

Je plonge la main dans ma poche et en sort mon cran d'arrêt et j'en fais jaillir la lame aussi sec. Le tatoué a vu mon geste et il a pris la fuite. Les clients du bar sont sortis pour assister au spectacle avec quelques passants.

J'ai poursuivi le tatoué jusqu'au pont du métro Barbès-Rochechouart, il m'a échappé en traversant en pleine circulation.

Depuis, je reste dans le quartier de Barbès où je me suis fait connaître par la violence et où Brigitte est traitée avec égard.

Au cours de l'année 1968, j'ai commencé à avoir des ennuis avec la police judiciaire, elle m'avait dans le collimateur, elle me guettait, le coin est devenu malsain pour moi. Il fallait que je change d'air et que je me fasse oublier.

Je me suis fait faire une fausse carte d'identité française auprès d'une connaissance et j'ai obtenu un contact à Bruxelles par des amis. J'ai mis mes affaires à jour, j'ai fait mes valises et j'ai quitté la France, en compagnie de Brigitte, pour la Belgique.

Par le train, nous sommes arrivés à Bruxelles où nous avons pris un taxi qui nous a conduit rue de la Bourse, chez Elie, un ami de mes amis de Paris. Il tient un bar.

Elie m'a reçu cordialement, il est au courant de la raison de ma venue. Il nous sert à boire et trinque avec nous, puis il laisse des consignes à la femme qui se trouve avec lui au comptoir. Nous sommes sortis ensemble jusqu'à la Mercédès d'Elie où nous nous sommes installés avec nos bagages, moi, à côté du chauffeur et Brigitte sur la banquette arrière.

Il nous a conduit à Entwerpen (Anvers) dans la région flamande. Elie a arrêté sa voiture devant une taverne (bar américain) située derrière la gare d'Anvers. Nous sommes descendus tous les trois et nous avons pénétré dans la taverne.

C'est une grosse femme blonde qui nous accueille. Il y avait deux autres filles : une derrière le comptoir et l'autre devant la vitrine de la taverne. Elles avaient toutes deux un large décolleté qui mettait en valeur leur poitrine. La grosse femme nous conduit au fond de la salle qui est vide.

— Marcelle, dit Elie en s'adressant à elle, je te présente Slim qui vient de Paris avec son amie.

Nous avons fait connaissance puis Elie prend Marcelle à part pour discuter tête à tête. Ils nous ont rejoint quelques instants plus tard.

Marcelle pose son bras sur l'épaule de Brigitte.

— Ma fille tu vas commencer à travailler avec moi ce soir pour te mettre dans le bain.

Nous sommes allés au comptoir prendre un verre ensemble et nous avons quitté la taverne tous les trois. Elie nous a conduit à l'hôtel Florida d'Anvers, nous avons pris nos bagages et il est reparti pour Bruxelles. Nous avons pris une chambre pour couple à l'hôtel.

Le soir même, Brigitte travaille comme entraîneuse chez

Marcelle. Moi, de mon côté, je suis allé faire un tour en ville.

J'ai commencé à fréquenter les rues du quartier du port d'Anvers. Je me suis fait un ami, le serveur du bar Casablanca qui s'appelle Peters. Le bar reste ouvert toute la nuit. Peters est un mec sympa, il est ouvert à tout et a toujours le mot pour rire, c'est un ancien navigateur, il a roulé sa bosse sur tous les continents. Pendant ses jours de repos, nous sortons ensemble. Peters est un mordu des jeux de hasard, il m'entraîne dans les tripots. Je me suis mis à flamber à la passe anglaise (un jeu à deux dés).

J'étais à Entwerpen depuis quatre semaines quand Maria, la copine de travail de Brigitte, nous a fait obtenir un studio meublé dans la rue de Rosier. Brigitte l'a pris à son nom et nous avons quitté l'hôtel pour nous y installer confortablement.

Un matin de week-end, Brigitte vient me réveiller, toute essoufflée.

— Slim, ma copine Maria veut te voir. Elle retient un client éméché. Il a les poches pleines de billets, on dirait qu'il a cambriolé une banque.

Je saute rapidement du lit, je fais ma toilette et je me rends avec Brigitte à la taverne de Marcelle. Elle entre, j'attends sur le trottoir. Brigitte ressort presqu'aussitôt avec Maria qui s'adresse à moi :

— J'ai un client entre les mains, il a les poches gonflées de billets de banque et il est un peu saoul. Je le fais mettre dehors et tu peux te le faire avec Charlie, mon mari.

Elle me décrit un peu son client quand Charlie fait son apparition, c'est un homme grand au teint basané, un bon physique, bien entretenu, il a une allure pesante, c'est un cave verni. Nous avons fait connaissance en nous serrant la main et Charlie demande à Maria :

— Où est le pigeon dont tu m'as parlé au téléphone ?

— Ne t'inquiète pas, il est bien au chaud, répondit Maria.

La voilà repartie à l'intérieur de la taverne avec Brigitte. Maria est la femme de confiance de Marcelle, elle tient les rênes de la boutique lorsque celle-ci est absente, comme aujourd'hui.

Quelques minutes plus tard, un homme sort, il est maigre, habillé avec simplicité et coiffé d'un chapeau tyrolien, il marche avec négligence. Charlie et moi le suivons à distance en attendant le moment propice pour lui choper son pognon.

Il entre dans un bistrot prés de la cathédrale de Notre Dame, nous l'attendons sur le trottoir d'en face. Je me rends compte que je ne suis pas très chaud pour faire le coup avec Charlie qui attend beaucoup de moi. Je vais essayer de bluffer pour voir sa réaction.

— Charlie, moi j'en ai ras-le-bol de poireauter pour un trimard, je me casse, fais le boulot tout seul si tu veux.

Il reste sans voix et je pars faire le tour de la cathédrale en prenant mon temps. Revenu sur la place, Charlie a disparu. Je savais qu'il n'avait pas assez de tripes pour faire quoique ce soit. Il aime les plats tout cuits, moi j'aime travailler avec des mecs qui mettent la main à la pâte.

Je me suis posté sur le trottoir à attendre. Trois quarts d'heure plus tard, l'homme au chapeau tyrolien sort en chancelant.

Je marche derrière lui puis je le devance pour me planquer dans la porte ouverte d'un immeuble. Lorsqu'il arrive à la hauteur de la porte, je l'attrape par l'encolure de sa veste et je le tire vers l'intérieur de toutes mes forces, ses talons cognent la bordure de l'entrée. Il tombe par terre dans le couloir. En le traînant un peu, je lui file une droite au menton, il s'endort.

Je plonge la main dans la poche extérieure de sa veste et je retire deux liasses de billets de banque belges tout neufs, je planque le tout dans ma poche revolver, personne ne m'a vu.

Je suis sorti du couloir de l'immeuble et j'ai pris la direction de la rue de Rosier. Rendu à mon studio, j'ai caché les liasses puis je suis ressorti en direction du port d'Anvers.

Là, j'ai traîné dans les bistrots jusqu'au soir avant de retourner chez moi. Au studio, je me suis allongé pour regarder la télé et j'ai vu Brigitte rentrer avec une tête d'enterrement.

— Avec la tête que tu te paies on dirait que tu as vu un fantôme dans les parages.

— La police est venue avec l'homme au chapeau tyrolien, il a dit qu'il sortait de la taverne quand il s'est fait agresser. Marcelle a répondu qu'elle n'était pas responsable de ses clients lorsqu'ils avaient franchi le pas de sa porte. Les policiers se sont tournés vers nous les filles et ils ont contrôlé nos papiers. Ils se sont acharnés sur moi en me disant que je travaillais illégalement. Marcelle m'a sauvé la mise en leur expliquant que j'étais là en touriste et qu'elle m'hébergeait à l'étage au-dessus de son appartement. Convaincus, ils ont quitté l'établissement.

Après leur départ, Maria est venue vers moi en me disant qu'elle était certaine que c'était toi qui avais fait le coup. Je me suis fâchée à cause de ses accusations contre toi.

— Maria a vu juste, lui dis-je, c'est moi qui ai fait le coup mais personne ne m'a vu et personne ne doit le savoir en dehors de nous deux.

Je me suis levé pour lui montrer les deux liasses.

— Avec nos économies, cet argent va nous servir à acheter un bar américain. Il sera à ton nom. Demain tu vas consulter un notaire pour qu'il t'explique la marche à suivre pour l'achat d'une taverne.

Je cache l'argent au-dessous de l'armoire.

Le lendemain matin, alors que j'étais au lit à dormir, Brigitte me réveille, je la vois toute habillée et je lui demande ce qu'il se passe.

— Regarde l'heure, il est midi passé, je reviens de chez le notaire. Marcelle m'a donné l'adresse du sien. Il m'a dit que pour ouvrir une taverne, il faut être de nationalité belge.

— Ce n'est pas un problème, tu vas devenir belge. Il suffit de faire un mariage blanc, je vais m'en occuper.

Brigitte s'enroua :

— Slim, c'est avec toi que je voudrais me marier.

— Ne t'inquiète pas, tu vas te marier uniquement pour obtenir la nationalité belge, tu ne vas pas vivre avec la personne, c'est mon problème, fais moi confiance.

Le soir même, je suis allé voir mon ami Peters à son travail, au bar Casablanca. Je m'installe à une table et j'appelle Peters qui vient prendre la commande. Il se tient debout près de moi et je lui dis :

— Peters, j'ai besoin de tes services.

— Slim, je t'aiderai dans la mesure de mes moyens.

— Je veux organiser un mariage blanc pour ma concubine, j'aimerais que tu me conseille un gars correct parmi tes connaissances.

Peters me lance un coup d'œil.

— Slim, pourquoi aller chercher ailleurs ce que l'on a sous la main. Il y a belle lurette que je suis divorcé, je peux te rendre ce service le jour que tu veux.

— Peters, tu me rends un sacré service, je vais tout de suite appeler ma concubine pour lui annoncer la nouvelle et lui demander de venir faire ta connaissance.

Je téléphone à la taverne de Marcelle, celle-ci m'a tout de suite passé Brigitte à qui j'ai demandé de venir nous rejoindre en taxi au bar Casablanca. J'ai repris ma place et une demi-heure plus tard je vois arriver Brigitte. Je fais un signe de la main dans sa direction. Dès qu'elle m'aperçoit, elle me rejoint à la table que j'occupe et s'installe à mes cotés.

Peters arrive à son tour, je fais les présentations et je commande une bouteille de champagne. Peters fait le service et nous trinquons ensemble.

— Slim, me dit Brigitte, maintenant que nous avons trouvé notre homme, il faut battre le fer quand il est chaud, je vais faire un voyage jusqu'à la mairie de Creil pour avoir un extrait d'acte de naissance.

— Je vais t'accompagner, lui dis-je, j'ai un peu la nostalgie de l'ambiance parisienne.

Peters fait son service et dès qu'il a un moment libre, il vient à notre table vider sa coupe de champagne.

Je lui fis part de notre décision :

— Peters, Brigitte et moi allons faire un voyage en France pour obtenir les papiers nécessaires au mariage.

Brigitte se leva.

— Je vais téléphoner à la gare d'Anvers pour avoir les heures du train Anvers-Bruxelles-Paris.

Elle est partie téléphoner et je me trouvais en face de Peters, debout devant la table.

— Slim, tu n'oublie pas de mette ta main à la poche pour ma récompense, il faut que je sois convenable le jour du mariage.

— Il n'y pas de problème, lui répondis-je. A mon retour de France, nous réglerons tout ça et nous fixerons la date du mariage.

Brigitte est revenue s'asseoir et me dit :

— Il y a un train qui nous convient bien pour demain, ou plutôt pour aujourd'hui, il est minuit passé.

Je règle les consommations à Peters et nous sommes sortis pour nous rendre au studio chercher le nécessaire pour le voyage.

Nous n'avons pas fermé l'œil et à sept heures du matin, nous avons quitté notre studio pour la gare d'Anvers.

Nous avons pris deux billets et nous voilà partis pour Bruxelles où nous avons changé de train en direction de Paris.

Au cours du trajet, Brigitte me dit :

— Slim, le train va faire une halte à Creil. Je descends et je passe chez ma grande sœur, j'y resterai la nuit et ensuite j'irai au bureau de l'état civil pour chercher mon acte de naissance.

— Lorsque tu auras réglé tes affaires, tu viendras me rejoindre chez Yacine à son bar-hôtel, passage du Petit Cerf dans le 17ème, j'y prendrai une chambre.

Le train s'est arrêté à Creil, Brigitte en est descendue avec son sac de voyage et son sac à main, j'ai continué ma route jusqu'à Paris. A la Gare du Nord, j'ai pris un taxi qui me conduit avenue de Clichy, au coin du passage du Petit Cerf. Arrivé chez Yacine, nous avons échangé une poignée de main et nous avons pris un apéritif ensemble.

Il m'a ensuite donné la clé d'une chambre, à ma demande.

L'hôtel n'est occupé que par des ouvriers maghrébins à qui il loue les chambres au mois. Il en garde deux ou trois pour les clients de passage.

Les clients sont obligés de passer par le bar pour entrer ou sortir et pour récupérer leur courrier, ce qui les pousse à consommer, c'est la politique du patron.

Je suis monté dans ma chambre pour me reposer. Le soir, je suis descendu dîner chez Yacine puis je suis resté à consommer jusqu'à la fermeture.

Le lendemain soir, Brigitte est venue me rejoindre à l'hôtel, elle avait réglé son histoire d'extrait de naissance. Nous sommes restés une journée ensemble à Paname avant de repartir pour Anvers.

Nous y sommes arrivés tard dans la nuit. Le voyage m'avait bien fatigué et aussitôt rendu à notre studio, je me suis allongé sur le lit et je me suis endormi.

Au matin, j'entends des coups à la porte, je regarde mon bracelet montre, il est sept heures, Brigitte se réveille à son tour. J'ai senti un pincement au cœur, comme un mauvais pressentiment. Je me tourne vers Brigitte.

Nous n'attendons personne à cette heure-ci, de plus personne n'est au courant de notre présence, sauf si nous étions sous surveillance de la police.

Je saute du lit, j'enfile mon pantalon, je prends le reste de mes vêtements et mes souliers dans mes bras pour sortir par la fenêtre de la cuisine qui donne sur une cour. J'ouvre la fenêtre, il y a déjà un flic posté en face, un calibre à la main. Je referme la fenêtre et retourne dans la chambre.

— Brigitte, il y a une fuite quelque part, il y a des flics partout, va leur ouvrir.

Dès qu'elle ouvre la porte, trois flics en civil font irruption dans la chambre, arme au poing. Ils se sont jetés sur moi, m'ont fouillé. Ils m'ont laissé le temps de terminer de m'habiller, ils m'ont mis les bras derrière le dos puis m'ont mis les menottes.

Ils m'ont conduit au commissariat d'Anvers avec Brigitte, en voiture. Là, je me suis trouvé dans une grande salle avec des cloisons de séparation, un peu comme des cabines sans porte. Brigitte était à deux cabines de la mienne. J'avais toujours les menottes et j'étais surveillé par un policier en tenue assis au centre de la salle, auprès d'une table.

Je vois entrer Maria, celle qui travaille avec Brigitte à la taverne, le policier la fait asseoir dans une cabine, à côté de Brigitte.

Avant son arrivée, j'étais confiant, là, je comprends tout. Le coup d'arnaque vient d'elle. Elle se venge de l'histoire du client au chapeau tyrolien qu'elle m'avait donné à faire avec son mari Charlie. Je les avais blousé tous les deux.

Elle m'a balancé et je pense que c'est avec la complicité de Brigitte qui ne souhaitait pas se marier en Belgique. Elle n'a pas osé me le dire et elle a agi autrement.

Une vive douleur nerveuse me secoue de la tête aux pieds. J'ai été trahi et tous mes projets s'écroulent. Un rideau noir est tombé devant mes yeux et une rage bouillante s'empare de moi, faisant craquer quelque chose dans ma tête

Je me lève, les bras derrière le dos, menottes aux poignets et j'avance dans la salle vers la grande fenêtre. Le policier qui me surveille me lance :

— Retourne à ta place, vite fait.

— Je t'emmerde, lui répondis-je en m'approchant de la grande fenêtre en vitrail.

Je plonge la tête à travers les vitraux. Un étendoir en fil de fer a amorti ma chute du deuxième étage.

Je me suis réveillé sur un lit de l'hôpital d'Anvers avec un pansement, des points de suture sur le canal, entre le nez et la joue. Ma cuisse gauche est bandée. Dès que je fais un mouvement de la jambe, je ressens une douleur aiguë qui monte jusqu'au cœur.

Dans la salle, il y a d'autres malades mais mon lit est un peu à l'écart des leurs. Un policier en tenue est assis sur une chaise à me surveiller, il lit un magazine. Je sens toujours, au fond de moi, le feu de la rage qui brûle. J'attends le moment propice et je me sauve. A la première occasion je me suis évadé en boitant le long du couloir.

A la sortie du bâtiment, un ambulancier me barre le chemin, je fonce dessus et nous nous battons, mais d'autres sont arrivés avec le policier qui me surveillait. Ils m'ont ceinturé et conduit dans une chambre isolée.

Je devenais indésirable pour la direction de l'hôpital qui a fait appeler les inspecteurs de police. Ceux-ci m'ont reconduit au commissariat où ils ont vite fait mon dossier d'inculpation et présenté devant le juge qui a délivré mon mandat de dépôt. Je me suis retrouvé à la maison d'arrêt d'Anvers.

Trois mois plus tard, j'étais condamné par le tribunal correctionnel d'Anvers à une peine ferme avec expulsion du territoire belge.

Brigitte m'avait obtenu un baveux et elle est restée, pendant trois mois, en contact avec moi par courrier. Après ma condamnation ça a été le silence total. Elle a disparue avec toutes les économies. Je lui avais pourtant fait confiance. Le malheur m'est tombé dessus en septembre 1968.

Aujourd'hui, ce sont nos retrouvailles. Brigitte se tient derrière le comptoir du Cadran Bar de Marie-Louise. A la seconde où elle m'a vu, son visage a changé de couleur, à plusieurs reprises, comme un caméléon.

Je me dirige vers elle. La patronne, Marie-Louise, s'est déplacée de derrière sa caisse et vient à ma rencontre.

— Salut Slim, accorde moi ton attention un petit moment. J'ai a te parler de Brigitte, elle m'a tout, ou presque tout expliqué de ce qu'il t'est arrivé à Anvers. Le jour où elle est arrivé chez moi, elle était malade et enceinte, elle m'a demandé de l'aide. Elle m'a affranchi de son inconscience à ton égard. Slim c'est une fille en qui j'ai confiance. Elle avait travaillé dans mon hôtel du boulevard de la Chapelle avec d'autres filles, elle ne m'a jamais fait d'ennui. J'ai eu pitié de son état de santé et du bébé qu'elle portait. Je lui ai donné une chambre chez moi, dans mon appartement audessus du bar, jusqu'au moment où elle a accouché. Elle a mis au monde un petit garçon métis.

Lorsqu'elle s'est rétablie, elle a repris son travail au bar, honnêtement comme tu le vois. Slim, au nom de notre vieille amitié, ne cherche pas à te venger de Brigitte. Elle vient d'être mère d'un petit garçon et je l'ai prise sous ma coupe, je réponds d'elle. En échange, je t'offre mon soutien, ma porte te reste ouverte le temps que tu auras besoin de moi.

— Marie-Louise, lui dis-je, tu sais bien que toute blessure reçue guérit mais que la cicatrice reste gravée. Tu m'as pris par les sentiments, tu me désarmes. J'enterre ma vengeance tant qu'elle reste sous ton toit.

— Tu es brave Slim.

Elle me fait signe de la suivre et nous montons au premier étage, à son appartement. Elle me fait asseoir dans le salon et disparaît dans une autre pièce. Lorsqu'elle revient, elle me remet une somme d'argent que j'enfouis dans la poche intérieur de mon manteau de cuir. Cet argent fait baisser ma colère.

Nous redescendons ensemble au bar et je me suis appuyé au comptoir, Marie-Louise est passée derrière et a servi un Whisky pour moi, un jus de fruit pour elle. J'ai vidé mon verre et j'ai pris congé d'elle.

Je suis rentré chez moi en métro et je suis allé chercher mon fils chez Madame Gaby. Tous les soirs avant de me mettre au lit, je prépare trois biberons de lait pour la nuit. Je les place dans une cuvette en zinc à moitié remplie d'eau que je dépose sur le poêle à mazout allumé, le lait reste constamment tiède.

Lorsque Nassim se réveille la nuit en pleurant, je lui donne un biberon tout prêt. C'est mon premier et unique enfant et je m'en occupe tout seul. Dès qu'il pleure je pense qu'il a faim où qu'il faut lui changer ses couches.

Certains soirs où je suis fatigué d'avoir couru à gauche et à droite dans Paris pour ramener le bifteck à la maison, je m'endors profondément et je suis réveillé en sursaut par les pleurs du bébé. Tout étourdi de sommeil, je me dirige directement à la cuisine comme un somnambule, je sors un biberon de la cuvette pour le porter à Nassim et je me recouche.

Parfois dans la journée, je suis aidé par ma voisine Madame Gaby qui me garde mon fils lorsque j'ai des courses à faire. En échange, je lui offre des petits cadeaux.

Il faut bien que je m'absente pour gagner ma vie. Je fais face à tout, les besoins du bébé, le loyer, l'avocat de Thérèse...

Je n'ai pas souhaité obtenir de permis de visite pour Thérèse car elle est encore en instruction et je ne suis pas net avec la justice. Je fais envoyer le linge de rechange par son père Tchavo qui, lui, a le permis de visite.

Une nuit, comme chaque nuit, mon enfant se réveille en pleurant. Je lui donne un biberon plein que je cale avec une serviette à la hauteur de sa bouche et je retourne me coucher. La lumière à peine éteinte, Nassim recommence à pleurer plus fort. Je me lève à nouveau pour voir si le biberon ne lui a pas échappé, mais non, tout est normal. Je le prends dans mes bras et le berce pour qu'il se calme. Dès qu'il s'apaise, je le remets dans son lit avec son biberon et je m'allonge auprès de lui. Ses pleurs reprennent, c'est le milieu de la nuit, je suis écrasé de sommeil, jamais il n'avait autant pleuré.

Je me suis relevé en allumant la lumière dans la chambre et dans la cuisine et j'ai entrepris de le changer. Je m'aperçois, en retirant sa couche, que ses selles sont vertes comme s'il avait mangé de la verdure. Je suis resté un moment inerte à fixer ses selles puis je lui ai enlevé son linge de corps. Je suis troublé par l'image de sa peau parsemée de petits boutons rouges. Le mal de mon enfant a causé chez moi une profonde douleur et je me suis mis à parler tout haut :

— Je maudis cette providence de malheur qui s'acharne sur moi et sur mon enfant innocent.

Je regarde autour de moi, je ne vois que le vide, je me sens très seul, impuissant. Mes yeux se sont remplis de larmes sans que je puisse me retenir.

J'ai rempli une cuvette en plastique d'eau tiède et j'ai donné un bain à mon enfant, je lui ai délicatement nettoyé le corps tout entier, je sens mes larmes qui roulent sur mon visage. Après l'avoir séché, je lui ai passé de la pommade "Cétavlon" sur la peau et je l'ai posé sur mon lit. Il était calme, j'ai pensé que la pommade l'avait soulagé.

Moi, je n'ai plus sommeil, toute fatigue a disparue, je tourne en rond comme un ours en cage, je bois du café noir, je grille cigarette sur cigarette.

Au matin, je couvre chaudement Nassim, je le prends dans mes bras avec son carnet de santé et je le conduis chez un pédiatre. Le cabinet se trouve à 300 mètres de chez moi.

Je suis le premier client et je décris au médecin les troubles de mon fils :

— Docteur, il a les selles vertes comme de l'herbe et son corps est criblé de petits boutons rouges.

Il soulève le linge de corps du bébé et il jette un coup d'œil sur les boutons, Le bébé reste tout le temps dans mes bras, la consultation sera brève. Le docteur fait une mauvaise grimace,

— Monsieur, vous m'avez amené votre enfant à temps, il faut sans tarder le faire hospitaliser.

Il ne me dit pas la maladie du bébé et rédige une lettre d'hospitalisation pour l'hôpital Trousseau dans le 12ème. Je règle la consultation et je prends congé de lui.

Je me suis rendu à grands pas à la station de taxi de la place Gambetta et je suis monté dans la première voiture, avec Nassim. Il nous a conduit à la porte de l'hôpital Trousseau. Je me suis présenté à l'entrée en remettant la lettre d'hospitalisation à un guichetier avec ma carte d'identité. Il a rempli un dossier puis a relevé la tête en me demandant mes trois derniers bulletins de salaire. Je lui ai répondu que je ne les avais pas sur moi mais que je les porterai prochainement.

A la suite d'un coup de fil, une bonne sœur infirmière est venue chercher mon enfant et l'a pris en charge. Elle l'a conduit au bloc des enfants malades en bas âge.

J'ai quitté l'hôpital le cœur meurtri par cette cruelle séparation forcée d'avec Nassim.

Depuis lors, tous les jours, à la première heure de visite, je suis devant son lit.

L'infirmière-chef a remarqué qu'à chaque visite, j'étais seul, sans la mère du bébé et au bout de huit jours d'hospitalisation, elle s'est pointée vers moi alors que je chatouillais Nassim pour le faire sourire et me dit :

— Monsieur Slim votre enfant est sur la voie de la guérison.

Puis changeant de sujet :

— J'ai remarqué que vous veniez toujours seul visiter votre enfant, vous n'êtes jamais avec sa mère.

J'avais remarqué qu'elle me zyeutait longuement lors de ma venue ici et je m'attendais un peu à cette question, j'avais une réponse toute prête.

— Ma sœur, la maman élève nos autres enfants et elle fait des ménages dans les bureaux pour joindre les deux bouts.

Je ne sais pas si elle a avalé les mensonges que je lui ai envoyés mais son silence a semé le doute dans mon esprit, je ne me sentais pas tranquille. Elle a fait un mouvement de la tête de haut en bas avec une grimace et elle est partie faire son service.

A la fin de la visite, je suis allé directement à la Gare du Nord. J'ai pris le train pour Sarcelles Centre d'où je me suis rendu à pied au terrain vague de Garges les Gonesses, au camping de Zanzi, le frère de Thérèse.

Arrivé sur place, je vois Zanzi en train de bricoler dans le moteur de son G7. Ses enfants qui jouent sur le terrain vague avec d'autres enfants manouches m'ont aperçu et se sont mis à crier en direction de leur père :

— Tata (papa), Slim est arrivé.

Et ils sont venus à ma rencontre. Zanzi s'est tourné vers moi et il a laissé tomber son bricolage en me disant :

— Slim, monte dans la caravane, je me lave les mains et je te rejoins.

Je suis monté et me suis assis sur un siège de la caravane. Zanzi est venu me rejoindre et a ouvert son frigidaire pour en sortir deux canettes de bière. Nous avons trinqué ensemble et je lui racontai mon histoire :

— J'ai un petit problème Zanzi, et j'ai besoin de ton aide pour le résoudre. Mon fils est à l'hôpital Trousseau depuis huit jours, ce n'est pas trop grave, il a des boutons rouges sur le corps mais le problème n'est pas là. L'infirmière-chef du pavillon où se trouve Nassim, une bonne sœur, est très curieuse. Elle s'étonne de me voir toujours venir seul pour rendre visite au gamin et elle m'en a fait la remarque en me demandant où était la mère. Je lui ai fait une réponse bidon et je ne sais pas si elle l'a avalée. J'ai peur qu'elle ne demande l'enquête d'une assistante sociale qui risque de découvrir le pot aux roses.

Je suis de nature méfiante et je préfère être prévoyant.

_ Aujourd'hui je te demande de m'aider à trouver une jeune femme qui viendrait avec moi à l'hôpital Trousseau en se faisant passer pour la mère.

— Je vais te trouver ce qu'il te faut parmi les femmes de la famille qui sont toutes vaillantes. Attends un peu et je vais aller chercher Lisa, ma cousine, qui est la plus prêt de chez moi.

Zanzi a quitté la Caravélaire pour aller vers une autre caravane qui se trouvait sur le même terrain vague. Dix minutes plus tard, il revenait accompagné d'une ravissante jeune femme, d'environ 23 ans qui avait un visage bien fait au teint cuivré, des cheveux noirs corbeau qui lui tombaient sur les épaules, d'une taille moyenne et habillée d'une longue robe grise avec des petites rayures noires. Elle me regarde bien en face de ses yeux noirs. Zanzi me la présente.

— Slim tu as devant toi ma cousine Lisa.

La jeune femme me fit un signe de la tête en guise de bonjour, je lui répondis de la même manière. Zanzi reprit la parole :

— J'ai expliqué à Lisa ce que tu attends d'elle. Elle a tout de suite été d'accord pour te rendre le service de jouer le rôle de la mère de Nassim. Soit tranquille, demain, en début d'après-midi, nous irons tous les trois ensemble à Trousseau.

— C'est d'accord, dit Lisa, à demain, je retourne à ma caravane m'occuper de mes enfants.

Je suis resté dîner chez Zanzi, il y avait des spaghettis et des entrecôtes que nous avons arrosés de trois bouteilles de vin rouge à nous deux.

Après ce repas, je suis rentré à Paris par l'avant-dernier train.

Le lendemain, comme convenu, en début d'après-midi, Zanzi frappe à la porte du studio. Je l'attendais, j'étais prêt depuis un petit moment. Lorsqu'il me voit sortir, Zanzi me lance :

— Franchement Slim, je ne pensais pas te trouver debout avec tout ce que tu as avalé hier soir.

— Je me suis mis au lit avec l'image de mon enfant dans la tête et avec un programme tracé d'avance pour la journée.

Nous avons rejoint Lisa qui était restée dans le fourgon et Zanzi nous a conduit jusqu'à la porte de l'hôpital où il s'est garé. Tous les trois nous nous sommes rendus au pavillon où l'on soigne mon fils.

Je les ai conduit jusqu'à son lit, l'infirmière-chef est là. Lisa, avec naturel s'est précipitée sur Nassim qui est allongé sur le ventre, elle le prend dans ses bras en lui faisant des petits câlins et en lui disant des mots gentils, jouant parfaitement le rôle de la mère qui aime son enfant.

La sœur zyeutait la scène et elle s'est approchée de nous en nous disant bonjour à tous. Elle s'est tournée vers Lisa.

— Madame, le bébé vous ressemble.

Lisa lui répliqua du tac au tac :

— Mes deux autres enfants aussi, ils ont tous un air de famille. Je veille à ce que mon mari rende visite à mon fils. Vous savez, ma sœur, la vie est dure avec trois enfants à charge. Je suis obligée de faire des heures de ménage dans les bureaux dans le 20ème arrondissement pour joindre les deux bouts, avec le salaire de mon mari.

Lisa est une bonne comédienne. Elle a joué le rôle de la mère de Nassim à merveille. L'infirmière-chef est touchée par le récit et elle fait des compliments à Lisa, puis elle nous quitte pour faire son devoir.

Je suis si content de Lisa que j'ai envie de la serrer dans mes bras, de reconnaissance, je me suis contenté de la remercier verbalement.

Nous sommes restés un bon moment près de Nassim puis nous l'avons quitté pour rejoindre le fourgon. Zanzi m'a déposé chez moi et il a continué sa route avec Lisa pour Garges les Gonesses.

Depuis ce jour, l'infirmière-chef qui a avalé les dires de Lisa, ne fait plus attention à moi lors de mes visites à Nassim.

Maintenant cela fait trois semaines que mon enfant est hospitalisé.

Un beau matin, je suis réveillé par des coups sur mes volets. Je saute de mon lit torse nu et en ouvrant la fenêtre, je vois Jacky, le propriétaire du studio.

— Slim, un jeune couple vient d'arriver en taxi, l'homme est venu te demander au bar, il dit qu'il est de ta famille. Ils t'attendent dans le taxi en face de l'immeuble.

J'ai remercié Jacky puis j'ai enfilé vite fait mes vêtements et je suis sorti du studio en pantoufles. A la sortie de l'immeuble, je vois un taxi stationné en face et un jeune homme que je ne connais pas, debout près du taxi. Je m'approche, une portière s'ouvre et une jeune femme descend de la voiture, c'est ma jeune sœur Zora. A sa vue, mon cœur se gonfle de joie et nous nous embrassons.

— Slim, me dit Zora, je te présente mon mari Hamid.

Nous nous serrons la main. Cela faisait un bout de temps que j'avais su, par le courrier familial d'Oran, que ma jeune sœur Zora s'était mariée, sans plus. Je n'avais ni vu ni connu le mari, aujourd'hui c'est fait. Hamid règle le chauffeur et prend sa valise. Je les ai ensuite conduit dans mon studio où je leur ai préparé un café.

Zora me demanda pourquoi ma femme et mon fils n'étaient pas là. Je grimaçai :

— Thérèse est au placard pour cambriolage et m'a laissé le bébé de un mois sur les bras. Il est à l'hôpital depuis trois semaines passées. Je suis en train de subir la loi de la destinée. Avec le temps et de la patience, tous les pleurs se changent en sourires.

Ma sœur est émue par le malheur qui me touche, elle pose sa main sur la mienne et me dit :

— Frère, garde confiance en toi, arme toi de courage et de patience, tout va s'arranger avec le temps, le bonheur refleurira à nouveau dans ton foyer.

Puis, elle a changé de sujet pour parler de la famille, au pays. Zora fait le tour de la situation familiale en détail.

Ensuite je lui dis de prendre ses bagages et de les déposer dans la chambre à coucher.

— Tu vas occuper ma chambre avec ton mari, moi je m'installe dans un coin de la cuisine avec un sac de couchage, l'affaire est close.

Ma sœur a pris sa valise, est entrée dans la chambre et elle a retroussé ses manches pour faire un peu de ménage. Pendant ce temps-là, je suis allé faire des courses pour faire un bon couscous.

Nous avons déjeuné ensemble et à la fin du repas, je leur ai annoncé que je voulais rendre visite à Nassim à l'hôpital.

— Nous allons t'accompagner, dit Zora.

Nous nous sommes rendus tous les trois à Trousseau.

Nassim va de mieux en mieux il a récupéré sa gaieté. Le troisième jour où ma sœur m'accompagne, alors qu'elle l'avait dans ses bras en lui mordillant la main pour le faire sourire, l'infirmière-chef vient nous voir. Elle s'adresse a moi :

— Monsieur Slim, votre enfant va beaucoup mieux et si

vous le voulez, il peut sortir, il suffit de faire son bulletin de sortie.

— Je vous en prie ma sœur, faites le nécessaire, je veux récupérer mon fils.

Elle nous a quitté un instant et elle est revenue avec le bulletin à la main et nous a accompagné jusqu'au guichet. Là, le guichetier me demanda ma carte d'identité et encore une fois mes trois dernières fiches de paye. Je lui remets ma carte d'identité et Zora prend la parole :

— Monsieur, nous habitons tout à côté, nous avons oublié les fiches de paye mais je vous les ramènerai moi-même tout à l'heure.

Le guichetier m'a remis le bulletin de sortie, le carnet de santé de Nassim et ma carte d'identité. Je ramasse le tout et nous prenons le chemin du retour tous les trois, c'est Zora qui porte le bébé dans ses bras. Nous avons pris le métro. En cours de route Zora me posa des questions :

— Slim, je n'arrive toujours pas à comprendre comment une mère peut prendre de gros risques après son accouchement et laisser son bébé d'un mois seul avec son père. C'est que la femme à la tête à l'envers.

Le métro s'arrête à la station de la place Gambetta et nous sommes rentrés chez moi.

Le soir, après le dîner, Zora m'annonçe qu'elle veut aller rendre visite à notre cousine Dalila à Montmorency en Seine et Oise.

— Je suis restée en contact avec Dalila depuis qu'elle est venue rejoindre son mari en France, il faut que je profite de mon passage pour aller la voir. Je vais y emmener mon neveu Nassim avec moi. Je vais proposer à Dalila de t'aider à garder ton fils. En retour, tu la paieras pour le temps de garde.

— Zora, lui dis-je, si Dalila accepte de prendre soin de Nassim, j'en serai très heureux. Il sera avec d'autres enfants et chez une cousine, ce sera très bien. Je la récompenserai de ses efforts, mais je vais t'accompagner pour faire sa connaissance.

Le lendemain, après le petit déjeuner, Zora a fait la toilette de Nassim, puis elle a rangé le nécessaire du bébé dans le couffin. Son mari et elle ont récupéré leurs affaires et nous sommes partis ensemble. Zora porte le bébé dans ses bras, Hamid la valise, et moi le couffin.

Un taxi nous a conduit à la Gare du Nord où nous avons pris le train pour Enghien les Bains. Là il nous a fallu reprendre un taxi jusqu'à Montmorency.

Arrivés rue des Peupliers, à l'immeuble où crèche Dalila, nous avons examiné les boites à lettres pour trouver son nom et nous sommes montés à pied au troisième étage. Là une petite plaque de cuivre fixée en haut d'une porte nous indique l'appartement de Dalila. Zora appuie sur la sonnette et la porte s'ouvre sur un petit garçon de six ans qui se met à crier dès qu'il nous voit : "maman, maman, viens tout de suite".

Sa mère est arrivée, c'est une femme de 28 ans, brune de peau, de taille moyenne, un peu ronde avec un visage qui respire la santé. Elle nous fait entrer dans l'appartement et fait la bise à ma sœur et à son mari, puis Zora me présente. A mon tour j'ai droit à des bises. Dalila nous souhaite la bienvenue et nous fait entrer dans son salon.

Ma sœur, le bébé dans les bras, et son mari se sont installés sur le canapé, moi, dans un fauteuil en face d'eux. Entre nous il y a une table basse en verre fumé avec un cendrier sur laquelle Dalila dépose une bouteille de limonade et trois grands verres. Elle retourne ensuite dans sa cuisine.

Zora s'est levée avec Nassim pour rejoindre notre cousine, elle est bien restée dix minutes dans la cuisine avec Dalila et elle est revenue prendre place sur le canapé en s'adressant à moi :

— Slim, j'étais en train de plaider ta cause auprès de Dalila. Elle veut bien s'occuper de ton fils, mais juste pour quelques temps. A mon avis, c'est le moment de lui allonger les sous.

Voilà que Dalila apparaît au salon en portant un plateau oriental sur lequel il y a une théière, des petits verres à thé et une grande assiette pleine de gâteaux secs variés. Elle le dépose sur la table et elle sert le thé.

Je lui dis :

— Zora m'a fait part de l'entretien que vous avez eu toutes les deux au sujet de Nassim. Vraiment, je suis touché de ta bonté, de bien vouloir accepter de t'occuper de mon fils. Voilà, je te fournis les couches et le lait dont il a besoin et tous les jours, je viendrai te remettre ton salaire.

— Qu'on soit bien d'accord, me répondit elle, je garde ton fils provisoirement, le temps que tu trouves quelqu'un qui puisse s'en occuper continuellement jusqu'au retour de sa mère.

— C'est bien clair entre nous. On commence dès aujourd'hui, je laisse Nassim à tes soins.

J'ai quitté ma place, j'ai salué tout le monde et je suis parti.

J'avais le cœur léger de savoir Nassim en sécurité, il est

entre de bonnes mains et j'aurai plus de liberté de mouvement pour mes affaires. J'ai regagné Paris en prenant le bus jusqu'à la gare d'Enghien puis le train jusqu'à la Gare du Nord. De là, je suis allé dans le 18ème, rue Marx Dormoy, voir l'avocat de Thérèse, Maître Seba.

Je lui ai remis l'extrait de naissance de notre enfant Nassim avec une promesse d'embauche fournie par un ami qui gère un bar dans le quartier de Barbès.

L'avocat me dit :

— Monsieur Slim, il ne faut pas croire que votre femme va sortir le jour de son jugement car elle est récidiviste. Avec son passé, le tribunal correctionnel va lui infliger une peine ferme. Je ferai tout ce que je peux pour obtenir le minimum avec un sursis.

Je lui ai versé le montant qui restait à payer, puisque je lui avais donné une avance la première fois, et j'ai pris congé de lui.

Ce que je venais d'entendre m'avait secoué, je ne savais pas que Thérèse était récidiviste et je me suis arrêté au premier bar de la rue, boire quelques apéros pour me remonter.

Le lendemain, dans l'après-midi, je me suis rendu chez Dalila à Montmorency, je lui ai apporté le nécessaire de Nassim et j'ai passé un bon moment avec mon fils, ma sœur et les autres. Dans la soirée, je suis retourné dans ma jungle, en ville.

Je fais ça tous les après-midi depuis que Nassim est là-bas, en la payant chaque jour.

Cela fait deux semaines que ma sœur et son mari Hamid sont hébergés chez Dalila et lors de ma visite, Zora m'annonce qu'ils vont rentrer à Oran le lendemain, par avion.

— Zora, lui dis-je, je suis navré que tu sois venue à Paris dans une période pénible pour moi. Je n'ai rien pu faire pour améliorer ton séjour. La prochaine fois que tu viendras avec ton mari, je me rattraperai.

Je suis resté toute la soirée à Montmorency, nous avons dîné en famille et c'était merveilleux.

Après le repas je suis rentré directement chez moi.

Le lendemain matin, j'ai repris le chemin de Montmorency où j'ai trouvé ma sœur et son mari prêts à partir. J'ai bu une tasse de café noir que Dalila m'a offert. Zora et Hamid lui ont fait leurs adieux et nous sommes partis tous les trois.

Nous avons pris un taxi jusqu'à Orly. A l'aéroport, ils ont enregistré leurs bagages, je suis resté près d'eux jusqu'à l'heure de l'embarquement. Au moment de nous séparer, Zora s'adressa à moi :

— Mon frère, j'ai laissé des recommandations à Dalila, lui demandant de prendre bien soin de Nassim. J'ai le cœur qui saigne de partir en laissant mon neveu privé de chaleur maternelle.

Nous nous sommes pris dans les bras l'un de l'autre, Zora s'est mise à pleurer et ses larmes m'ont fait fondre le cœur. Je ne pouvais dominer mes émotions, je la serrais très fort contre moi et mes paroles d'adieux étaient pleines de larmes. Cette séparation fut très pénible pour moi, j'ai toujours aimé ma petite sœur Zora, depuis notre plus tendre enfance.

J'ai salué mon beau-frère et j'ai rebroussé chemin vers la capitale.

Le taxi que j'avais pris à Orly m'a conduit sur le boulevard Magenta. Je me sens triste après cette séparation. Je traîne mon corps comme si mes vêtements étaient en plomb, je suis d'humeur chagrine. J'en veux au monde entier et dans ma révolte, je me fais le serment d'apporter toute la sécurité et tout le réconfort possible à mon enfant, en me servant de toutes les armes contre les obstacles qui se trouveraient sur mon chemin.

Je suis allé chez Marie-Louise, au Cadran Bar où j'ai bu quelques verres de Ricard. Je suis sorti de là avec l'âme aussi mélancolique qu'en y entrant et j'ai fait le tour des bars que je connais dans le quartier de Barbès.

Je traîne de bistrot en bistrot. Vers minuit, je me trouve à Pigalle, au Cookney Bar qui reste ouvert jusqu'à cinq heures du matin.

Je me suis installé au comptoir, sur un tabouret et j'y suis resté environ trois quart d'heure à boire du Whisky. En sortant j'étais un peu éméché, j'ai dirigé mes pas vers la rue Germain Pilon. Je suis entré au Sorcier Bar.

Dès que je franchis le seuil de la porte, mon regard croise celui de Leïla que j'avais giflé au Nomade Bar. Elle m'avait menacé et juré de me faire payer cet affront. Là, elle est installée au coin du comptoir avec trois hommes. Le premier a le teint basané, il est de taille moyenne, trapu, une force de la nature. Je le connais de vue, c'est Gratien Tonna, un boxeur français qui est champion d'Europe et qui a combattu à deux reprises pour le Championnat du Monde, il a perdu les deux fois contre Carlos Monzon. Le deuxième homme est mince, de type méridional, svelte, avec un ensemble en jeans. Il ressemble à un matador prêt à entrer dans l'arène pour combattre. Le troisième est un maghrébin de taille moyenne avec une gueule banale.

Leïla se penche sur l'épaule de Gratien Tonna pour lui chuchoter quelques mots à l'oreille. Le boxeur tourne son regard vers moi puis vient dans ma direction accompagné des deux autres, ils m'encerclent. Tonna, avec un accent pointu de Marseille, me dit :

— Enculé, tu t'es permis de frapper mon amie Leïla, maintenant tu vas demander pardon, à genoux devant tout le monde, pédé !

Il veut m'humilier devant les prostituées et quelques gars qui sont là, qui me connaissent et me respectent dans le quartier. Jusqu'à aujourd'hui, je n'ai jamais laissé piétiner mon honneur. Ces paroles humiliantes m'ont dégrisé et ont provoqué une secousse nerveuse dans tout mon corps. Au même instant, ses deux comparses me saisissent chacun un bras et appuient sur mes épaules pour me faire mettre à genoux. Je résiste, le maghrébin qui tient mon bras gauche lâche prise et sort un gros calibre de 11,43 qu'il pointe sur ma tempe en me disant :

— Maintenant, fils de pute, mets toi à genoux avant que je te fasse sauter la cervelle.

Je n'éprouve pas de peur, je le regarde bien en face.

— Tire car tu m'as déjà tué.

A ce moment-là, Rachid, le patron du bar intervient et s'interpose ente nous. Il me connaît de réputation mais ce n'est pas pour ma gueule qu'il fait ça, c'est pour son établissement. Il est très ami avec Gratien Tonna. Lorsque Rachid descend à Marseille, c'est Tonna qui le reçoit et réciproquement.

Rachid s'adresse à ce dernier :

— Laisse tomber, je ne veux pas de sang chez moi et Slim a la réputation d'un brave garçon.

Le boxeur tire le bras du maghrébin qui tient l'arme pointée sur ma tempe, puis il me regarde droit dans les yeux.

— Tu as de la chance, pour cette fois, j'oublie que je t'ai rencontré mais la prochaine fois que tu te trouves sur mon chemin, ce sera ta fête. Casse toi minable.

Je leur jette à tous les trois un regard plein de haine et je prends la porte.

A aucun moment la peur ne m'a effleuré, j'étais inébranlable, peut-être par orgueil, à cause des clients du bar car certains me connaissent.

Une fois dehors, je monte tranquillement la rue Germain Pilon vers le Nomade Bar qui se trouve a vingt mètres de là. Le patron, Abbes, est un ami qui ne me refuse jamais un service, me fournir une arme par exemple. Je veux laver l'humiliation publique que je viens de subir dans le sang.

Lorsque je franchis la porte du Nomade Bar, il y a peu de clients, c'est le quartier qui veut ça. C'est un continuel va-et-vient, ça ressemble à la marée, une fois haute, une fois basse. Je me mets au comptoir et j'appelle Ben, un membre de la famille d'Abbes qui fait le service et s'occupe de la caisse :

— Ben, sers moi un Whisky, dis moi, Abbes n'est pas encore là ?

— Non, il est en voyage en ce moment, me répondit-il en déposant un verre de Whisky près de moi.

J'en bois une gorgée lorsque la porte s'ouvre sur le boxeur Gratien Tonna, son copain le matador et Rachid, le patron du Sorcier Bar. Ils s'avancent et s'installent près de moi. Ils prennent aussi du Whisky. Le boxeur est gonflé d'orgueil, il est comme un paon devant les quelques filles et quelques pickpockets qui sont là. Dans mon coin, je boue de colère et je regrette l'absence de mon ami Abbes qui aurait pu me filer un calibre pour envoyer quelques pruneaux en cadeau à Gratien Tonna et ses amis.

Je vois un taxi-404 qui s'arrête devant la porte du bar pour déposer un client. Je sors comme un bolide et me précipite sur le taxi sans laisser le temps au client de fermer la portière. Je m'éclipse à l'arrière de la Peugeot et demande au chauffeur, un maghrébin, de me conduire rue des Pyrénées dans le 20ème, chez moi.

Je le fais patienter, le temps de monter et de redescendre. Je vais jusqu'au studio, j'entre dans la chambre à coucher et prends mon 7,65 automatique qui est caché sous le linge dans l'armoire. Je vérifie l'arme, j'engage une balle dans le canon et je la mets dans la poche de mon manteau de cuir. Je retourne au taxi en courant et nous repartons au Nomade Bar.

Tout au long du trajet, l'image du boxeur et de ses amis est présente à mon esprit. Je pense à l'humiliation que j'ai subie au Sorcier Bar et ces images me font mal. Ma main dans la poche de mon manteau serre très fort la crosse de mon arme, au point de me faire mal. Je n'ai pas d'autres pensées.

Le taxi s'arrête devant la porte du Nomade Bar, je règle largement la course au taxi et je pénètre dans l'établissement. Gratien Tonna, le matador et Rachid sont toujours là. Je reprends ma place au coin du comptoir, tout décontracté.

Je me fais servir un Whisky par Ben. L'équipe du boxeur est étonnée de mon retour, le matador se détache du groupe et vient vers moi, me disant d'un air hautain :

— Alors, tu es revenu enfouraillé, mec.

Je lui réponds aussi sec :

— Pourquoi cette question indiscrète, je ne te demande pas ce que tu portes sur toi et je n'ai pas de compte à te rendre.

Le boxeur s'approche de moi à son tour et me fixe, droit dans les yeux.

— Alors, tu t'es sauvé comme un lapin tout à l'heure.

Je soutiens son regard de défi sans lui répondre et en faisant une grimace à faire voir toutes mes dents.

Il reprit :

— Mec, je n'aime pas ton sourire qui montre ta traîtrise.

Rachid l'interrompt :

— Tonna, il ne faut pas oublier qu'on a une invitation d'affaire ce soir, c'est le moment d'y aller. Après l'heure, c'est plus l'heure.

Rachid règle les consommations et avant de partir, il dit quelques mots à l'oreille de son ami le boxeur qui vient ensuite en me tendant la main. Je ne bouge pas d'un pouce, je reste froid devant son geste.

— Tu viens de me comparer à un lapin qui se sauve, un lapin ne serre pas les mains.

A peine ai-je terminé ma phrase que le matador me lance sa main droite sur le visage qui claque sur ma joue.

— On ne fait pas d'affront à Monsieur Gratien Tonna, dit-il en appuyant sur chaque mot avec son accent marseillais.

Je le regarde froidement en grimaçant, mon corps tremble de rage, j'ai envie d'en finir tout de suite, sans en épargner un seul Il faut me retenir et garder mon sang-froid, je ne veux pas faire de tort à mon ami Abbes en provoquant une fusillade dans son bar. Je leur ferai leur fête dehors.

Voilà qu'ils se dirigent tous les trois vers la porte, le matador en tête, puis Tonna, Rachid est le dernier et il fait attention à tous mes gestes, il a vu que je me déplace pour les suivre. Il a compris mes intentions.

Il s'arrête net et appelle le boxeur et le matador qui font demi-tour. Rachid parle au boxeur :

— Ne laisse pas une mauvaise image derrière toi, Slim est un garçon correct. Faites la paix.

Tonna s'approche de moi.

— Viens Slim, on va au fond de la salle pour parler, il n'y a personne.

Je reste de glace, ma main droite enfouie dans la poche de mon manteau posée sur la crosse de mon automatique. J'ai déjà retiré le cran de sécurité, ma première tentative est ratée. A la première occasion, je fais feu sur eux. Je les suis tous les trois au fond de la salle vide, nous restons debout. Le boxeur prend la parole :

— Slim, mon ami Rachid ne m'a dit que du bien de toi. On oublie ce qui est arrivé entre nous, pour moi c'est du passé, je ne reviens plus là-dessus. Pour mon ami José, désignant le matador, je t'autorise à lui rendre la gifle qu'il t'a donnée.

Le boxeur Gratien Tonna ordonne, il se prend pour Dieu le Père. Je lui réponds :

— Je ne gifle personne pour le plaisir, tout homme doit assumer sa conduite et en accepter les conséquences.

— Slim, reprend le boxeur, on se fait la bise, sans rancune.

C'est ce que nous faisons, mais la vengeance est présente dans mon esprit et à la fin de l'embrassade, je recule de trois pas, je plonge la main dans ma poche pour en sortir mon 7,65 que je braque sur les trois hommes.

Mon geste inattendu les laisse sans réaction, pas une syllabe ne sort de leur bouche. Ils fixent l'arme que je tiens à la main, ils sont hypnotisés.

J'appuie sur la détente en visant le boxeur en premier, la balle s'enfonce dans son épaule gauche, il y porte sa main immédiatement. Très vite je dirige l'automatique vers José et fais feu sur lui, il est touché à la cheville gauche et il pousse un cri : "oh doux Jésus" en sautillant. Je tourne mon arme vers Rachid et lui place une balle dans l'épaule droite.

Les clients du bar se dispersent en se bousculant vers la sortie. A mon tour je prends la porte, l'automatique à la main, tous mes sens sont en alerte, je me tiens sur mes gardes. Ensuite je range le 7,65 dans ma poche pour descendre la rue Germain Pilon jusqu'au boulevard de Rochechouart que je traverse vite fait.

Je suis dans la rue des Martyrs que je parcours jusqu'à la station de métro Notre Dame de Lorette. Là, je jette mon automatique dans l'égout.

Prés de la bouche de métro, il y a un station de taxis, je monte dans le premier et je rentre chez moi.

Le lendemain, je me suis réveillé tard, le soleil est déjà bien haut. Après ma toilette je prends la route de Montmorency, comme tous les jours, pour voir mon fils.

Je ferme la porte du studio et je fais un crochet par le bar de Jacky, le propriétaire, pour boire un café. A ce moment de la journée, il n'y a pas grand monde, Jacky se tient derrière son comptoir et nous nous serrons la pogne.

— Sers moi un café noir, s'il te plaît.

— Dis donc Slim, me dit-il, tu as fait des dégâts à Pigalle, hier soir. A toutes les informations, à la radio, ils parlent de la fusillade de la rue Germain Pilon. Ils ont cité ton nom : "Slim l'oranais a tiré sur le boxeur français Gratien Tonna, sur son ami José et sur le propriétaire du Sorcier Bar, Rachid. Tous les trois ont été blessés par balle". Le boxeur a déclaré à la police qu'il ne connaissait pas son agresseur et qu'il ne veut pas être soigné à Paris mais à Marseille où il réside.

— C'était plus fort que moi, je devais le faire pour être quitte avec ma conscience.

J'ai confiance en Jacky, il ne se mêle jamais de ce qui ne le regarde pas. Il dépose une tasse de café devant moi, je l'avale vite fait et je prends congé de lui.

Je prends le métro jusqu'à la Gare du Nord puis le train d'Enghien les Bains. En ville, j'achète des couches-culottes jetables et du lait en poudre pour nourrisson, puis je monte dans l'autobus qui m'amène à Montmorency. Arrivé chez Dalila, comme chaque jour, je m'acquitte de ce que je lui dois pour les soins de mon fils et je lui donne ce que j'ai acheté.

Je reste un bon moment avec Nassim, à jouer avec lui et je bois une tasse de café noir que Dalila m'offre.

Pendant le trajet du retour, dans le train, je pense à Marie-Louise, la patronne du Cadran Bar sur le boulevard Magenta. Elle m'avait promis de m'aider si j'en avais besoin. Aujourd'hui, c'est le moment d'ouvrir son portefeuille pour me filer de l'oseille car il va falloir me tenir à carreau en attendant les suites de la fusillade de la rue Germain Pilon.

Je l'appelle au téléphone, dans une cabine de la Gare du Nord. J'obtiens Marie-Louise tout de suite. et je lui dis :

— J'ai besoin de toi, il faut que je change d'air, celui de Paris va devenir mauvais pour ma santé. J'ai besoin d'argent.

Je lui précise la somme dont je souhaiterais disposer.

— Slim, je tiens toujours mes promesses, c'est OK pour l'argent. Tu me dis l'heure à laquelle tu passeras au bar et tu auras la somme toute prête. J'ai entendu dire que tu as tiré sur le boxeur Gratien Tonna à Pigalle. La fusillade fait la une des journaux et du journal télévisé.

— Quand on m'attaque, je me défends. A notre époque, depuis que la poudre existe, ce n'est plus la force physique qui compte. Marie-Louise, tu remettras la somme d'argent à ta protégée Brigitte, elle me rejoint vers six heures du soir au bar-tabac de la place Gambetta.

— Soit tranquille, je t'envoie Brigitte avec la somme convenue. Prends bien soin de toi.

Je raccroche le téléphone et je rentre me reposer chez moi en attendant l'heure de mon rendez-vous avec Brigitte.

Depuis que j'ai retrouvé Brigitte au Cadran Bar où elle est serveuse et que Marie-Louise l'a prise sous sa protection, nous nous sommes réconciliés. J'ai oublié qu'elle m'avait laissé dans de mauvais draps en Belgique où je m'étais retrouvé au placard et qu'elle était partie avec nos économies, en 1968. Marie-Louise s'était engagée à réparer les torts que Brigitte m'avait causés. Nous nous arrangeons à l'amiable, Marie-Louise me rembourse la dette de Brigitte. De plus, Brigitte vient chez moi, sur ses jours de repos, faire un peu de ménage et nous passons un moment ensemble.

A l'heure du rendez-vous, je sors de chez moi à pied pour me rendre place Gambetta. Je me pointe au bureau de tabac et j'achète un paquet de cigarettes tout en jetant un œil dans la salle pour voir si Brigitte est là.

A ce moment-là, deux hommes se jettent sur moi. Ils pointent leur arme sur mes tempes en criant : "Police, ne bouge pas" et un troisième homme me fouille de haut en bas, me tire les bras en arrière et me met les menottes.

Le spectacle attire le regard des clients du bar-tabac et des passants.

Il me conduisent sur le trottoir d'en face, à leur voiture où un chauffeur est au volant. Ils me font monter à l'arrière, je me retrouve en sandwich entre deux flics, le troisième monte auprès du conducteur, il doit être le chef.

Il se tourne vers moi en me disant :

— Slim, donne nous ton adresse qu'on puisse faire une perquisition.

Je lui répond de mauvaise grâce, entre mes dents, que j'habite Argenteuil dans une caravane.

Jamais de la vie, je n'ai donné mon adresse exacte aux flics. Je dis que je viens d'une ville de France, avec un nom de rue, au hasard.

— Ne t'inquiète pas, reprit le chef des inspecteurs, nous allons te conduire jusqu'à chez toi.

La voiture prend la direction de la rue des Pyrénées. Le chauffeur stoppe juste devant la porte de l'immeuble où je crèche, les flics me font descendre de la bagnole. J'insiste :

— Je vous ai dis que j'habite Argenteuil, dans une caravane.

Sans répondre le chef palpe mon manteau, plonge sa main

dans ma poche et en sort mon trousseau de clés qui contient celle de la porte d'entrée de l'immeuble et celle du studio. Il enfonce une clé dans la serrure de la porte de l'immeuble qui s'ouvre, puis il se tourne vers moi.

— Maintenant tu nous dis où tu crèches, sinon je fais toutes les portes de la maison avec tes clés. Nous savons que tu habites ici.

Tout ça me fait gamberger, quelqu'un veut ma perte et ce quelqu'un a bien renseigné les flics en donnant l'heure du rendez-vous au bar-tabac et mon adresse exacte. Le coup n'a pu être monté que par Brigitte ou bien elle s'est associée à sa patronne. Et dire que j'ai amené cette vipère de Brigitte chez moi. L'acte de vengeance d'une femme est plus venimeux que le crachat d'un cobra.

A contrecœur, je conduis les inspecteurs devant la porte de mon studio que le chef ouvre. Ils me poussent dans la chambre et me font coucher sur le ventre, les mains derrière le dos, enchaînées par les menottes.

Je suis mal à l'aise dans cette position. Les flics se mettent à fouiller dans tous les coins sans scrupules, ils saccagent le linge de l'armoire et jettent tout pêle-mêle sur le sol. Le lit est retourné, une boite à chaussure contenant des papiers importants me concernant est vidée par terre. Partout où ils fouillent, ils laissent le désordre. Ils ont tout passé au peigne fin et ils n'ont rien trouvé quand un des inspecteurs saisit le parapluie d'homme pendu derrière la porte de la chambre. Il retourne le parapluie et l'arme que j'avais placée là tombe par terre, c'est mon Smith et Wesson à barillet.

Toute l'équipe des inspecteurs est satisfaite de la trouvaille, ils pensent qu'ils ont trouvé l'arme de la fusillade du Nomade Bar. Ils ont terminé la fouille. Deux inspecteurs me soulèvent par les épaules et me poussent dans la cour pendant que le chef referme la porte du studio à clé.

Je me retrouve en sandwich à l'arrière de la voiture et l'on me conduit au poste de police de la deuxième brigade judiciaire de Paris.

Là, je suis amené directement au premier étage, au bureau du Grand Manitou, je suis toujours entouré par l'équipe qui a procédé à mon arrestation. Le manitou me fait asseoir en face de lui. Il y a une machine à écrire sur le coin du bureau et un inspecteur qui fait le secrétaire.

Le "Grand Manitou" s'adresse à moi :

— Slim, on ne va pas tourner autour du pot mais aller droit

au but. Nous savons, de source sûre, que c'est toi qui a tiré sur le boxeur Gratien Tonna et sur ses amis José et Rachid, le patron du Sorcier Bar, d'ailleurs Rachid a porté plainte. Il t'a cité dans sa déposition en disant que tu avais tiré sur lui et sur les deux autres. Alors ne perdons pas de temps.

Je me dis que je suis cuit. Tout est dévoilé, maintenant il faut que j'essaie de faire basculer les circonstances à mon avantage.

Je regarde le "Grand Manitou" et je raconte mon histoire :

— C'est à cause de Leïla l'oranaise qui tapine sur Pigalle. Elle a été incorrecte avec moi, j'ai riposté en lui mettant une baffe dans la gueule qui l'a fait tomber par terre au Nomade Bar, rue Germain Pilon. Du coup, elle m'a menacé en me disant qu'elle allait me faire payer chèrement la gifle que je lui avais donnée. Elle a fait monter son ami Gratien Tonna de Marseille qui est venu avec deux gars pour venger Leïla.

Hier soir, je me trouvais à Pigalle, au Sorcier Bar où j'ai rencontré Leïla. Elle a dit quelques mots à l'oreille du boxeur qui est venu près de moi avec ses amis. Là, Tonna m'a insulté violemment, m'a ordonné de me mettre à genoux pour demander pardon, ce que j'ai refusé. Un de ses comparses, un maghrébin, a sorti un 11,43 de sa poche et a menacé de me faire sauter la cervelle si je ne le faisais pas. Rachid qui ne voulait pas de sang dans son bar est intervenu et ils m'ont dit de me casser.

Je suis allé au Nomade Bar où ils m'ont retrouvé car ils m'avaient suivi, le maghrébin n'était plus là. Ils ont recommencé à m'humilier publiquement. José m'a giflé gratuitement, je me suis reculé, j'ai sorti mon arme et j'ai tiré sur eux en commençant par le boxeur, ensuite José puis Rachid, ce faux jeton.

Voilà ma version devant la police judiciaire.

Ils tapent le procès verbal et le "Grand Manitou" me dit :

— Slim, le Smith et Wesson que les inspecteurs ont trouvé lors de la perquisition dans ton studio n'est pas l'arme qui t'a servie pour la fusillade du Nomade Bar.

Il me demande ce que j'avais fait de celle que j'avais utilisée contre le boxeur et ses amis.

— Après la fusillade, je l'ai jetée dans un égout dans une rue de Paris.

— Et comment le calibre est tombé dans tes mains ce soir-là ?

— C'est un ami qui se trouvait là par hasard au Nomade bar.

J'évite de compliquer la situation en ne lui disant pas que

j'étais allé chez moi chercher le calibre.

Le Manitou reprend la parole :

— Le boxeur Gratien Tonna a déclaré devant les journalistes qui l'ont interviewé qu'il ne connaissait pas son agresseur et qu'il ne voulait pas être soigné par les médecins parisiens en qui il n'avait pas confiance, il est rentré à Marseille. Il a tout dans les bras, rien dans la tête. Le deuxième blessé, José, a dit qu'il séjournait à Paris pour la première fois, qu'il ne s'y connaissait pas d'ennemi et qu'il ne comprenait pas pourquoi on lui avait tiré dessus. Par contre le troisième à porté plainte contre toi, Slim.

Le boxeur Gratien Tonna et son ami José se sont comportés en hommes responsables, Rachid, en homme indigne. "On est un homme digue ou on ne l'est pas, il ne faut pas faire semblant. Tôt ou tard ce qui est caché remonte à la surface".

L'inspecteur a fini de taper le procès-verbal que l'on m'a fait lire et signer.

Ensuite, un autre inspecteur m'a conduit dans une cellule d'attente où je suis resté jusqu'à neuf heures du soir.

On est venu me chercher et l'on m'a amené à un fourgon cellulaire où je me suis retrouvé dans une cage à côté d'autres cages, occupées par d'autres prévenus de différentes races.

Je suis conduit au palais de justice de Paris. Au dépôt, je me vois retirer mes lacets, ma ceinture, mes documents et mon argent, la routine quoi !

J'ai passé la nuit dans une cellule d'attente en compagnie d'autres gars.

Le matin, après le café au goût de jus de chaussette, je passe à la photo et aux empreintes digitales. Dans l'après-midi deux gendarmes viennent me chercher dans la cellule, ils m'enchaînent les poignets et me conduisent devant le juge d'instruction.

Dans le bureau du juge, celui-ci me lit l'inculpation et le délit que j'ai commis. Je suis inculpé d'homicide et de détention d'arme.

Puis le juge me dit :

— Avez vous un avocat ? Sinon je vous en nomme un d'office.

Je lui réponds :

— Je vais réfléchir à la question lorsque je serai en détention.

Je signe le procès et les deux gendarmes me reconduisent à la cellule du dépôt. Au soir, un surveillant fait ouvrir la cellule, il m'appelle par mon nom ainsi que d'autres prévenus. Nous sortons dans le couloir, alignés l'un derrière l'autre, puis nous avançons jusqu'à la porte ouverte d'un camion cellulaire. On nous place dans des cages comme des bêtes fauves et nous arrivons à Fresnes quelques temps plus tard.

Là, nous déposons tous nos objets personnels, papiers, etc, au greffe de la prison, puis nous passons à la fouille, à poil. On nous remet un paquetage qui contient une paire de draps, deux couvertures, un couvert de table, une serviette éponge et le nécessaire de toilette.

Après la douche obligatoire, je suis conduit en cellule. J'ai passé la première nuit avec six autres détenus sur des lits superposés.

Le lendemain, le café est à sept heures, puis le coiffeur, la visite médicale et l'entretien avec l'assistante sociale.

Ensuite, nous passons devant le sous-directeur de la prison et sommes reconduits en cellule. Après le déjeuner de midi, on me remet ma carte d'identité de détention, puis on désigne à chacun des arrivants une cellule dans les étages des trois divisions.

Moi, je suis conduit au deuxième étage de la première division. Je suis affecté dans une cellule où il y a deux détenus maghrébins, je suis le troisième.

Il y a trois lits superposés, je range le peu d'affaires que j'ai dans le coin d'un placard et je prépare mon lit.

Ma première initiative est d'écrire une lettre à ma cousine Dalila qui garde mon fils.

Depuis le moment où j'ai été arrêté et que les inspecteurs m'ont passé les menottes aux poignets, toutes mes pensées vont vers mon enfant et son image me remplit la tête. Mon cœur se referme, tout me semble fade ici.

Je commence ma lettre :

"Ma chère Dalila,

Je te fais savoir, par cette lettre, que je me trouve à la prison de Fresnes. Je suis dans une mauvaise passe pour le moment. Je ne te donne pas de consigne pour mon fils car je sais que tu t'y prends très bien. Par contre donnes moi de ses nouvelles de temps en temps, cela me réconfortera moralement et soulagera mon cœur de son fardeau. S'il y a quelque chose qui t'inquiète pour Nassim, fais moi le savoir par courrier.

A bientôt. Slim."

Une semaine plus tard, je reçois une lettre de Dalila en réponse :

"Cher cousin,

Sois tranquille en ce qui concerne ton fils, je prends soin de lui comme un de mes enfants mais je ne vaux pas sa maman. Je souhaite qu'elle soit bientôt libre pour s'occuper de lui.

Bon courage. Dalila."

La lettre de Dalila a apporté un rayon de soleil dans mon cœur et elle a tranquillisé mon esprit préoccupé par le bébé. Pour la première fois depuis que je suis incarcéré à Fresnes, j'écris une lette détaillée à Thérèse, à la M.A.F. de la prison de Fleury Mérogis. Pour me mettre à jour, j'ai aussi écrit à des amis.

"C'est aujourd'hui qu'il faut comparer avec le présent qui a des yeux et l'absent qui est aveugle. Dans les moments pénibles où l'homme est écarté de la vie civile, cloîtré dans le royaume des morts vivants, c'est là dans ses dures épreuves qu'on peut valoriser ou dévaloriser un ami selon ses actes." Les jours suivants, je reçois une réponse de Thérèse de la M.A.F. de Fleury Mérogis :

"Mon Slim adoré,

J'attendais ta lettre plus tôt, j'avais entendu parler de toi à la radio. Ils ont dit que tu avais tiré sur le boxeur Gratien Tonna et sur deux de ses amis. Je suis rudement secouée par ton arrestation. Maintenant, nous sommes tous les deux au placard, c'est la poisse qui nous tient.

Slim, dis moi franchement où se trouve actuellement Nassim, si tu l'as placé chez une nourrice ou quelqu'un d'autre. Fais moi parvenir les coordonnées de la personne qui s'occupe de lui, que je puisse prendre de ses nouvelles par courrier. Je pense à toi très fort.
Thérèse."

Le soir même, je lui réponds :

"Ma Thérèse chérie,

Je te fais savoir que notre enfant est en sécurité, en de bonnes mains. Sois rassurée, il est bien protégé et à l'abri du besoin. Chaque semaine, je reçois des nouvelles de lui, je te les ferai parvenir, fais moi confiance. Garde courage et prends soin de toi.

Slim."

Quelques jours plus tard, je reçois un télégramme de Maître Seba, l'avocat : "J'ai reçu votre ami Momo qui m'a demandé d'assurer votre défense, si vous êtes d'accord, vous devez m'écrire à mon cabinet et prévenir le juge d'instruction de votre choix. Ainsi, il pourra me délivrer un permis de visite."

Je fais ces deux lettres et je les envoie en même temps. C'est moi qui avait écrit à Momo pour lui dire d'aller voir Maître Seba.

Cela fait 45 jours que je suis à Fresnes lorsqu'un matin, je suis convoqué par un expert psychologue, à la demande du juge d'instruction. Il me questionne sur ma jeunesse, me demande si j'avais eu des maladies graves, des accidents, si j'avais actuellement un faible pour l'alcool, à quel niveau j'avais quitté l'école, si j'avais un CA.P. Il se renseigne aussi sur mes parents pour savoir s'ils étaient malades, connaître leur comportement avec moi.

Je réponds honnêtement, en lui faisant comprendre que j'avais eu une bonne part de malheur dans cette histoire, que la situation était très dure avec un bébé de trois mois séparé de ses parents puisque sa mère était également en prison.

Huit jours plus tard, je vois un autre psychologue, mêmes questions ou presque, même réponses, même zèle.

La même semaine, je reçois la visite de l'avocat, Maître Seba.

Dans la cabine des avocats, nous nous asseyons l'un en face de l'autre, séparés par une table où Maître Seba pose son porte-documents dont il sort un dossier ainsi qu'un paquet de brunes à bouts filtres. Il m'en offre une, je la refuse et je prends une blonde dans mon paquet.

Il ouvre le dossier posé sur la table et me dit :

— Monsieur Slim, j'ai bien étudié votre dossier d'inculpation. Il se présente bien, vos déclarations sont solidement bâties sur la légitime défense et nous allons continuer sur cette voix qui nous sera bénéfique. Cela nous ramènera de cour d'assise en cour correctionnelle.

— Maître, le fameux soir, au Sorcier Bar, il n'y avait pas mal de clients quand le copain du boxeur m'a mis le calibre sur la tempe. J'espère qu'un des témoins se manifestera au juge d'instruction, ça donnera une vision de la réalité, car ce sont eux qui m'ont agressé en premier.

— Si nous trouvons un témoin, dit l'avocat, ce sera un bel avantage pour nous.

Il revient me voir une fois par semaine et nous mettons au point un système de défense pour parer aux attaques du juge d'instruction. Il me prépare comme un manager de boxe prépare son poulain à un combat.

J'entre dans mon quatrième mois de détention lorsque je suis convoqué chez le juge d'instruction en son cabinet du palais de justice de Paris.

Je m'y rends en fourgon cellulaire et arrivé au dépôt du palais, deux gendarmes me conduisent au cabinet du juge, menottes aux poignets. Dans le bureau du juge, je suis confiant car je pense toujours que l'acte que j'ai commis est juste.

Mon juge est un homme grand, brun, il porte une fine moustache, il a des yeux gris roux et il est âgé d'environ quarante ans. Il me désigne de la main le siège où je dois m'asseoir. Un gendarme m'enlève les menottes et je m'installe, les deux gendarmes derrière moi, mon avocat à ma gauche et derrière le bureau, le juge d'instruction et sa secrétaire.

Le juge roule sa fine moustache entre ses doigts avant de me questionner.

— Monsieur le juge, dis-je, je maintiens toutes les déclarations faites devant les inspecteurs de la deuxième B.J. de Paris.

— Explique moi les faits en détails.

Je reprends exactement l'histoire que j'avais racontée au "Grand Manitou de la brigade judiciaire en insistant sur le fait que mon geste était un acte de défense. Je rappelle l'origine du malentendu, la gifle à Leïla qui me menace et qui plus tard fait appel à Gratien Tonna pour se venger, l'agression du matador qui a provoqué la fusillade…

A la fin de mon récit, le juge intervient :

— Le Smith et Wesson à barillet que l'on a retrouvé chez vous n'est pas l'arme qui a servie à blesser les trois hommes, les contrôles balistiques le confirment.

— C'est juste, je me suis servi d'une arme que j'avais empruntée a un ami juste avant l'incident. Ensuite je l'ai jetée dans un égout mais je ne sais plus à quel endroit.

Le juge ma fait signer mes déclarations et les deux gendarmes qui m'ont remis les menottes, me raccompagnent. Dans le couloir, mon avocat me dit :

— Pour la première instruction, c'est bon. Le juge est très compétent, soyez confiant, tout va s'arranger. Bon courage.

On me reconduit à la maison d'arrêt de Fresnes et le soir dans ma cellule, je trouve une lettre de ma cousine Dalila qui cause un grand désordre dans mon esprit.

"Cher Slim,

Ton fils Nassim se porte à merveille. Nous arrivons au mois de juillet et nous avons prévu avec mon mari d'aller en vacances en Algérie en famille. Nous ne pourrons pas amener Nassim avec nous. Il faut donc que tu trouves quelqu'un parmi tes connaissances qui puisse le garder d'ici deux semaines, sinon je serais obligée de le remettre entre les mains de l'assistante sociale de la D.A.S.S. Il y a une autre solution, si tu veux que je le garde, tu nous fais une déclaration écrite disant que tu abandonnes tous tes droits sur ton fils pour que nous puissions, moi et mon mari, adopter légalement Nassim.

Chaque mot que je lisais me faisait très mal, comme si l'on remuait un couteau dans une plaie. Je déchire la lettre en miettes, je la jette dans les WC en tirant la chasse, et je me mets à tourner dans ma cellule comme un ours en cage. Je cherche dans ma mémoire une personne susceptible de pouvoir garder mon fils jusqu'à la libération de sa mère.

Je suis submergé par une douleur écrasante, mes soupirs se multiplient et je fume cigarette sur cigarette en essayant de trouver un visage, un nom. Tout à coup, je sens une grimace se dessiner sur mes lèvres séchées par le tabac, l'image de mon amie Gilberte m'apparaît.

Elle est mère d'une grande fille de son premier mariage mais elle n'a jamais eu d'autres enfants à cause d'une opération chirurgicale.

Je la revois comme si elle était là avec son visage ravissant, son teint laiteux, son épaisse chevelure blonde, son corps élancé et sa forte personnalité.

Cette vision me fait reprendre mes esprits et je suis sûr que Gilberte ne refusera pas de me rendre service.

Nous nous étions connus rue Belhomme dans le 18ème au bar "Chez Ginette". Elle travaillait dans le coin et venait boire l'apéritif tous les jours. Je rencontrais souvent mes amis dans ce bar et nous avons fait connaissance, Gilberte et moi. Ensuite elle m'a présenté son mec Selman, un compatriote, avec qui je me suis très bien entendu. Ils habitaient Alfortville dans le Val de Marne et ils m'invitaient souvent chez eux où nous passions de bons moments ensemble. Sa fille de 16 ans, de son premier mariage, vivait avec eux et ils s'entendaient très bien tous les trois.

Nous sommes toujours restés fidèles à notre amitié, ils étaient un peu ma seconde famille.

Je me décide a écrire à Gilberte en prenant mon bloc et mon stylo.

"Chère Gilberte,

Aujourd'hui, je prends mon courage à deux mains pour te donner de mes nouvelles qui ne sont pas bonnes. Je suis très déprimé, non pas à cause de mon sort que j'assume pleinement mais plutôt de celui de mon fils Nassim qui a besoin de moi en ce moment. Je suis complètement impuissant entre ces quatre murs qui m'entourent. J'ai reçu une lettre de ma cousine Dalila qui s'occupait de Nassim jusqu'à maintenant puisque, comme tu le sais, Thérèse, sa mère, est aussi au placard. Ma cousine ne veut plus s'occuper de mon fils sous un prétexte bidon et je n'ai pas d'autre famille en France sur qui je puisse compter. J'ai pensé à toi Gilberte, tu es la seule personne qui me reste et en qui j'ai entière confiance

Va chercher Nassim et prends le sous ton toit jusqu'aux beaux jours. Je te donne l'adresse de ma cousine et je vais la prévenir de ta venue. Dès que tu l'auras avec toi, tiens moi au courant par courrier pour apaiser mon inquiétude. Je te remercie d'avance. Souhaite le bonjour de ma part à Selman et à ta fille. A bientôt. Slim."

Le soir même, j'écris également à ma cousine.

"Chère Dalila,

Je fais réponse à ta lettre dont j'ai bien compris le contenu. Je te demande quelques jours de patience et la question de mon fils sera réglée. Je viens de contacter une amie qui viendra chez toi chercher Nassim. Elle s'appelle Gilberte, elle est blonde, de taille moyenne avec un visage laiteux et des yeux bleu clair. Elle va se présenter chez toi ces jours-ci, probablement avec son mari, un oranais qui s'appelle Selman. Tu peux lui confier mon fils sans problème. Dalila, la prochaine fois, sois plus réaliste avec toi-même, regarde tous les aspects des choses. Dieu m'a donné un héritier que j'ai souhaité, aucun être vivant ne peut m'ôter ce privilège et je suis intraitable pour ce qui est ma chair et mon sang. Merci quand même. Bien à toi. Slim."

Huit jours plus tard, je reçois des nouvelles de Gilberte avec une photo de mon fils dans ses bras. La lettre me disait :

"Cher Slim,

Dés que j'ai reçu ta lettre, je suis allée à Montmorency chez Dalila, en voiture avec Selman. J'ai récupéré ton fils Nassim qui se porte très bien. Je m'occupe de lui comme s'il était mon propre enfant. Bonjour à toi et à bientôt. Gilberte."

Ce que vient de faire Gilberte me retire une sacrée épine du pied et mon cœur déborde de reconnaissance pour elle.

Depuis que j'échange du courrier avec Thérèse, de prison à prison, à aucun moment je ne lui ai donné de mauvaises nouvelles de Nassim.

Dans sa dernière lettre, Thérèse m'a fait part de sa comparution devant le tribunal correctionnel qui la condamnée à un lourde peine ferme. Elle a immédiatement fait appel.

Notre correspondance est très sentimentale, remplie de l'amour que nous avons l'un pour l'autre. Nous nous sommes mis

d'accord pour tout et sur tout et nous avons décidé d'unir nos destins pour toujours par le mariage.
J'ai demandé l'autorisation de mariage à mon juge d'instruction qui l'a signé et donné son accord au directeur de la prison de Fresnes afin qu'il fixe la date du mariage.

Pour Thérèse qui est condamnée et prévenue, ce problème est du ressort du président de la cour d'appel de Paris.

Chacun de notre côté avons fait le nécessaire, nous avons préparé tous les documents pour le mariage par l'intermédiaire de nos assistantes sociales respectives. Par la suite, j'ai reçu une lettre me précisant la date de notre union, le 7 août 1977 à la prison de Fresnes, à ce moment-là, notre enfant aura sept mois et demi.

Le grand jour est arrivé, Thérèse vient de la M.A.F. de Fleury Mérogis en fourgon, escortée par deux matonnes et son assistante sociale qu'elle a choisie comme témoin. Moi, j'ai choisi mon codétenu.

Nous attendons tous dans une petite salle qui ressemble à un bureau. L'adjoint au maire de Fresnes accompagné de sa secrétaire et le directeur de la prison font leur entrée puis le mariage est célébré. L'adjoint nous passe les anneaux, remet le livret de famille à Thérèse et nous échangeons un baiser timide. Poliment, une matonne prend le livret des mains de Thérèse.

La célébration terminée, moi et mon codétenu retournons à notre cellule.

Quelques jours plus tard je comparaissais devant mon juge d'instruction. En sortant du fourgon cellulaire qui m'avait conduit au palais de justice, je suis accueilli par un seul gendarme qui m'accompagne, menottes aux poignets au bureau du juge. C'est la secrétaire qui ouvre la porte du bureau en demandant au gendarme d'attendre un moment. Mon ange gardien me conduit au banc de bois du couloir et m'invite à m'asseoir.

Mon avocat arrive à son tour et prend place près de moi en me disant :

— J'ai revu votre ami Momo à mon cabinet, il s'inquiète pour vous mais je l'ai rassuré. Tel qu'est construit le dossier, votre affaire va redescendre d'assise en correctionnelle. Sur les trois blessés, Rachid, seul, porte plainte et, de plus, il a maintes fois changé sa version des faits, ça ne pèsera pas lourd.

A ce moment, la porte du bureau s'ouvre sur le juge d'instruction en personne qui nous invite à le rejoindre d'un “S'il vous plaît” et d'un signe de la main. A peine entré dans le bureau, je remarque un jeune homme assis près du bureau du juge. Il s'appelle Chabane et était barman au Nomade Bar.

Il était présent au Sorcier Bar, chez Rachid, le soir où je me suis fait agresser verbalement par Tonna et ses deux amis. Il a vu le maghrébin me menacer de son arme.

Le juge nous fait asseoir et interroge Chabane :

— C'est bien cet homme que vous avez vu se faire maltraiter par Gratien Tonna et ses amis au Sorcier Bar, rue Germain Pilon.

— Oui Monsieur le juge, il était en très mauvaise posture et à son désavantage face au trio.

La déclaration du témoin est enregistrée, le juge d'instruction nous la relit et la fait signer à Chabane.

— Vous pouvez disposez, lui dit-il.

Et Chabane quitte le bureau. Je suis satisfait car les déclarations du témoin confirment mes dires.

Ensuite, le juge me lit les résultats des deux expertises psychologiques que j'avais subies à la prison de Fresnes et les conclusions ne sont pas mauvaises pour mon affaire.

Entre-temps, Thérèse est passée devant la cour d'appel de Paris. Sa peine ferme a été confirmée, mais elle en a déjà fait plus de la moitié.

A nouveau, je dois me rendre au cabinet du juge d'instruction. Là, je me trouve face à Rachid, le patron du Sorcier Bar. Le juge se tourne vers lui :

— C'est bien cet homme qui vous a tiré dessus ainsi que sur vos deux amis.

— J'affirme que c'est Slim, ici présent, qui a fait feu sur moi en me blessant à l'épaule. Maintenant, elle est guérie, mais il y a des séquelles, je ne peux plus porter de choses lourdes et je sens une brûlure intense quand je lève mon bras. Je demande des dommages et intérêts à Mr Slim.

Il sort un certificat médical d'hospitalisation qu'il remet au juge. Celui-ci y jette un coup d'œil, puis il lève la tête d'un air écœuré vers Rachid.

— Vous avez eu un certificat d'incapacité de travail de huit jours. La balle n'a touché aucun organe vital. Rendez-vous compte de la situation, comment voulez-vous que Mr Slim vous verse des dommages et intérêts alors qu'il n'a pas de ressources.

La réplique tranchante du juge trouble Rachid, il tourne sa tête nerveusement de gauche à droite et nos regards se croisent. Comme s'il recevait une décharge électrique, il baisse la tête en restant silencieux. Le juge d'instruction lui fait signer sa déclaration, lui dit qu'il pouvait disposer et s'adresse a moi :

— Mr Slim, c'est notre dernière entrevue, l'instruction est close. Je vais faire envoyer votre dossier à la chambre d'accusation.

Il me fait signer le procès-verbal et donne l'ordre au gendarme de me reconduire.

Dans le couloir, le gendarme me fait part de sa surprise :

— Je n'ai encore jamais vu un juge d'instruction défendre un inculpé.

— Il y a des bons et des mauvais partout, lui dis-je, il est compétent et consciencieux, il a évalué les faits des deux côtés de l'affaire.

J'ai attendu jusqu'à la fin de l'après-midi dans une cellule d'attente du dépôt du palais de justice avant de rejoindre la maison d'arrêt de Fresnes.

Rentré dans ma cellule, je trouve une lettre de Thérèse qui me disait ceci :

"Mon cher mari,

Je te fais savoir que mon dossier va passer devant la commission de liberté conditionnelle dans deux semaines. J'ai besoin d'un certificat d'hébergement et d'une promesse d'embauche pour garantir ma libération. J'ai très envie de sortir de prison pour pouvoir m'occuper de notre enfant et lui donner l'amour maternel dont il a besoin. Slim, démerde toi auprès de tes connaissances pour m'obtenir le nécessaire le plus vite possible. Je compte sur toi mon chéri, je t'embrasse tendrement. Thérèse."

Pour avoir ces documents, je pense immédiatement à Jacky, le propriétaire de notre studio. Je vais lui écrire tout de suite, en lui disant que dès qu'il aurait les papiers, il les envoie directement au juge d'application des peines à la M.A.F. de Fleury Mérogis.

Mon incarcération durait depuis huit mois lorsque je reçus une notification du greffe de la chambre d'accusation. Mon accusation s'est correctionnalisée, je suis poursuivi pour coups et blessures avec arme à feu et détention d'arme. Je m'attendais à cette nouvelle après le déroulement de l'instruction. Il n'y avait qu'une seule plainte portée par Rachid et un témoignage plutôt en ma faveur.

Quelques jours après avoir envoyé la lettre à Jacky, je pus lire sa réponse qui me disait qu'il avait envoyé un certificat de domicile et une promesse d'embauche au juge d'application des peines de Thérèse.

Pendant mon neuvième mois de détention, l'huissier du

palais de justice de Paris me fait parvenir la notification de la date de mon jugement qui sa se dérouler devant la 14ème chambre correctionnelle.

Ce jour-là, après le déjeuner, je reçois un télégramme de Thérèse : “Mon cher mari, ce matin les portes du pénitencier se sont ouvertes pour moi, je suis en liberté conditionnelle. Je me trouve chez Jacky dans notre studio. Je vais demander un permis de visite pour te voir. Je t’embrasse. Thérèse.”

Quelques temps après, je la vois au parloir de la prison. Elle a pris du poids et s’est fait couper les cheveux à la garçonne.

— Tu t’es vengée sur la gamelle en prison, lui dis-je en riant.

— Crois-moi si tu veux mais je mangeais par ennui. Tout ce que tu vois là, c’est de la mauvaise graisse, tout va disparaître avant deux semaines, tu me verras telle que tu m’as connue.

Elle change de conversation :

— Slim, dis moi où est placé notre enfant, donne moi l’adresse de la personne qui le garde que j’aille le chercher.

— J’ai confié Nassim à une bonne amie, Gilberte, qui vit à Alfortville. Je vais t’envoyer une lettre avec ses coordonnées exactes et lui écrire pour la prévenir de ta venue.

Le temps de la visite est passé et il faut que je regagne ma cellule où je fais immédiatement ces deux lettres.

Une semaine plus tard, Thérèse est au parloir avec Nassim sur les genoux. Je m’assois en face d’eux dans la cabine et j’aimerais prendre mon enfant dans mes bras mais la vitre de plexiglas m’en empêche. Nous ne pouvons communiquer que par les trous du guichet. Je suis très heureux de revoir mon enfant qui a l’air d’être en bonne santé. Sa bonne mine illumine son visage et je le dis à Thérèse :

— On voit que Gilberte a bien pris soin de Nassim. Si un jour tu as besoin d’être libre de tes mouvements, tu peux faire appel à elle pour le garder.

La réponse de Thérèse ne se fait pas attendre :

— Elle est bien bonne celle-là, tu veux dire par là que je ne suis pas à la hauteur pour m’occuper de notre enfant.

— Ne le prends pas comme ça, tu peux avoir besoin d’aide par les temps qui courent. Tu sais que j’ai une âme inquiète et que je me préoccupe toujours pour mes proches et les gens que j’aime.

Le parloir est terminé, nous nous disons au revoir et je retourne en cellule.

Arrive le jour “J” de mon jugement. Je suis conduit en

fourgon cellulaire au palais de justice de Paris où l'on me fait attendre, dans une cellule du dépôt, avec d'autres prévenus, jusqu'au début de l'après-midi.

Deux gendarmes viennent me chercher et m'accompagnent à la 14ème chambre correctionnelle, les poignets menottés. Je m'installe dans le box des prévenus.

Il n'y a aucun plaignant ni témoin présents dans la salle pour mon procès, je vais comparaître seul avec mon avocat. Je pense que j'ai toutes les chances de mon coté.

Lorsque je suis cité, je me présente, je réponds aux questions et j'explique les faits brièvement. Tout se déroule très vite. Après la plaidoirie de mon avocat, le président de la 14ème chambre correctionnelle tranche pour une peine ferme.

Je suis satisfait de la sentence de la cour car à ce jour, j'en suis déjà à la moitié de ma peine.

Trois semaines plus tard, l'on me transfère à la prison de Rouen en Normandie pour terminer ma peine. Je suis classé à travailler comme manutentionnaire dans un atelier.

Le premier mois, Thérèse me rend visite à chaque fin de semaine et elle m'écrit régulièrement. Puis, c'est le silence complet, ni parloir, ni courrier. Elle ne répond même plus à mes lettres. Là, mon moral en prend un sacré coup. Je commence à prendre des somnifères, mon appétit diminue de jour en jour. En prison, les médecins acceptent facilement de donner des somnifères aux détenus et la dose augmente selon notre demande.

Un après-midi, alors que je me trouvais à l'atelier, un maton vint a moi me dire que j'étais convoqué chez l'assistante sociale de la prison. Je suis étonné, je n'ai rien demandé à l'assistante sociale depuis que je suis ici.

Je vais la voir tout de même, elle me reçoit dans une cabine. C'est une petite femme svelte, un peu gamine, elle a un joli visage ovale d'un teint couleur de miel, de grands yeux marrons et des cheveux châtain foncé qui lui tombent sur les épaules.

Elle m'invite à m'asseoir, je prends place en face d'elle et elle ouvre un classeur qui est sur la table qui nous sépare. Elle se racle la gorge.

— Mr Slim, j'ai eu des nouvelles de votre enfant par l'assistante sociale du 11ème arrondissement. Il a été retiré à sa mère et est placé provisoirement à la D.A.S.S.

Le sang me monte a la tête et je m'écrie :

— Pourquoi a-t-elle fait ça ?

L'assistante sociale reste calme et poursuit :

— Votre femme était négligente avec son enfant, elle sortait en le laissant seul à la maison. Les pleurs du bébé ont alertés les voisins qui ont téléphoné à la police qui elle-même, a prévenu les services sociaux. Le juge des enfants a placé provisoirement Nassim à la D.A.S.S. A votre libération, vous pourrez le récupérer en fournissant les garanties qui vous seront demandées par le juge.

Ces nouvelles catastrophiques me foudroient, causant une très grande douleur, physique et morale. Je ne parviens pas à trouver d'excuses à Thérèse. Si elle se trouvait en face de moi je l'étranglerais de mes mains sans hésiter.

D'une voix enrouée, je demande à la jeune femme de me donner les adresses du juge des enfants et de l'assistante sociale de Paris. Elle écrit quelques lignes sur une moitié de feuille d'un cahier d'écolier qu'elle me tend. Je lis les inscriptions : "Mme Lorant, assistante sociale, avenue de la République, Paris 11ème" et en dessous : "Mr Amont juge des enfants au palais de justice de Paris".

Après cet entretien, je retourne à l'atelier complètement bouleversé. Le soir, dans ma cellule, j'écris au juge des enfants :

"Monsieur le juge,

Je me permets de vous écrire à la suite d'une visite à l'assistante sociale de la prison de Rouen. J'ai appris une douloureuse nouvelle, mon fils se trouve placé provisoirement à la D.A.S.S. et je suis encore sous le choc de l'événement. Le manque du sens du devoir et de personnalité de ma femme me brise le cœur. Monsieur le juge, je vous demande de me faire parvenir l'adresse du lieu où est mon enfant car j'aimerais avoir de ses nouvelles. Actuellement, je suis en fin de peine, il me reste deux mois et demi à faire. A ma libération, je vous rendrai visite aussitôt. Je vous prie de croire, Monsieur le juge, à l'assurance de mon profond respect."

Seul dans ma cellule, je pense tout haut à ma situation qui n'est pas florissante, mon garçon entre les mains de la D.A.S.S., moi, la trique sur le dos à ma libération. Il faut que j'attire Thérèse de mon coté par tous les moyens, même machiavéliques, pour sortir Nassim des griffes de la D.A.S.S.

Il faut que je mette des gants de velours pour la convaincre de venir me voir. Je sais qu'elle a peur de se confronter à moi à la suite de la bêtise qu'elle a commise en manquant à son devoir maternel. Elle connaît mon caractère et doit se douter que je suis dans tous mes états.

Je décide de lui faire une lettre en essayant de lui passer du baume :

"Ma chère Thérèse,

Pourquoi ce silence à mon égard ? Cela me perce le cœur. Je suis au parfum, par l'assistante sociale de la prison, de ce qui est arrivé à Nassim. Il ne faut pas t'enfermer sur toi-même, cela ne résoudra rien du tout. Ne baisse pas les bras, ne perds pas confiance en toi, je suis à tes côtés et en unissant nos efforts, nous parviendrons à lutter contre tous les obstacles présents. Pense à l'avenir et à notre union, nous arracherons Nassim des griffes de la D.A.S.S. Thérèse, tout être humain commet des fautes au cours de son existence mais la vie ne s'arrête pas pour autant. Nous réparerons ce qui est réparable et tout redeviendra comme avant. A bientôt. Slim."

En réalité, je ne croyais pas à ce que j'écrivais là. Le manque de personnalité de Thérèse a chassé de mon cœur tout l'amour que je lui portais. Aujourd'hui, j'ai besoin d'elle pour récupérer mon fils car j'ai longuement réfléchi à la question, il me sera difficile de régler cette affaire tout seul à cause de la trique que j'ai sur le dos, il me faut la complicité de la mère de Nassim.

Quelques jours plus tard, je reçois la réponse du juge des enfants :

"M. Slim,

Je vous informe que votre fils Nassim est placé à Montfort Lamaury chez une nourrice. Mme Lorant, assistante sociale, vous enverra des nouvelles de lui une fois par mois. A votre libération, vous viendrez me voir en mon cabinet du palais de justice de Paris et nous envisagerons un avenir sain pour votre enfant. Mes salutations."

En attendant, je me morfonds, toutes mes pensées se tournent vers mon gamin et tout me semble triste. Je prends de plus en plus de somnifères. Pour en avoir en plus grande quantité, j'échange des cigarettes et de la bière. Je suis étourdi et j'ai perdu l'appétit, dès que je mange un peu, mon estomac se referme.

Les deux mois qui me restent à tirer me semblent une éternité. L'image de mon fils est constamment présente à mes yeux, c'est mon premier garçon et tout mon être est en deuil depuis que l'assistante sociale de la prison m'a annoncé son placement à la D.A.S.S.

De jour en jour je m'affaiblit physiquement, je perds du poids et le pantalon de ma tenue pénitentiaire flotte.

Un après-midi, en franchissant la porte de mon atelier, je

me suis écroulé par terre, évanoui.

Je reprends connaissance sur le lit de l'infirmerie de la prison. Le médecin, debout à mon chevet, m'ausculte et regarde au fond de mes yeux avec une petite lampe en soulevant mes paupières. Puis il prend ma tension et se tourne vers moi.

— Mr Slim, vous êtes très faible, vos nerfs ont lâchés car vous avez perdu vos forces.

Il me fait une injection dans la cuisse et me donne des cachets à prendre les jours suivants. J'ai réintègre ma cellule et à la distribution du courrier, je reçois une lettre de Thérèse.

"Mon cher mari,

Ces temps passés, je n avais plus le courage de te regarder en face à cause de la légèreté de ma conduite envers notre enfant. J'ai eu un passage de faiblesse qui me coûte très cher et je le regretterai toute ma vie. Tes paroles sages m'ont redonné confiance en moi et le courage d'affronter mon destin. Excuse-moi de tout le mal que je t'ai fait. Je t'aime très fort. Je te rendrai visite prochainement. A bientôt. Thérèse."

J'ai le cœur un peu plus léger d'avoir gagné la première manche, d'avoir fait entendre raison à Thérèse.

Le samedi, jour du parloir, je reçois sa visite. Elle a maigri, elle me sourit mais ses yeux sont remplis d'angoisse.

Je parle le premier :

— Je suis content que tu sois venue. Ne t'inquiète pas, tout va s'arranger et en unissant nos efforts, nous allons résoudre le de problème de notre fils.

Thérèse bat des paupières rapidement, surprise de ma gentillesse.

— Slim, pardonne moi du mal que je t'ai fait. Je ferai tout ce que tu veux pour le bien de notre enfant. Je vous aime tous les deux très fort.

Puis nous avons échangés nos points de vue sur notre avenir jusqu'à la fin du parloir et nous nous sommes séparés gaiement. Je suis retourné à ma cellule plutôt soulagé.

Elle est revenue me voir chaque samedi jusqu'à la dernière semaine de ma peine.

Le jour de ma libération, début mai 1978, Thérèse m'attends à la porte de la prison. Il est huit heures du matin lorsque je franchis le portail de sortie. Je n'ai rien dans les poches car j'ai offert toutes mes affaires personnelles à des détenus qui en avaient plus besoin. Thérèse m'accueille avec une joie muette et nous partons à pied jusqu'à la gare de Rouen où nous prenons le train pour

Paris St Lazare.

A Paris, nous prenons un taxi qui nous conduit au palais de justice, sur ma demande. Je veux voir le plus vite possible le juge des enfants.

Une fois au palais, je me dirige directement vers son bureau avec la lettre qu'il m'avait envoyée en prison à la main. Je frappe à la porte et l'entends une voix d'homme me répondre : "Entrez". Je passe le premier suivi de Thérèse et je vois un homme d'environ 35 ans ayant un visage jovial. Il nous reçoit poliment.

Je me présente en sortant ma carte d'identité et mon bulletin de sortie de la prison de Rouen ainsi que sa lettre.

Il jette un œil sur mon bulletin de sortie puis nous regarde tour à tour, ses yeux s'arrêtent sur moi et il me dit :

— Vous êtes venu directement de la prison à mon bureau, c'est un signe d'amour pour votre enfant. Personnellement, je ne veux pas connaître les raisons de votre emprisonnement ni votre passé, je suis là pour l'intérêt de l'enfant. Maintenant, c'est votre rôle de lui obtenir une situation stable et à l'abri du besoin. Vous allez vous mettre en contact avec Mme Lorant, assistante sociale du 11ème arrondissement. Elle vous donnera la marche à suivre et c'est à vous de vous montrer à la hauteur. Votre enfant Nassim est placé chez Mme Blanc, nourrice à Montfort Lamaury. Je vous signe une autorisation de visite pour que vous puissiez le voir, vous la remettrez à Mme Blanc.

Il me tend le papier et nous prenons congé de lui.

Sortis du palais de justice, je me tourne vers Thérèse.

— Maintenant, le combat est engagé et il faut continuer avec toutes nos forces si nous voulons gagner notre trophée, notre enfant.

Nous avons pris le métro à la station Cité jusqu'à Gambetta pour aller rue des Pyrénées. Nous passons voir Jacky à son bar, il est derrière son comptoir et dès qu'il me voit, il vient m'embrasser.

Nous nous installons, Thérèse et moi, sur les grands tabourets, je me fais servir un Whisky, j'ai besoin d'alcool. Je ressens le manque de somnifère, je crois que je suis intoxiqué, depuis quatre mois que j'en prends.

Thérèse a commandé une boisson chaude. Elle n'a pas desserré les dents depuis que nous sommes entrés au bar.

Je bois Whisky sur Whisky, Jacky m'accompagne avec du Pastis. L'alcool commence à faire son effet sur moi et ma sensation de manque a disparue.

Tout à coup, Jacky regarde Thérèse dans les yeux et se

tournant vers moi, me dit :

— Slim, nous sommes ente nous, tous les trois, j'ai besoin de dire mes quatre vérités pour soulager ma conscience. Je suis sincèrement désolé de ce qui est arrivé à ton fils mais c'est de la faute de Thérèse. Chaque jour je lui disais qu'elle devait s'occuper de Nassim, moi, je me chargeais du reste jusqu'à ta libération, elle ne m'écoutait pas. Elle faisait tout ce qui lui passait par la tête et elle ne me disait jamais rien. Elle quittait le studio en laissant l'enfant seul pendant des heures, les voisins ont finis par appeler la police qui est venue avec une assistante sociale. La porte du studio était fermée à clé et l'enfant pleurait à l'intérieur. Ma femme est venue ouvrir avec son double.

L'assistante sociale s'est occupé de Nassim, elle lui a changé sa couche et lui a donné son biberon pendant que les policiers visitaient le studio et questionnait ma femme. Le brigadier a laissé une convocation pour Thérèse au bar pour que je lui remette en main propre. L'assistante sociale a emmené l'enfant. Lorsque Thérèse est arrivée au bar, quelques temps plus tard, toute affolée, je lui ai remis la convocation de la police et depuis, nous nous sommes rarement vus.

Je comprends maintenant pourquoi Jacky était si réservé quand j'étais en prison et qu'il se contentait de m'envoyer des mandats sans donner d'autres nouvelles. Il savait tout.

Thérèse baisse la tête, mal à l'aise, gênée par la révélation de sa conduite, pas une seule fois elle n'avait interrompu Jacky et pour dominer ses nerfs, elle fait un va et vient de sa main droite sur son jeans.

Lorsque Jacky a terminé son récit, elle lève la tête et nous regarde à tour de rôle comme si elle nous voyait pour la première fois, elle dit d'une voix blanche :

— Je suis honteuse de ma conduite. Après ma libération conditionnelle, j'étais poussée, comme par des pulsions, à vagabonder dans les rues et les bars de Paris. Je me suis rendue compte que ça n'allait pas mais, trop tard, le mal était fait. Aujourd'hui, je me sens si petite, si insignifiante, ma conduite a été si égoïste.

D'un coup, je sens une lourde chaleur m'envahir, je passe la main sur mon front, elle est humide de sueur.

— Le mal est fait, dis-je à Thérèse, il ne faut pas remuer le couteau dans la plaie mais orienter nos forces vers le même but et avoir confiance l'un dans l'autre.

Je suis las, je sors de l'argent de la poche de mon pantalon pour régler les consommations, Jacky arrête mon geste en me disant :

— Laisse tomber, c'est pour moi.

Je le remercie, me lève péniblement de mon tabouret et je quitte le bar accompagné de Thérèse pour rentrer chez moi.

Arrivé au studio, je prends la direction de mon lit où je me couche immédiatement.

Le lendemain matin, au réveil, j'ai une faim de loup. Thérèse me fait cuire un bifteck à la poêle, je le dévore et je bois un café noir par dessus. Je me sens d'attaque et je dis à Thérèse :

— Aujourd'hui, nous allons à Monfort Lamaury rendre visite à notre enfant et faire la connaissance de Mme Blanc, sa nourrice. Il ne faut pas y aller les mains vides, je vais acheter une bonne bouteille d'apéritif.

En partant, je fais un crochet au Viniprix pour acheter la bouteille et des gâteaux pour Nassim. Ensuite, nous avons pris le métro de Gambetta à Montparnasse.

A la gare Montparnasse je prends deux allers-retours Paris-Monfort Lamaury.

Une fois sur place, nous marchons jusqu'au centre ville où je demande mon chemin à une vieille passante avec l'adresse de la nourrice inscrite sur l'ordonnance d'autorisation de visite du juge des enfants. Grâce aux explications de la vieille dame, nous arrivons à la porte d'une grande maison ancienne devant laquelle un homme entre deux âges est assis sur une chaise. A ses côtés, deux enfants jouent.

Je m'adresse à lui :

— Bonjour Monsieur, c'est bien ici qu'habite Mme Blanc.

— Je suis Mr Blanc.

Et il appelle sa femme : "Maman". La porte de la maison s'ouvre sur une femme de corpulence vigoureuse, la quarantaine passée, un visage rond aux joues colorées, des cheveux épais couleur paille parsemés de blanc et coiffés en chignon. Elle porte un tablier d'étoffe qui protège ses vêtements et tient un bébé de couleur dans ses bras.

— Bonjour Madame, lui dis-je, je suis le père de l'enfant Nassim qui se trouve chez vous.

Je sors de la poche intérieure de ma veste, l'ordonnance du juge et la lui tends. Elle y jette un œil, relève la tête en me disant :

— J'étais au courant par le directeur de la D.A.S.S., venez avec moi à l'intérieur.

Le ton froid de la nourrice me met mal à l'aise. A l'intérieur, c'est la caserne, le linge des bébés est accroché sur un étendoir. Sur le poêle à mazout, une bassine en zinc contient du linge dans de l'eau savonneuse qui bout. C'est une vaste salle à manger. Il y a une grande table garnie d'une corbeille d'osier pleine de fruits de saison, l'ensemble est meublé d'éléments simples. Dans l'air plane une odeur aigre.

J'offre la bouteille d'apéritif à Mme Blanc qui a remis Nassim dans les bras de Thérèse. Je compte les bébés présents, ils sont cinq avec le mien.

Je prends Nassim des bras de sa mère et sors devant la porte d'entrée, j'ai enfin mon gamin dans les bras. Il me fixe de ses petits yeux noirs et il sourit en essayant de me retirer mes lunettes de vue. "La puissance de l'instant a créé chez l'enfant un sentiment d'assurance et est une source de chaleur, de bien-être, produisant des mouvements non réfléchis".

J'ouvre la boîte de biscuits que j'ai amenée de Paris, je lui en donne un et il est tout heureux La gaîté de mon gamin est source de joie pour mon cœur et me donne des forces nouvelles qui m'aideront à vaincre tous les obstacles qui se présentent à moi.

Thérèse l'a repris dans ses bras et nous l'avons gavé de biscuits.

Nous sommes restés le plus longtemps possible avec lui et la séparation a été très douloureuse.

Nous reprenons le chemin de la gare de Monfort Lamaury à pied, le cœur lourd.

A Montparnasse nous prenons le métro jusqu'à Opéra. Sur le boulevard des Italiens, je téléphone d'une cabine à Mme Lorant, l'assistante sociale de l'avenue de la République qui s'occupe de mon fils pour obtenir un rendez-vous. Au bout du fil, Mme Lorant me propose une entrevue le lendemain en début d'après-midi.

Ensuite nous sommes allés au cinéma avant de dîner dans un restaurant de la rue Montmartre dans le 2ème arrondissement. De là, nous sommes rentrés au bercail.

Le lendemain, Mme Lorant nous reçoit avec le sourire aux lèvres. Elle est de taille moyenne, blonde, distinguée, c'est une jolie femme. Elle nous invite à nous asseoir et je prends la parole :

— Mme Lorant, le juge des enfants, Mr Amont, nous a conseillé de venir ici pour que vous nous donniez des directives en vue de récupérer notre enfant le plus rapidement possible. Hier, lors de ma visite à mon fils, chez Mme Blanc, la nourrice, j'ai été choqué de le voir avec une chaîne métallique et une plaque numérotée autour du cou, c'est inadmissible à mes yeux. Nous voulons récupérer notre enfant à tout prix

Mme Lorant me répond :

— Comprenez que je n'ai pas une grande autorité sur les décisions à prendre, c'est le juge des enfants qui tranche de façon définitive selon le comportement des parents. Moi, je veille à la sécurité et au bien-être de l'enfant. Pour pouvoir reprendre Nassim, il vous faut une situation stable, un logement avec une chambre individuelle pour l'enfant et que vous me présentiez chaque mois une fiche de paye garantissant que vous travaillez. Mr Slim, je sais par votre dossier judiciaire que vous êtes interdit de séjour à Paris. Il vous faut donc un logement et un emploi dans un département autorisé par la loi. Mr le juge verra votre bonne volonté et vous donnera satisfaction avec mon aide.

D'une voix rude, je lui réponds :

— Mme Lorant, mon fils se trouve dans la région parisienne, moi, je plante ma tente jusqu'à ce que j'obtienne définitivement la garde de mon gamin. Sa mère, Thérèse, va trouver un travail et elle vous apportera, chaque mois, son bulletin de salaire. Nous allons nous mettre en quatre pour le logement, nous l'obtiendrons pour vous prouver notre ténacité et notre bonne foi. Je me lève en lançant un "au revoir" muet en direction de Mme Lorant.

Nous sortons et sur le trottoir, je me tourne vers Thérèse.

— Tu sais que c'est l'assistante sociale qui détient les clés du salut de Nassim auprès du juge des enfants. Son avis pèse lourd sur les dossiers, elle peut faire la pluie et le beau temps.

Sur le boulevard de la République, j'entre dans le premier bar venu, Thérèse me suit. Nous nous installons à une table libre dans la salle, nous commandons des boissons chaudes et je reprends la parole :

— Thérèse, maintenant, tu es au courant de ce que Mme Lorant pense de nous. Dès demain, tu vas chercher un travail dans la restauration ou les cantines de société, tu t'y connais dans ce domaine. Pour le logement, il nous manque un peu d'argent, il ne reste pas grand chose de mon pécule depuis ma sortie de prison. Je vais vendre mes bijoux, ma gourmette, ma chevalière et ma chaîne en or, je trouverai bien un acheteur dans mes connaissances.

— Pour le boulot, dit Thérèse, ne t'inquiète pas, je m'en charge. Je te signale que j'ai travaillé trois jours comme serveuse dans un bar de la rue Chapelier dans le 17ème et que je n'ai pas encore été payée. Le gérant Sâad m'avait manqué de respect, il m'avait fait des propositions malhonnêtes, j'ai quitté l'emploi mais Sâad a fait l'impasse sur la paye des trois jours.

Je l'interrompt :

— Il y a deux bars dans la rue Chapelier : le Gisor Hôtel Bar et l'Empire Bar tenu par Zino le boxeur.

Je parle de l'Empire Bar, ça fait un moment que Zino l'avait vendu à un compatriote qui l'a transformé en style moderne et donné en gérance à Sâad, ça fait presqu'un an qu'il y est.

Je décide de rendre une petite visite à ce Sâad qui se croit tout permis sans se soucier des retours de manivelle.

Je règle les consommations, nous sortons sur le boulevard de la République et j'appelle un taxi qui roule à vide, il stoppe juste devant nous et nous nous installons à l'arrière. Il nous conduit rue de Vichy, au coin de la rue Chapelier. Je règle la course et nous allons à pied jusqu'à l'Empire Bar où je passe le premier, Thérèse me suit.

L'homme qui se tient derrière le comptoir, debout devant la caisse, je le connais depuis 1974, il traficote dans le haschisch. Il est de taille moyenne, il a un visage rond au teint couleur de terre cuite avec des petits yeux noirs, sa tête est couronnée d'une touffe de cheveux frisés.

Il vient vers moi avec un sourire fade au coin du comptoir que j'occupe avec Thérèse.

— Salut Slim, tu viens d'avoir ta levée d'écrou, je suis bien content de te voir. Comme tu le vois, je suis casé, je gère l'Empire Bar, je suis tranquille maintenant.

— Je suis venu à titre exceptionnel, avec ma femme que tu connais, lui dis-je.

Le visage de Sâad change de couleur, il sort du comptoir et me fait signe de le suivre. Il entre dans la cuisine qui est étroite et me dit :

— Slim, je ne savais pas que Thérèse était ta femme, si j'avais été au courant je l'aurais laissé travailler tranquille, par respect pour toi. Je vais arranger ce petit malentendu qui subsiste entre elle et moi, je veux rester ami avec toi Slim.

Je me force à faire une grimace.

— Sâad, ne fais pas l'innocent, ta conduite envers Thérèse est inexcusable. Alors maintenant, tu t'acquittes de ta dette à son égard et à mes yeux tu me reste toujours redevable de ton incorrection.

Il plonge sa main dans la poche arrière de son pantalon pour en sortir une liasse de billets de banque, il trie quelques billets.

— Tiens Slim, dans cette somme d'argent, il y a la paye de

Thérèse, le reste est pour toi, pour remonter le courant.

Je prends les billets que j'enfouis dans la poche de ma veste en cuir sans les compter.

— Sâad, je repasserai au bar, on boira un coup ensemble, à l'aise.

Je sors le premier de la cuisine pour rejoindre Thérèse au comptoir. Puis nous avons quitté l'Empire Bar sans consommer.

Nous marchons jusqu'à la station de métro de la place de Clichy. Là, je dis à Thérèse qu'elle n'a qu'à rentrer à la maison pendant que je règle certaines affaires.

Je vais à Barbès rendre visite à un receleur de ma connaissance pour lui fourguer mes bijoux, puisqu'il me faut de l'argent pour l'appartement.

Rue de la Goutte d'Or, je pénètre dans un magasin de tissu au détail tenu par Prosper, un israélite du Maghreb que je connais bien, nous avons déjà fait des affaires ensemble.

Il est installé près de sa caisse derrière un petit comptoir, son ouvrier à ses côtés. Je les salue tous les deux, Prosper vient à ma rencontre nous nous faisons la bise et je lui explique les raisons de ma visite :

— Prosper, j'ai besoin d'argent pour un logement et je voudrais vendre mes bijoux.

J'enlève ma gourmette, ma chevalière et ma chaîne en or que je dépose sur le petit comptoir.

— Voilà, donne moi un prix.

Prosper regarde les bijoux posés devant lui puis il lève les yeux vers moi.

— Slim, si tu as un besoin d'argent d'urgence, je te fais une avance, j'ai une entière confiance en toi. Pourquoi vouloir vendre tes bijoux ?

— C'est une question de principe, je te remercie pour ton offre mais je ne suis pas venu emprunter de l'argent mais pour te proposer mes bijoux à vendre. Je voudrais également que tu me fasses trois fiches de paye d'un montant raisonnable pour les présenter à une agence immobilière pour la location d'un appartement.

Prosper se penche sur les bijoux, les contrôle minutieusement pièce par pièce et sans dire un mot, il ouvre son tiroir-caisse pour y ranger les bijoux et en sortir des billets de banque. Il en compte un certain nombre qu'il garde à la main et remet le reste dans le tiroir.

— Tiens Slim, prends cette somme, je t'avoue que je te

paie tes bijoux au prix d'ami.

Je prends les billets de la main de Prosper, je compte vite fait, la somme me semble correcte, j'enfouis le tout dans la poche de mon jeans.

Je lui écris les coordonnées de Thérèse sur un morceau de papier pour qu'il puisse me faire les trois fiches de paye et je le lui tends.

— Tu pourras passer chercher les fiches de paye demain dans la journée, elles seront prêtes.

— Merci, lui dis-je, à demain.

En rentrant chez moi, je trouve Thérèse regardant la télé, une cigarette au bec.

— Thérèse, c'est fait, j'ai vendu mes bijoux. Maintenant nous avons assez d'argent pour payer la caution et le loyer d'un logement. Demain nous allons commencer nos recherches.

Nous quittons notre studio pour acheter les journaux et nous nous installons dans un bistrot du 20ème arrondissement. Avec Thérèse, je feuillette les petites annonces immobilières. Je tombe sur des appartements libres à louer, par une agence de la rue Lafayette dont je relève l'adresse sur un bout de papier.

— Thérèse, prends ce papier et mets cet argent dans ton sac. Maintenant, tu vas venir avec moi à Barbès, je vais chercher des fiches de paye qui seront faites à ton nom.

Je règle les consommations au barman et nous partons vers la station de taxis de la place Gambetta. Nous grimpons dans le premier taxi, en tête, qui nous conduit rue de la Goutte d'Or, devant le magasin de Prosper.

Je sors de la voiture en laissant Thérèse à l'intérieur à m'attendre avec le chauffeur.

J'entre dans le magasin en vitesse.

— Salut Prosper, un taxi m'attend, passe moi vite les fiches de paye.

— Elles sont prêtes, me répond-il.

Il ouvre son tiroir-caisse et en sort une enveloppe ordinaire qui contient les bulletins de salaire au nom de Thérèse, comme convenu.

Je lui arrache presque l'enveloppe en le remerciant.

— Je repasserai te voir plus tard.

Je rejoins Thérèse dans le taxi et nous partons en direction de la rue Lafayette, près de la Gare du Nord.

Sur le trottoir de l'agence immobilière je m'adresse à Thérèse :

— Tiens, voilà les trois fiches de paye à ton nom, le salaire est assez élevé, tu as l'argent dans ton sac, tu as tout. Va toute seule à l'agence, on ne sait jamais, avec ma gueule de métèque, le mec de l'agence pourrait inventer des motifs pour ne pas nous louer un appartement. Je te laisse et on se retrouve chez nous. Allez, bonne chance.

Je fais demi-tour en direction du studio où je me rends directement. Depuis ma sortie de prison, je ne bouge pas beaucoup, je fréquente peu les bars et les amis. Je m'occupe à mettre à jour l'essentiel demandé par l'assistante sociale pour récupérer Nassim.

Cela faisait deux bonnes heures que je me trouvais au studio quand Thérèse est arrivée toute souriante.

— Slim, ça y est, j'ai obtenu un appartement par l'agence immobilière, il est situé dans le 11ème arrondissement, rue des Boulets. Le logement est convenable, il y a une grande chambre qui fait salon en même temps, une petite cuisine avec tous les accessoires, une chambre pour enfant et dans l'entrée, un cabinet de toilette. Il faut acheter un canapé-lit pour nous, un lit pour Nassim et quelques bricoles pour meubler. J'ai tout réglé avec le type de l'agence, il m'a remis les clés avec le contrat après la visite de l'appartement. Nous pouvons y habiter quand tu le veux

— Pour l'instant lui dis-je, tu vas me conduire pour je vois cet appartement.

Nous quittons le studio pour la rue des Boulets où nous sommes allés en taxi. Devant le numéro de la rue que Thérèse indique au chauffeur, je descend du taxi et me trouve face à un vieil immeuble.

Nous y pénétrons et nous montons à pied, l'appartement est au premier étage, il n'y a pas d'ascenseur. Là, Thérèse ouvre la porte et j'entre après elle en jetant le coup d'œil du connaisseur. Le logement est exactement comme elle me l'a décrit.

Avec ça, l'assistante sociale ne pourra rien dire, il manque juste les fiches de paye qu'il faudra porter tous les mois mais Thérèse va remplir cette tâche honnêtement.

Les jours suivants, j'ai acheté un petit lit d'occasion pour mon gamin ainsi qu'un canapé-lit, également d'occasion.

J'ai revu Jacky, le propriétaire du studio et je lui ai annoncé mon départ définitif sans lui avoir donné de préavis. Puis j'ai déménagé, j'ai pris tout ce qui m'appartenait dans le studio et nous en avons meublé l'appartement de la rue des Boulets.

Chaque fin de semaine, nous nous rendons à Montfort Lamaury pour voir Nassim.

Un début de week-end, le jour de visite, nous étions chez Mme Blanc, elle avait confié Nassim à Thérèse qui l'avait dans les bras. Tout à coup Thérèse remarque des empreintes de dents d'adulte sur son avant-bras.

— Slim, viens voir me dit-elle en me montrant les marques.

J'y jette un coup d'œil, subitement le sang me monte à la tête et j'appelle la nourrice d'un ton méchant.

— Vous avez vu la méchante morsure sur l'avant-bras de mon fils ? Vous pouvez m'expliquer comment il a pu avoir ces marques barbares ?

Mme Blanc se racle la gorge à deux reprises.

— Mr Slim, Nassim s'est comporté méchamment avec un autre enfant, il l'a mordu, à mon tour je l'ai mordu pour lui montrer ce que cela faisait.

Je suis révolté.

— Ce que vous avez fait est cruel, c'est encore un bébé et le geste d'un bébé est innocent.

— Tous les enfants qui me sont confiés par la D.A.S.S. sont sous ma responsabilité, je leur donne une éducation en leur montrant le bon exemple.

— Je n'accepte pas vos méthodes, lui répondis-je, c'est du cannibalisme. Je vais me plaindre au directeur de la D.A.S.S. et auprès du juge des enfants de vos méthodes immondes. Croyez-moi, j'emploierai toute mon énergie pour arracher mon enfant de vos mains. Je ne baisserai pas les bras tant que mon fils ne sera pas chez moi.

Les jours suivants, j'ai signalé cet événement au juge des enfants, au directeur de la D.A.S.S., ainsi qu'à toutes les personnes s'occupant du dossier de mon enfant.

Thérèse a trouvé du travail dans un self-service du boulevard Saint Martin. Après son premier mois de travail, nous sommes allés voir Mme Lorant avec la fiche de paye et le bail de l'appartement.

A son bureau, Mme Lorant nous reçoit avec le sourire, nous lui remettons les documents. Elle y jette un coup d'œil puis nous dit :

— Vous permettez que je note le numéro de téléphone qui est sur le bulletin de salaire ?

— Faites comme bon vous semble, lui dis-je, nous sommes sincères dans nos démarches. Nous voulions vous demander la permission de prendre Nassim avec nous pour les week-ends, je le ramènerais moi-même, le lundi, chez sa nourrice.

Sa réponse me déçoit.

— Mr Slim, il est trop tôt pour décider quoi que ce soit, il faut prendre le temps de nous connaître mieux, j'enregistre vos preuves de bonne volonté dont je ferai part à Mr Amont, le juge des enfants. Lui seul pourra prendre, plus tard, une résolution.

Il ne nous reste plus grand chose à dire et nous quittons son bureau pour rentrer chez nous.

Depuis que nous avons obtenu l'appartement et que Thérèse travaille, je me sens plus libre et j'ai recommencé à voir mes anciennes connaissances.

De temps en temps je me rends à l'Empire Bar, chez Sâad, je lui fais payer sa mauvaise conduite à l'égard de Thérèse en lui soutirant de l'oseille. Un soir où j'étais à son comptoir à consommer, il me proposa de me raccompagner en voiture après la fermeture du bar. Je suis entre deux vins. A l'heure où les derniers clients sont partis, nous sortons ensemble, il ferme la porte du bar à clé et nous rejoignons sa BMW. Il m'ouvre la portière côté passager et je m'installe tandis qu'il se palpe les poches de ses deux mains.

— Excuse-moi un moment Slim, j'ai oublié mon portefeuille avec mes papiers dans le tiroir-caisse.

Il retourne au bar, moi je suis las et les vapeurs de vin me montent à la tête, mon corps est lourd ainsi que mes pensées.

Quelques secondes après le départ de Sâad, un jeune maghrébin que j'avais aperçu à l'Empire Bar, avant la fermeture, s'est pointé à la portière avec une arme à la main, il me vise et fait feu à travers la vitre fermée.

Après la détonation, je laisse tomber mon buste sur le siège de la voiture, faisant le mort. Le jeune homme se sauve, pensant m'avoir touché mortellement.

Sâad arrive tout affolé, il monte dans la voiture et démarre en trombe, je me redresse, encore sous le choc de ce coup de feu inattendu. Sâad se tourne vers moi tout paniqué, il voit que je saigne d'un œil, j'ai reçu des éclats de vitre.

— Slim, je vais te conduire aux urgences de l'hôpital Bichat, c'est le plus prêt.

Je reprends mes esprits.

— Non, conduis-moi à la place Gambetta dans le 20ème, là je me démerderai.

Il m'emmène à destination et là, une fois la BMW repartie, je me dirige à pied vers le bar-hôtel Le Mont Blanc, chez Jacky. Il est fermé, je vais frapper à la porte d'entrée de l'immeuble et quelques minutes plus tard, la porte s'ouvre sur Jacky en robe de chambre. Il fixe du regard mon œil blessé et porte la main à sa tête en me disant :

— Slim, il faut aller tout de suite à l'hôpital.

Je plonge la main dans la poche intérieure de ma veste et je sors mon portefeuille qui contient mes papiers d'identité française ainsi que d'autres documents personnels, je dis à Jacky :

— Tiens, garde ça chez toi, habille toi et accompagne moi à l'hôpital Tenon, aux urgences.

Sans un mot, Jacky prend le portefeuille que je lui tends et il rentre chez lui se changer. Je l'attends dans le couloir de l'immeuble et quelques minutes plus tard, il réapparaît, habillé simplement.

— Excuse-moi, lui dis-je, de t'avoir dérangé en pleine nuit mais c'est Sâad, le gérant de l'Empire Bar qui m'a raccompagné et je ne voulais pas qu'il connaisse mon domicile ni l'hôpital où je serai soigné. On m'a tiré dessus à la fermeture de son bar, je préfère être prudent.

Aux urgences de l'hôpital Tenon, l'agent hospitalier me questionne au sujet de mon œil, je lui réponds que j'ai eu un accident de voiture et je lui donne un faux nom.

Le médecin de service m'examine, il décide de me faire transférer à l'Hôtel Dieu pour consulter un spécialiste des yeux.

Il faut que je laisse un message à Jacky avant de partir, je sors de la salle et le rejoins dans le couloir pour lui dire :

— Je vais être conduit à l'Hôtel Dieu. Passe voir Thérèse, remets lui mon portefeuille et dis lui où je suis.

Je lui donne l'adresse de Thérèse verbalement.

Tout de suite après, deux infirmiers m'accompagnent à l'ambulance qui me conduit jusqu'à l'Hôtel Dieu avec les "Pin-Pon" de la sirène.

Là, un spécialiste m'examine l'œil et me dit :

— Monsieur, le bord de la cornée de votre œil est touché, il faut que l'on vous opère.

Je suis prêt à subir l'intervention. L'ophtalmologue donne des ordres, je subis une anesthésie et je suis conduit au bloc opératoire puis c'est le néant. Je me réveille, seul, dans un lit d'hôpital avec un grand pansement sur l'œil droit.

Le lendemain, à l'heure de la visite, Thérèse est là avec Jacky.

Je suis resté cinq jours à l'hôtel Dieu, puis j'ai obtenu mon autorisation de sortie.

Le jour de ma sortie, je maintiens le faux nom que j'avais donné à l'entrée, disant que mes papiers avaient été perdus lors de l'accident de voiture et que j'étais sans domicile fixe. Thérèse qui est près de moi me soutient devant le guichetier. Jacky, présent lorsque je donnai le faux nom, a dû la mettre au parfum.

Le guichetier ne peut rien dire et il me fait signer le bulletin de sortie. Il est dix heures du matin et nous rentrons chez nous.

Dans l'appartement, rue des Boulets, je m'allonge sur le canapé, une cigarette blonde au bec et mon esprit s'abandonne à des rêveries. Tout le temps de mon séjour à l'hôpital, je n'ai cessé de faire le point sur le coup de feu. Je revois précisément les gestes de mon agresseur mais les traits de son visage sont flous dans ma mémoire.

Sâad est sûrement dans le coup, il m'a fait installer dans la voiture, il trouve un prétexte pour s'absenter et on me tire dessus, c'est une sacrée mise en scène. J'ai beau tourner la situation dans tous les sens j'en reviens toujours au même résultat : Sâad était de mèche avec mon tireur.

Une douleur de haine me brûle les entrailles. La seule chose qui apaise mon cœur est l'idée de vengeance.

Je sors mon automatique que j'avais récupéré chez Jacky, il manque des balles dans le 7,65. Demain je me procurerai une poignée de balles perforantes.

Le soir, Thérèse a préparé un repas copieux avec une bonne bouteille de vin pour fêter ma sortie de l'hôpital, nous avons dîné en tête à tête, en amoureux.

Le lendemain, je me suis rendu dans le quartier de Barbès, rue de la Charbonnière pour voir mon ami Bacha, le patron du bar Malaga.

Lorsque Bacha voit le pansement qui dépasse de mes lunettes de soleil lorsque nous nous serrons la main, il fronce les sourcils d'un air curieux.

— Slim, c'est rien de grave au moins.

— Laisse tomber, sers moi un verre de Ricard et prends en un aussi.

Bacha dose deux verres d'apéritif qu'ils dépose sur le comptoir. Nous buvons le coup ensemble et je lui parle :

— Bacha, j'ai un besoin urgent de quelques balles perforantes courtes de 7,65.

— Slim, tu sais qu'en ce moment les balles de 7,65 courtes ou longues, se font rares sur le marché. Tu sais bien que je ne te cache rien, j'ai effectivement ce que tu cherches mais elles sont planquées dans ma cave humide, depuis un bon moment.

— Amène les moi tout de suite, j'en ai vraiment besoin.

— Ne sois pas si pressé, je ne les ai pas sur moi. Il faut que j'aille en banlieue pour les récupérer. Repasse me voir demain dans l'après-midi, tu les auras.

Nous trinquons encore une fois ensemble et j'ai quitté le Malaga Bar en direction de la station du métro Barbès Rochechouart.

Je vais à Strasbourg Saint Denis chez un coiffeur qui vend aussi des perruques et des fausses barbes. Je me fais faire une permanente et me retrouve frisé comme un mouton.

Je m'achète une fausse barbe que le coiffeur m'ajuste, égalisant les poils. Je suis méconnaissable. Je règle le patron du salon à la caisse et il me remet une petite pochette en papier contenant une bouteille de colle et un petit pinceau. C'est le nécessaire pour ajuster la barbe, au moment voulu.

Le lendemain, dans l'après-midi, je retourne chez mon ami Bacha avec ma fausse barbe et ma nouvelle coiffure. Je m'approche du comptoir, à la hauteur de Bacha en lui disant :

— Je parie que tu ne m'as pas reconnu lorsque je suis entré dans le bar.

— C'est vrai que ton déguisement est surprenant, me dit-il, de plus, il te va bien. Au fait, j'ai ton cadeau.

Il se retourne pour aller dans la cuisine et il en revient avec une grosse boite d'allumettes qu'il dépose devant moi.

— Tiens, ça contient les balles perforantes courtes de 7,65 que tu m'avais demandées.

Je prends la grosse boite dans la main, j'en regarde le contenu, il y a l'équivalent d'un chargeur et demi de balles courtes. Je mets la boite dans ma poche et je serre la pogne de Bacha avant de sortir sans même avoir consommé.

Je rentre directement chez moi et dans l'appartement, je sors l'automatique et je remplis le chargeur de balles.

Je repars immédiatement pour écumer les bars des quartiers chauds fréquentés par les voyous maghrébins.

J'ai fait ça pendant cinq jours et le cinquième jour, alors que je rentre au petit matin, je remarque en changeant mon pansement que mon œil n'est pas guéri, il y a du sang à l'intérieur. Je me suis laissé allé à ce qui m'obsède : la vengeance.

Un matin, je trouve Thérèse qui m'attend et elle me dit :

— Slim, pourquoi tu prends tant de risques à fouiner dans Paris avec une arme à la ceinture, un simple contrôle de police te tombe dessus et tu es bon pour le placard. Moi je mets ma main au feu que Sâad était de mèche avec le mec qui a tiré sur toi et c'est à lui qu'il faut rendre la monnaie de sa pièce. Celui qui arme un bras est aussi coupable que le soldat qui exécute.

Je trouve le raisonnement de Thérèse juste. J'ai toujours pensé que Sâad avait des raisons de vouloir se débarrasser de moi pour ne plus m'avoir sur le dos quand je lui soutirais du fric pour réparer son erreur avec Thérèse.

Le soir même, j'ajuste ma fausse barbe en la collant avec précaution sur mes joues. Je décide d'aller faire un petit tour dans le 17ème.

Vers dix heures du soir, alors que je marche sur le trottoir du boulevard des Batignolles, prés de la station Rome, j'aperçois, sur le trottoir d'en face, une prostituée qui s'appelle Fifi. Je la connais depuis le temps où elle travaillait dans un hôtel de passe de la rue de Chartres, dans le 10ème. Nous étions bons amis, sans plus, nous fréquentions les mêmes endroits. C'était en 1967, c'était le bon temps, il y a un moment que nous ne nous sommes pas vus.

Je traverse la rue et j'accoste Fifi.

— Alors Fifi, tu as changé de territoire de chasse ?

Elle me dévisage un instant avec méfiance.

— Bonsoir Slim, je ne t'avais pas reconnu tout de suite avec ta barbe et tes cheveux bouclés, tu as beaucoup changé, quelle bonne surprise.

Nous nous faisons la bise et Fifi reprend :

— Depuis que les autorités ont fait fermer les hôtels de passe dans le quartier de Barbès, je n'ai plus de place stable. Je travaille à la marche dans le quartier de gauche et de droite, je fais ce que je peux pour gagner ma croûte. Ca devient de plus en plus difficile avec ces travelos brésiliens qui sont à tous les coins de rue à tapiner.

— Ma pauvre Fifi, la vie est dure par les temps qui courent. Aujourd'hui, c'est le ciel qui t'envoie, je voudrais que tu me rendes un petit service. C'est pas méchant, je te demande juste d'aller voir si le gérant de l'Empire Bar de la rue Chapelier, Sâad, est présent dans son établissement et tu reviens m'informer.

— Pas de problème, me répond Fifi, je vais voir si ce loustic de Sâad est à son poste.

Je l'accompagne jusqu'à la rue Lamoricière qui fait le coin avec la rue Chapelier.

— Fifi, va jeter un œil à l'intérieur de l'Empire Bar, moi, je reste par là.

Dès que Fifi monte la rue Chapelier, je m'éclipse à l'intérieur d'un immeuble dont le portail est ouvert dans la rue Lamoricière.

De là, je guette le retour de Fifi. A peu près cinq minutes plus tard, je l'aperçois qui surgit du coin de la rue Chapelier et je sors de l'immeuble.

Fifi me voit et me dit :

— Slim, le loustic est présent à son poste.

— Tu es une brave fille, à un de ces jours.

Elle part et je dirige mes pas vers l'Empire Bar. Je me pointe à l'entrée, Sâad est debout devant le juke-box en train de choisir des disques, il tourne sa tête vers moi et me fixe.

Il y a des clients aux tables de la salle et au comptoir, trois hommes de type européen devant des verres d'alcool. Leur comportement bien assuré dans un bar maghrébin me parait louche. Je connais bien le coin et presque tous les habitués du quartier, ces trois types sont des flics.

Sâad reste appuyé contre le juke-box sans bouger, en continuant à me fixer. L'atmosphère est malsaine à cause des flics, je décide de faire demi-tour.

Dés que je suis dans la rue, j'entends derrière moi, d'une voix jumelée : "Halte là". Sans chercher à comprendre, je prends ma course avec une agilité de félin. Je cours le long de la rue Chapelier, je tourne dans la rue Lamoricière et je prends la rue Biot au sprint, j'ai une longueur d'avance sur mes poursuivants, je traverse la place Clichy en pleine circulation puis je descends la rue d'Amsterdam. Là, je me retourne, personne en vue, j'ai semé les flics qui me donnaient la chasse.

Le coup est venu de Sâad, il n'y a que lui qui a pu baver des mots sur mon compte aux flics. Je continue à descendre la rue d'Amsterdam jusqu'à la gare Saint Lazare, là, je prends un taxi pour rentrer chez moi.

Cette affaire d'homme à régler me hante l'esprit. Pourtant, cela ne m'empêche pas de rendre visite à mon gamin. A chaque fois je le sens heureux lorsqu'il est en ma compagnie et il en est de même pour moi. A chaque fois qu'il est dans mes bras, tous mes soucis disparaissent et je me sens un autre homme, un père heureux.

Peu après la course-poursuite, je suis allé voir mon ami Bacha, à son bar Le Malaga, je lui serre la pogne et je le branche tout de suite sur les balles de 7,65.

— Tes balles perforantes courtes sont pourries, j'en ai fait l'essai, aucune détonation ne s'est produite, heureusement que ce jour-là, la chance était de mon côté.

— Slim, je t'avais prévenu, elles sont restées trop longtemps dans l'humidité, quand la poudre est humide les balles sont bonnes à jeter à la Seine. Par contre j'ai reçu de fraîche date, une boite de balles perforantes longues et courtes. Je pourrai t'en donner l'équivalent de deux chargeurs pour te dépanner, tu n'auras qu'à repasser demain dans la journée.

Bacha dépose deux verres d'apéritif entre nous et nous trinquons ensemble.

— Au fait, me dit-il, j'oubliais de te dire qu'Abbes, le patron du Nomade Bar, m'a téléphoné à ton sujet, il voudrait que tu passes le voir au bar, rue Germain Pilon, le plus tôt possible.

Je vide mon verre

— Bacha, je te laisse, je vais y aller tout de suite.

Je parcours quelques rues du quartier de Barbès et de Montmartre pour atteindre la rue Germain Pilon.

Au Nomade Bar, Abbes discute avec le barman et dès qu'il me voit, il interrompt sa conversation en me faisant signe de le suivre. Il se dirige vers le fond de la salle et s'arrête, lorsque j'arrive à sa hauteur, nous nous faisons la bise et nous nous asseyons, face à face.

Il prend la parole :

— Slim, aujourd'hui, Sâad est venu me voir ici, il s'est confié à moi à propos du jour où l'on a tiré sur toi dans sa voiture. Il a juré sur ses grands dieux qu'il n'a rien à voir avec le mec qui a fait le coup et qu'il n'a jamais eu de malentendu avec toi.

— Comment, dis-je, cela fait deux semaines que ça s'est passé et il est resté muet jusqu'à aujourd'hui. Il remonte à la surface comme l'huile sur l'eau, il vient à toi pour se justifier parce qu'il n'a pas la conscience tranquille. Hier soir je suis passé à l'Empire Bar pour lui dire deux mots mais les flics étaient là à mon arrivée. Vite fait, j'ai rebroussé chemin et les flics m'ont poursuivi. Sâad n'a pas perdu de temps pour venir te voir.

Abbes reprend la parole :

— Sâad a une trouille bleue de toi, Slim, il n'est pas venu les mains vides, il a déposé une somme d'argent pour toi, pour te refaire. J'ai mis le fric dans une enveloppe que je te remettrai avant que tu partes. En te donnant du fric, je crois qu'il veut te faire baisser ta garde et quand tu auras les bras croisés, il te fera un coup fourré avec les flics. "Sâad est de la race d'hommes dégradés qui veulent jouer aux durs. Lorsqu'ils sont dans le pétrin, ils retournent leur veste vite fait et ils balancent sans pitié. Ceux-là sont nés avec une tache de fausseté dans l'âme et devant chaque obstacle qui se présente à eux l'impureté se manifeste, pleine de perfidie".

Slim, je te conseille de faire le mort pendant quelques temps, reprends des forces tranquillement et plus tard, les occasions ne manqueront pas. Viens on va boire un coup ensemble au comptoir, je te donnerai l'enveloppe avec le fric de Sâad.

Au comptoir, Abbes sert deux verres de Whisky et nous trinquons. Une fois mon verre vidé, il se prépare à m'en verser une autre dose, je mets la main sur mon verre.

— Non merci, maintenant je dois m'en aller.

Abbes se dirige vers son tiroir-caisse dont il sort une enveloppe ordinaire qu'il me met dans la main.

— Slim, viens avec moi, tu vas sortir par la porte de la cuisine du bar.

Sans ouvrir l'enveloppe qu'Abbes m'a remis, je l'enfourne dans la poche arrière de mon jeans et je le suis dans la cuisine où il m'ouvre la porte qui donne sur couloir de l'immeuble. Je prends congé de mon ami et je quitte la rue Germain Pilon pour rentrer chez moi.

A l'appartement, Thérèse regarde la télévision, moi je m'assois sur une chaise prés de la table. Thérèse se lève et me sert à dîner, ce soir, j'éprouve une grande fatigue physique et morale, je grignote à peine. Très vite, je me retire dans la chambre à coucher, j'ouvre l'enveloppe donnée par Abbes et j'en regarde le contenu, puis je la dépose dans le tiroir de la table de nuit.

Je me déshabille et je me mets sous les draps. Un instant plus tard, Thérèse a éteint la télévision et est venue se coucher près de moi en respectant mon silence.

Je cherche le sommeil en vain, je garde les yeux grand ouverts dans le noir, les bonnes et les mauvaises images commencent à défiler dans mon esprit, je fais le point avec moi-même sur les deux affaires que j'ai sur les bras. Me battre pour récupérer mon fils ou bien chercher l'occasion de la vengeance sur celui qui m'a tiré dessus.

Réflexion faite, "un chasseur ne doit jamais courir deux lièvres à la fois", je conclus que toutes les batailles sont stériles devant l'amour que je porte à Nassim.

Cela fait déjà quatre mois que je suis sorti de la prison de Rouen et avec Thérèse, nous avons obtenu tout ce que l'assistante sociale, Mme Lorant, exigeait de nous : un appartement avec une pièce pour le bébé et un travail pour Thérèse, elle est employée dans un self-service. Mme Lorant est venue visiter le logement, rue des Boulets, sur l'invitation de Thérèse et elle l'a trouvé convenable. Thérèse lui présente chaque mois sa fiche de paye. D'ailleurs, je l'accompagne pour parler avec Mme Lorant de notre vif attachement à notre enfant et de notre souhait de le reprendre. Je lui demande d'être indulgente et d'intervenir favorablement auprès du juge des enfants.

Mais depuis que nous lui avons fourni les preuves de notre bonne volonté, elle a changé de langage, elle insiste sur la trique que j'ai sur le dos et à chacune de mes visites à son bureau, elle me rabâche le même refrain. Je dois quitter Paris où je suis interdit de séjour, je dois trouver un travail stable... Là, elle obtiendrait l'agrément du juge des enfants.

Son radotage me soulève le cœur et à la dernière visite que je lui ai faite, j'ai quitté son bureau dégoûté.

Je me suis endormi très tard dans la nuit.

Le lendemain matin, au réveil, je décide d'aller revoir l'assistante sociale pour la secouer un peu. Après mon petit déjeuner, je lui téléphone à son bureau, je l'obtiens directement et elle me propose un rendez-vous pour l'après-midi même.

Aujourd'hui, je suis décidé à prendre le taureau par les cornes afin qu'elle m'éclaircisse sur ses initiatives à mon égard et à l'égard de mon fils.

Je me présente à son bureau à l'heure exacte du rendez-vous, Mme Lorant me fait entrer et nous nous asseyons face à face, son sourire ressemble à une grimace et elle me regarde avec des yeux interrogateurs.

Je prends la parole :

— Mme Lorant, je viens ici pour vous parler de mon inquiétude pour l'avenir de mon enfant Nassim. A chaque fois que nous nous voyons, vous faites allusion à l'interdiction de séjour de Paris qui me frappe actuellement. Après réflexion, je me suis rendu compte que vous n'étiez pas prête à nous rendre la garde de notre enfant. J'en ai ras-le-bol de tout ce mic-mac qui me fait tourner en bourrique.

Elle me répond :

— Mr Slim, je n'ai pas le pouvoir de peser le pour et le contre, c'est Mr Amont, le juge des enfants qui a le pouvoir de décision.

Je reprends :

— Nous vous avons présenté tout ce que vous exigiez, vous prouvant notre bonne foi et notre désir de récupérer Nassim, alors pourquoi vous acharner sur mon passé. Avez-vous des enfants pour vous mettre à ma place et comprendre la douleur dont mon âme souffre.

Mme Lorant répond rapidement :

— Bien sûr, j'ai deux enfants.

— Alors vous n'avez pas de cœur, moi, j'ai un enfant et il est orphelin par votre obstination. Je ferai tout ce qui est en mon pouvoir pour vous faire ressentir la douleur de la séparation.

Elle bondit de son siège comme piquée par un serpent, son visage a changé de couleur, il est devenu très rouge et d'une voix coléreuse, elle me dit :

— Ce sont des menaces que vous me faites là, je vous connais à travers votre casier judiciaire, vous êtes un bandit.

— Je suis ce que je suis et avant tout, je suis un père qui aime son enfant comme tant d'autres pères dans l'univers.

Et je suis sorti du bureau, hors de moi, laissant la porte grande ouverte.

Je fais quelques pas dans le couloir lorsque j'entends derrière moi la voix de Mme Lorant :

— Mr Slim, revenez dans mon bureau s'il vous plaît.

Je fais demi-tour et la rejoins dans son bureau, là, je suis resté debout en la regardant bien en face.

— Voyons asseyez-vous Mr Slim, me dit-elle.

— Ce n'est pas la peine, si c'est pour revenir sur des discussions stériles je préfère m'en aller.

— Asseyez-vous, je vous promets de ne plus vous parler du passé. Je m'assois en lui disant :

— Je suis prêt à faire n'importe quoi pour le bonheur de mon enfant. J'ai été très franc avec vous dès le début, je ne voulais pas tricher, pourtant je pouvais le faire. Dans n'importe quelle ville de France, j'aurais pu obtenir un logement et pour le travail, je vous aurais fourni de fausses fiches de paye et vous n'y auriez vu que du bleu. Je vois que la franchise ne paie pas, vous avez une mauvaise image de moi.

Mme Lorant reprit la parole :

— Je vous remercie de votre franc-parler. La discussion n'est pas stérile mais plutôt enrichissante pour moi. A l'avenir, je serai plus vigilante et avisée avec les familles dont je m'occupe. Mr Slim, oublions notre malentendu et de mon côté, je vais faire une requête en votre faveur au juge des enfants pour qu'il vous autorise à garder Nassim chez vous, le week-end, dans un premier temps. Ensuite nous verrons ce que nous pouvons faire de plus.

Les mots magiques que venait de prononcer Mme Lorant

transforment mon désespoir en joie, je ne tiens plus en place, j'ai envie de la prendre dans mes bras et l'embrasser. Je me contente de me lever et de lui serrer la main cordialement.

— Mme Lorant, vraiment, c'est la première heureuse nouvelle depuis le jour de ma libération et cela me va droit au cœur, je vous remercie de votre générosité.

— J'ai été touchée par votre franchise et votre amour paternel borné m'a convaincue. A bientôt, Mr Slim.

Je prends congé de l'assistante sociale.

Je pars, à pied, de la place de la République jusqu'à la rue Charbonnière à Barbès où je vais voir Bacha au Malaga Bar. Il y a quelques habitués dans le bar, je m'assois sur un tabouret au comptoir et Bacha me sert une tasse de café noir en déposant une grosse boite d'allumettes à côté de la tasse.

— Slim, voilà des dragées de 7,65 toutes neuves.

J'ouvre la boîte, j'y jette un coup d'œil, ce sont des balles courtes, je la mets dans ma poche et je quitte le bar de Bacha.

Je marche à pied de la rue Charbonnière à la place de la Chapelle où je prends un taxi jusqu'à la rue des Boulets.

Thérèse est rentrée du boulot, elle est devant ses fourneaux à préparer le dîner. Je prends place sur le canapé, j'allume une blonde puis je vais à la cuisine.

— Thérèse, viens près de moi un moment, j'ai une bonne nouvelle à t'annoncer.

Elle s'approche, restant debout en face de moi.

— Tu sais Thérèse, aujourd'hui, je suis allé rendre visite à Mme Lorant à son bureau. Au début, nous avons eu une altercation puis elle est devenue sociable avec moi et elle va faire le nécessaire auprès du juge pour qu'il nous autorise à garder Nassim tous les week-ends.

— Cette bonne nouvelle me réjouit beaucoup, répond Thérèse. Dès que nous aurons la garde définitive j'arrête le travail, j'en ai marre.

— Lorsque nous aurons la garde à temps complet, tu feras ce que tu voudras.

Les jours suivants, je suis resté dans l'appartement à guetter le facteur et le téléphone dans l'attente d'une bonne nouvelle de la part du juge des enfants.

Le quatrième jour, Mme Lorant en personne vient sonner à notre porte, c'est un samedi matin et Thérèse est à la maison. L'assistante sociale me remet en main propre l'ordonnance contenant l'accord du juge pour que nous puissions garder Nassim tous les week-ends et jusqu'à nouvel ordre.

J'en prends connaissance et je signe l'ordonnance qui est en double exemplaire, Thérèse doit aussi y mettre sa griffe.

Mme Lorant détache une feuille et me la remet en me disant :

— Mr Slim, vous gardez cette ordonnance sur vous et lorsque vous irez voir votre fils, vous la remettrez à Mme Blanc. Je vous fais entièrement confiance, vous gardez votre enfant le samedi et le dimanche et vous le ramenez chez la nourrice le lundi.

— Mme Lorant, je vous suis très reconnaissant de ce que vous avez fait pour nous, soyez sûre que je respecterai vos conditions.

Mme Lorant nous a serré la main et elle est partie. J'ai le cœur gonflé de joie, je m'assois sur le canapé et allume une blonde, Thérèse a préparé du café et dépose deux tasses sur la table, elle s'installe près de moi et prend une cigarette dans mon paquet.

— Thérèse, au fond, elle n'est pas vache Mme Lorant. C'est elle qui est la cause de notre bonheur, elle nous a aidé à obtenir la bénédiction du juge des enfants. Nous avons gagné notre premier combat, maintenant, il faut que nous obtenions la garde définitive de Nassim, ce sera la victoire et le point final à nos tracas.

Thérèse me dit :

— Allez, finis ta tasse de café, que l'on aille à Monfort Lamaury voir notre petit bout de chou.

J'avale d'un trait le restant de ma tasse, je me lève et nous partons.

Mme Blanc était déjà au courant de la décision du juge des enfants, elle nous reçoit, toujours aussi froidement Je lui remets l'ordonnance sur laquelle elle jette un œil et nous fait attendre dans la salle à manger, le temps de faire la toilette de Nassim. Quelques temps plus tard, elle réapparaît avec notre fils dans les bras, chaudement habillé et elle le confie à Thérèse.

Nous sommes partis rapidement en direction de la gare de Monfort Lamaury pour rentrer chez nous.

Nous avons passé deux jours avec Nassim dans une ambiance agréable, un bébé met la joie dans une maison et dans le cœur des parents.

J'ai reconduit Nassim chez sa nourrice le lundi matin. Dès que j'ai eu le dos tourné, j'ai entendu des pleurs et j'ai repris ma route, le cœur gros.

A chaque retour de week-end, c'est la même chose, nous

nous quittons dans les larmes et je suis meurtri par la séparation, c'est une torture, je ne la souhaite à personne.

Je me décide à m'expliquer encore une fois avec Mme Lorant, je prends rendez-vous et dans son bureau, je craque.

— Madame, je suis à bout de nerfs, ma situation est déchirante. Chaque fois que je ramène Nassim chez sa nourrice et que je le lui remets dans les bras, il se débat comme un diable et il pleure. Je rentre chez moi complètement déprimé. Mon fils subit une véritable torture psychique, moi, je veux lui donner une vie normale et une stabilité pour l'avenir. Je viens vous demander de faire encore plus pour nous, que Nassim soit avec nous définitivement.

Mme Lorant me répond :

— Jusqu'ici, je n'ai pas à me plaindre de votre comportement, vous avez respecté toutes les conditions et vous avez manifesté beaucoup d'amour pour votre fils. Je garde confiance en vous et je vais vous soutenir lors de ma prochaine visite chez Mr Amont, le juge des enfants. Je pense qu'il vous accordera la garde complète de votre enfant, il est très humain et sensible aux efforts que font les parents.

Elle se lève en me tendant la main et je la quitte plein d'espoir. Je sens que la victoire est proche et que tout va rentrer dans l'ordre.

Trois semaines plus tard, je reçois une convocation du juge nous invitant, Thérèse et moi, à nous présenter à son bureau du palais de justice de Paris, au sujet de notre enfant Nassim.

Lorsque nous sommes arrivés au bureau du juge, Mme Lorant était présente et elle nous regardait avec un sourire discret, un bon présage.

Mr Amont prend la parole :

— Je vous ai convoqués sur la demande de Mme Lorant. J'ai étudié son rapport et il m'a satisfait. Je décide de vous accorder la garde, à plein temps, de votre enfant. Ainsi, il pourra vivre dans votre foyer.

Très ému, je lui réponds :

— Mr le juge, nous sommes prêts à faire notre devoir de bons parents.

Thérèse enchaîne après moi :

— Mr le juge, j'aime beaucoup mon mari et mon fils. Soyez sûr que je veillerai sur Nassim comme sur la prunelle de mes yeux.

Le juge reprend :

— Je suis convaincu de votre bonne foi, votre enfant sera

sous votre responsabilité mais pendant un délai de six mois, Mme Lorant viendra vous rendre visite une fois par semaine pour suivre l'évolution de Nassim.

— Mr le juge, dis-je, Mme Lorant sera toujours la bienvenue à la maison.

Mr Amont nous fait signer un document affirmant que nous avons la garde de notre enfant.

Il m'en remet un exemplaire à l'intention de Mme Blanc et il nous dit :

— Maintenant, vous pouvez aller chercher votre fils quand vous le voudrez.

Nous avons quitté le bureau du juge, le sourire aux lèvres et je dis à Thérèse :

— Il est à peine quatre heures de l'après-midi, nous allons faire un saut chez la nourrice, j'aimerais bien que Nassim passe la nuit chez nous.

Nous sommes allés à la gare Montparnasse en métro puis nous avons pris le train pour Monfort Lamaury.

Au domicile de Mme Blanc, celle-ci nous reçoit poliment, je lui remets l'ordonnance du juge des enfants qu'elle examine en nous disant :

— J'avais été mise au courant par téléphone de cette décision mais je ne pensais pas que vous viendriez si vite chercher votre enfant, laissez-moi un peu de temps pour lui faire sa toilette et je vous l'amène.

Elle revient quelques instants plus tard avec Nassim dans les bras et elle le confie à Thérèse. Je lui demande si elle peut nous appeler un taxi, elle accepte et au moment où je lui propose de régler la communication téléphonique, elle me dit :

— Ça n'est pas la peine, prenez soin du bébé et bon retour.

Lorsque nous entendons le klaxon du taxi, nous faisons nos adieux à Mme Blanc et nous prenons la direction de Paris.

Arrivés rue des Boulets, nous avons arrosé notre victoire, nous avions notre enfant définitivement.

Les jours suivants nous avons acheté tout ce dont Nassim avait besoin en linge de rechange et en nourriture.

Dans la journée, lorsque Thérèse travaille, je m'occupe de Nassim, je suis en même temps le père et la mère.

Le samedi matin, Mme Lorant est venue nous rendre visite et nous l'avons reçue convenablement. Thérèse lui a servi une tasse de café noir. Elle a jeté un coup d'œil discret sur l'appartement et elle a pris Nassim dans ses bras pendant un moment puis elle l'a remis à sa mère. Elle n'a rien trouvé à redire et elle nous a quitté satisfaite.

Le jour de Noël est arrivé et nous l'avons fêté tous les trois ensemble à l'appartement. Au jour de l'an 1979, nous sommes allés chez Tchavo, le père de Thérèse.

A ce moment, elle ne voulait plus travailler, elle avait une idée derrière la tête. Un jour, elle a donné son compte et le soir elle a préparé un dîner copieux avec une bonne bouteille de vin rouge.

Après ce dîner, nous avons parlé de l'avenir de Nassim.

— Ecoute-moi bien me dit Thérèse, je pense que l'on devrait quitter l'appartement pour se débarrasser de l'assistante sociale. Elle va se pointer toutes les semaines comme un gendarme et si elle voit que je ne travaille plus, nous allons avoir des ennuis. Nous pouvons nous acheter une caravane d'occasion et nous installer sur un terrain vague près de ma famille. Pour trouver la cara vane, mon frère Zanzi nous aidera.

Après un moment de réflexion, je lui réponds :

— Thérèse, ça me va ton idée, c'est une bonne solution. Nous allons l'exploiter sans perdre de temps, demain nous allons voir Zanzi pour le mettre au courant de nos projets.

Le lendemain nous nous rendons à Garges les Gonesses au campement de Zanzi où nous sommes accueillis par Rosa, sa femme, avec simplicité. Rosa est sortie de prison. Elle nous offre un café noir et nous dit :

— Zanzi est allé faire des courses, il sera là d'un instant à l'autre.

A peine avait elle fini de parler que nous entendons le fourgon G7 qui s'arrête près de la caravane.

Zanzi est accompagné de ses deux garçons qui portent chacun un sac de plastique d'"Euromarché" plein de provisions.

— Oh, il y a des invités, quel plaisir de vous revoir tous les trois ensemble.

Il s'approche de sa sœur qui tient Nassim dans ses bras et il prend l'enfant, le soulevant en l'air.

— Il a vite grandi ton petit bonhomme.

— Il va sur son trentième mois, répond Thérèse.

— Comme le temps passe vite, j'ai l'impression qu'il est né hier.

Puis se tournant vers moi :

— Alors Slim, ça va les affaires à Paris.

Je lui réponds avec un mauvais sourire :

— En ce moment, ce n'est pas la joie. Je vais clopin-clopant. Nous voulons nous éloigner de la capitale et vivre en caravane. Si tu pouvais nous trouver quelque chose, à un prix honnête, pour nous dépanner…

Zanzi réfléchit un instant :

— Vous allez partager notre déjeuner et dans l'après-midi, si tu veux, nous irons tous les deux voir un marchand de caravanes que je connais. Chez lui, il y en a pour toutes les bourses, il travaille beaucoup avec les voyageurs. Il leur reprend leur ancienne caravane quand ils lui en achètent une neuve.

— D'accord, lui dis-je, mais je te préviens, je n'ai pas assez d'argent sur moi.

— Ce n'est pas un problème, répond Zanzi, sur place, lorsque tu trouves une bonne occasion, tu t'arranges avec le marchand sur le prix et tu lui donnes des arrhes pour qu'il te la réserve.

Après le déjeuner, Zanzi me conduit à Pontoise sur un grand terrain clôturé où il y a des caravanes neuves et d'occasion à vendre. Nous descendons du fourgon pour regarder ce qu'il y a d'intéressant parmi les petits modèles. Dans le lot une petite caravane de trois places, de marque Sterkerman, me tape dans l'œil, à l'intérieur il y a un trou de tuyau de cheminée.

— Ce trou de cheminée, me dit Zanzi, c'est la signature de l'ancien propriétaire, c'est un gitan. Elle ne devrait pas valoir trop cher.

Je laisse le soin à Zanzi de négocier le prix avec le marchand, il est plus roublard que moi dans le domaine du commerce. Il appelle le patron pour discuter et ils tombent rapidement d'accord sur un prix raisonnable J'avance des arrhes en liquide et le vendeur me donne une heure de rendez-vous à laquelle je pourrai venir chercher la caravane.

Nous remontons dans le fourgon et nous reprenons la route de Garges les Gonesses, j'étais pressé de parler à Thérèse.

— Nous avons trouvé une petite caravane d'occasion, de marque Sterkerman, elle a trois places et elle n'est pas trop chère. Elle nous conviendra dans un premier temps. Thérèse, tu vas passer la nuit chez ton frère avec Nassim, moi, je rentre à Paris et je reviens demain avec nos économies pour payer la caravane.

Je pars à pied à la gare de Sarcelles Centre où je prends le train pour Paris.

A l'appartement, je prépare un sac de sport avec du linge de corps de rechange pour Nassim et je retire une somme d'argent de nos économies. Je dine d'une boite de conserve avant de me coucher.

Le lendemain matin je reprends la route de Garges les

Gonesses où j'arrive vers dix heures du matin. Les enfants de Zanzi jouent dans la neige.

J'entre dans la caravane où je trouve Thérèse, son frère et sa femme assis autour de la table, en pleine conversation. Nassim est dans les bras de Violette, la grande fille de Zanzi.

Je m'assois auprès de Thérèse et prends un café noir pour me réchauffer, il fait froid en cet hiver de 1979.

Zanzi m'invite à l'accompagner au bistrot où nous avons pris pas mal d'apérito avant de regagner le terrain pour déjeuner.

A la fin du repas, Zanzi se lève en disant :

— Slim, nous allons retourner voir le marchand de caravanes.

Je me tourne vers Thérèse.

— Tu vas venir avec nous, il faut que tu prennes la caravane à ton nom, moi je ne suis pas en règle.

Nous partons tous les trois dans le fourgon vers Pontoise. Sur le terrain de vente, nous allons directement à la maisonnette en bois du propriétaire qui lui sert de bureau. Il remplit la feuille de vente au nom de Thérèse, nous remet la carte grise barrée puis il nous accompagne à l'emplacement de la Sterkerman.

Il nous aide à atteler la caravane au crochet du fourgon et nous repartons à Garges les Gonesses. Sur le terrain vague Zanzi a placé notre future maison près de sa caravélaire. Rosa et ses enfants l'entourent puis montent à l'intérieur par curiosité. Elle donne l'ordre à ses grands enfants de nous aider à faire un peu de ménage, et nous voilà tous à savonner dans une ambiance joyeuse.

Zanzi se tourne vers son aîné qui est âgé de seize ans.

— Pichon, viens avec moi faire un tour chez le ferrailleur de Stains que je connais bien pour essayer de trouver un poêle pour la caravane de Slim.

Lorsque nous avons terminé de laver l'intérieur, nous buvons un café chaud que Rosa nous avait préparé, les enfants prennent des cafés-crème.

Quelques temps plus tard, nous voyons revenir Zanzi et Pichon ramenant un petit poêle à charbon que nous avons installé juste au-dessous du trou de cheminée. Nous ajustons les tuyaux et il ne me reste plus qu'à aller chez le charbonnier acheter quelques sacs.

Lorsque je mets le poêle en route, il démarre au quart de tour, il fonctionne à merveille et dégage une douce chaleur. Je ferme la porte à clé et je rejoins Thérèse et Nassim qui sont bien au chaud en compagnie de toute la petite famille de Zanzi.

Maintenant, il faut prévoir le déménagement. Nous allons

renter à Paris avec Nassim pour emballer les affaires qui ne sont pas trop encombrantes et je demande à Zanzi s'il pourra venir nous chercher demain avec son fourgon

En fait, il me propose de nous conduire tout de suite rue des Boulets, ce qui lui permettra de repérer l'endroit pour revenir chercher les affaires. Une fois sur place, Thérèse, avec Nassim dans les bras, et son neveu Pichon sont montés directement à l'appartement alors que Zanzi et moi sommes allés au bistrot du coin, nous avons bu quelques verres de Pastis puis nous avons rejoint les autres.

Zanzi jette un coup d'œil sur l'appartement et me dit :

— Que vas-tu faire de ce meuble qui est là ?

— Je vais le laisser sur place, si par la suite, je trouve quelqu'un qui est intéressé, je lui fourgue.

— Lorsque je t'aurai déménagé, je chercherai de mon côté pour ton meuble. Allez, Pichon, nous on rentre au bercail. Vous deux, ne vous fatiguez pas trop ce soir. Demain, je reviens et j'embarque tout ça.

Dés leur départ, je commence à remplir les valises de vêtements, puis je vais chercher quelques vieux cartons jetés par les commerçants du quartier pour ranger tous nos ustensiles. Thérèse a couché Nassim dans son lit pendant que j'emballe la vaisselle. Nous avons terminé vers trois heures du matin et je suis brisé de fatigue. A peine au lit, je sombre dans un sommeil profond.

Le lendemain matin, je suis réveillé par des petits coups à la porte de l'appartement, Zanzi et Pichon sont déjà là.

— Alors, dit Zanzi, je vois que vous n'êtes pas prêts à cette heure de la journée !

Ils entrent tous les deux, je marmonne :

— Ne t'étonne pas, nous nous sommes couchés à trois heures du matin. Comme tu le vois toutes nos affaires sont emballées. Tu peux commencer à les descendre dans le fourgon avec ton fils pendant que je fais ma toilette.

Une fois les valises et les cartons chargés, nous prenons un petit déjeuner que Thérèse nous a préparé. Nassim, lui, a son biberon.

Thérèse emballe les bricoles du déjeuner dans un sac plastique et nous partons en fermant la porte à clé.

Nous nous installons dans le fourgon, Thérèse, le bébé et Pichon à l'arrière, moi à côté de Zanzi et nous prenons la route avec notre chargement.

Arrivés au terrain vague de Garges les Gonesses près des

nôtres, nous vidons le G7 de son contenu pour le mettre dans notre caravane. Violette, la fille aînée de Zanzi donne un coup de main à sa tante pour arranger le tout à l'intérieur.

Moi, j'allume le poêle à charbon. Ensuite je vais avec Zanzi chez le droguiste pour acheter une lampe de camping, un réchaud à gaz, des cuvettes et des seaux en plastique.

A notre retour nous dînons chez Rosa, la belle-sœur de Thérèse.

Au digestif, Zanzi et sa femme nous parlent des beaux jours et des durs moments qu'ils ont passés ensemble jusqu'ici, puis ils tournent la page, ils citent des noms de voyageurs qui sont sortis de leur misère en forçant un peu la chance par la chourave (le vol). Certains s'installent dans des pavillons qu'ils ont achetés, ils font les marchés en revendant des tissus, des draps ou des tapis, ils assurent le train-train quotidien.

Nassim s'est endormi dans les bras de Thérèse. Je lui dis :

— Amène le dans son lit. Allons, on y va tous ensemble !

Je me lève suivi de Thérèse qui porte Nassim et nous allons vers notre caravane. Il y règne une bonne chaleur, Thérèse me dépose Nassim dans les bras pour préparer le lit pour nous trois. Nous nous sommes installés pour notre première nuit dans la caravane.

Le matin, je me suis levé tôt, j'ai rempli le poêle de charbon et après ma toilette, je suis allé chez le boulanger du coin acheter deux baguettes et des croissants au beurre.

A mon retour, Thérèse est debout en train de changer Nassim et elle me dit :

— Il ne reste plus d'eau dans les seaux

Je pose mes baguettes et mes croissants sur la table pour aller chercher de l'eau à la fontaine communale qui est à vingt mètres de là. Lorsque je reviens avec mes seaux pleins, le petit déjeuner est sur la table.

Je me suis tout de suite adapté à la vie des voyageurs.

Cela fait un mois que nous avons quitté l'appartement de la rue des Boulets et j'ai toujours les clés, mais Thérèse avait laissé une caution le premier jour, donc nous sommes quittes. J'envoie les clés par la poste à l'agence immobilière de la rue Lafayette en abandonnant les meubles qui restent à l'intérieur.

Depuis que je suis ici, je n'ai touché à rien, ni en bien, ni en mal. Je bouffe l'argent de mes économies, pourtant ce n'est pas mon tempérament.

Je passe parfois des nuits blanches à penser à mon avenir

scabreux je vis avec la hantise qu'un malheur me tombe dessus, je crains de reperdre mon fils. J'hésite à me hasarder, à prendre des risques, ces temps-ci. Je n'ai pas trop confiance en Thérèse qui me semble inconstante.

Depuis que j'ai obtenu la garde de mon gamin, je me suis serré la ceinture en me privant de certaines choses. Je pioche dans mes économies qui fondent entre mes mains et je commence à sentir les mâchoires de l'étau se refermer sur moi.

Un soir du mois de mars 1979, il fait un froid de canard, je suis dans le besoin et je constate que je n'ai plus d'argent pour acheter du charbon. Mon fils ne peut pas rester sans chauffage. A la tombée de la nuit, alors qu'un petit vent piquant et glacé souffle, je me rends à pied dans un chantier de construction de bâtiments, prés de Garges les Gonesses. Je ramasse des morceaux de planches, j'ai trouvé un arrache-clou qui me permet de décoller du bois resté fixé sur une poutre en béton. Une fois mes bras pleins, je rentre chez moi et je remplis le poêle que je rallume. Une douce chaleur envahit la caravane et je m'endors.

Le jour suivant, je débite de grandes planches avec un vieux couperet.

Zanzi et sa femme Rosa se sont aperçus de mon manège, ils ont compris que je suis en train de bouffer de la vache enragée mais aucun acte chaleureux n'est venu de leur part. Zanzi est un homme qui n'est pas reconnaissant et sa femme est sans cœur et ils semblent attendre, tous les deux que je vienne à eux me plaindre de mon sort. Ce n'est pas possible pour moi, j'ai ma dignité d'homme, je ne m'abaisserai pas à leur demander l'aumône, cela n'est pas dans mon tempérament.

Quelques jours plus tard, au petit matin, je suis réveillé par l'air glacé, les vitres de la caravane sont couvertes de givre et le feu du poêle est éteint. Je regarde mon bracelet-montre, il est quatre heures du matin Il faut que j'aille faire un petit tour au chantier chercher du bois.

A mon retour et après avoir rallumé le poêle, je me ronge sans pouvoir trouver le sommeil, mon esprit sombre dans des pensées diverses. Actuellement j'utilise des bougies pour l'éclairage et j'en suis au point de voler la bouffe. Je m'inquiète pour mon fils, je crains qu'il ne lui arrive malheur en mon absence, ce qui m'empêche de prendre de gros risques.

Dans ces mois d'hiver de l'année 1979, j'ai senti passer les jours péniblement mais je ne me suis jamais plaint. Dans ce bas monde rempli de surprises, chacun porte son fardeau.

A la mi-mars 1979, Zanzi et Rosa sont venus nous voir. Rosa est habillée avec goût, la couleur de ses vêtements va très bien avec sa peau brunette, son visage ovale aux traits fins, ses yeux couleur de la nuit et ses longs cheveux noir corbeau qui lui tombent sur les épaules. Sa beauté sauvage est agréable à voir.

Ils s'assoient tous les deux et Thérèse leur offre une tasse de café à chacun.

Moi, je sais qu'ils ne viennent pas faire une visite de politesse mais plutôt nous narguer.

Rosa prend la parole d'un air hautain :

— Thérèse, j'ai fait plus qu'il ne fallait à manger, va demander à ma fille Violette de te donner ce qui reste dans la marmite.

Je ressens les phrases de Rosa comme un électrochoc, je tourne la tête vers Thérèse en la fusillant du regard pour lui faire comprendre qu'elle reste à sa place, elle répond à sa belle-sœur avec un sourire grimaçant :

— Merci Rosa d'avoir pensé à nous mais nous avons déjà mangé.

— Ma bonne Thérèse, reprend Rosa, il ne faut pas m'en vouloir, j'ai la tête en désordre depuis ma sortie de prison. Pourquoi tu ne vas pas chiner avec Slim, Violette pourrait garder Nassim.

J'interviens :

— Je ne pensais pas que mon sort faisait autant pitié, ne vous inquiétez pas, nous avons notre mauvaise part aujourd'hui mais la roue de la vie tourne, à chacun son jour…

Ils se sentent mal à l'aise et repartent chez eux.

Après leur départ, les phrases de Rosa tintent encore à mes oreilles, elles ont profondément blessé mon amour propre et sans prononcer un mot, je me lève pour enfiler mon manteau et je sort.

Il est une heure du matin, je marche sur la neige de la veille qui a gelé. Elle craque sous mes pieds pendant le chemin qui me mène jusqu'à la ville de Stains. Le long du trajet, j'essaie de forcer les portes de divers magasins, sans résultat.

Dans une rue de stains, avec mon arrache-clous, je force la porte d'un magasin de lunettes et de jumelles en tout genre.

La porte cède et me voilà à l'intérieur, je me sers à nouveau de l'arrache clous pour ouvrir le tiroir-caisse qui contient des pièces de monnaie et une enveloppe cachetée que je déchire sur place, il y a des billets de banque dedans.

Je mets toute la monnaie dans un sac en plastique trouvé

sur place et j'enfouis l'enveloppe et son contenu dans la poche de mon pantalon.

En fouillant dans l'arrière-boutique, je ne vois que des cartons pleins de dossiers, j'en vide un par terre et je le remplis de montures de toutes sortes ainsi que de jumelles.

Je dépose le sac en plastique au-dessus du carton et je sors du magasin. Je marche dans la rue avec le carton sous le bras jusqu'à un immeuble dont la porte est ouverte. Je dépose mon carton dans le couloir et je me dirige vers la grande rue dans l'espoir de trouver un taxi.

A mon bracelet-montre il est trois heures du matin, un vent glacé souffle.

Je ne sais pas depuis combien de temps je suis là à attendre lorsqu'un taxi roule dans ma direction, je fais un signe de la main au chauffeur qui conduit une Mercédès blanche.

Il s'arrête à ma hauteur, je grimpe sur le siège arrière en disant au conducteur :

— Monsieur, conduisez-moi au foyer de la Sonatrac à Garges les Gonesses, avant, j'ai un carton à récupérer dans l'immeuble de la rue qui est en face, à notre droite.

Le taxi fait marche arrière pour s'engager dans la rue qui est en sens unique.

Je récupère mon carton et je remonte dans la voiture en le posant à côté de moi, sur le siège arrière. Nous prenons la direction de Garges les Gonesses.

Arrivé devant le foyer de la Sonatrac, j'ai payé la course, la Mercédès a fait demi-tour.

Je prends mon carton sur l'épaule et je me mets en route pour le terrain vague où se trouve ma caravane, il y a à peu près un demi kilomètre à faire.

Dés que je mets la clé dans la serrure, la porte s'ouvre devant Thérèse qui se tient debout devant moi. J'entre, il fait doux à l'intérieur, je dépose le carton sur le dessus du frigidaire et j'entends Thérèse me dire :

— Je n'ai pas fermé l'œil depuis ton départ, à chaque bruit, j'allais à la fenêtre discrètement en tirant le rideau sans allumer la bougie. C'est comme ça que je t'ai vu arriver.

Elle a l'air toute contente, ses yeux sont pleins de curiosité et elle se précipite sur le carton qu'elle se met à fouiller. Elle prend le sac en plastique, le vide sur la table et elle compte la monnaie.

Je m'apprête à remplir le poêle lorsque Thérèse me dit qu'il n'y a plus de bois.

Sans dire un mot, je descends de la caravane pour aller au chantier faire des provisions.

A mon retour, je remplis le poêle et je me couche. Quelques heures plus tard, les cris de mon fils me réveillent, je jette un coup d'œil dans la caravane, Thérèse n'est pas là, je me tourne vers Nassim sur le lit. Il pleure sur son biberon qui lui a échappé de la bouche. Je lui remets en place et je vais prendre une tasse de café noir.

Je déguste la fumée d'une blonde lorsque Thérèse arrive avec le couffin rempli de provisions. Elle dépose son fardeau et vient s'asseoir près de moi sur le siège, elle prend ma tasse de café à moitié pleine, en avale une gorgée et prend une cigarette dans mon paquet.

— Thérèse, lui dis-je, va demander à ton frère s'il peut me conduire dans le 18ème pour écouler mon butin à un receleur que je connais.

Elle sort et revient un instant plus tard accompagnée de Zanzi et de Rosa. Ils jettent tous deux un œil sur le contenu du carton, puis Zanzi me dit :

— Tu es vaillant mon frère, à pied dans la neige, tu es allé pagaver (casser), tu es un vrai morche (homme). Bien sûr que je te conduis où tu veux, sans problème.

— C'est bon, on y va tout de suite, tu me conduis à Barbès, rue Polonceau.

Je prends mon carton et nous voilà dans le G7.

Zanzi me conduit dans la rue Polonceau, devant un bar maghrébin je lui fais signe de stopper son fourgon. Le propriétaire du bar fait aussi le receleur, nous avions fait du commerce ensemble, il y a quelques années. Zanzi gare son fourgon et nous entrons au bar où Malik m'accueille en me disant :

— Salut Slim, tu te fais rare dans le quartier.

— Ce n'est pas de ma faute, lui dis-je, c'est la faute à "pas-de-chance".

Et nous échangeons une poignée de main.

— Sers-nous deux verres de Pastis et mets ton verre au milieu.

Lorsqu'il nous apporte nos consommations, je lui parle des lunettes :

— Malik, j'ai des bricoles qui pourraient t'intéresser : des montures de lunettes et des lunettes d'approche portatives.

— Apporte voir, moi, je n'achète pas le poisson dans la mer.

Zanzi me passe les clés de son fourgon et je vais chercher le carton. A mon retour, Malik me fait un signe de la tête pour me dire de le suivre vers la cuisine. Je dépose le carton sur la table de la pièce et Malik déballe la marchandise, il contemple le lot puis il lève la tête vers moi.

— Les montures et les lunettes d'approche sont difficiles à refourguer, si tu me fais un prix je prends le risque de te débarrasser de tout le lot.

— Malik, tu vois bien que ce sont des montures de qualité que tu as devant toi, tu trouveras toujours quelqu'un pour les écouler. Fais-moi une offre raisonnable et n'en parlons plus.

Après les propositions des deux camps, nous avons trouvé un terrain d'entente et nous nous sommes mis d'accord sur une somme honnête pour le lot.

Malik m'a réglé sur place en argent liquide que j'ai mis dans la poche de mon pantalon et je quitte la cuisine pour rejoindre Zanzi au comptoir. Malik nous sert la tournée de la maison et nous trinquons ensemble.

Après avoir payé ma première tournée, je prends congé du patron et accompagné de Zanzi, je me dirige vers le fourgon où nous nous installons et nous prenons le chemin du retour. En cours de route, je remets un billet à mon coéquipier pour la peine qu'il vient de se donner pour moi.

Arrivés au terrain vague de Garges les Gonesses, près de nos caravanes, nous nous séparons. Je vais rejoindre Thérèse et mon fils.

En premier lieu, j'ai acheté du charbon avec l'argent gagné et j'ai renouvelé le stock d'alimentation.

Le jour suivant, Thérèse, moi et notre enfant, nous sommes allés rendre visite à Tchavo, le père de Thérèse qui vit seul dans sa caravane sur le terrain désigné de la mairie du Val d'Argenteuil.

Tchavo est un homme âgé aujourd'hui, il gagne sa vie en tant qu'aiguiseur de ciseaux, de couteaux, tout ce qui est tranchant, de porte à porte.

Malgré son âge avancé, il a toujours gardé en lui le goût du chapardage, à chaque occasion qui se présente à lui. Quand il trouve un client ou une cliente qui lui confie quelque chose à aiguiser, il fouille des yeux l'intérieur de la maison. Il endort toute méfiance, il attaque sur son terrain favori : la misère au temps des guerres allemandes. La plupart des clients sont intéressés par son récit. Il séduit la personne et essaie de dérober un objet qu'il a repéré en entrant. S'il n'y parvient pas, il donne le tuyau à une personne en qui il a confiance qui fera le travail et il partage avec lui les gains du vol. C'est le système "D" des gens démunis et oubliés par la société de consommation.

Nous avons fait le voyage en train jusqu'à la gare du Val d'Argenteuil et à pied, nous nous sommes rendus au terrain où est installée la caravane de Tchavo.

Je frappe à la porte, le rideau de nylon qui garnit la vitre bouge et fait place à la tête de Tchavo qui nous regarde. La porte s'ouvre, Thérèse monte en premier avec Nassim dans les bras et je la suis avec un sac en papier contenant une bouteille d'apéritif à la main. Je ferme la porte derrière moi et pose le sac en papier sur la table, puis je m'assois sur le siège alors que Thérèse est installée sur le lit déplié, près de son père.

Tchavo dit à Thérèse, d'une voix calme :

— Laisse-moi ton tikno (enfant) que je lui fasse des chmaks (bises).

Thérèse dépose Nassim dans les bras de son père.

Sur le terrain désigné de la commune d'Argenteuil où campent Tchavo et d'autres manouches, il y a des fontaines ainsi que l'électricité fournie par la mairie, mais chaque propriétaire d'une caravane doit payer un loyer pour la place qu'il occupe. Il doit, en plus, être inscrit sur un registre tenu par un responsable du terrain qui est logé sur place.

Il y a beaucoup de voyageurs qui n'aiment pas être sur le terrain de la mairie à cause de l'inscription de leur nom sur le registre. Si par hasard, il y a un vol commis dans le coin ou une bagarre : les gadji mettent tout sur le dos des gitans et le fourgon de police vient directement au terrain désigné. Ils font leur enquête avec le gardien. C'est pourquoi certains voyageurs préfèrent être indépendants et s'installer sur un terrain vague pour être plus libres de leurs mouvements.

Thérèse se lève, elle prend la bouteille d'apéritif qu'elle débouche, elle remplit deux verres et elle les dépose devant son père et moi. Elle va réchauffer le biberon de lait de Nassim dans une casserole à moitié pleine d'eau qu'elle dépose sur le réchaud allumé puis elle se tourne vers Tchavo.

— Tata (père), au camp de Garges les Gonesses, personne, jusqu'à aujourd'hui, ne m'a proposé de l'accompagner pour aller chiner. C'est dur l'hiver de chiner au hasard sans vagos (voiture).

Le père, sans répondre, finit son verre d'apéritif, puis lui dit :

— Je connais une kaire (maison) à Bezons en Seine et

Oise, habitée par une veuve à qui j'ai aiguisé les ciseaux ; elle devrait avoir des lovés (de l'argent) et du senecaille (de l'or), vu les toilettes qu'elle porte. Si ma proposition vous intéresse tous les deux il faudra m'apporter ma part des gains, une fois le casse fait.

Thérèse lui répond :

— Tata, c'est normal, le tuyau vient de toi, nous t'apporterons ta part.

Tchavo nous regarde à tour de rôle.

— Bon, la kaire se trouve près du pont de Bezons. C'est la première maison avant le bar-tabac de la rue des Carrières.

Il nous rabâche les détails à plusieurs reprises lorsque quelqu'un frappe à la porte. Thérèse ayant l'enfant dans les bras en train de téter son biberon, je vais ouvrir, c'est la Zoune, la grande sœur de Thérèse qui est installée sur le terrain avec son mari et tous ses enfants. Elle porte un plat de nourriture chaude qu'elle dépose sur la table.

Tchavo reprend la parole :

— Thérèse, toi, Slim et l'enfant vous allez passer la nuit ici, cela vous évitera le trajet jusqu'à Garges les Gonesses avant d'aller visiter la kaire de Bezons.

La Zoune nous fait une autre proposition :

— Ta caravane est petite, tu n'as qu'à garder Slim à dormir avec toi Thérèse et Nassim viendront chez moi.

Nous nous sommes mis d'accord et nous avons mangé le pot au feu que la Zoune avait porté.

Après le repas, Thérèse et Nassim sont partis avec la Zoune. Je reste avec Tchavo à finir la bouteille d'apéritif puis, chacun de notre côté, nous nous allongeons sur le lit.

Le lendemain matin, je suis réveillé par des bruits qui viennent de la cuisine, Tchavo est debout en train de préparer le petit déjeuner, c'est un homme matinal comme tous les grands-pères. Je me lève et fais ma toilette, Tchavo descend de la caravane pour chercher Thérèse chez la Zoune. Je suis prêt lorsqu'ils reviennent tous les deux. Thérèse me dit :

— J'ai laissé Nassim chez la Zoune, elle va le garder en notre absence.

Après le petit déjeuner, je prends un grand tournevis dans la caisse à outils de Tchavo.

Nous partons en direction de Bezons ; il est dix heures du matin et nous prenons le bus jusqu'à l'arrêt du pont de Bezons. Nous avons continué à pied vers la rue des Carrières et nous sommes arrivés devant la maison avant le bar-tabac. Je sonne à plusieurs reprises, aucune réponse. Je teste la résistance de la porte en la poussant de toutes mes forces, elle est solide.

Nous faisons le tour de la maison et j'entreprends de forcer les persiennes d'une fenêtre qui donne sur le petit jardin. Je casse le carreau de la fenêtre avec mon coude, je passe la main au travers et tourne la poignée. Je pénètre dans une chambre suivi de Thérèse puis nous nous dispersons dans la maison pour fouiller chacun de notre côté.

Dans le salon, je trouve un vieux sac à main contenant des documents et une enveloppe dans laquelle il y a une petite somme en billets de banque. Je rejoins Thérèse dans la chambre à coucher, elle a découvert un petit coffret en bois avec des bijoux de femme à l'intérieur et quelques pièces d'or, des Napoléons. Je m'adresse à elle :

— Allez, on se casse, on est resté assez longtemps dans la maison.

Nous ouvrons la porte de l'intérieur et nous sortons.

Nous marchons jusqu'à l'arrêt de bus du pont de Bezons. Le bus nous conduit jusqu'au terminus, la gare d'Argenteuil. De là nous montons dans un taxi pour rejoindre le terrain de Tchavo.

Celui-ci n'a pas bougé depuis notre départ. Thérèse dépose les bijoux devant son père qui les prend dans sa main pour les examiner dans tous les sens, il y a deux belles bagues de femme en or, ornées de pierres précieuses. Tchavo ouvre la bouche :

— Vous avez fait une bonne journée tous les deux je vais les amener chez un gadjo (un européen) que je connais de longue date pour les bikrave (les vendre). Le gadjo est correct, il est patron d'un bar.

Il met les Napoléons et les deux bagues dans son grand mouchoir qui ressemble à une serviette de table, il y fait un nœud et l'enfouit dans la poche de sa veste.

— Attendez-moi là, je n'en ai pas pour longtemps dit-il et il sort.

Après son départ, Thérèse va récupérer Nassim chez la Zoune. Moi j'ai une petite faim et je fouille dans le frigidaire où je trouve une boite de six œufs, du saucisson sec et un camembert entamé. Quelques oignons et me voilà en train de préparer une omelette pour deux. Thérèse revient avec Nassim qu'elle allonge sur le lit et nous nous remplissons la panse. Ensuite nous buvons un bon café soluble et nous nous installons devant la télévision en attendant Tchavo.

Il met du temps à rentrer, il commence à faire nuit lorsqu'il fait son apparition. Il monte dans la caravane tout gai, il a eu du mal à gravir les quelques marches et il s'assoit lourdement au bord du lit, près de Nassim.

Un peu en colère, Thérèse lui dit :

— Tata, tu en as mis un temps alors que tu savais que nous étions là à poireauter, ta conduite est incorrecte. Je vois bien que tu ne t'es pas trop privé sur la bouteille.

Tchavo, avec un sourire malicieux aux lèvres, lui répond :

— Un moment mes tourtereaux, je vais vous expliquer. Lorsque je suis allé voir le gadjo à son bistrot, il n'était pas là. Il n'y avait que sa femme derrière le comptoir. Eh bien, je suis resté là à l'attendre en buvant quelques verres, voilà la raison de mon retard. En fin de compte, j'ai bikravé le senecaille au gadjo à un bon prix.

Il sort des billets de banque de la poche de son pantalon et il les dépose sur la table.

— Voilà pour vous, j'ai déjà pris la part qui me revient.

Je ramasse les billets sans les compter je les mets dans ma fouille et me tournant vers Thérèse :

— Bon, il faut qu'on rentre à Garges les Gonesses.

Elle s'est mise à préparer Nassim. Tchavo intervient :

— Attendez un moment, vous n'allez pas partir à cette heure-ci, dans le froid avec un bébé dans les bras. Je vais demander à Titi, le mari de la Zoune, de vous raccompagner.

Il descend de la caravane et quelques minutes plus tard, il revient avec Titi, un homme grand, à la carrure de sportif, il a la lèvre supérieure fendue, un bec de lièvre.

Titi parle un peu du nez, il nous invite à prendre place dans sa voiture, une DS 21 noire. Il nous conduit jusque devant notre terrain vague.

Notre caravane est une vraie glacière. Je nettoie le poêle, le remplit de charbon que j'enflamme. Dès que l'air est un peu plus chaud, Thérèse prépare le lit.

Je lui dis :

— Thérèse, ton vieux ne s'est pas contenté de prendre 20 ou 30 % sur la vente de bijoux il en a carrément pris la moitié, sans remords, je n'ai jamais vu ça nulle part que chez vous, les manouches. Il ne me la feront pas une autre fois, je ne marcherai pas dans leur programme.

Je me mets au lit, énervé de l'attitude vicieuse de Tchavo à notre égard. Thérèse prépare le lait pour le biberon de Nassim. Je m'endors.

Les jours suivants, Thérèse m'a convaincu d'aller chouraver dans les maisons, à la mode manouche. La décision a été prise en commun. Nous avons laissé notre enfant à Violette, la grande fille de Zanzi, et nous sommes partis à pied à la gare de Sarcelles Centre.

Nous allons jusqu'à Conflans Sainte Honorine.

Là, nous nous éloignons du centre ville, au pif et nous nous arrêtons devant un vieux pavillon où nous décidons d'entrer. Nous franchissons la barrière et nous montons quelques marches pour sonner à la porte.

Une vieille dame vient nous ouvrir et Thérèse parle tout de suite.

— Bonjour Madame, nous faisons partie du bureau de l'aide sociale de la mairie de Conflans Sainte Honorine. Nous faisons une enquête qui concerne une aide de combustible de chauffage pour cet hiver 1979 auprès des personnes âgées ayant de faibles revenus.

La propriétaire nous fait entrer avec un large sourire, elle nous invite à nous asseoir sur un siège du salon.

Thérèse reprend :

— Madame, si vous avez des talons de mandats de votre caisse de retraite ou d'autres revenus, apportez-les nous que nous en prenions note afin de vous inscrire pour une aide de combustible.

La boîte métallique dans la main, elle la dépose sur la table basse et l'ouvre en sortant ses talons de la caisse de retraite.

Thérèse me lance :

— Slim, doukrave la gadjie (embobine l'européenne), je vais rodaver dans la simra (fouiller dans la chambre).

Sans me laisser dire quoi que ce soit, elle se tourne vers la vieille dame.

— Ma bonne dame, me permettez-vous d'utiliser vos WC car j'ai mal au ventre.

La vieille dame lui répond :

— Je vous en prie, les toilettes se trouvent dans le couloir.

Thérèse s'éclipse et mon rôle est de retenir la dame jusqu'au retour de Thérèse. Je jette un coup d'œil sur les talons de retraite qu'elle reçoit mensuellement, je prends des notes sur un calepin de poche et la vieille dame commence à me parler de ses malheurs. Son mari est mort, son fils aîné ne rentre pas chez lui après son travail... A chaque fois qu'elle cesse de parler, j'enchaîne sur un autre sujet pour lui occuper l'esprit, mais je trouve le temps long. J'emploie tout mon savoir pour que la vieille dame ne se lève pas de son siège.

Enfin je vois Thérèse réapparaître, son teint est pâle. Elle s'adresse à moi :

— Alors mon ami, as-tu terminé avec Madame. Nous devons visiter d'autres personnes cet après-midi.

— C'est fait, j'ai relevé le montant mensuel que la caisse de retraite verse à Madame.

Je me lève de mon siège et m'adressant à la vieille dame :

— Nous ferons tout le nécessaire pour que vous receviez l'aide de combustible de la mairie.

Nous prenons congé d'elle et en sortant, Thérèse me dit :

— Allons, presse le pas, j'ai l'or de la vieille dame sur moi.

Nous nous dépêchons pour aller jusqu'à une station de bus sur la grande rue, il y a une jeune femme et son enfant qui attendent là, nous nous mettons prés d'eux. Nous sommes pressés de quitter le coin. Enfin un bus arrive, nous montons et j'achète des tickets pour le terminus, la gare de espèces Sainte Honorine. Là, nous reprenons le train en direction de Sarcelles Centre.

Nous marchons de Sarcelles au terrain vague de Garges les Gonesses et sur le chemin, je dis à Thérèse :

— C'est la première et la dernière fois que tu me fais faire ce travail, dépouiller une vieille femme. Je ne veux pas me cramponner à la vie de cette manière odieuse, toi tu prends tes responsabilités, tu fais ce que tu veux.

Arrivés au terrain, Thérèse va directement à la caravane de Zanzi pour récupérer Nassim, moi, je rentre dans la mienne et je m'occupe du poêle qui s'est éteint puis je prépare un café. Thérèse me rejoint avec Nassim dans les bras, elle me donne les bijoux de la vieille dame que je commence à examiner en disant :

— Il est trop tard ce soir pour les fourguer. J'irai demain les proposer au receleur Maurice, un juif pied-noir du Maroc. Je le connais depuis 1969, il est toujours fourré au bar de la rue François Miron, à Saint Paul dans le 4ème arrondissement.

Le lendemain, je me suis rendu à Paris avec le lot de bijoux.

Au bar de la rue François Miron, je trouve Maurice installé à une table avec d'autres personnes en train de jouer au rami. Je m'approche de lui et je lui chuchote :

— Maurice, j'ai un petit lot de bijoux intéressant pour toi, je suis au comptoir.

Il se tourne vers moi et me dit :

— Oh, salut Slim, va au comptoir, je te rejoins tout de suite.

Je vais commander un verre d'apéritif en attendant puis je vois Maurice se lever de la table de jeu, un autre homme qui était spectateur prend sa place. Il vient près de moi, je lui remets le petit lot de bijoux que j'avais placé dans une serviette de table. Il jette un œil vite fait puis me dit :

— Allons dans la cuisine du bar pour y regarder de plus près.

Tous les deux nous allons dans la cuisine où Maurice contrôle les bijoux pièce par pièce puis il pèse le tout. Il me paie sur place, au gramme et en liquide. Ensuite nous retournons au comptoir pour trinquer ensemble et nous nous quittons.

Je vais à pied jusqu'à la station de métro Saint Paul où je prends la direction de la Gare du Nord. De là, le train me conduit à Sarcelles Centre et je finis mon trajet à pied pour rentrer chez moi.

Dans ma caravane, Thérèse est assise, Nassim sur ses genoux avec son jeune cousin Poli qui est âgé de 18 ans. Poli a un visage maigre aux joues creuse, un long nez osseux, des yeux noirs brillants de malice, des cheveux noirs mi-longs, il est de taille moyenne. Il vit avec ses parents sur un terrain de Livry Gargan. Ils boivent du café tous les deux.

Le soir, Poli dine avec nous puis il rentre chez lui à motocyclette.

A plusieurs reprises, Thérèse me sort des critiques sur notre caravane : elle est trop petite, trop ancienne, on est là dedans comme des trimards. Elle en veut à tout prix une plus grande et plus récente.

Elle me dit :

— Slim, après ton départ pour Paris, je suis allée rendre visite à Carmen, la femme de Pepite à sa caravane. Nous nous sommes mis d'accord pour aller faire les kaires (maisons) ensemble, toutes les deux avec sa voiture. Toi tu resteras ici pendant le temps de notre absence et tu garderas Nassim jusqu'à mon retour.

— Je sais que cette idée te trotte dans la tête depuis un moment, lui dis-je, depuis que tu veux changer de caravane. Puisque tu es si pressée, fais comme tu l'entends.

La vie du peuple du voyage est continuellement une bataille pour survivre. Ils vivent comme des fugitifs dans leur pays, la France, le gouvernement ne s'intéresse pas à leurs coutumes.

Pourtant qui peut dire que le soldat inconnu n'est pas un voyageur mort au champ d'honneur. A la guerre, les voyageurs ont perdu beaucoup de vies humaines de tous les âges. Ils ont été beaucoup martyrisés pendant la guerre contre les Allemands, souvent mis à mort avec atrocité. Tout le monde est au courant de ces événements mais personne ne fait rien. La jeunesse du voyage est appelée sous les drapeaux, l'administration n'oublie pas son intérêt mais elle ferme sa main pour toute aide pour l'avenir des voyageurs. De plus, ils sont montrés du doigt par les autres citoyens, ils sont considérés comme des lépreux et des voleurs. Les autorités communales leur donnent souvent la chasse lorsqu'ils s'installent sur un terrain vague ou dans un coin retiré, elles trouvent toujours à redire et les motifs sont multiples pour les faire partir. Dans certaines communes, il existe un terrain désigné mais cela est rare, il en faudrait beaucoup plus avec des équipements sanitaires… Par ailleurs, aucun bureau administratif ne leur tend la main pour résoudre les problèmes posés par la vie. La plupart des voyageurs sont illettrés, ils ne connaissent pas leurs droits et lorsqu'ils demandent quelque chose, ils se heurtent à un mur, ils se font refouler. Ils s'en sentent blessés dans leur orgueil et se replient sur eux-mêmes, ils vivent avec le peu de moyens qu'ils ont, et dignité.

Le lendemain matin, Carmen est venue chercher Thérèse en voiture pour l'accompagner faire les maisons. Carmen donne un coup d'avertisseur, Thérèse est déjà prête, elle l'attend. Elle saute de la caravane pour rejoindre Carmen et elles partent toutes les deux dans la 205 Peugeot.

Je reste en tête à tête avec Nassim.

Dans l'après-midi Thérèse est de retour avec un sac à provision à la main qu'elle dépose dans la cuisine. Elle s'assoit sur le siège et sort de son portefeuille une liasse de billets de banque en disant :

— Voilà, maintenant nous allons faire des économies pour nous acheter une autre caravane. Aujourd'hui, moi et Carmen, nous sommes allées dans l'Oise, à Senlis. La première maison que nous avons sondée était occupée par un veuf. Nous lui avons fait le coup de l'enquête de la mairie pour une aide de combustible. En lui parlant, Carmen relevait un peu sa jupe, laissant voir ses cuisses, pour lui faire encore mieux avaler le baratin. Le vieux se rinçait l'œil. Moi, j'en ai profité pour lui demander si je pouvais aller boire un verre d'eau du robinet. Sans me regarder, il m'y a autorisée, tant il était plongé dans ses fantasmes. Je suis allée dans la chambre à coucher pour fouiller. Dans l'armoire, entre les draps, j'ai trouvé un portefeuille garni de billets de banque, dans la table de nuit : quelques bricoles, des bijoux. J'ai mis le portefeuille dans mon slip, les bijoux dans ma poche et je suis allée rejoindre Carmen et le propriétaire de la maison. Là, j'ai dit à Carmen que nous avions d'autres personnes à visiter et elle a pris congé du vieux en lui disant qu'elle reviendrait seule si elle avait besoin d'autres renseignements concernant l'aide au chauffage.

Depuis ce jour, Thérèse va régulièrement chiner avec Carmen, en voiture.

Moi, j'ai récupéré, d'un vieux voyageur, une pierre de touche, de la variété "Jaspe noire" qui éprouve l'or et l'argent et j'ai acheté un pèse-lettre chez un marchand d'articles de bureau de Sarcelles Centre.

Quelques jours plus tard, je me trouve seul avec mon gamin. Après le déjeuner, je garde la bouteille de rouge prés de moi pour la terminer et je regarde les actualités télévisées, mon verre est rempli de vin. Au moment où je le prends pour le porter à mes lèvres, je constate qu'il est vide, je me tourne vers Nassim, il me regarde en roulant ses petits yeux avec un sourire un peu "bébête". Il a sifflé le verre de vin comme un grand.

Je garde le verre vide à la main pour lui montrer.

— Ce n'est pas bon pour ton estomac, ce que tu as fait là.

Nassim, assis à mes pieds me sourit toujours d'un air naïf. Je vide le restant de la bouteille en prenant garde de mettre mon verre hors de la portée de la main de mon fils.

Dans l'après-midi, Thérèse rentre presque bredouille. Elle ramène quelques bijoux qu'elle dépose sur la table, je les ramasse et lui dis :

— Thérèse, demande à Carmen si elle veut vendre sa part de bijoux qu'elle récupère dans les maisons avec toi. J'ai décidé de me recycler dans l'achat de bijoux.

— Je vais lui en parler, me répond Thérèse, j'en parlerai aussi à d'autres.

Le lendemain dans l'après-midi, Thérèse vient me voir avec Carmen qui me présente ses bijoux. Je les contrôle puis je les pèse avec mon pèse-lettre. Je règle Carmen en liquide à 50 francs le gramme, j'achète au prix de la casse.

Le mot est donné parmi les voyageurs et je reçois plusieurs visites à ma caravane, surtout des jeunes gens.

Au bout de deux mois, je constate que je détiens un bon petit lot de bijoux en or dont certaines pièces de valeur et qu'il va me falloir les vendre.

Un soir, après le dîner, je m'adresse à Thérèse :

— J'ai accumulé un bon paquet de bijoux en or. Je vais les porter à vendre à mon ami Maurice, à Saint Paul.

— C'est une bonne idée, me dit Thérèse, avec l'argent que tu récupéreras, nous pourrons nous acheter une caravane d'occasion plus grande que celle-ci.

Le lendemain, Thérèse ne sort pas, moi, je range les bijoux dans une grande serviette de table que je noue, je la dépose au fond d'un sac en plastique et je mets un pain presqu'entier par-dessus.

Je pars avec mon sac dans une main et mon fils dans l'autre, en direction de Paris.

Je marche à pied jusqu'à la gare de Sarcelles Centre où je prends le train pour la Gare du Nord. De là, un taxi nous conduit rue François Miron pour aller au bar où Maurice a ses quartiers.

Dans le bistrot, je vise Maurice le receleur en train de discuter avec le patron contre le comptoir. Ils sont de mèche tous les deux, pour toutes les affaires que traitent Maurice au bar ; en fait ils sont associés dans les recels, grands ou petits.

Je leur serre la main à tous les deux et prends place à côté de Maurice en faisant asseoir Nassim sur un grand tabouret. Le patron du bar va vers son tiroir caisse, nous laissant ensemble.

Maurice commande deux verres d'apéritif et un lait grenadine pour Nassim.

Je lui dis :

— Maurice, j'ai avec moi un petit lot de bijoux qui pourrait t'intéresser.

— Suis-moi à la cuisine, me répond-il.

Je fais descendre Nassim du tabouret et j'accompagne Maurice jusqu'à la cuisine. Là, je sors la serviette de table du sac en plastique, je la dénoue et dépose les bijoux sur la table. Je laisse la place à Maurice qui jette son regard de connaisseur sur les objets. Il contrôle les belles pièces en premier puis les autres.

Il se tourne vers moi, il me regarde une fraction de seconde puis il enchaîne :

— Slim, on se connaît depuis longtemps, je vais être franc avec toi. Je peux te prendre les bijoux simples au prix de la casse, il n'y a que les trois bagues avec des pierres précieuses que je te paies à la pièce.

— C'est OK, mais ne sois pas trop dur avec moi.

Il me lance un coup d'œil suivi d'un sourire qui ressemble à une grimace. Il pèse tous les bijoux, à part les trois bagues et il me fixe un prix global pour le lot. Cela ne me convient pas du tout.

— Maurice, ta proposition est inacceptable à mes yeux.

Je me précipite pour récupérer ma serviette de table et les bijoux. Maurice me retient par le bras.

— Slim, sois sociable, on ne va pas se séparer sur une mauvaise idée l'un de l'autre, je rajoute 30 % au prix que je t'ai proposé, c'est plus que correct, c'est à cause des trois bagues de femme ornées de pierres précieuses que je vais garder pour moi.

— C'est bon, lui dis-je, de toute façon, je n'ai pas l'intention d'aller voir un autre receleur.

Maurice remballe les bijoux dans la serviette de table qu'il noue et qu'il remet dans le sac en plastique. Il prend le tout dans la main et nous sortons de la cuisine pour retourner au bar. Maurice passe derrière le comptoir et dépose le sac devant le patron puis il se baisse pour ouvrir un tiroir dont il sort une sacoche de cuir noir qu'il ouvre. Il en tire une liasse de billets qu'il compte et me la remet dans la main.

— Slim, le compte y est mais vérifie tout de même, les bons comptes font les bons amis.

C'est ce que je fais, c'est bon, j'enfouis la liasse dans la poche intérieure de ma veste en cuir.

Ensuite, nous trinquons ensemble aux frais de Maurice puis je quitte le bar.

Je reprends ma route pour Garges les Gonesses, en prenant le métro à Saint Paul puis le train à la Gare du Nord jusqu'à Sarcelles Centre où j'ai pris mon fils dans mes bras pour aller à pied jusqu'à ma caravane.

Dès que je mets un pied chez moi, Thérèse me saute dessus :

— Slim, tu as bikravé les senecailles ? (tu as vendu les bijoux ?)

Je fais oui de la tête, je dépose mon gamin sur le siège, je plonge la main dans la poche intérieure de ma veste en cuir pour sortir la liasse de billets de banque que je dépose devant Thérèse. Elle ramasse les billets et les compte, toute joyeuse. Lorsqu'elle a terminé, elle relève la tête vers moi.

— Slim, maintenant je vais aller voir mon frère Zanzi pour qu'il nous accompagne chez le marchand de caravanes pour en acheter une, plus grande que celle-ci.

Au même moment, nous entendons frapper à la porte. Je ramasse vite fait les billets que je mets dans la poche revolver de ma veste de cuir.

Thérèse va ouvrir et son cousin Poli fait son apparition. Il vient s'asseoir en face de moi puis Thérèse nous sert un café du thermos à tous les deux. Poli prend une cigarette blonde de mon paquet qu'il allume avec mon briquet.

Thérèse reprend la conversation en parlant de son projet de changer de caravane.

Cela attire l'attention de Poli.

— Tu cherches une caravane ?

— Oui nous en voulons une plus grande, répond Thérèse.

— Je connais, dit Poli, le pavillon d'un gadjo (européen) dans le vieux Garges. Dans sa cour, il y a une belle caravane avec un écriteau "A vendre", cela fait une semaine que je l'ai vue.

Thérèse se lève d'un bond, toute excitée.

— Poli, amène toi, tu vas me conduire au pavillon où se trouve cette caravane que j'y jette un coup d'œil.

A son tour, Poli se lève de son siège et ils sortent tous les deux.

Pendant ce temps-là, Nassim s'est endormi. Je déplie le lit que j'arrange et je l'allonge sur les draps.

Trois quarts d'heure plus tard, Thérèse et Poli sont de retour. Je suis assis devant la télé allumée, un verre de vin à mes côtés. Thérèse s'assoit et me dit :

— Elle est trop belle, bien entretenue, état neuf et elle est assez grande pour cinq personnes.

— Je vois qu'elle t'a bien plue la caravane. Demain tu n'as qu'à retourner là-bas avec Zanzi et l'acheter à ton nom, ton frère la remorquera avec le crochet d'attelage de son fourgon.

Poli reste à dîner avec nous puis il rentre chez lui.

Le lendemain, dans la matinée, je remets l'argent pour l'achat de la caravane à Thérèse. Poli arrive avec sa motocyclette au terrain vague, il la gare et monte chez nous boire un café noir. Puis il part avec sa cousine chercher Zanzi, et quelques instants plus tard, je les vois partir tous les trois dans le fourgon.

De mon côté, je prends Nassim et je vais faire des provisions de nourriture au Viniprix. A mon retour, je me mets à préparer le repas de midi pendant que Nassim joue avec le volant d'une carcasse de voiture clouée sur place près de ma caravane.

Mon ragoût est bien cuit lorsque le G7 ramène mes trois mousquetaires et une caravane qui au premier coup d'œil, fait bonne impression. Je vais à leur rencontre pour leur prêter main forte à dételer l'engin et à l'installer. Notre nouvelle maison est de couleur beige de marque Caravélaire.

A l'intérieur, je remarque qu'elle est bien entretenue, il y a de la place pour cinq et elle a l'air presque neuve.

Thérèse me montre les papiers de vente qui sont à son nom avec la carte grise barrée, elle l'a payée un prix raisonnable.

Le jour même, après le repas de midi, nous déménageons nos affaires dans la nouvelle caravane, beaucoup plus spacieuse, nous serons plus à l'aise à l'intérieur. Le jour suivant, j'achète un moteur dynamo-électrique pour l'éclairage ainsi qu'un chauffage au butane.

Un mois plus tard je me suis acheté une Renault Estafette d'occasion, au nom de Thérèse, sur laquelle j'ai placé un crochet d'attelage.

Tout ce que j'achète est au nom de Thérèse car moi, avec mon interdiction de séjour, j'ai un pied dedans et l'autre pied dehors, à la suite d'une malchance. Je préfère que Thérèse et Nassim en profitent et soient à l'abri du besoin.

Sur le terrain vague de Garges les Gonesses, il y a d'autres voyageurs autour de nous. Parfois la police vient en voiture contrôler les carnets des voyageurs. Avant que les voitures n'arrivent il y a toujours des gosses de chez nous qui, dès qu'ils les aperçoivent, viennent prévenir le campement en faisant passer le mot. Certains voyageurs cachent en vitesse ce que les gendarmes ne devraient pas voir. Moi qui ne suis pas en règle avec la loi, à chaque alerte, je m'éclipse en douce. Je laisse Thérèse seule avec Nassim, si les policiers lui posent des questions, elle raconte toujours la même chose : elle vit seule avec son fils, son mari les a abandonnés tous les deux.

Parfois, les gendarmes viennent sur les lieux à la suite de plaintes des habitants des immeubles du quartier contre les voyageurs pour faire partir ces derniers du coin.

Lorsque les gendarmes débarquent sur le terrain vague, ils contrôlent tout le monde, sans résultat. Ils ordonnent aux voyageurs de quitter les lieux, restant sur place jusqu'à ce que tout le monde ait attelé sa caravane à sa voiture et reprenne la route. Quelques fois ils leurs laissent un délai.

Le printemps est là et le soleil donne un peu de gaieté au cœur.

Tous les jours, Nassim va jouer avec les enfants des immeubles en face de notre campement.

Aujourd'hui, comme d'habitude, Thérèse est partie chiner avec Carmen en voiture et je suis avec Nassim.

Dans la matinée, le soleil est pale et Nassim part jouer avec les enfants d'en face, à vingt pas de notre caravane. Quelques temps plus tard, alors que je suis en train de préparer le repas de midi, je vois Nassim qui revient en pleurant. Ses vêtements sont sales mais il ne porte aucune trace de coup sur le visage. Je me baisse à sa hauteur, je le prends par les bras en lui demandant ce qui lui est arrivé. "Papa, papa", me dit-il en me traînant en dehors de la caravane et en me désignant de sa petite main un groupe d'enfants qui jouent sur le parking des immeubles. Il me montre son cou et je m'aperçois qu'il n'a plus sa petite chaîne en or avec son signe du zodiaque, le Sagittaire. Je le questionne :

— Où as tu mis ta chaîne, mon petit ?

Pour toute réponse, il pleure et continue à me montrer le groupe d'enfants. Je sais que je n'en tirerai pas plus de lui, maintenant, il faut que je récupère la chaîne et le pendentif tant qu'il en est encore temps.

Je prends mon gamin par la main et me dirige vers les immeubles. Arrivé au parking je lui demande de me dire quel enfant lui a pris sa chaîne. Il me monte un garçon du doigt, puis un autre, c'est flou. C'est à moi de jouer, sans brusquer les gamins, je jette un coup d'œil circulaire sur eux, je remarque que l'un des enfants me regarde avec crainte. J'insiste du regard et il détourne les yeux vers un autre garçon du groupe qui est appuyé sur l'aile avant d'une voiture. Je réalise que c'est à lui que je dois m'adresser, il semble être le plus dégourdi de la bande, il doit être âgé d'environ dix ans. Il est habillé d'un survêtement, il a une casquette américaine sur la tête qui laisse voir en avant ses cheveux noirs tombants sur son front. Je m'avance dans sa direction, le môme me regarde venir à lui en fronçant les sourcils.

Je plonge la main dans la poche de mon pantalon de jeans, j'en sors un billet de 50 francs et je m'adresse à lui :

— Mon garçon, tu connais mon fils ?

— Oui, il était là tout à l'heure en train de jouer sur le parking.

Je reprends :

— Quelqu'un du groupe lui a pris sa chaîne de cou. Je ne veux pas connaître son nom mais je veux récupérer la chaîne. Tiens voilà 50 francs, tu en fais ce que tu veux avec tes copains, en échange tu me rends la chaîne et le médaillon.

Le môme riposte :

— Ce n'est pas moi Monsieur.

— Je ne t'accuse pas, je ne vous en veux pas.

Je lui tends le billet, il regarde ses copains puis il le prend en me disant :

— Attendez moi, je reviens tout de suite.

Il part en courant vers les bâtiments puis il disparaît à l'intérieur. Quelques minutes plus tard, le môme revient en courant et il me tend sa main ouverte qui contient la chaîne et la médaille du Sagittaire que je replace autour du cou de Nassim.

Je retourne près du groupe d'enfants et leur dis :

— Maintenant, nous avons fait connaissance. Pour cette fois-ci, je n'en veux à aucun d'entre vous mais je ne tolérerai pas une autre fois que l'on profite de la faiblesse de mon fils pour lui voler ce qui lui appartient. J'espère que vous serez gentils avec lui quand il viendra jouer sur le parking.

Le môme qui a ramené la chaîne me répond :

— Dés maintenant, il peut rester au parking, on lui fera pas de mal.

Je prends Nassim par la main et je rentre avec lui à la caravane.

Le jour suivant, Thérèse est restée avec moi et dans l'après-midi, Titi Bec de Lièvre, le mari de la Zoune est venu accompagné de son fils Dadou âgé de vingt ans.

Titi, parlant du nez, s'adresse à Thérèse :

— Je suis venu te faire part du décès de ton parrain Kris.

Thérèse porte ses deux mains sur sa poitrine.

— Le pauvre Kris ne s'est pas remis de la mort de sa femme, il pillavait du mol (il buvait du vin) en trop grande quantité. Titi, où va se passer la veillée du moulo (mort) ?

— La veillée va se dérouler sur la commune du Val d'Argenteuil derrière le terrain désigné où je suis arrêté le long d'une allée municipale. Ses proches parents ont obtenu l'autorisation du maire de la commune de faire la veillée là.

— Titi, dit Thérèse, nous allons tout de suite atteler la caravane derrière l'Estafette puis tu nous conduis à l'endroit de la veillée de mon parrain Kris. Slim n'est pas en règle pour conduire.

Titi est allé voir Zanzi pour lui faire part du décès de Kris. Dadou et moi nous avons attelé la caravane puis j'ai aidé Thérèse à stabiliser les affaires qui risquent de se casser la gueule dans le voyage à cause des secousses de la caravane en marche.

Zanzi, à son tour accroche sa caravane à son G7. Titi s'adresse à son fils :

— Dadou, tu vas rentrer au Val d'Argenteuil avec notre 404, moi je vais conduire l'Estafette de Thérèse.

Il est monté dans l'Estafette, j'ai pris place à ses côtés, à l'avant, Thérèse s'est installée avec Nassim dans la caravane et nous sommes partis en direction du Val d'Argenteuil.

Arrivés là, sur l'allée municipale, derrière le terrain désigné de la commune, nous voyons un bon nombre de voyageurs qui sont venus de tous les coins de France, tous de la famille du défunt Kris. Nous nous trouvons une place parmi eux.

Une fois installés et après avoir remis un peu d'ordre dans la caravane, Thérèse et moi, nous allons rendre visite à Tchavo qui est sur le terrain désigné.

Le père de Thérèse nous accueille chaleureusement.

— Ah mes enfants ! C'est moi qui ai envoyé Titi vous prévenir du décès de Kris qui est survenu hier matin. Aujourd'hui, c'est la veillée du défunt. Venez, nous allons nous joindre au monde sur l'allée municipale.

Thérèse lui dit :

— Attends Tata (père), je vais chez la Zoune pour confier mon fils à sa grande fille Chellie et je reviens.

Elle part avec l'enfant dans les bras, en attendant, Tchavo me verse un verre de vin.

Lorsque Thérèse revient, nous nous rendons au lieu de la veillée. Là, autour d'un grand feu de grosses bûches qui crépitent, il y a des jeunes garçons et filles près d'une tente dressée, occupée par des caisses de bière et de boissons diverses que servent quelques hommes du voyage. Dans une deuxième tente, des femmes font la cuisine. Une grande marmite contient de la soupe chaude que l'on offre aux nouveaux venus.

Les hommes se réunissent par petits groupes, discutant des bons moments ainsi que des coups durs. Les femmes, quant à elles, se regroupent dans les grandes caravanes. Le mort, lui, est placé dans la sienne.

Thérèse est partie rejoindre d'autres femmes, moi, je m'assois près du feu à côté du vieux Tchavo avec d'autres hommes.

Après la veillée, le lendemain matin, la famille du défunt avec d'autres voyageurs, touchés de près; l'ont enterré dans le caveau familial au cimetière de la Seine Saint Denis.

Après les funérailles, les gens du voyage ont raccroché leur caravane à leur voiture et ils ont pris la route vers diverses régions de France.

Nous décidons de rester sur place quelques jours pour être près du père de Thérèse. Nous déplaçons notre caravane sur l'allée municipale à un endroit qui ne gêne pas. Nous somme juste à quelques pas du terrain désigné où est Tchavo ainsi que Titi et sa famille. Là, Thérèse est bien entourée.

Cela fait deux semaines que nous sommes là à ne rien faire et nous mangeons sur nos économies.

Un après-midi du mois d'avril, je me rends à l'Euromarché de la route de Pontoise faire des provisions alimentaires. A l'intérieur du magasin, je pousse mon caddie rempli de ce que j'ai pris dans les rayons lorsque deux jeunes manouches que je connais, Benji et un autre, m'accostent. Le plus jeune a une veste en laine bleue neuve posée sur son épaule, sans aucun signe particulier. Ils m'accompagnent à la caisse où je règle mes achats en prenant des sacs en plastique.

Je mets le ticket dans ma poche et je pousse mon caddie pour ranger mes courses dans les sacs à mon aise. Je vois le jeune ami de Benji qui est derrière moi poser la veste en laine bleue sur la poignée du chariot pour m'aider à ranger mes affaires. Puis il me devance pour sortir du magasin.

Tout à coup, je vois Benji et son jeune ami prendre la fuite à toute vitesse, la veste bleue est restée sur la poignée.

Deux hommes se présentent devant moi, ce sont des gens du service de contrôle qui me demandent mon ticket. Je le sors de ma poche pour le présenter à l'homme qui a parlé en premier et qui semble être le chef-surveillant d'Euromarché. Il l'examine et me fait remarquer que la veste en laine bleue n'y figure pas.

Je lui réponds :

— Mais elle ne m'appartient pas, j'ai rencontré un jeune homme que je connais dans le magasin, il a déposé cette veste sur mon caddie et il a détalé à toutes jambes lorsque nous sommes sortis.

Le chef-surveillant me dit :

— Vous étiez ensemble, vous savez bien qu'il l'a volé dans le rayon vêtements.

— Mais non je ne sais rien, lorsque j'ai rencontré ce jeune homme, il avait déjà cette veste bleue sur son épaule, je ne pouvais pas deviner qu'il l'avait volée. Vous y allez fort avec vos accusations, je vous dis que je suis innocent dans cette affaire.

Les deux hommes me conduisent à leur bureau avec mes sacs en plastique remplis de nourriture, le chef-surveillant porte la veste à la main. Ils me font asseoir et emploient à mon égard leur système accusatoire que je rejette en bloc. Le chef-surveillant appelle la police au téléphone. Dix minutes plus tard, les agents sont là.

Le chef-surveillant raconte les faits au brigadier en précisant que mes deux lascars en fuite étaient des habitués de la maison.

Un des agents me met les menottes aux poignets et je suis escorté jusqu'au fourgon de police, un deuxième agent porte mes sacs de provisions, le brigadier m'ouvre la porte. Avant de monter, je jette un coup d'œil circulaire sur les curieux qui sont autour et j'aperçois Thérèse, debout devant la porte ouverte d'une Ford Mustang au volant de laquelle se trouve Benji. C'est lui qui a donné l'alarme et il est venu avec Thérèse jusqu'à l'Euromarché. Elle me voit, les menottes aux poignets.

Je monte dans le fourgon suivi des deux agents de police, le brigadier s'installe à l'avant près du conducteur qui n'avait pas quitté sa place.

Je suis conduit au commissariat de Sartrouville. Là, on m'enlève les menottes et l'on me place dans une cellule d'attente ; mes sacs à provisions restent dans le bureau du planton.

Je commence à tourner en rond dans la cellule, la rage au ventre de m'être fait serré pour une pécadille. D'autant plus que je n'y suis pour rien. De plus, dans mon cas, les autorités judiciaires ne se basent pas sur les faits mais sur le casier judiciaire, comme le mien est plutôt noir…

C'est malheureux à dire mais ça se passe comme ça devant les tribunaux français, tout homme qui a été condamné une fois dans sa vie et qui est soupçonné d'un délit n'a aucune chance de bénéficier du doute.

Je pense aussi à l'interdiction de séjour à Paris et en région parisienne que j'ai sur le paletot.

Je suis passible d'une peine d'emprisonnement, je me vois déjà au placard, loin de mon gamin. Un ébranlement nerveux m'agite faisant trembler tout mon corps, je me dis qu'il faut trouver un moyen de m'arracher d'ici à tout prix

Le brigadier qui m'a enfermé m'a dit de rester tranquille jusqu'à la venue de l'inspecteur qui devrait arriver d'un moment à l'autre. On ne m'a pas retiré mes cigarettes et je fume sans arrêt.

Je donne des coups sur la porte de la cellule et le planton vient m'ouvrir la lourde.

— S'il vous plaît, lui dis-je, je veux aller aux WC.

Dans ma tête trotte la cavale. Le planton m'accompagne à la porte des WC et reste devant. A l'intérieur du cabinet, je grimpe sur la tinette pour éprouver la solidité de la fenêtre, je jette un coup d'œil, il y a des barreaux à l'extérieur. Je descends de mon perchoir, déçu, pour rejoindre ma cellule, la gorge nouée.

Je reste encore une bonne demi-heure à attendre l'inspecteur qui finit par venir me voir. Il me regarde de haut en bas, moi, je fais le gars craintif, ignorant.

— Monsieur l'inspecteur, laissez-moi rentrer chez moi, j'ai un enfant malade et ma femme est seule sans ressource.

L'inspecteur fait la sourde oreille et me demande de le suivre.

Je suis sans menottes et nous montons ensemble l'escalier qui mène au premier étage. Là, il me fait asseoir dans son bureau puis il me demande mes papiers. Je plonge la main dans ma poche de ma veste et j'en sors maladroitement ma carte d'identité et la dépose, ouverte, sur le bureau près d'une machine à écrire. Il cherche une feuille de papier à enfiler dans la machine pour taper le procès-verbal mais il n'en trouve pas une seule sur son bureau ni dans les tiroirs.

Sans un mot il se lève et sort de la pièce, laissant la porte ouverte, pour aller au bureau d'en face. Je me retrouve seul, mon cœur commence à battre plus vite qu'à l'ordinaire, je me lève d'un bond et je me dirige vers la fenêtre. Je l'ouvre en regardant vers le bas, c'est la cour du commissariat, il commence à faire nuit. Avec hâte, je saute, j'atterris sur mes pieds, accroupi. Je grimpe immédiatement sur le grillage de clôture et je saute dans la rue, je me mets à courir comme un fou.

Je suis devant la barrière d'une villa que je saute, je me trouve dans un jardin que je traverse en courant pour atteindre une autre rue. Il fait nuit, je ne connais pas le patelin et je cours au hasard. J'arrive devant le parking de la gare de Sartrouville vers laquelle j'avance prudemment, tous mes sens sont en alerte, je regarde de tous les côtés.

A un moment, je vois venir dans ma direction, deux hommes en civil, je ne cherche pas à savoir qui ils sont, je fais demi-tour à grands pas. En jetant un coup d'œil derrière moi, je m'aperçois qu'ils me suivent, ce sont bien des inspecteurs de police qui m'ont pris en chasse. Ils activent leur allure, d'un seul coup je démarre comme un bolide, je cours comme un damné qui a le feu au derrière. Les deux flics se sont mis à courir aussi.

Je prends des ruelles sans savoir où elles me conduisent, j'arrête ma course à proximité d'une caserne de pompiers, je suis épuisé mais je ne veux pas me laisser prendre maintenant. Il fait nuit noire et je me planque contre la porte d'un immeuble pour me reposer un moment.

Le temps de reprendre mon souffle et je repars le long de la caserne en marchant. Je me trouve nez à nez avec une voiture de police, le chauffeur a ralenti et les occupants regardent dans ma direction à la lumière d'un réverbère du trottoir d'en face. Je fais comme si j'étais un passant ordinaire mais à l'intérieur de moi, mon cœur bat la chamade. La voiture de police qui montait la rue alors que je la descendais fait quelques mètres puis elle fait demi-tour. A ce moment-là, je fonce devant moi et je prends le premier tournant de la rue au sprint, je cours avec toutes les forces de mes tripes. Je tourne à chaque carrefour qui se présente à moi et j'entends toujours le bruit du moteur de la voiture qui me poursuit. J'ai peur d'être repris.

Dans une rue bordée de villas, je pénètre dans le jardin de l'une d'elle et je me cache derrière un amas de bûches sûrement destinées à la cheminée.

J'entends le bruit du moteur de la voiture de police qui s'éloigne.

Je reste derrière mon tas de bois jusqu'au petit matin, tout est calme dans la rue, dans la villa aussi, j'en déduis qu'elle n'est pas habitée en ce moment.

Je quitte ma cachette et enjambe la clôture pour me retrouver dans la rue déserte, pas un chat alentour, puis je vais au hasard, empruntant les plus petites rues possibles pour éviter les mauvaises rencontres.

Arrivé devant un petit immeuble, je pénètre dans la cour pour chercher un véhicule à deux roues. Je trouve un vélo de femme et je l'emprunte.

Je roule à l'instinct jusqu'à ce que je tombe sur un panneau indiquant la direction d'Argenteuil. Je sens un réconfort qui fortifie mon courage, je pédale de plus en plus fort jusqu'à ce que j'arrive sur l'allée municipale, devant ma caravane. Je pose le vélo et je frappe à la porte en appelant Thérèse. La porte s'ouvre et Thérèse apparaît accompagnée de Chellie, sa nièce, la fille de La Zoune, qui se tient derrière sa tante, les cheveux en désordre, toute habillée. Elle avait dormi avec ses fringues.

Thérèse me dit :

— Ma nièce Chellie a dormi près de moi. J'étais très angoissée de rester seule avec Nassim. J'ai prié toute la nuit pour que le Baro dével (Dieu) te vienne en aide. C'est grâce à lui que nous sommes de nouveau réunis.

— Thérèse dit Chellie, maintenant que Slim est de retour je rentre chez moi pour annoncer la bonne nouvelle à mes parents.

Elle s'est donné un coup de brosse et elle est rentrée chez elle.

Moi, je suis très fatigué mais la joie de me retrouver parmi les miens a chassée toute envie de dormir.

Je fais ma toilette puis je déguste un café noir avec une blonde lorsque Tchavo, le père de Thérèse, et Titi Bec de Lièvre viennent me voir.

Tchavo prends la parole :

— Slim, je suis heureux que tu sois de retour, les gardés (les policiers) t'ont laissé partir.

— Non, je me suis nachavé (sauvé) du commissariat de Sartrouville.

Tchavo me félicite :

— Slim, tu es vaillant mon garçon mais je te conseille de partir tout de suite du coin. Accroche ta caravane à l'Estafette et pars avec ta petite famille.

Titi me fait une proposition :

— Slim, je vais te conduire sur un terrain vague occupé par des gitans espagnols, à Saint Gratien, tu seras bien tranquille là-bas.

Je suis d'accord, ils m'aident tous les deux à atteler la caravane et Titi nous emmène à Saint Gratien.

Là, nous nous installons un peu à l'écart des gitans espagnols.

La terre est noire à cause des fuites d'huile des moteurs et à la suite de réparations ; ils font tout sur place. Cela prouve que le groupe de gitans est là depuis longtemps.

Quelques jours plus tard je fais "copain-copain" avec eux. D'ailleurs j'avais vendu ma vieille caravane Sterckman à un jeune couple de gitans espagnols.

Cela fait déjà cinq semaines que je suis à Saint Gratien lorsque, par un après-midi ensoleillé, je reçois la visite de Mino, le jeune frère de Thérèse. Il est venu annoncer à sa sœur que leur frère Paulo qui est installé à Lille, dans le Nord, a fait un infarctus, c'est Giselle, sa femme, qui a averti Tchavo par téléphone.

Thérèse questionne Mino :

— Depuis, personne ne s'est déplacé pour le voir ?

— Pas à ma connaissance, répond Mino.

— Nous allons faire la route avec Slim et Nassim jusqu'à Lille, dit Thérèse.

Elle parvient à convaincre Mino de venir avec nous. C'est lui qui prend le volant de l'Estafette, tractant la caravane, sur l'autoroute du Nord.

En conduisant, Mino s'adresse à moi :

— Slim, mon frère Paulo est un homme rangé, il fait du commerce sur les marchés de Lille en revendant des draps et des tapis. Il travaille avec sa femme Giselle et il fait en même temps l'empailleur de chaises. Il a une santé fragile.

Une fois à Lille, Mino nous conduit à l'angle de la rue de Nice en face d'immeubles d'habitation ouvrière, sur un espace libre.

La caravane de Paulo est installée près d'une Range Rover bleu gris, nous nous arrêtons à ses côtés. Deux enfants sont dehors et dès qu'ils voient Mino, ils entrent dans la caravane pour ressortir quelques secondes plus tard accompagnés de leur mère.

— Alors Giselle, dit Mino, tu ne t'attendais pas à nous voir si tôt.

Giselle nous reçoit à bras ouverts.

— La famille est toujours la bienvenue chez moi.

Il est trop tard pour que nous allions à l'hôpital visiter Paulo ce soir. Nous dînons en famille avec Giselle et ses enfants.

Le lendemain dans la journée, nous allons en voiture au Centre Hospitalier Régional de Lille où Paulo est en observation médicale et il va sortir d'un jour à l'autre. Nous revenons le lendemain puis Paulo est rentré chez lui avec un traitement à suivre.

Pendant mon séjour à Lille, je passe mon temps à faire les bistrots avec Mino.

Cela fait une semaine que je mène cette vie nocturne dans les bars de Lille lorsqu'un soir, Mino a une altercation avec son voisin de comptoir, un client maghrébin. Celui-ci a élevé la voix et a craché des mots injurieux à l'égard de Mino.

Mino, avec la rapidité d'un félin, empoigne un verre et l'enfonce sur la gueule du maghrébin. Il a la lèvre fendue par le verre cassé, le sang pisse sur son menton. Tout de suite, je me suis mis en travers, je maintiens le bras de Mino, je vois que le patron du bar prend son téléphone pour appeler la police.

— Mino, viens on se nachave (sauve) tout de suite.

Nous sortons vite fait du bar pour aller à l'Estafette et nous sommes rentés au campement de Paulo. Là, toute la famille est réunie et Thérèse me dit :

— Ce jour est béni, vous rentrez plus tôt que d'habitude, Slim, d'où vient le sang que tu as sur ta chemise ?

Je n'y avais pas fait attention, effectivement il y a du sang sur ma manche, je l'ai récolté en me mettant entre le blessé et Mino.

C'est Mino qui répond à Thérèse :

— C'est à la suite d'un coup que j'ai porté à un kalo (un arabe). Je lui ai pété la gueule avec un verre de bière.

Thérèse intervient :

— Il faut éviter tout ennui à Paulo et sa famille, demain matin, nous rentrons sur la région parisienne.

Le lendemain matin, comme convenu, nous faisons nos adieux à Paulo et Giselle qui nous font cadeau de deux paires de draps neufs et nous reprenons la route avec notre caravane, tractée par l'Estafette conduite par Mino.

Après quelques heures d'autoroute, nous arrivons à Garges les Gonesses où nous nous garons près de chez Zanzi. Là, nous sommes entourés par les enfants et Rosa nous invite à monter chez elle pour prendre un café. Elle est en train de préparer le repas de midi.

Mino ouvre la conversation en donnant des nouvelles de la santé de Paulo et de sa famille. Puis il raconte en détail la bagarre qu'il a eue avec le Maghrébin au bar du vieux quartier de Lille.

Plus tard, lorsque le repas de midi est prêt, Rosa ne nous laisse pas partir et nous déjeunons ensemble.

Ensuite, Mino est rentré au Val d'Argenteuil et nous avons regagné notre caravane.

Depuis notre retour à Garges les Gonesses, Thérèse ne bouge pas de là, elle s'occupe de son foyer. Moi, pour vivre, j'achète des objets à certains voyageurs qui me connaissent puis je les revends à Paris chez mon receleur.

Un après-midi ensoleillé, Zanzi m'invite à aller boire un coup avec lui à Stains dans un bistrot de la rue Charbonnier dont il est habitué. Nous y sommes allés en fourgon. Nous avons retrouvé là deux voyageurs accoudés au comptoir et nous avons discuté ensemble en vidant des bières les unes après les autres. L'alcool monte à la tête, ils évoquent des souvenirs de bagarres entre familles de voyageurs. Presque toutes avaient comme origine l'excès d'alcool. Je vois le moment où ils vont sortir leur serpette, avec le coup dans la caboche qu'ils ont. A chaque fois que je fais la tournée des bistrots avec eux je ne m'aventure pas sans mon calibre.

La nuit tombe et nous sommes éméchés tous les quatre. Zanzi et moi décidons de rentrer au bercail en laissant les autres au bistrot.

Arrivés à Garges, nous nous séparons devant nos caravanes.

Chez moi, je trouve Thérèse dans tous ses états, elle

semble démente. Elle jure méchamment, toute seule, en manouche.

Je la questionne :

— Qu'est ce qui t'a poussée à être si excitée ?

— Avant que tu n'arrives, Rosa était ici et j'ai eu un sérieux coup de gueule avec elle car elle m'a fait des remarques sur ma vie sentimentale en faisant allusion à toi. Ses paroles m'ont choquée et m'ont amenée à être très désagréable et si je ne m'étais pas retenue par respect pour mon frère Zanzi, je lui aurais volé dans les plumes. Slim, il ne faut pas que l'on reste près de chez eux, il faut déplacer notre caravane car la prochaine fois, j'ai peur de ne pas me contrôler.

Le lendemain nous nous sommes installés à deux kilomètres de chez Zanzi.

J'ai trouvé un emplacement pour la caravane et l'Estafette à proximité d'un grand terrain clôturé où il y a une maisonnette contenant des matériaux de construction de bâtiment et où des poules picorent. Pas de propriétaire en vue.

Le premier week-end depuis que nous sommes là, je goûte la chaleur du soleil avec Nassim, assis sur l'herbe devant la caravane lorsque le propriétaire de la maisonnette s'est présenté à moi. C'est un homme entre deux âges de type portugais.

— Bonjour Monsieur, me dit-il, c'est votre caravane ?

— Oui, je pense qu'elle ne gêne pas le passage.

— Pour l'instant, répond-il, vous ne dérangez personne mais à condition de garder les environs propres. Tout dépend de votre comportement. Moi et ma famille, nous ne venons que le week-end, si vous souhaitez rester, je n'ai rien contre. Allez, bonne journée !

Le coin est tranquille, la fontaine municipale est tout prêt et je tiens à rester là, je ferai le nécessaire pour que l'endroit reste propre et je serai tranquille.

Les jours suivants, un début d'après-midi, alors que je fais la sieste dans la caravane, Nassim monte sur le lit et me tombe dessus. Je me réveille et je commence à jouer avec lui en le chatouillant. A un moment où je lui empoigne l'épaule il se met à pleurer en essayant de se dérober. Je lâche prise, je me lève, je fais descendre Nassim du lit et je retire sa chemise. Il porte une marque de morsure bleuie sur l'épaule droite.

Sur le champ, j'appelle sa mère qui est en tain de laver du linge et elle arrive les mains encore pleines d'eau savonneuse.

Je lui montre l'épaule de Nassim en lui demandant :

— C'est toi qui a fait cette marque sur l'épaule du petit ?

Elle me répond d'une voix remplie de colère :

— Ton tikno est un petit shpoukelène (ton enfant est un petit diable), il ne m'écoute pas, il me rend folle par moment et il n'a que ce qu'il mérite.

Sur un coup de nerfs, je lui envoie ma main en plein visage puis un coup de pied au bas-ventre. Plusieurs fois, j'avais vu des bleus sur le corps de Nassim et Thérèse me racontait des salades que je gobais. Aujourd'hui, elle ne peut pas se débiner, la marque du dentier vient d'un adulte.

Thérèse pleure sous le choc des coups reçus puis elle essuie ses larmes avec son tablier, elle se tourne vers moi et me dit d'une voix blanche et plaintive :

— Toi, tu ne vois que ton fils Nassim et personne d'autre, Nassim par ci, Nassim par là. J'ai l'impression que je n'existe pas à tes yeux. Je vous hais tous les deux comme je hais cette vie laide que je mène.

Et elle repart à sa lessive.

Après son départ, je pense à ce qui vient de se passer. Elle est jalouse de l'amour que je porte à Nassim, pourtant il est aussi son fils. Elle voudrait que je sois totalement dévoué à sa personne, c'est du pur égoïsme. C'est par jalousie qu'elle se venge sur Nassim en lui donnant de sévères corrections à la moindre occasion.

Thérèse me boude toute la sainte soirée, elle ne m'adresse pas un mot. Elle m'a servi le dîner ainsi qu'à Nassim, bouche cousue. Au moment où je sens la fatigue me peser, je me mets au lit, elle s'installe la tête à l'opposé de la mienne, elle fait bande à part.

Le lendemain matin, Thérèse se lève de bonne heure et dès qu'elle a terminé sa toilette, je la vois, à moitié réveillé dans le lit, prendre le couffin et sortir de la caravane. Je ne sais pas ce qu'elle a mis dans le couffin.

Je reste sous les draps un bon moment puis je me lève à mon tour. Ne voyant pas Thérèse revenir, je prépare le petit déjeuner. Nassim se réveille, je lui fais sa toilette et j'arrange le lit. Nous mangeons tous les deux puis Nassim sort jouer dehors.

Seul dans la caravane, je fais un peu de ménage et en jetant un coup d'œil dans le placard de la chambre je m'aperçois que les bijoux que nous avions cachés là pour les coups durs avaient tous disparus. Une colère rouge me saisit, je traite Thérèse de tous les noms et maudis le jour où je l'ai connue, j'aurais mieux fait de me casser une jambe.

Je pense à me rendre chez Zanzi à qui j'explique la situation :

— Depuis ce matin, Thérèse est partie et n'a pas donné de signe de vie. Hier soir, nous avons eu une dispute comme tous les ménages du monde.

Zanzi essaie de me rassurer :

— Ne t'inquiète pas trop, elle est partie sur un coup de tête et elle va revenir car elle sait que tu es seul avec ton enfant.

— C'est qu'elle a emporté avec elle tous nos bijoux et une somme d'argent, lui dis-je.

Zanzi pense qu'elle est allée chez son père au Val d'Argenteuil. Je rentre chez moi, le cœur lourd.

Le deuxième jour après son départ, toujours pas de nouvelle de Thérèse. J'en déduis qu'elle avait prévu son coup depuis longtemps. C'est une femme-enfant, elle aime jouir de son indépendance. Elle n'aime pas respirer toujours le même air du même foyer ni avoir de responsabilités, elle veut vivre à sa guise sans voir le lendemain.

Je suis seul avec mon gamin avec un peu d'argent en poche.

Dans le coin, tous les voyageurs sont au courant du départ de Thérèse et aucun d'entre eux n'est venu me proposer de l'aide pour garder mon fils si j'en avais besoin. Il n'y a que Poli qui vient me voir tous les jours.

Depuis des nuits, je ne dors pas beaucoup, je réfléchis au sort de mon gamin qui a aujourd'hui 30 mois et moi j'ai la trique sur le dos. S'il m'arrive quelque chose de fâcheux, Nassim sera confié à la D.A.S.S.

Le seul moyen d'épargner mon fils du malheur serait de lui trouver un refuge et le seul possible à mes yeux serait chez mes parents, mais je dois faire le voyage jusqu'à Oran. Moi, je suis démuni de toute pièce d'identité. Ma dernière carte d'identité française est restée au commissariat de Sartrouville lors de ma fuite. Aujourd'hui, pour faire le voyage à Oran, il me faut un passeport algérien. Pour cela, je vais faire appel à mon ami Kadda qui travaille à l'ambassade d'Algérie. Dès que j'aurai obtenu ce passeport, je vends la caravane et l'Estafette et je quitte le territoire français avec mon gamin.

Cela fait deux semaines que Thérèse est partie et je n'ai pas fait grand chose depuis. Je vis sur le peu d'économie qu'il me reste et je commence à toucher le fond.

Par une chaude journée de juillet, je suis à l'intérieur de ma caravane à préparer le goûter de mon fils lorsqu'une voiture, une 205 Peugeot, se gare tout près. Poli, le cousin de Thérèse en descend et il reste au bas de la porte.

Je l'appelle :

— Poli, entre, ne reste pas planté comme une sentinelle.

Il monte à l'intérieur en traînant les pieds et s'assoit en prenant une cigarette dans mon paquet, il la coince ente ses lèvres, l'allume avec mon briquet, envoie une bouffée en l'air et me dit :

— Slim, la 205 Peugeot que tu vois dehors est à moi, je l'ai achetée à un gadjo qui habite dans les immeubles de Garges les Gonesses. J'ai les papiers de vente et la carte grise barrée.

Ils les sort d'une poche arrière de son pantalon de jeans.

— Tiens Slim, jette un œil.

Je prends les papiers que je regarde, tout est OK, je lève les yeux sur Poli.

— Tu n'as pas encore ton permis de conduire !

Il me répond :

— J'ai payé cette voiture avec mon oseille, je la conduirai tout le temps que je pourrai. Parlons d'autre chose, j'ai sur moi un peu de senekaille (bijoux).

Je lui propose de les lui vendre à quelqu'un que je connais.

— Viens, me dit Poli, on y va tout de suite, je te conduis avec ma voiture jusqu'où tu veux aller à Paris.

Je reste muet, à réfléchir à cette proposition. La tentation est forte, j'ai besoin d'argent en ce moment et si je lui vends ses bijoux je prendrai un petit pourcentage. Comme je ne réponds pas, Poli enchaîne :

— Je pense que tu as traache (peur) de monter dans ma voiture pour aller à Paname.

Là, il me pique dans mon orgueil d'homme.

— Tu sais mon brave Poli, toute ma putain de vie, j'ai joué le risque-tout. Bon, ça va, on y va tout de suite mais avant, il faut que je confie Nassim.

Je me rends à la caravane de Zanzi où je demande à Rosa de garder Nassim, ce qu'elle accepte. Je rejoins Poli et nous partons tous les deux pour Paris.

Poli prend le périphérique jusqu'à la porte de la Chapelle et de là, je lui indique la route à prendre pour aller rue François Miron.

Poli gare la 205 près du bistrot où se trouve mon ami Maurice. Avant de descendre de la voiture, je demande à Poli de me confier les bijoux. Il me les passe et je les mets dans la poche de mon pantalon. Nous descendons tous les deux pour entrer dans le bar.

Maurice est au comptoir avec un verre d'apéritif, je vais

vers lui et je m'installe à ses côtés avec Poli, nous nous serrons la pogne. Maurice nous invite à boire un coup, puis je lui dis que j'ai des bijoux à vendre.

Selon le rituel, nous nous rendons tous les deux dans la cuisine pour qu'il puisse les examiner tranquillement. Il m'en propose un prix correct et il m'allonge la somme tout de suite. Je compte les billets, j'en mets quelques uns de côté pour ma commission et nous sortons pour rejoindre Poli resté au comptoir.

Je vide un verre d'apéritif et je prends congé de Maurice.

A la sortie du bar, je remets la somme d'argent à Poli pour ses bijoux, il en est content et nous remontons dans la 205.

Poli démarre et prend la direction pour rentrer au bercail, sur le boulevard Magenta, il me dit :

— Slim, on est en début de semaine, je dois passer au marché aux puces de Montreuil voir mon oncle, il vend des draps. Je lui dois de l'argent et si je ne lui rend pas maintenant je vais claquer toute l'oseille que j'ai gagné, je me connais, je suis très dépensier.

— D'accord, lui dis-je, faisons un saut chez ton oncle, va tout droit jusqu'à la porte de Cligancourt et nous allons prendre le périphérique vers la porte de Montreuil.

Sur le périphérique, Poli appuie sur le champignon, la voiture roule à fond la caisse et nous doublons pas mal de véhicules. A un moment, en regardant dans le rétroviseur, j'aperçois une voiture de police qui nous suit et qui a mis en route son signal lumineux et son klaxon. Poli a vu la même chose que moi, il conduit le visage crispé, la 205 est à son maximum. Moi, je n'ouvre pas la bouche de peur de le déconcentrer.

A l'instant où Poli voit le panneau de la sortie de Montreuil, Poli freine brusquement, la voiture tourne sur elle-même devant la bretelle de sortie, il donne un coup de volant sec et appuie sur l'accélérateur. La 205 repart comme un bolide mais nous n'avons pas semé les flics, ils récupèrent même du terrain sur nous. Nous prenons la première rue à droite de Montreuil. Au feu rouge il y a un camion de bière et un autre véhicule arrêtés. Poli fonce pour essayer de passer ente les deux. L'aile avant du coté conducteur est arrachée comme une feuille, la voiture continue sa course puis le moteur se grippe.

Elle s'est arrêtée devant le stade de Montreuil, nous descendons vite fait, chacun de notre côté, Poli a la jambe blessée, il fait quelques pas difficilement et me dit :

— Sauve-toi vite avant qu'ils n'arrivent.

Je saute au-dessus du grillage du stade, j'accroche mon pantalon sur le fil de fer barbelé qui se trouve en haut du grillage. Le tissu est déchiré au niveau des fesses. Je traverse le stade en courant pour escalader l'autre clôture. Me voilà près du marché aux puces. J'enlève ma veste dont je noue les manches autour de la taille et je me mêle à la foule des puces.

Je trouve un taxi prés de la station de métro Porte de Montreuil et je rentre à Garges les Gonesses.

Arrivé à ma caravane, je change de pantalon et je vais chercher Nassim chez Rosa puis je retourne chez moi.

Le soir, après dîner, je regarde la télévision et mon esprit est préoccupé par la poursuite de police et le carambolage. Cette fois-ci, je m'en suis bien sorti mais c'est la première et la dernière fois que je me hasarde de la sorte.

Avant toute chose, il faut que je place mon gamin loin de toute nuisance et que j'organise notre départ pour Oran.

En premier je dois obtenir un passeport, ensuite je vends la caravane, l'Estafette et le moteur dynamo-électrique. Je décide d'aller voir, dès demain, mon ami Kadda à l'ambassade d'Algérie, rue d'Argentine.

J'ai connu Kadda dans les années 1975 au salon de coiffure de la rue de la Goutte d'Or dont je suis un client attitré. Plus tard, nous sommes devenus intimes et j'étais intervenu auprès de lui pour un compatriote qui avait des problèmes avec la police. Il lui avait procuré un laissez-passer qui lui servait juste pour la douane d'Orly. Dans l'avion il le faisait disparaître et à son arrivée en Algérie, il présentait son vrai passeport aux douaniers algériens.

Le lendemain, dans la journée, j'étais prêt à partir avec mon fils lorsque Poli est arrivé. Il marche en boitant de la jambe gauche.

— Alors veinard, lui dis-je, comment t'en es tu sorti avec la police ?

— Au moment où tu as passé le grillage, la voiture de police s'est arrêtée à ma hauteur. Sur le coup, les flics m'ont traité comme un grand sakesso (truand), ils m'ont fait plaquer les mains sur le capot de ma 205, les jambes écartées. Ils m'ont fouillé ainsi que l'intérieur de la voiture sans rien trouver de spécial. Ils ont poussé la 205 sur le trottoir et ils m'ont emmené au commissariat du 20ème arrondissement. Ils ont pu vérifier que ma voiture n'était pas volée. Les flics m'ont demandé le nom du deuxième passager, je leur ai donné un nom bidon qui m'est passé par la tête. Alors je vais être poursuivi pour trois délits : défaut de permis de conduire, d'assurance et excès de vitesse. Ils m'ont refiché en attendant ma comparution devant le tribunal de police. La voiture est bonne pour la ferraille, ma jambe n'est pas cassée, juste une large coupure sur le genoux.

Poli relève la jambe de son pantalon pour me monter le pansement autour de son genou.

Nous avons bu un café ensemble puis nous nous sommes séparés.

Avec Nassim, j'ai pris le train pour Paris puis un taxi pour me rendre rue d'Argenteuil. Là, je me poste devant la sortie de l'ambassade d'Algérie. C'est l'heure du déjeuner, les fonctionnaires commencent à sortir de l'immeuble et j'aperçois Kadda accompagné d'un collègue de travail. Dès qu'il me voit avec mon fils, il vient vers moi, laissant son collègue. Nous échangeons une poignée de main et je lui dis :

— Kadda, je suis venu t'attendre à la sortie de l'ambassade pour être sûr de te rencontrer. En ce moment j'ai drôlement besoin de ton aide.

Kadda pose sa main sur mon épaule.

— Viens nous allons discuter tranquillement autour d'un bon repas.

Et Kadda m'a conduit à un restaurant de la rue Victor Hugo dans le 16ème. Là, nous commandons trois plats du jour, une bouteille de vin rouge et un quart Vittel pour Nassim. Nous commençons notre repas et j'entame la conversation :

— Kadda, ces temps-ci, je souhaite faire un petit voyage en Algérie avec mon fils et j'ai besoin d'un passeport.

— Je te préviens tout de suite, me répond Kadda, je ne peux pas t'obtenir un passeport vierge, par contre je peux te fournir un passeport périmé mais ne t'inquiète pas, j'y mettrai un cachet de renouvellement pour trois mois. Tu auras le temps de faire le voyage avec ton fils sans crainte. A la première occasion, j'irai aux archives où se trouvent les passeports périmés, je vais t'en chercher un sur mesure. Demain, je te le ramène sans faute ici même à l'heure de midi.

— Il me faudrait aussi une fiche familiale au même nom que le passeport.

— C'est faisable, à demain.

Kadda repart à son travail, moi, je reste un moment à table avec Nassim qui mange un dessert : une bonne part de tarte, pendant que je bois un café noir. Je règle l'addition et nous quittons le restaurant.

Nous marchons tous les deux sur l'avenue Victor Hugo, Nassim a du mal à marcher avec toute la bouffe qu'il s'est enfilé.

J'appelle un taxi pour nous reconduire à la Gare du Nord où nous prenons le train pour Sarcelles Centre. Dans la gare, je fais faire des photos à mon fils au photomaton. Pour moi, il me reste deux photos de l'année dernière, ça ira bien pour le passeport que me remettra Kadda.

A la sortie de la gare de Sarcelles, je porte Nassim sur mes épaules pour rentrer.

Dans la caravane, je couche mon fils qui sombre immédiatement dans le sommeil. Je le laisse sur le lit pour aller faire quelques provisions au supermarché de la Dame Blanche à Garges les Gonesses. Après avoir fait mes courses, je ressors avec un sac en plastique plein et je vais m'acheter des cigarettes au bar-tabac.

Dès que je franchis le seuil de la porte, j'aperçois Zanzi, de dos, appuyé au comptoir, je vais d'abord prendre une cartouche de cigarettes blondes puis je vais près de lui. Il est au Ricard, je commande deux verres d'apéritif que le barman nous sert et je lui dis :

— Zanzi, j'ai l'intention de vendre ma caravane et l'Estafette ainsi que mon groupe dynamo-électrique, lance le mot dans ton entourage.

— D'accord, je vais le dire aux gens que je connais. Tu vends le tout pour aller habiter dans une maison ?

— Oui, c'est ça, lui dis-je.

Je ne veux pas lui dévoiler mes projets. Nous trinquons ensemble et je le laisse là pour retrouver Nassim.

Il dort toujours, je fais cuire le dîner du soir tout en regardant la télévision. Mon fils se réveille et il s'installe sur mes genoux. Tard le soir nous mangeons en tête à tête puis nous sortons pour profiter de la fraîcheur du soir.

Le lendemain matin, nous repartons à Paris, au restaurant de la rue Victor Hugo où j'ai rendez-vous avec Kadda.

Je suis un peu en avance et je préviens le garçon que j'attends quelqu'un pour déjeuner en lui commandant un apéritif et un ballon de Vittel-grenadine.

Kadda fait son entrée et se dirige immédiatement vers nous, je commande un autre apéritif pour lui. Il s'installe à notre table et me tend une enveloppe que j'ouvre tout de suite. Elle contient le passeport algérien, j'y jette un œil. La photo montre un homme brun aux yeux noirs, au front dégarni et avec des cheveux courts. Il est âgé de 32 ans, de taille moyenne. Sa taille correspond à la mienne, pour l'âge, ça peut aller.

Kadda me dit :

— Slim, je n'ai pas encore apposé le cachet de renouvellement de trois mois, avant, il faut que tu mettes ta photo et celle de ton fils. Au cas où le passeport serait endommagé en changeant la photo, je t'en trouverai un autre.

— Ne te casse pas la tête, je vais le confier à une personne qui connaît bien son boulot. Demain, je reviens avec le passeport falsifié proprement.

Je mets l'enveloppe dans la poche de ma veste de cuir et nous déjeunons tous les trois. A la fin du repas, après un digestif, Kadda se lève.

— Slim, je me sauve maintenant, à demain, même heure, même endroit.

Je règle l'addition. A chaque fois, je suis obligé d'insister auprès de Kadda pour qu'il me laisse payer. Mon fils a besoin d'aller aux toilettes, je l'y conduis en en profitant pour le débarbouiller un peu.

Ensuite, nous sommes allés, en taxi, voir Maurice, rue François Miron.

Le receleur est au comptoir, nous nous serrons la pince puis il soulève Nassim pour l'embrasser sur les deux joues et en le reposant au sol, il lui offre un billet de banque qu'il glisse dans sa poche.

Je commande un café noir pour moi, un Vittel-grenadine pour Nassim et un Anis Gras pour Maurice à qui je dis :

— Cette fois-ci, je viens te voir pour que tu me rendes un petit service : faire retirer une photo sur un passeport afin d'y mettre la mienne et également de river la photo de mon gamin. C'est urgent, il faudrait que ce soit fait aujourd'hui.

Maurice me donne une tape amicale sur l'épaule.

— Donne-moi ton passeport avec les photos, je vais te régler ça en peu de temps comme tu le souhaites.

Je lui donne le tout dans l'enveloppe, il y jette un œil puis me dit :

— Attends-moi ici.

Et il se déplace vers la salle du bar où il rejoint un bonhomme chétif qui ressemble à un jockey et qui est assis seul à une table. Maurice se penche vers lui pour parler puis lui remet l'enveloppe. Le jockey se lève et s'en va illico. Maurice revient au comptoir, en me demandant d'attendre le retour du jockey.

Nassim ne tient pas en place, il va partout dans le bar, tantôt derrière le comptoir, tantôt à faire le tour de la salle.

Une bonne demi-heure plus tard, le jockey est de retour, il vient voir Maurice et lui remet l'enveloppe qui contient le passeport avant de retourner à une table.

Maurice, sans regarder dans l'enveloppe, me la tend. Je la prends de la main de mon ami pour regarder le travail. On dirait les photos d'origine, c'est du boulot de professionnel. Je lève la tête vers mon ami en lui demandant combien je lui dois.

— Slim, tu rigoles ou quoi, c'est un plaisir de pouvoir te rendre ce service. Regarde ton gamin, il a les yeux qui se ferment à moitié, il est fatigué avec la virée qu'il s'est tapée dans le bar. Tu devrais le ramener chez toi.

J'appelle le barman pour l'addition, Maurice se tourne vers lui.

— Tu mets tout ça sur mon compte. C'est bon Slim.

Je prends congé de lui en portant mon fils dans mes bras pour reprendre la route vers chez moi.

Nassim a dormi pendant presque tout le trajet et à peine arrivé, je le couche pour préparer le dîner. Pendant la cuisson de notre repas, j'en profite pour faire un peu de ménage dans la caravane.

Au moment où je m'apprête à servir à manger, je vois Poli arriver, il s'assoit et nous dînons ensemble. Lorsque nous avons terminé, je vais chercher une bouteille de Whisky dans le placard et j'en verse dans deux verres pour trinquer avec Poli.

J'ai plusieurs autres bouteilles d'alcool ici. C'était Thérèse qui les ramenait du supermarché du coin lorsque nous vivions encore en commun. A chaque fois qu'elle allait faire les courses elle chouravait une bouteille. Elle avait une manière bien à elle pour la planquer : elle prenait la bouteille d'une main en soulevant sa jupe de l'autre et elle la coinçait entre ses cuisses à hauteur de son slip puis elle rabattait sa jupe aussi vite qu'elle l'avait soulevée.

Poli est resté avec moi pendant une bonne heure puis il s'est levé et m'a dit au revoir.

Je reste seul à siroter le Whisky, verre après verre.

Ce soir-là, j'ai forcé sur la dose et j'étais éméché en me couchant à côté de mon fils. Tous les soirs Nassim dort entre mes bras. D'ailleurs nous faisons tout ensemble, je l'emmène partout, nous sommes devenus inséparables depuis que Thérèse est partie.

Le lendemain matin, c'est Nassim qui me réveille, nous nous sommes préparés tous les deux pour aller à Paris remettre le passeport à Kadda.

Au restaurant de l'avenue Victor Hugo, le serveur commence à nous connaître. Nous attendons Kadda en buvant un apéritif et un jus d'orange. Lorsqu'il arrive je lui montre le passeport, il me dit :

— Bravo, c'est du travail bien fait, on dirait qu'il n'est pas falsifié. Je vais le prendre avec moi pour apposer le cachet de renouvellement de trois mois et je te fournirai une notification de fiche familiale au même nom que celui du passeport. Tu peux être tranquille, je ferai le nécessaire pour que tu ne sois pas embêté aux frontières.

Nous déjeunons ensemble puis Kadda retourne à son travail en me disant :

— Dans une heure j'aurai réglé l'affaire, toi et ton fils, vous allez me rejoindre à l'ambassade. Tu te présenteras à la réception pour venir me voir à mon bureau, je laisserai la consigne au fonctionnaire qui s'occupe de l'accueil.

Il s'en va et quelques temps plus tard je me lève de table, Nassim m'imite, je le prends par la main et nous allons au bar du restaurant. J'installe mon gamin sur un tabouret et je me plante, debout à ses côtés. J'allume une cigarette en buvant un café et je me mets à rêver à l'Algérie de mon enfance jusqu'à ce qu'une heure se soit écoulée.

A l'ambassade d'Algérie, rue d'Argentine, je vais directement voir le fonctionnaire de la réception demander le bureau de Mr Kadda. Le réceptionniste me répond :

— Je suis avisé de votre venue, prenez l'escalier jusqu'au premier étage et le bureau de Mr Kadda est à la deuxième porte à gauche.

Je le remercie et nous montons, Nassim et moi. Je frappe deux petits coups à la deuxième porte à gauche du premier étage et Kadda me fait entrer. Nous nous installons à son bureau, il sort un classeur d'un tiroir qu'il ouvre devant lui. Il en sort un passeport avec la notification de la fiche familiale.

— Tiens, me dit-il, tout est en règle et garde les bien sur toi.

Je regarde les documents, le passeport porte bien le cachet de renouvellement, la fiche familiale stipule que je suis marié à une femme algérienne et que mon fils est né en Algérie. Je range précieusement le tout dans la poche de ma veste.

Je regarde bien en face mon ami Kadda mais je ne trouve pas les mots pour lui montrer combien je lui suis reconnaissant.

Je parviens à lui dire :

— Je te suis redevable éternellement.

— Slim, j'ai pris ce risque au nom de la grande estime que j'ai pour toi. Surtout, sois très discret car si, par hasard, j'étais découvert par les autorités algériennes, elles me feraient payer très cher ce faux pas.

— Kadda, en aucune circonstance ma langue ne bavera jamais ton nom, tu peux dormir sur tes deux oreilles.

— Excuse-moi Slim, mes paroles on dépassé mes pensées.

Il se lève et vient vers moi, je me lève à mon tour avec mon fils. Kadda me prend dans ses bras et m'embrasse puis il soulève Nassim pour lui faire une bise sur chaque joue.

— Slim, je te souhaite un bon voyage.

Nous nous quittons sur ces mots et je sors de l'ambassade d'Algérie pour regagner mes pénates.

A la fin du trajet, que nous devons faire à pied, de la gare de Sarcelles Centre à notre terrain, Nassim fait sa tête de mule, il ne veut plus marcher et il faut que je le porte. Il me fait le coup à chaque fois, et à chaque fois je cède à son caprice. Dans la caravane, je range le passeport et la fiche familiale dans le placard au-dessous du linge de Nassim. Ensuite j'allume la télévision en buvant un verre d'apéritif lorsque Poli passe, il vient presque tous les jours me rendre visite. Il me demande si j'ai des nouvelles de Thérèse. De mon côté je ne lui ai rien dévoilé de mes projets.

— Slim, me dit-il, je suis venu dans la journée et tu n'étais pas là, c'est vrai que tu veux vendre ta caravane, ton Estafette ainsi que ton groupe dynamo-électrique ?

— C'est exact, je vais me débarrasser de tout ça et aller ailleurs avec mon fils.

Poli reprend :

— Je connais un homme de chez nous qui serait intéressé par ton Estafette.

— Amène le avec toi qu'il puisse voir la voiture.

— Aujourd'hui c'est trop tard mais je viendrai avec lui demain dans la journée.

Poli prend une cigarette dans mon paquet et il prend congé de moi. Après son départ, nous faisons un dîner léger, moi et Nassim.

Le lendemain dans la journée, Poli apparaît à ma porte laissée ouverte par Nassim et il me crie :

— Slim, descends voir, j'ai ramené quelqu'un pour l'Estafette, il est déjà en train d'y jeter un œil.

Je prends les clés de la Renault et je descends de la caravane pour rejoindre Poli et l'acheteur. C'est un homme de forte corpulence : il a un visage rond avec une barbe de deux jours environ, un nez aplati, une taille moyenne, il ressemble à un boxeur à la retraite.

J'ouvre la porte de la voiture et fait tourner le moteur, il fonctionne toujours, puis j'ouvre le capot pour qu'il puisse jeter un œil sur la mécanique. Je dis à Poli :

— Accompagne le faire un tour avec l'Estafette.

L'acheteur a pris le volant et ils sont partis tous les deux pendant quelques instants. A leur retour l'homme est satisfait et nous nous mettons d'accord sur le prix de vente. Il me règle en liquide et je lui remets la carte grise barrée sans aucun autre papier. Il est parti au volant de la voiture accompagné de Poli.

Le même jour, en fin d'après-midi je reçois la visite de Zanzi qui est accompagné d'un voyageur trapu aux cheveux poil de carotte, habillé d'une salopette pleine de graisse de voiture.

Zanzi m'interpelle :

— Slim, je suis avec quelqu'un qui voudrait faire affaire avec toi pour ta caravane et ton groupe dynamo-électrique.

Le rouquin monte chez moi et je l'autorise à visiter la caravane. Le moteur qui fournit l'électricité est en marche puisque la télévision est allumée. L'homme regarde partout puis il vient vers moi en se frottant les mains et en me demandant avec un sourire pale de lui donner un prix pour l'ensemble. Je lui annonce le prix du lot et il me dit :

— Mon prale (mon frère), je ne suis pas un gadjo (européen), moi, et je ne suis pas riche.

Ses manières de marchand de tapis m'écœurent et je ne veux pas perdre mon temps avec lui, je lui réponds :

— Chez moi, c'est comme au Prisunic, le prix annoncé reste le même, c'est à toi de voir.

Le rouquin se tourne vers Zanzi.

— Ce monsieur me fait comprendre qu'il ne veut pas vendre, je m'en vais, viens Zanzi, raccompagne-moi avec ton fourgon.

Ils s'en vont et je m'en fiche un peu, je ne veux pas faire affaire avec des gens comme le rouquin qui ne cherchent qu'à duper tout le monde. Par ailleurs, je sais que j'aurai d'autres visiteurs puisque le mot est donné par Zanzi. Le bouche à oreille fait circuler les nouvelles très vite dans les terrains de voyageurs.

Quelques jours après, le temps était magnifique, le soleil tapait bien. Après le repas de midi je m'étais allongé à l'ombre avec Nassim lorsque deux hommes se sont présentés à moi. Le premier semble avoir la cinquantaine, il a une mine joviale, le second, beaucoup plus jeune ressemble à un hindou par la couleur de sa peau qui est noiraude. Il y a un air de famille entre eux. Le vieil homme qui doit être le père s'adresse à moi :

— J'ai entendu dire dans l'entourage que tu souhaites vendre ta caravane et ton groupe électrique.

— C'est tout à fait exact, vous pouvez regarder, vous verrez que le lot est intéressant.

Tous les deux montent dans la caravane pendant que je mets le groupe dynamo-électrique en route. Ils reviennent vers moi et je leur annonce le prix : je vois que le vieux fait la grimace.

— Sincèrement, je suis intéressé par le lot mais le prix que tu m'annonces est trop élevé pour ma bourse. Si tu peux le baisser un peu, j'achète, c'est pour faire un cadeau à mon fils qui est là, ça ne fait pas longtemps qu'il est sorti de shtelébène (prison). Je vais l'aider à démarrer avec sa jeune femme. Sois un peu souple avec moi et je suis preneur.

Je suis touché par le franc-parler du vieux voyageur, je le regarde droit dans les yeux et lui annonce un prix de liquidation de tout le lot.

Le vieux manouche me tend sa main que je prends dans la mienne et nous nous serrons la pogne de bon cœur. Il me dit :

— Marché conclu.

— Maintenant c'est bien clair entre nous, lui dis-je, laissez-moi jusqu'à demain dans la journée et tout sera prêt. Ce soir je vais commencer à ranger mes affaires et celles de mon gamin. Je vous laisse toute la vaisselle, les couvertures, les draps, bref, tout ce qu'il y a à l'intérieur.

Le vieux voyageur reprend :

— Mais, je n'ai pas assez d'argent sur moi. Je te donne des arrhes et demain je te règle le reste.

— Je n'ai pas besoin d'arrhes, votre parole me suffit et vous avez la mienne nous verrons tout ça demain.

Le vieux et son fils m'ont quitté.

Le soir, après le dîner, je range mes vêtements et ceux de Nassim dans mes deux valises de toile et mon sac à bandoulière. Tout est plein.

Je prépare la carte grise de la caravane, la facture du moteur dynamo-électrique et celle de la télévision portative. Je mets de l'ordre dans mes affaires et je me couche.

La lumière est éteinte mais mes yeux sont ouverts, le sommeil ne vient pas. Les idées se bousculent dans ma tête. Je commence à tracer des projets d'avenir en Algérie pour moi et mon gamin, d'un autre côté, mon esprit inquiet élabore des idées d'imprévus et d'embûches sur ma route.

Dans un avenir plus proche je projette, après la vente de ma caravane, de me faire héberger chez un compatriote et ami, Hakim qui demeure dans un studio de la rue des trois frères dans le 18ème arrondissement.

Je voudrais passer avec mon fils une nuit ou deux chez lui, le temps de préparer mon départ pour l'Algérie.

J'ai très mal dormi cette nuit-là.

Le lendemain dans la journée, mes acheteurs sont arrivés. Je les fais rentrer dans la caravane. Tous les deux s'installent sur le siège et je leur offre une tasse de café noir à chacun.

Je leur donne la carte grise barrée de la caravane ainsi que les factures du groupe électrique et de la télé portative.

Le vieux voyageur plonge sa main dans la poche intérieure de sa veste et en sort une liasse de billets de banque, il compte la somme convenue et me la tend en me disant :

— Tiens, voila ton argent, le compte y est.

Je vérifie rapidement et je remets au vieux la carte grise barrée de la caravane ainsi que les reçus de la dynamo et de la télé. Il donne le tout à son fils qui est assis à ses côtés sur le siège.

Je me tourne vers le vieux en lui disant :

— Maintenant que l'affaire est conclue, je suis de trop dans ces lieux.

J'ai sur moi mon passeport, la fiche familiale dans mon portefeuille, l'argent dans ma poche et mon calibre dans mes bagages.

Je me lève en prenant mon sac de voyage en bandoulière et je vais empoigner les deux valises lorsque le vieux s'adresse a moi :

— Où vas-tu comme ça avec tes bagages sur les bras et ton gamin ?

Je lui réponds que je vais prendre la direction de la gare de Sarcelles pour aller à Paris.

Le vieux me propose de nous accompagner jusqu'à la gare avec sa voiture, ce que j'accepte et nous voila montés dans sa 405 Peugeot.

Il nous a laissés à Sarcelles Centre où nous avons pris le train pour la Gare du Nord.

Là, un taxi nous a conduits à la rue des Trois Frères, devant l'immeuble où demeure mon ami Hakim. Je monte difficilement les deux étages avec mes bagages en priant en silence pour qu'Hakim soit chez lui.

Arrivé devant sa porte, j'entends de la musique à l'intérieur du studio et je frappe avec assurance. La porte s'ouvre sur Hakim qui me regarde puis se baisse pour prendre une valise. Il nous fait entrer, mon fils et moi.

— Slim, me dit-il, pour un peu, tu ne me trouvais pas ici, j'allais juste sortir pour rejoindre une amie. Tu es le bienvenu, fais comme chez toi. A te voir avec tes valises encore neuves et ton sac de voyage, je parie que tu pars en vacances au pays.

— Tu as vu juste, je vais faire un tour à Oran avec mon fils pour voir sur place ce qu'il y a de bon à faire là-bas.

— Slim, me dit Hakim, je vais te laisser pour le moment, il faut que j'aille à ce rendez-vous avec mon amie. Fais comme chez toi et ne te gêne surtout pas.

Il prend la porte de sortie et après son départ je me mets à l'aise. Je prépare un goûter pour Nassim, un café pour moi et j'allume le poste de télévision.

Plus tard, ne voyant pas revenir Hakim, je vais à la cuisine pour fouiller dans le frigidaire où je trouve un bifteck et des merguez. Il y a des pommes de terre dans une caisse en bois. Je prépare une purée et je fais cuire les merguez à la poêle.

A l'heure du dîner, Hakim ne s'est toujours pas manifesté, alors je me sers un plat de purée avec des merguez ainsi qu'à Nassim en laissant une part pour mon ami. J'installe un lit par terre où je me couche avec mon gamin. Hakim est rentré tard dans la nuit au studio.

Le lendemain matin, je vais avec Nassim à l'agence de voyage de Barbès acheter les billets pour Oran. Nous prendrons le train Gare de Lyon, jusqu'à Alicante en Espagne puis le bateau pour Oran. Il y a un train qui part ce soir même, je réserve une couchette jusqu'à la frontière espagnole pour que mon fils n'ait pas à souffrir du manque de sommeil.

Sur le chemin du retour vers le studio d'Hakim, j'achète quelques provisions pour le voyage.

Mon sac plastique à la main, j'arrive au studio et j'annonce mon départ précipité à Hakim. Je lui offre mon calibre 7,65 automatique, il en fera ce qu'il voudra.

Dans la soirée, Hakim appelle un taxi par téléphone puis il m'aide à descendre tous mes bagages devant la porte de l'immeuble où nous attendons tous les trois l'arrivée du taxi. Voilà qu'une Mercédès blanc cassé s'arrête à notre hauteur. Nous installons les bagages dans la malle du taxi puis nous montons tous les trois sur la banquette arrière et nous prenons la direction de la Gare de Lyon. Là, Hakim nous accompagne au compartiment couchettes où j'ai réservé, il reste auprès de moi jusqu'aux premières secousses du train.

Le train roule maintenant rapidement et je ne parviens pas à dormir, je me fais de la bile pour notre passage à la douane française, les espagnols, eux, ne sont pas trop regardants dans l'ensemble.

Le lendemain, dans la matinée, le train fait halte devant la frontière française de Cerbère, commune des Pyrénées-Orientales, et la frontière espagnole de Port Bou. Tous les voyageurs qui vont en Espagne descendent du train pour effectuer les contrôles douaniers.

Je porte une valise dans chaque main, mon sac de voyage en bandoulière et Nassim marche à mes côtés, je m'arrête derrière les voyageurs qui font la queue pour passer la douane française.

Je prépare mon passeport, la notification de la fiche familiale et mes billets. Mon tour arrive, je dépose le passeport et le reste au guichet devant le douanier français.

Le douanier jette un coup d'œil sur la photo de mon passeport avec celle de Nassim et regarde le billet de voyage pour l'Algérie. Il appose un cachet sur le passeport, je reprends mon bien et je fais quelques pas pour me présenter aux douaniers espagnols qui me contrôlent à leur tour.

Une fois passés les deux contrôles favorablement, je sens une grande joie m'envahir ainsi que des forces nouvelles, je ne me rends plus compte du poids des valises que je porte à bout de bras et le sac de voyage en bandoulière. Nassim marche près de moi gaiement sans se soucier de rien.

J'entre dans la gare de Port Bou, je suis sur le territoire espagnol. Nous montons dans le train d'Alicante qui est en attente sur la voie et nous nous installons dans un compartiment libre.

Heureusement que j'ai de bonnes notions de la langue espagnole, je l'ai apprise dans ma jeunesse avec la population pied-noir qui vivait à Oran avant l'indépendance algérienne.

Le train arrive à Alicante, je descends avec les bagages et Nassim traîne les pieds car il est fatigué du voyage. Je change de l'argent français au bureau de change espagnol.

A la vue de l'épuisement de Nassim, je décide de louer une chambre d'hôtel à proximité de la gare d'Alicante. Je couche mon fils et je sens moi aussi la fatigue me tomber dessus, mes membres sont engourdis.

Je vais tout de même aller faire quelques courses dans le quartier et je ramène deux plats à emporter, du pain et deux grandes bouteilles de jus de fruit. A peine arrivé dans la chambre, je pose tout ça sur la table et je m'effondre aux côtés de Nassim qui dort à poings fermés.

Dans la nuit, il me réveille, je quitte le lit et nous nous installons pour manger nos deux plats froids, puis nous nous recouchons jusqu'a ce que le service de l'hôtel nous porte un petit déjeuner. Je me sens plus en forme qu'hier, j'ai bien récupéré.

Il faut maintenant que je me renseigne sur les heures de bateaux pour Oran et je vais avec Nassim à l'agence de voyage de la ville. Là, on m'annonce que le prochain départ n'est que dimanche prochain et nous sommes lundi.

Je me dis que l'hôtel où je suis descendu ne convient pas pour si longtemps et je décide de me mettre en quête d'une pension de famille.

En nous promenant à pied dans les rues d'Alicante, je commence ma recherche et c'est dans le Barrio Chino (quartier chinois) que j'ai découvert la "Pension Rosio" tenue par un vieux couple.

Ils nous louent une grande chambre avec un lit pour un couple, je leur paie une semaine de loyer d'avance et ils me remettent les clés. Je suis content de moi d'avoir trouvé cette pension.

Maintenant, je dois aller récupérer mes affaires à l'hôtel. Je prends un taxi avec Nassim et je demande au chauffeur de nous attendre à la porte de l'hôtel, le temps de descendre nos bagages et de régler la note.

De retour à la "Pension Rosio", j'installe soigneusement mes bagages dans la chambre en mettant quelques linges de rechange dans la penderie.

Tous les matins, mon fils et moi allons nous promener après le petit déjeuner servi par la pension de famille. Nous passons notre temps à flâner dans les rues du centre-ville d'Alicante et sur le port. Chaque midi, nous mangeons au restaurant, le soir à la pension. Après le dîner, nous regardons la télévision avec les propriétaires puis nous regagnons notre chambre pour dormir.

J'ai téléphoné à ma mère à Oran, de la poste d'Alicante, pour lui dire que je prendrai le bateau ce dimanche dans l'après-midi et que je serai à Oran lundi dans la matinée. Je réalise que ma mère n'a pas encore vu son petit fils Nassim.

La veille du départ, je veux être seul pour faire une petite folie dans les boites de nuit de la ville. Je demande à la propriétaire de la “Pension Rosio” de bien vouloir garder mon fils pendant mon absence, en la payant. Elle me répond avec un sourire qu’elle est d’accord. Je prends congé de Mme Rosio, ce soir j’ai décidé de faire la fête. Je suis dans le Barrio Chino, les bas-fonds d’Alicante. Dans les rues il y a des filles de joie, des drogués qui sont comme des oiseaux de proie à la recherche d’un pigeon à dépouiller de son bien.

Chaque bar du quartier a ses entraîneuses. Je commence à faire la tournée des grands ducs en passant de boite en boite en consommant du Whisky.

Je me retrouve dans une boîte où il y a plus d’entraîneuses que de clients. Dès que je me suis accoudé au comptoir, une fille s’est assise prés de moi. Elle a un visage agréable, elle est habillée d’une robe décolletée qui laisse voir sa forte poitrine, ses cheveux sont noir corbeau et lui tombent sur les épaules.

Je commande deux verres de Whisky pour elle et pour moi et sans tourner autour du pot, je lui propose de faire l’amour avec. L’hôtesse est d’accord tout de suite et elle me fixe le prix de la passe

— Pas de problème, lui dis-je, alors décide toi.

— Attendez un moment, je reviens tout de suite.

Je la vois qui se déplace vers un homme qui se tient devant la caisse de la boîte de nuit, ils échangent quelques paroles puis l’hôtesse revient à mes côtés en me disant :

— Senior, règle la note et on s’en va.

Je paie l’addition et je suis la jeune fille à l’étage au-dessus de la boite de nuit. Elle me fait entrer dans une pièce qui sert de débarras, il y a des caisses de bouteilles vides de vin et de bière qui sont rangées là, dans un coin de la pièce, un lit et un petit tabouret qui fait table de nuit portant un cendrier avec quelques mégots de cigarettes. J’avance vers le lit.

— Senior, il faut me payer d’avance.

Je lui remets la somme convenue, elle se déshabille et se met sous les draps. Je suis son exemple et pose mes vêtements sur une pile de caisses de bouteilles vides.

Pendant que je chevauche la fille, en pleine action, j’entends un bruit de choc, quelqu’un avait heurté une caisse. Je me retourne d’un coup et je vois un homme debout devant mes vêtements. Je saute du lit, nu comme un ver, je ramasse une bouteille vide que je lance dans la direction de l’homme. Avec une souplesse de félin, il a disparu, je me rhabille en vitesse en palpant mes poches, mon argent a disparu.

Je comprends en un instant toute cette mise en scène, c'était un piège et la fille est complice.

Je me retourne vers elle qui est en train de s'habiller, dans une colère sauvage et d'une voix remplie de rage, je lui dis :

— Tu conoces al hombre qui vino a la piesca a escular mi ropa (tu connais cet homme qui est venu dans la pièce fouiller mes vêtements).

Elle se cache le visage des deux mains en criant :

— Yo no conosco a nadie tu es loco (Je ne connais personne, toi tu es fou).

Je me mets à la frapper sauvagement à coups de poing n'importe comment et n'importe où. La fille pousse des hurlements hystériques :

— Au silio, esta hombre quiera matarme (Au secours, cet homme veut me tuer).

Le propriétaire monte avec une autre entraîneuse du bar.

Je suis comme fou de m'être laissé posséder comme un bleu et à la vue du patron, je lance des canettes de bière vides dans sa direction. J'ai le dos tourné à la fille qui est resté clouée au lit de peur, elle se sauve à moitié habillée vers le patron, tout le monde redescend au bar.

Je me trouve seul dans la petite pièce, je bascule les piles de caisses de bouteilles vides et je casse un pied du tabouret qui va me servir de massue pour frapper tout ce qui se présente à moi en descendant l'escalier. Dans le bar, je brise les miroirs sur le mur, je renverse les tables qui se trouvent sur ma route puis je glisse et tombe sur un goulot de bouteille de bière cassée. J'ai la main ouverte et je pisse le sang.

Les clients du bar se faufilent vers la sortie. Je donne un coup de pied de tabouret sur le robinet de la pompe à bière qui casse, un jet de bière s'échappe du tuyau.

Soudain, je reçois un coup de gourdin violent derrière la tête, je m'écroule sans connaissance

Lorsque je reviens à moi, je suis sur un lit d'hôpital, recevant des soins au poignet gauche. L'interne m'y fait des points de suture à vif ainsi qu'à la tête.

Après les soins, deux policiers me conduisent au commissariat, menottes aux poignets.

Dans le bureau du principal de la police, je lui explique les faits tels qu'ils se sont passés, avec tous les détails, jusqu'au moment où j'ai pris le coup de gourdin, là je ne me souviens plus de rien.

Le principal sort mon passeport du tiroir de son bureau. A l'intérieur, il y a deux "Pascal", des billets de banque français, c'est tout ce qu'il me reste comme fortune. Tout le reste a disparu.

J'explique ma situation :

— Monsieur le principal, je suis un touriste de passage sur le territoire espagnol accompagné de mon jeune enfant en bas âge qui est actuellement dans une pension de famille dans le Barrio Chino, la "Pension Rosio", où j'ai loué une chambre.

— Ne vous inquiétez pas, répond le principal, nous allons nous occuper de votre enfant.

Le matin, je suis conduit à la prison d'Alicante en voiture de police. A la maison d'arrêt, je me retrouve dans une grande salle avec des lits superposés, un dortoir.

Il y a une télévision collective, un couloir avec un grand bac en zinc qui fait lavabo, tout le long, un tuyau court avec des robinets d'eau, plus loin une pièce aménagée en WC avec plusieurs cabines.

Le midi, je vais manger au réfectoire, les repas sont collectifs. Chaque détenu a son argent dans sa poche et nous pouvons acheter tout ce dont nous avons besoin à une boutique qui se trouve à l'intérieur de la cour de promenade. Il y a aussi un cireur de chaussures. Certains détenus vendent leurs vêtements. Ici, dans la prison d'Alicante, l'argent est roi.

Moi, j'ai fait le nécessaire auprès du greffe de la maison d'arrêt pour échanger mes deux "Pascal" contre de l'argent espagnol. A la boutique, j'ai acheté du papier à écrire, des timbres, un Bic et des affaires de toilettes.

Je demande à un détenu espagnol de bien vouloir écrire une lettre pour moi, dans sa langue. Je parle espagnol mais lorsque je l'écris, je fais beaucoup de fautes. Je veux envoyer une lettre à Mme Rosio, la patronne de la pension familiale :

"Mme Rosio,

Je vous écris ces quelques lignes de la maison d'arrêt d'Alicante où je suis incarcéré. Je vous demande de bien prendre soin de mon fils Nassim dont je vous confie la garde jusqu'à l'arrivée de mon frère d'Oran à qui je vais écrire tout de suite. Il vous paiera pour votre peine. Ayez confiance. Avec tous mes respects à la famille Rosio."

Dans la foulée, j'écris à mon frère :

"Mon cher frère,

Je t'informe que je suis en prison à Alicante à la suite d'une mésaventure qui fait basculer tous mes projets, je me retrouve coincé entre quatre murs et mon fils est dans une pension de famille. Je te demande de prendre l'avion le plus tôt possible pour Alicante afin de récupérer Nassim. Pour l'instant, c'est la propriétaire de la "Pension Rosio" qui prend soin de lui. Je compte beaucoup sur ton aide. Bonjour à toi et à toute la famille."

Je poste les deux lettres le même jour.

Voilà deux semaines que je suis incarcéré à la maison d'arrêt d'Alicante lorsque je reçois la visite de Mme Rosio au parloir, elle tient Nassim par la main.

Dès que mon gamin m'aperçoit, il crie : "Papa, papa" en s'échappant de la main de Mme Rosio jusqu'au grillage qui nous sépare, il s'y accroche de ses petites mains en pleurant à chaudes larmes.

Je le regarde faire sans pouvoir articuler un mot, l'émotion est très forte, j'ai la gorge nouée, je sens les larmes me monter aux yeux malgré le désir de me dominer. Je me retrouve à pleurer comme une madeleine.

Puis je me suis calmé en essuyant mes yeux d'un revers de la main en poussant un soupir.

Je me tourne vers Mme Rosio.

— Señora, je vous remercie d'avoir amené mon fils. Je suis plein de reconnaissance pour tout ce que vous avez fait pour nous. Comme je vous l'ai écrit, mon frère Kaled va venir ces jours-ci d'Oran et il va vous payer de vos services.

— Senior, me dit elle, lorsque la police est venue faire la perquisition dans votre chambre, elle a fouillé partout et elle a voulu prendre votre fils pour le mettre dans un orphelinat jusqu'à votre libération. Je me suis opposée au chef de la police en lui disant que je garderais Nassim à la pension. Il n'a pas insisté et, n'ayant rien trouvé dans vos bagages, ils sont repartis. Depuis votre fils dort dans notre lit. Tous les matins, mon mari l'emmène se promener dans le quartier.

Voilà le maton qui vient dire que les visites sont terminées. Je remercie chaleureusement Mme Rosio :

— Je suis très touché par votre bonté, donnez le bonjour à votre mari. Je quitte mon fils avec une grande douleur.

Les jours suivants, je tourne seul en promenade, je m'ennuie à mourir.

Pour m'occuper l'esprit, je commence à jouer aux dés, à la passe anglaise. Le premier jour, la chance est avec moi je gagne pas mal de pesetas et je distribue quelques billets aux détenus qui sont à la table de jeu. Les jours suivants, je joue juste avec mes gains. Quelques fois je gagne, quelques fois je perds jusqu'à ce que je vois tout mes bénéfices disparaître. Je suis à sec, dans la dèche et personne ne me tend la main.

Je demande du travail par écrit au chef de la détention et je suis admis au service général comme gameleur, au réfectoire je sers les repas aux détenus. Je ne suis pas payé mais je bénéficie d'une cellule à deux et je peux m'acheter deux bières à la cantine au lieu d'une seule.

Mon codétenu me donne de l'argent pour la bière que je lui rapporte et il me laisse un petit bénéfice avec lequel je m'achète un paquet de cigarettes “Ducados”.

Quelques semaines plus tard, je reçois une lettre de mon frère Kaled d'Oran.

“Cher frère,

Je suis désolé de ce qui t'arrive. Je suis avec toi mais sois patient, je vais obtenir un congé sans solde de mon patron et je prendrai l'avion pour Alicante pour récupérer ton fils Nassim. Toute la famille est avec toi, à bientôt.”

Après avoir lu cette lette, j'écris à l'assistante sociale de la maison d'arrêt afin qu'elle m'accorde une audience pour parler de mon fils. Je voudrais qu'elle fasse le nécessaire pour qu'il puisse renter en Algérie.

A la suite de cette lettre, je suis convoqué par l'assistante sociale, au greffe. Je lui explique la situation à ma façon pour lui faire gober mon histoire.

— Madame, je suis orphelin, la vrai famille que j'ai connue sont les parents de Kaled qui m'ont adopté. Mon frère va venir à Alicante récupérer mon fils qui est dans une pension de famille pour le ramener avec lui à Oran. J'ai avec moi une lettre d'autorisation parentale signée de ma main lui accordant la permission de prendre mon fils avec lui.

Je remets cette lettre écrite en espagnol à l'assistante sociale qui y jette un œil en me répondant :

— C'est clair, je vais la remettre au directeur de la prison pour qu'il la légalise. Lorsque votre frère viendra vous voir, vous lui direz d'aller la chercher chez le directeur.

Je la remercie et je retourne à la détention.

Le lendemain, en fin d'après-midi, je reçois du greffe de la prison une ordonnance de liberté sous caution, évaluée à 19.000.000 pesetas, environ dix bâtons en anciens francs, ce sont les dommages et intérêts que réclame le propriétaire de la boite de nuit. Si je paie cette somme, je suis libre, mais j'ai les poches retroussées, je ne peux m'acquitter de cette caution, donc je reste en prison jusqu'à ce qu'ils décident de me relâcher.

Je suis surtout inquiet pour mon fils qui est toujours chez Mme Rosio, je serai plus tranquille quand mon frère Kaled viendra le récupérer.

Un après-midi, je suis conduit au parloir, c'est Kaled qui est venu me voir et sa présence me soulage le cœur.

— Salut frangin, dans ma position, je suis très heureux de te voir, merci d'être venu au secours de mon fils. Kaled, j'ai rédigé une autorisation te permettant d'amener Nassim avec toi à Oran. Le directeur de la prison va te remettre cette autorisation légalisée avec le cachet de l'administration carcérale. J'ai dit à l'assistante sociale que tu étais mon frère de lait, je ne porte pas le même nom que toi, comme ça tu es au courant si on te pose des questions... Je t'avais envoyé une carte de visite de la pension de Mr et Mme Rosio où se trouve Nassim...

— J'ai la carte de visite et ce matin, dès mon arrivée à Alicante, je suis allé chez les Rosio. C'est là que j'ai loué une chambre. Mme Rosio m'a demandé beaucoup d'argent pour la garde de ton fils et elle a compté en plus la location de ta chambre jusqu'à aujourd'hui. Je ne sais pas ce que tu lui avais raconté mais elle croit que tu es riche.

— Je lui avais juste dit dans une lettre qu'elle ne s'inquiète pas pour son paiement et je pense que lors de la perquisition de la police dans ma chambre, elle a vu mes vêtements coûteux dans les valises.

Kaled reprend :

— Je n'ai pas beaucoup d'argent sur moi. Je vais prendre Nassim, quelques unes de ses fringues et des tiennes et je laisse l'autre partie du linge chez Mme Rosio. Je lui règle la moitié de la somme qu'elle demande en lui disant que je paierai le reste lors d'un prochain voyage. Je vais sortir ton fils de cette impasse mais je ne reviendrai pas.

— Kaled, lui dis-je, fais comme tu l'entends mais surtout n'oublie pas, à la sortie du parloir, d'aller récupérer l'autorisation auprès du directeur de la prison. Dis donc, je suis fauché, tu ne peux pas me filer un peu d'argent ?

Mon frère me passe deux billets de banque par le trou du grillage, je les prends et les enfouis dans la poche de mon pantalon.

Un moment plus tard, le gardien me fait signe que la visite est terminée. Nous nous sommes dit au revoir et je suis retourné dans la cour de promenade.

Les jours suivants, j'attends des nouvelles de mon frère, rien n'arrive et cela fait une semaine qu'il m'a rendu visite.

Je suis très inquiet et je m'adresse à l'assistante sociale pour savoir si Kaled a obtenu l'autorisation légalisée des autorités pénitentiaires et s'il est reparti à Oran accompagné de mon fils.

L'assistante sociale me convoque pour m'apprendre qu'ils sont tous les deux à Oran depuis le lendemain de la visite de Kaled à la prison.

Cette nouvelle me redonne moralement la force, je sais maintenant que Nassim est en sécurité auprès de ma mère, c'est un soulagement.

Depuis que je suis incarcéré à Alicante je ne cesse de penser à lui, jour et nuit je suis rongé par les soucis et j'ai perdu cinq kilos.

Je n'ai pas encore vu de substitut ni de juge d'instruction depuis que je suis là. Tout se fait en mon absence, entre eux.

J'occupe mes jours sur un rythme monotone. Je sers la gamelle aux détenus au réfectoire puis je fais le nettoyage des salles et je passe les temps libres à la salle d'activités.

Après trois mois de séjour, je suis convoqué au greffe de la prison. Je me pointe devant le greffier qui me fait signer une ordonnance d'expulsion du territoire espagnol. Je vais être renvoyé à Oran, je sais maintenant que je serai embarqué dans le premier bateau de voyageurs algérien. Je ne suis pas enchanté de retourner en Algérie de cette façon là et avec un faux passeport. J'aurais préféré rentrer librement car tous les expulsés algériens qui viennent d'Europe sont conduits au poste de la brigade territoriale dès leur arrivée. Là, ils sont fichés, on vérifie s'ils n'ont pas une condamnation ou un mandat de recherche sur le dos. On leurs fait faire des photos de face, de profil, on leur prend leurs empreintes digitales, on étudie le pédigrée de la famille en Algérie. La police de la brigade territoriale passe les expulsés au peigne fin. Je connais leurs méthodes, j'avais déjà été expulsé de Belgique.

La seule porte de salut qui me reste est de retrouver mon ami Rahim, inspecteur de la douane au port d'Oran. Nous nous étions connus dans le bar d'Oran, rue Polonceau dans le 10ème arrondissement et nous sommes sortis ensemble tout le long de son séjour en France. Depuis, chaque fois qu'il venait en visite à Paris, Rahim me téléphonait à son arrivée, je lui avançais des billets de banque français pour son séjour et il remboursait ma mère en DIN (billet de banque algérien) à son retour à Oran.

Un matin, la police espagnole est venue me chercher à la

maison d'arrêt pour me conduire en voiture à un dépôt de police où l'on m'a fait poireauter quelques heures dans une cellule nue.

Je fumais cigarette sur cigarette lorsque la porte de la cellule s'ouvre sur un policier qui m'accompagne au bureau du chef. Celui-ci me remet mon portefeuille qui contient des photos de mon fils et des feuilles d'agenda portant des adresses, un sac en plastique avec mes affaires de toilette, un pantalon de rechange, deux chemises et deux cardigans.

Ma fortune se réduit à dix pesetas. La police garde mon passeport puis ils me conduisent au port d'Alicante, je suis pris en sandwich entre deux flics sur la banquette arrière de la voiture de police.

Devant la passerelle du bateau algérien, la police remet mon passeport et le dossier de mon délit au commandant. En même temps une autre voiture de police arrive avec deux autres expulsés algériens.

Nous embarquons, conduits par un officier puis nous sommes placés dans une cabine dans laquelle on nous enferme.

Dès que le bateau a pris le large, l'officier est revenu ouvrir notre cabine, nous avons pu circuler librement dans tout le bâtiment mais nos passeports sont restés entre les mains du commandant.

Nous allons tous les trois au bar. Il me reste dix pesetas, cela n'a aucune valeur sur le bateau, je ne peux rien m'acheter. Les deux autres expulsés avaient de l'argent, l'un d'eux m'a payé une canette de bière et un sandwich au fromage et je suis resté au bar pendant qu'ils sont allés acheter du tabac.

Ils reviennent avec chacun une cartouche de cigarettes blondes sous le bras et ils m'en ont donné chacun une.

A chaque heure qui s'écoule, je ne cesse de penser à la dure épreuve qui m'attend à Oran quand je vais rencontrer la brigade territoriale. Je prie Dieu et tous les saints pour trouver Rahim, l'inspecteur des douanes, pourvu qu'il soit de service au port lorsque j'arriverai. "L'homme est injuste, il adresse ses prières au plus haut dans le moment où il est touché par un malheur, dans les jours favorables il redevient mécréant".

Tout le long du trajet, la mer est houleuse, je me repose sur une chaise longue.

Dans la matinée du lendemain, le bateau arrive à Oran. Nous, les trois expulsés, on nous fait descendre en premier et l'on nous remet entre les mains des inspecteurs des douanes. Nous sommes conduits dans une grande cellule d'attente avec nos affaires, moi je n'ai qu'un mince bagage puisqu'il s'agit d'un sac en plastique remplit de mon nécessaire de toilette et de quelques vêtements de rechange. Nous restons là jusqu'à ce que les douaniers en aient terminé avec les autres passagers.

C'est à notre tour, ils nous font passer un par un et tapent un procès-verbal chacun.

Lorsqu'ils auront terminés avec nous, un fourgon nous conduira au dépôt de police de la brigade territoriale de Château Neuf. Le plus dur est à venir. Depuis que je suis descendu du bateau, je n'ai pas desserré les dents, je suis complètement étourdi.

A mon tour, je me rends au bureau d'un inspecteur comme un robot. Je lui donne tous les renseignements qu'il me demande, les noms et prénoms de celui qui m'a délivré le passeport, je réponds à toutes ses questions. Lorsqu'il a terminé de taper mon procès-verbal, il me le fait signer et m'accompagne dans une salle pour attendre le fourgon qui va nous conduire au Château Neuf, dépôt de police de la brigade territoriale.

Dans le couloir du bâtiment, la porte d'un bureau s'ouvre devant nous sur un homme noiraud, de taille moyenne, un visage jovial, un nez aquilin, des cheveux courts, habillé d'un pantalon de jeans et d'une chemise blanche avec un pull cardigan bleu. C'est Rahim en chair et en os. Je sens la gaieté envahir tout mon être. Ses yeux se posent sur moi, remplis de curiosité. Il s'approche de moi et de l'inspecteur puis il s'adresse a ce dernier :

— Où accompagnes-tu cet homme ?

— C'est un expulsé d'Alicante, répond l'inspecteur, il est arrivé ce matin, je lui ai fait un dossier de routine et les collègues de Château Neuf vont se démerder avec lui.

— Laisse le moi pour le moment, dit Rahim, je passerai te voir à ton bureau.

L'inspecteur s'en va, me laissant en compagnie de Rahim qui me fait entrer dans son bureau, il m'offre une cigarette algérienne, une Hoggar et me dit :

— Pourquoi n'as-tu pas demandé à me voir, on m'aurait averti. Tu sais que tu as de la veine, j'allais juste partir à un rendez-vous galant.

— Parfois le hasard arrange bien les choses et guide nos pas en notre faveur.

— Slim, reprend Rahim, attends une minute ici, je vais aller récupérer ton dossier chez mon collègue.

Je me retrouve seul dans le bureau, maintenant tout danger est écarté, mon cœur est envahi par un feu de joie et je brûle d'impatience de rentrer à la maison de mes parents pour revoir mon fils et le serrer dans mes bras.

Je suis dans mes rêveries lorsque la porte du bureau s'ouvre sur Rahim qui tient mon dossier à la main, il le déchire et me rend mon passeport en me disant :

— Slim, je t'accompagne jusqu'à chez toi au Planteur mais je ne rentrerai pas dans la maison car je dois aller à mon rendez-vous galant.

Nous sortons tous les deux en repassant par la salle d'attente où j'ai pu récupérer le sac plastique contenant mes affaires personnelles.

Je suis Rahim au pas jusqu'au parking où se trouve sa Fiat. Nous nous installons tous les deux à l'avant de la voiture et il prend la route en direction du quartier où j'ai vu le jour, le Planteur.

En cours de route Rahim me dit :

— Slim, aujourd'hui, je suis pris mais demain, nous pourrons nous voir au centre ville, au café Riche, avenue Emir Abdel Kader, en début d'après-midi.

— C'est OK, lui dis je.

Arrivés devant la maison de mes parents, je descends de la voiture avec mon maigre bagage à la main et Rahim repart aussitôt.

Nassim est assis sur les marches de la porte d'entrée de la maison et dès qu'il me voit, il se précipite sur moi, comme un fou, en criant “Papa, papa”. Je le prends dans mes bras en le soulevant du sol. Je lui donne un tendre baiser, Nassim a entouré mon cou de ses petits bras et me serre de toutes ses forces en m'embrassant sur les joues. Je frappe à la porte en le gardant dans mes bras.

J'avais quitté ma mère, mes quatre frères et mes trois sœurs en 1961 alors que j'avais tout juste 16 ans. Depuis, je suis venu seulement deux fois leur rendre visite, lors de trois séjours. Je ne peux pas rester en place, le feu de l'aventure me brûle et me pousse à parcourir les pays d'Europe pour chercher le bonheur même si cela m'entraîne toujours loin et me fait prendre des risques qui me privent parfois de ma liberté.

C'est mon frère Larbi qui vient ouvrir la porte d'entrée. J'entre dans la cour en déposant Nassim et je fais la bise à mon frère en lui tapotant amicalement la joue.

Dans la cuisine, je trouve ma mère Aïcha devant ses fourneaux.

Dès que j'ai franchi le seuil de la porte de la cuisine, ma

mère s'est tournée vers moi, elle me sourit et s'avance en essuyant ses mains sur son tablier. Elle a beaucoup maigri, ses joues sont creuses et ses yeux noirs s'enfoncent dans leurs orbites, ses cheveux noirs mal colorés laissent voir leurs racines blanches. Les traits fins de son visage montrent que ma mère était belle jadis.

Nous nous jetons dans les bras l'un de l'autre et nous nous enlaçons longuement. La tendresse que ma mère me témoigne me touche au plus profond de mon âme et mes yeux se remplissent de larmes, elle aussi pleure. Nous nous consolons tous les deux.

Elle me dit :

— Slim, va au salon avec ton fils, je te rejoins.

Je guide mes pas jusqu'au salon où je trouve mon frère Larbi et mon fils. Je m'assois sur le canapé, Nassim se met sur mes genoux et j'allume une cigarette blonde.

Ma mère revient avec un plateau de cuivre dans les mains, portant une théière et des gâteaux maison. Elle dépose le tout sur la table du salon et nous verse un verre de thé à chacun. Je prends du gâteau que j'offre à mon fils.

Elle me questionne gentiment :

— Parle moi un peu de toi, de ton absence et des raisons qui t'ont empêchées de venir voir ta mère.

— Mère, aucune beauté, aucun trésor du monde ne pourrait t'arracher de mon cœur. Ton amour maternel est marqué dans ma chair et ton image est gravée dans ma mémoire jusqu'à ma mort. C'est le destin qui est la cause de mon absence. Toutes mes belles années ont basculées dans le fond des cachots des pays d'Europe. C'est la seule raison de mon silence forcé.

Devant ma mère, mon frère et ma belle-sœur, je sors mon passeport falsifié, je le déchire en miettes, je me lève et je vais le jeter dans les WC : en jetant de l'eau dessus, plus de trace…

Heureusement que j'avais donné mon calibre à mon ami Hakim dans son studio, rue des trois frères à Paris dans le 18ème. Avec ce qu'il m'est arrivé en Espagne et tel que je me connais, je m'en serais servi et Dieu seul sait ce qu'il se serait passé.

Je sors mes dix pesetas de ma poche et je les pose sur la table en disant :

— Mère, voilà mon capital, peux tu m'avancer quelques billets pour mes besoins personnels ?

Elle se lève et sort du salon, à son retour, elle me remet une somme d'argent.

— Voilà, tu vas sortir maintenant ?

— Non, je vais rester à la maison pour me reposer.

Ma mère reprend la parole :

— Slim, depuis que Kaled a ramené ton fils d'Espagne, il ne parle pas avec moi, je ne sais pas le français et lui ne comprend pas l'arabe, alors on communique avec les mains comme des muets. Avec tes frères ça va mieux puisqu'ils parlent le français.

Je lui réponds :

— Mère, il est jeune et il va apprendre l'arabe avec le temps, sans se bousculer. Avec tout ce remue-ménage, il est complètement dépaysé.

Le soir, mes frères sont rentrés du travail et nous nous sommes retrouvés, les cinq garçons avec moi. Nous avons passés une soirée de retrouvailles chaleureuse.

Ma mère m'a donné une chambre qu'elle avait préparée au premier étage et nous nous y sommes installés, Nassim et moi.

Le lendemain, en début d'après-midi, je me trouve au café Riche de l'avenue d'Emir Abdel Kader installé à une table dans la salle avec un verre de jus d'orange à mes côtés. J'attends mon ami Rahim, ma table est juste face à l'entée.

Il y a du monde dans la salle et sur la terrasse, des clients des deux sexes, beaucoup de jeunes. Le bar est moderne comme on en trouve partout en Europe.

Rahim fait son apparition, je lui fais un signe de la main et il me rejoint, nous nous saluons, il commande un café noir et me dit :

— Ici, c'est mon bar habituel, il y a un peu de tout comme clients : des gens d'ici ainsi que des touristes ou des immigrés de France.

Le soir, Rahim me conduit avec sa Fiat dans un restaurant du port, rue de la Pêcherie, dont il connaît bien le patron. Nous faisons un dîner royal arrosé de vin rouge puis il me reconduit chez moi en voiture, il est tard.

C'est ma mère qui m'ouvre la porte et je monte directement à la chambre où Nassim est endormi sur mon lit.

Le lendemain matin, je suis avec mon fils dans la cuisine à prendre mon petit déjeuner lorsque mes deux sœurs arrivent ensemble avec leurs enfants. Nous sommes tous très heureux de nous voir et nous nous embrassons. Nous décidons de passer toute la journée ensemble.

Je consacre le jour suivant à mon fils, nous faisons du camping dans la montagne du Planteur.

Chaque fois que j'ai besoin d'argent depuis mon arrivée à Oran, je tape ma mère, je me fais entretenir par elle et cela ne me satisfait pas, c'est déshonorant à mon âge. Il faut que je trouve une solution pour me débrouiller par mes propres moyens.

Un matin, après ma toilette, je sors vers le centre ville d'Oran.

Oran est située en bordure de la mer Méditerranée avec ses grands centres commerciaux et industriels, ses universités, c'est aussi un grand domaine de vignobles, c'est une ville merveilleuse avec ses corniches.

Je vais à pied au café Riche de l'avenue d'Emir Abdel Kader. En entrant, je cherche une table libre et mes yeux se fixent sur quelqu'un que j'ai connu à Paris dans les années 1975. Il se faisait appeler Milord, il est de taille moyenne, bâti comme un rugbyman, il a un visage ovale, le nez retroussé, des cheveux châtains bien coupés et il est très soigneusement habillé. Il est minutieux sur sa tenue, c'est pourquoi on l'avait surnommé Milord. Je sais qu'il avait fait du placard et qu'il s'était fait expulser de France.

Je me dirige vers sa table, je l'appelle en levant mes deux bras, il se lève avec un grand sourire et nous nous jetons dans les bras l'un de l'autre en nous faisant la bise.

Je m'installe en face de lui et je commande un café noir, lui, a sa tasse encore à moitié pleine.

Il me dit :

— Alors Slim, tu es revenu à Oran en touriste bouffer ton pognon ?

Je fais une grimace.

— Ce retour aux sources est forcé, je me suis fait expulser du territoire espagnol. Aujourd'hui, je me trouve dans une impasse pas possible et je suis prêt à prendre des risques pour regarnir mon portefeuille.

Milord reprend :

— Slim, je suis passé par là. Après mon expulsion de France, j'ai bouffé de la vache enragée pendant un certain temps mais maintenant je gagne ma croûte. Toi, tu as quitté l'Algérie avant l'indépendance, tout a changé depuis, c'est une autre discipline, la police algérienne a beaucoup de pouvoir, aujourd'hui elle emploie la torture pour les gens qui violent la loi.

— J'en ai entendu parler, des échos sur la torture employée par la police sont parvenus en France. Je sais qu'ils ne respectent pas les droits de l'homme mais ce n'est pas cela qui me fera reculer dans mes projets.

— Slim, je te connais de réputation, me dit Milord, j'ai confiance en toi, je t'affranchis. Je vis du trafic du Ricard, des jeans et du tissu que je ramène en contrebande de Oujda au Maroc, je passe par Marnia (Algérie) qui est sur la frontière. J'ai des clients sûrs auxquels je vends la marchandise en gros. Voilà comment je gagne ma vie, si ça te tente de marcher avec moi dans la combine…

— Milord, tu connais des aveugles à qui on propose la vue et qui la refusent, moi non. Je suis enchanté de ta confiance.

Je lui tends la main qu'il prend dans la sienne et nous nous serrons la pogne amicalement.

Milord passe sa main sur sa joue en me regardant.

— Slim, il y a un petit détail que tu dois connaître. Dans cette histoire, je travaille avec mon beau-frère Safi, il conduit le car urbain qui fait les trajets entre Oran et Sidi Bel Abbes, c'est lui qui transporte la marchandise. Quand j'ai récupéré les vêtements à Oujda, je l'emmène à Sidi Bel Abbes où je les confie à Safi qui les prend dans son car jusqu'à Oran. Il touche sa part. Pour les caisses de Ricard, lorsque j'ai une commande, je loue les services de Pipo, un chauffeur qui fait le taxi clandestin avec sa 404 Peugeot. Il me conduit pour aller chercher les caisses que j'achète de Marnia. Pipo connaît très bien la route et les heures de relâche pour passer les barrages de gendarmes. Marnia est située à 167 km d'Oran et à 90 km de Sidi Bel Abbes.

Milord paie les consommations et nous nous quittons en nous donnant rendez-vous pour le lendemain.

Le matin suivant, nous nous retrouvons au café Riche puis il me conduit à la brasserie de la gare Riffi d'Oran en face de l'embarquement et du débarquement des voyageurs en transports en commun circulant dans tout le département d'Oran.

Là, Milord me présente son beau-frère qu'il est allé chercher. C'est un homme de taille moyenne, maigre, ayant une belle paire de moustaches, des petits yeux noirs remplis de malice. Nous faisons connaissance, nous buvons un verre ensemble et Safi retourne à son travail.

— Slim, me dit Milord, demain nous prendrons le train pour Marnia, on se retrouve au quartier du Plateau à la gare Saint Charles. Apporte de l'argent pour m'aider à payer des jeans et des lames de rasoir, j'ai obtenu ces deux commandes.

— A demain à la gare Saint Charles, j'aurai l'argent.

Je rentre chez moi et à l'arrivée de mon frère Kaled qui rentre de son boulot, je le chope à part pour essayer de lui emprunter un peu d'argent.

— Je n'ai que de l'argent de poche sur moi, me répond Kaled, c'est ma mère qui tient la caisse, va la voir, elle ne te dira pas non.

Je suis un peu gêné de toujours la taper mais je m'y résous. Elle accepte de me faire un prêt.

Le lendemain matin, je me rends à la gare Saint Charles, Milord est déjà sur place et dès qu'il me voit il va au guichet retirer des billets pour Marnia.

Dans le train nous nous sommes installés dans un compartiment vide. Je suis fatigué, je n'ai pas beaucoup dormi la veille, c'était plus fort que moi, je pensais à tous les événements à venir. Mes membres sont engourdis par la fatigue et juste après le démarrage du train, je m'endors.

C'est Milord qui me réveille à un arrêt du train. J'ouvre les yeux.

— Milord, nous sommes arrivés ?

— Non, nous sommes à Sidi Bel Abbes, il nous reste encore 90 bornes à faire. Je descend un instant pour acheter à manger.

Le temps que je remette un peu d'ordre à ma toilette, Milord est de retour avec des provisions.

Le train reprend sa route, maintenant dans le compartiment, toutes les places sont occupées. Moi, j'ai récupéré grâce à mon petit somme et au casse-croûte que Milord m'a amené.

Le train entre en gare de Marnia, il y a beaucoup de voyageurs, des hommes et des femmes venus la pour des achats clandestins de toute sorte. Marnia est la plaque tournante des échanges de marchandises venant du Maroc et de Melilia en Espagne. Les gens qui traficotent viennent ici de tous les coins d'Algérie pour s'approvisionner.

Les habitants y sont accueillants et chaleureux. Les maisons sont individuelles, construites en pierres ou en parpaings sur un mode artisanal. Certaines grandes maisons sont si proches les unes des autres qu'il n'y a la place que pour un couple.

Près du pont, il y a une maison de tolérance. La ville de Marnia fait frontière avec Oujda au Maroc.

Milord me dit :

— Viens Slim, nous allons faire notre commande chez l'épicier que je connais. Je ne te l'avais pas dit mais ici toute commande de marchandises se déroule dans les mêmes conditions. La plupart des petits commerçants de Marnia sont en contact avec les contrebandiers de Oujda, chacun a les siens. Nous faisons la commande et il faut aller la chercher de l'autre côté de la frontière. A ton arrivée, ta commande est prête chez le contrebandier dont on t'a donné l'emplacement et le nom de guerre.

Nous allons chez l'épicier qui est un homme trapu, un

passe-montagne vissé sur la tête, son visage est envahi par une barbe noire. Il est vêtu simplement. Il jette un coup d'œil de rapace sur nous.

Milord s'adresse à lui :

— Salut le barbu, je voudrais 50 pantalons de jeans et 20 boîtes de lames de rasoir.

Le propriétaire de l'épicerie nous donne le nom de Driss que l'on devra aller voir au Maroc pour récupérer notre commande. Nous quittons le barbu.

— Slim, me dit Milord, ne t'inquiète pas pour le passage des frontières. Si, par hasard, nous sommes arrêtés par les douaniers marocains qui nous demandent où nous allons, nous leur répondons que nous partons faire des achats vestimentaires. On leur file 100 DN algériens chacun et ils nous laissent passer. Des deux cotés de la frontière, les douaniers marchent au pot-de-vin.

Avant de partir, nous restons dans la ville de Marnia. Nous remplissons bien notre panse chez un gargotier puis Milord va voir un chauffeur de taxi clandestin pour nous conduire à proximité de la frontière algérienne sur le terrain le moins chaud.

A la frontière, il y a des postes de douane ainsi que des postes de militaires de S.N.S. (Service Nationale de Sécurité), et tout ce beau monde tire à vue sans distinction.

Les chauffeurs de taxis clandestins font le trajet tous les jours et ils connaissent bien les heures des relèves.

Nous nous sommes mis d'accord sur le prix de la course avec le chauffeur, sa voiture est une 404 Peugeot commerciale noire.

A la tombée de la nuit, nous prenons place dans le taxi, Milord s'installe à l'avant prés du chauffeur, moi, sur la banquette arrière.

Nous prenons la route puis l'auto emprunte un chemin caillouteux. Nous nous arrêtons près d'un endroit broussailleux.

Milord et moi descendons tandis que la voiture fait demitour.

Nous nous faufilons le long d'un chemin forestier plein de broussailles. A chaque bruit d'animal sauvage, mon cœur est secoué et bat plus vite qu'à l'ordinaire. Nous arrivons devant un petit mur en pierre endommagé par le temps, haut d'environ 20 centimètres.

— Slim, me dit Milord, maintenant nous sommes sur le sol marocain et nous allons bientôt voir les petites cabanes des contrebandiers.

Tout au long du parcours, nous sommes extrêmement prudents, nous continuons à marcher sur 200 mètres environ pour apercevoir les cabanes. C'est le lieu de rencontre des trafiquants, à la première cabane, nous nous renseignons pour savoir où se trouve Driss. On nous indique une vieille bâtisse où nous nous rendons.

Milord frappe à la porte qui s'ouvre sur un homme maigre qui a une barbe de deux jours, un passe-montagne en laine sur la tête, un nez en canard, des yeux vifs, couleur de la nuit. Il a entre 30 et 35 ans, il porte une longue djellaba.

— Salem aleykoum, lui dit Milord, nous sommes bien chez Mr Driss ?

— Oui, répond le contrebandier d'une voix claire en poussant en arrière son passe-montagne, vous êtes algériens tous les deux ?

Nous répondons tous les deux presqu'en même temps. Driss reprend :

— Je vous attendais, votre commande est prête, et il nous invite à entrer dans sa cabane.

L'intérieur est presque nu, il y a par terre un grand tapis de paille, deux grandes couvertures en laine de fabrication artisanale pliées en guise de matelas. Dans un coin de la cabane, il y a une table en bois portant un réchaud à gaz, une casserole, une théière, une maigre vaisselle posée sur une étagère au-dessus de la table.

Dans un autre coin se trouvent des cartons recouverts de couvertures de laine usées.

Driss nous invite à nous installer près d'une table basse en bois sur laquelle un cendrier de cuivre est posé puis il nous amène deux cartons qu'il dépose près de nous.

Nous contrôlons un par un les 50 jeans et nous avons nos 20 boites de lames de rasoir, tout est OK.

Je sors l'argent que ma mère m'a prêté tandis que Milord prend une liasse de billet dans sa poche pour régler Driss.

Le contrebandier nous regarde à tour de rôle et nous dit :

— Je vois que vous n'avez rien pour porter votre marchandise, je vais vous faire cadeau de deux sacs de toile qui sont encore en état.

Il nous amène deux vieux sacs militaires dans lesquels il nous aide à ranger toutes les affaires.

— Maintenant les gars, nous dit-il, il faut attendre un moment avant de repartir. Vous allez prendre le thé avec moi.

Il nous prépare un thé à la menthe qu'il nous sert avec des

biscuits secs. Je déguste mon thé en fumant une blonde, les autres suivent mon exemple.

Il est temps de s'en aller, nous chargeons nos sacs sur le dos et nous prenons congé du contrebandier.

Nous marchons parmi les cabanes et nous rencontrons deux autres trafiquants avec leurs achats, ils rentrent aussi en Algérie. Ils se joignent à nous et nous voilà partis à quatre.

Nous franchissons la frontière marocaine. Ensuite nous nous organisons à nous quatre pour rejoindre la frontière algérienne, il y aura toujours l'un de nous qui se détachera du groupe en éclaireur, à tour de rôle, les autres lui portant sa marchandise.

Nous nous abstenons de fumer car une cigarette allumée peut nous trahir et attirer l'attention d'une patrouille militaire. Lorsque notre envie est trop forte, nous nous groupons en rond autour d'un trou d'environ dix centimètres de profondeur que nous avons creusé et nous allumons nos cigarettes, allongés à plat ventre. A tour de rôle, nous tirons des tafes puis nous enterrons le mégot.

Nous poursuivons notre marche, en faisant des détours, pendant près de trois heures pour atteindre Marnia.

Pendant le parcours, je n'avais pas la crainte d'être arrêté mais plutôt celle d'être canardé par les militaires des patrouilles algériennes car ils tirent à vue.

A Marnia, où nous arrivons au petit jour, nous nous séparons de nos deux compagnons et Milord décide d'aller réveiller une connaissance qui a l'habitude de le conduire en voiture à Sidi Bel Abbes.

Nous marchons jusqu'à une maison construite en parpaings à l'entrée du centre ville. Milord frappe à la porte et un homme moustachu en djellaba nous fait entrer. Il nous offre du café puis il nous conduit avec une vieille Simca jusqu'à Sidi Bel Abbes à la station de cars où nous allons attendre Safi le beau-frère de Milord. Il fait le parcours entre Sidi Bel Abbes et Oran en passant par toutes les petites communes.

Une heure plus tard Safi arrive avec son autocar et nous lui remettons les sacs de toile.

Ensuite nous prenons un taxi clandestin pour rentrer à Oran. Dans toute l'Algérie, il y a un problème de locomotion et beaucoup d'algériens qui ont une voiture font le taxi au noir, la course est au forfait.

Nous sommes arrivés à la gare Riffi avant Safi. Nous l'attendons un moment puis nous apercevons son autocar.

Là, nous récupérons nos sacs que nous allons porter dans l'arrière boutique d'un magasin de fruits et légumes appartenant à un ami de Milord au marché de la Bastille. Nous laissons les jeans sur place pour aller livrer les lames de rasoir que nous transportons dans un carton trouvé dans la boutique.

Nous allons chez un droguiste de la rue Larbi Ben Mhidi, c'est lui qui avait commandé le lot de lames de rasoir. Le droguiste vérifie le contenu du carton puis il l'emmène dans une autre salle. A son retour, il paie la marchandise à Milord au prix convenu entre eux.

Je suis fatigué, j'ai envie de rentrer chez moi pour récupérer un peu, je fais quelques pas sur le trottoir en disant à mon compagnon :

— Je sens comme du plomb à mes pieds, je suis hors combat, je vais rentrer chez moi me reposer.

— Je ne suis pas non plus en ferraille, me répond Milord, je suis aussi fatigué que toi mais nous devons livrer le lot de jeans à un client qui se trouve au marché de la ville nouvelle.

Nous retournons au marché de la Bastille au magasin de fruits et légumes où nous prenons les sacs de toile avec les jeans. Nous montons dans un taxi en stationnement sur la place du Maghreb qui nous conduit au quartier de la ville nouvelle, devant une boutique de fringues, rue Hadi Salah.

En entrant dans la boutique, nous voyons le gérant qui a le physique de l'acteur Serge Reggiani et qui nous accueille avec un large sourire.

Il prend les sacs que nous lui remettons et compte les jeans sur son comptoir puis sans dire un mot, il sort une liasse de billets de banque de la poche revolver de sa veste en daim. Le gérant a l'habitude d'acheter la même quantité de jeans à Milord et il le paie comptant, en liquide.

L'affaire réglée, nous quittons le magasin et nous allons boire un café.

Nous entrons dans le premier café maure venu et nous nous installons à une table. Milord sort une liasse de billets de banque de sa poche et il compte.

— Tiens Slim, voilà l'argent que tu as avancé, plus ton bénéfice sur la vente. Cela représente six mois de salaire d'un ouvrier algérien. Tu sais Slim, depuis que je fais ce trafic je ne suis jamais resté avec de la marchandise sur les bras, je prends toujours les commandes d'avance.

Je paie les deux verres de café que nous avons bus et nous

sortons chacun de notre côté.

Je rentre au quartier du Planteur, chez moi. Aujourd'hui, je me sens revivre depuis que j'ai touché ma part de bénéfice de la transaction, un homme sans argent est comme une lampe sans pétrole.

A la maison, je prends une douche et je vais me coucher en tombant sur le lit comme une masse. Je dors comme un loir et c'est la faim qui me réveille. Je descends à la cuisine et j'ouvre la porte du frigidaire pour découvrir un plat de sardines farcies. Je les déguste avec un morceau de pain maison et un verre de limonade quand ma mère pénètre dans la cuisine suivie de mon fils.

— Slim, demain toute la famille part à Tlemcen pour célébrer le mariage de ton frère Kaled, dans la famille de la mariée. Tu veux venir avec nous ?

— Mère, pourquoi me préviens-tu la veille du jour du mariage, je ne suis pas prêt, j'ai des affaires à régler, je suis désolé.

Ma mère reprend :

— Depuis que tu es de retour parmi nous, tu es juste resté deux jours avec moi à la maison, autrement tu découches ou bien tu passes en coup de vent.

— Mère, je suis en train de me débattre pour me sortir de la dèche. Je te répète encore une fois que je suis désolé mais je ne pourrai pas aller au mariage de Kaled.

Je termine mon petit repas et je remonte dans ma chambre, dormir.

Le lendemain, dans la matinée, toute la famille est partie pour Tlemcen, dans deux voitures.

Je reste seul à la maison. C'est mon défunt père qui avait construit cette maison en 1954, il s'est fait tuer par les soldats français au début de l'année 1961. Ma mère a élevé mes quatre frères et mes trois sœurs toute seule. L'année même de l'enterrement de mon père, je suis parti en France faire un stage d'apprentissage de peinture en bâtiment dans un centre de la ville de Saint Dizier en Haute Marne. J'y suis resté un mois puis je me suis enfui pour la banlieue parisienne, à Gennevilliers chez mon oncle, le frère de ma mère. Je suis resté quelques temps avec lui puis je me suis envolé à nouveau, pour l'Allemagne. Depuis les aventures se sont multipliées.

Je suis seul dans la maison depuis deux jours. J'ai acheté des boucles d'oreilles en or dans une bijouterie du centre ville pour offrir à la femme de mon frère. C'est pour marquer le coup mais aussi pour me faire pardonner.

Le troisième jour, alors que je suis assis sur la chaise devant la porte d'entrée de la maison, je vois venir mes deux sœurs accompagnées d'une jeune fille que je ne connais pas. Elles viennent jusqu'à moi et me font la bise.

Ma jeune sœur Zora me dit :

— Slim, je te présente notre cousine Hamel.

Hamel n'est ni grande ni petite, elle a un visage ovale au teint cuivre, des yeux noirs, des lèvres charnues, une poitrine prononcée et des cheveux noirs mi-longs qui lui tombent sur les épaules. Elle a un corps svelte et elle est habillée simplement.

Zora reprend la parole :

— Frère, Hamel était impatiente de te connaître depuis que nous lui avons parlé de ton retour au pays. Il y a d'autres gens qui ont entendu parler de toi et qui ne t'ont jamais vu.

Zora, lui dis-je, maintenant que je suis là, je vais avoir le temps de connaître la famille.

Je me lève en prenant ma chaise à la main et les accompagne à la salle de séjour. Mon autre sœur, Rachida, se tourne vers moi en me disant qu'elle va préparer un café pour tout le monde car notre mère ne tardera pas à arriver avec la mariée. Elle disparaît dans la cuisine et je reste seul en compagnie de Zora et Hamel.

Ma sœur me raconte le déroulement du mariage en me faisant vivre l'ambiance agréable de la fête.

Ma cousine Hamel ne me quitte pas des yeux chaque fois que je tourne la tête dans sa direction, nos regards se croisent.

Rachida revient de la cuisine en portant un plateau de cuivre avec la cafetière, quatre petites tasses et des gâteaux secs. Elle nous sert et lorsque je porte une tasse à mes lèvres, j'entends la porte d'entrée s'ouvrir et. mon fils entre, suivi de mes frères et de ma mère. La mariée est là aussi, avec sa mère et sa sœur.

C'est ma mère qui fait les présentations, j'apprends que la femme de Kaled se nomme Hafda.

Le soir, nous dînons tous ensemble et après le repas, je me suis installé avec ma chaise à la porte d'entrée, à boire un café.

Je réfléchis, il faut que je fasse le choix définitif de rester à Oran ou de repartir. Je suis entre deux vagues. Je me rends compte que Nassim est très heureux ici. Je fais le point avec moi-même lorsque ma jeune cousine Hamel vient se joindre à moi, elle s'assoit par terre, sur la marche près de ma chaise.

Hamel me questionne sur la vie en métropole. Les jeune d'ici sont tous curieux de connaître la manière de vivre en France. Je réponds à ses questions avec plaisir, Hamel est très à l'aise.

— Slim, as-tu l'intention de t'installer définitivement à Oran avec ton fils ?

— Je n'ai pas encore pris de décision mais si je trouve une occupation qui me botte, je resterai à vivre en paix ici avec Nassim.

Hamel reprend ses questions :

— Et la mère de Nassim, elle te rejoindra plus tard ?

Ma réponse est catégorique :

— Elle ne risque pas de venir ici, elle nous a abandonné tous les deux. Hamel, sois gentille, ne me parle plus du passé, c'est une page tournée pour moi. A mes yeux, seul le présent compte, c'est une nouvelle naissance pour moi comme devant une page blanche. J'ai toujours pris la vie ainsi, c'est le meilleur remède pour le cœur et l'esprit.

Nous nous séparons à une heure tardive pour aller chacun dans notre chambre.

Hamel est restée quatre jours hébergé chez ma mère et elle m'attendait le soir, lorsque je rentrais, nous discutions ensemble.

Le jour de son départ, dans la matinée, j'étais encore au lit lorsqu'elle est venue me dire au revoir. Elle m'a embrassé sur les lèvres.

Là, mon corps se sent aimanté par le sien et je la prends dans mes bras pour l'embrasser à mon tour, passionnément.

Elle me quitte à regret.

Elle est rentré chez elle à Tabia, à 95 bornes d'Oran.

Le cinquième jour après son départ, je reçois une lettre d'elle.

"Mon cher cousin Slim,

Je t'écris en obéissant à mon cœur. Je t'avoue que dès le premier jour où je t'ai rencontré, quelque chose a craqué en moi. Je ne cesse de penser à toi tout au long de la journée, ton image est toujours présente à mon esprit. Tes baisers ont réveillé en moi un volcan de désir. Je sens que je suis amoureuse de toi. A bientôt, je t'envoie un bouquet de baisers. Hamel."

Cette déclaration d'amour me bouleverse et me hante l'esprit.

Milord a pris contact avec moi par téléphone pour que je me tienne prêt à un éventuel voyage à Marnia pour aller chercher du Ricard.

Le jour suivant, dans la matinée., il vient me chercher chez moi en taxi clandestin et nous partons pour Marnia.

Là, nous nous rendons à l'épicerie de la rue de la

République, chez le barbu et nous faisons notre commande de dix cartons de Ricard, chaque carton contient douze bouteilles.

Le barbu nous annonce qu'il nous faudra patienter jusqu'au lendemain matin et nous donne rendez-vous devant le magasin pour récupérer notre commande.

Les contrebandiers qui font le chemin en passant les frontières transportent le Ricard à dos de mulet.

Milord se tourne vers moi.

— Nous sommes condamnés à passer la nuit à Marnia. Nous allons en profiter pour nous distraire un peu chez Halima, une vieille connaissance qui organise des soirées galantes clandestinement.

Nous reprenons notre taxi clandestin qui nous conduit près du quartier de l'ancien abattoir de Marnia.

Devant la maison d'Halima, Milord frappe à la porte qui s'ouvre aussitôt sur une femme sans âge, bien en chair, avec un visage agréable, un foulard noué sur sa tête cache ses cheveux Elle est habillée d'une longue robe orientale, décolletée. Elle fait la bise à Milord puis nous fait entrer et nous conduit dans une salle faiblement éclairée. Un grand bureau en bois fait comptoir. Il y a quelques clients discrets.

Nous nous asseyons tous les trois sur un long siège sans dossier et Milord commande du Whisky. Une jeune femme bien foutue vient nous servir. Elle a de longs cheveux dénoués qui lui tombent jusqu'au bas du dos.

L'ambiance est agrémentée d'une musique Raï. Nous vidons deux bouteilles de Whisky à trois, en attendant l'aube.

J'ai réglé la totalité de l'addition et nous sommes sortis pour aller directement à notre rendez-vous, en voiture.

Devant l'épicerie, nous descendons de la 404 Peugeot pour frapper chez le barbu. Il arrive quelques instants plus tard et il nous fait entrer à l'intérieur. Il y a là un autre homme, il est grand de taille, maigre, il a des yeux noirs enfoncés dans leur orbite, des cheveux poivre et sel coupés courts et il est vêtu d'une djellaba. Nous nous saluons et l'homme nous invite à ressortir.

— Nous allons prendre votre voiture pour récupérer la commande que vous avez faite.

Nous sortons tous les trois et nous rejoignons la 404 où Samir nous attend, l'homme monte près du chauffeur, moi et Milord nous installons à l'arrière.

Le contrebandier guide le chauffeur jusqu'à la sortie de la ville devant un atelier de menuiserie. Nous descendons ensemble de la voiture pour pénétrer dans la bâtisse. Là, le contrebandier nous présente les dix cartons de bouteilles de Ricard que nous vérifions. Tout est OK. Milord règle la totalité en billets algériens puis le contrebandier nous aide à charger les cartons dans la 404.

Nous faisons nos adieux au contrebandier et nous reprenons la route du retour vers Oran. Il y a des cartons de Ricard dans le coffre et sur le siège arrière de la voiture, cachés par une couverture.

Nous arrivons à Oran dans la matinée après les 167 km qui nous séparent de Marnia. Nous n'avons fait aucune mauvaise rencontre en cours de route. Nous amenons la marchandise chez moi, au Planteur, puis Milord et Samir, le chauffeur, rentrent chez eux. Ils habitent le même quartier de Saint Pierre.

Je suis épuisé, je n'ai qu'une envie, prendre une douche et me restaurer. Je me prépare des œufs aux oignons. Ensuite, je monte dans ma chambre pour me reposer. Je m'allonge sur le lit en grillant une dernière cigarette avant de dormir lorsque la porte de ma chambre s'ouvre sur mon fils. Nassim monte sur mon lit, je lui enlève ses sandales des pieds, il me prend par le cou et je le couvre de petits câlins plein d'amour.

Toutes les nuits, même lorsque je découche, Nassim dort dans ma chambre et il ne laisse personne toucher aux affaires de son père.

Je lui demande :

— Nassim, veux-tu dormir avec papa ou aller t'amuser avec tes copains ?

Il m'embrasse sur la joue en entourant mon cou de ses petits bras.

— Papa, je veux m'acheter des bonbons.

Je récupère ma veste que j'avais déposée sur le dos de la chaise et je plonge la main dans ma poche pour en tirer de la monnaie.

Dès qu'il a eu les pièces dans la main, il a sauté vite fait du lit, il a remis ses sandales et il est reparti en courant, en claquant la porte de la chambre.

Mon corps est paralysé par la fatigue et je m'endors aussitôt.

Je suis réveillé par Nassim.

— Papa, papa, le téléphone pour toi.

Je saute du lit immédiatement et descends à la salle de séjour, je prends le combiné décroché, c'est Milord au bout du fil.

— Salut Slim, je viens en voiture avec Samir récupérer les

caisses de Ricard pour les livrer, tiens toi prêt à m'accompagner.

— OK, je me prépare.

Je raccroche le téléphone. Il est six heures du soir passées, je fais ma toilette et je m'installe à la cuisine devant une tasse de café noir, à attendre. Ma mère est en train de préparer le dîner et elle se tourne vers moi avec un visage inquiet.

— Slim, toi, tu ne veux jamais rester tranquille, tu te mets toujours dans des affaires pas claires.

Elle me parle en agitant nerveusement ses mains. Je tente de la calmer.

— Mère, pourquoi es-tu si excitée, je n'ai rien commis de grave, que je sache, pour que tu te mettes dans un tel état.

— Tu crois que je suis aveugle, me dit-elle. J'ai bien vu les cartons que tu as ramenés avec tes amis et que tu as déposés derrière la maison, dans le débarras. J'ai ouvert un carton qui contient des bouteilles de Ricard. Le trafic d'alcool est sévèrement puni par la loi, les autorités algériennes sont très dures. Je ne veux pas que la police vienne chez moi.

— Ne t'inquiète pas, j'enlèverai les cartons du débarras dans un petit moment. Les longues absences qui m'ont éloignés de la famille ont ôté de ton cœur l'amour que tu me témoignais jadis. Mes frères et mes sœurs aussi sont froids avec moi. Je n'ai pas l'intention de changer votre vie mais il faut vous faire tous à ma présence.

Je prends mon verre de café et je sors pour guetter la venue de Milord devant la porte. Dans la rue, Nassim joue avec les gosses des voisins.

J'aperçois la 404 de Samir qui arrive et s'arrête devant moi. Je vais ouvrir la porte du débarras et nous chargeons les cartons de bouteilles dans la voiture.

Une fois les cartons embarqués, nous nous rendons au centre ville d'Oran. Nous livrons sept cartons au bar du théâtre de la place d'Armes et nous repartons rapidement, l'argent en poche vers la place des Victoires.

Le chauffeur gare la voiture devant le bar des Victoires, nous descendons tous les trois pour pénétrer dans le café.

Nous nous accoudons au comptoir et un jeune serveur vient vers nous. Milord l'interpelle :

— Ton patron n'est pas là ?

— Il arrive d'une minute à l'autre. Je vous sers quelque chose ?

— Apporte nous trois "Baos", dit Milord.

Le “Bao” est une canette de bière oranaise. Le serveur dépose trois canettes et trois verres sur le comptoir. Moi, je bois au goulot.

Nous sommes à vider les canettes de la deuxième tournée lorsqu'un homme de grande taille pose sa main sur l'épaule de Milord. Il a le teint cuivré, des cheveux noirs bouclés, un visage rond avec une grande moustache bien fournie, il est habillé avec goût d'un costume croisé de laine bleue.

— Salut Milord, dit-il.

— Heureux de te voir répond celui-ci.

Ils se font la bise et mon associé me présente, Kiki me regarde droit dans les yeux.

— Tu es Slim, le fils du regretté Moumen.

Je me trouve embarrassé de cette révélation et je lui réponds :

— Oui, pourquoi ?

Kiti m'adresse un sourire rassurant.

— En fait, nous sommes parents par alliance, ton oncle Mimoun est marié avec ma frangine. J'ai eu des échos de ton retour à Oran, ici les nouvelles vont vite. Slim, tu es le bienvenu chez moi aujourd'hui et demain et si tu as besoin de quelque chose, n'hésite pas à m'en faire part, je suis de ton côté.

Et il nous fait servir une autre tournée de bière.

Milord reprend la parole :

— Dis donc Kiki, tu te fais appeler Désiré, ça fait un moment que nous sommes là, la marchandise est dans la voiture, je pensais que tu m'attendais.

— Je suis désolé, dit Kiki, j'ai eu un contretemps, j'ai été obligé de me déplacer pour régler une question familiale. Je tiens toujours à ma commande, tu me décharges mes trois caisses de Ricard ?

Milord, Samir et moi, nous allons chercher les caisses que nous déposons dans la cave du bar en présence de Kiki.

La cave est en fait une grande salle qui ressemble à une piste de danse, avec une petite pièce. Le sol est revêtu d'un carrelage bien entretenu, par contre les murs auraient besoin d'un bon coup de peinture. Avec quelques travaux de rénovation, elle serait bonne à servir à autre chose que de débarras.

Kiki règle la livraison des trois caisses en espèce à mon associé puis nous remontons au bar où Kiki nous offre à nouveau une tournée de bière.

Nous sortons du bar pour rejoindre la 404. Samir démarre

en faisant crisser les pneus. En cours de route Milord me remet ma part de bénéfice sur les dix caisses de Ricard.

Samir me dépose devant chez moi et il repart vers le centre ville avec Milord.

Mon quartier du Planteur est situé à 5 km du centre d'Oran. C'est là que j'ai vu le jour. Les constructions sont des maisons individuelles de toute catégorie, certaines familles nombreuses sont entassées dans des sortes de grottes. Le quartier du planteur est le plus peuplé de l'arrondissement d'Oran mais aussi le plus délaissé de la puissante autorité administrative. Le transport urbain est nul, même les taxis du centre-ville ne veulent pas venir au Planteur par crainte de recevoir des pierres sur leur voiture.

Cette mauvaise réputation issue de calomnies blesse la population.

Il n'y a pas de poste de police, ni de pharmacie, ni de salle de distraction. Les habitants sont considérés comme des mauvais anges, des méchants.

Les jeunes du quartier sont nombreux et le plus souvent ils sont sans occupation, au chômage. Pourtant ils ne sont pas manchots mais ils tournent en rond comme des lions, ils sont livrés à eux-mêmes. Le peu d'entre eux qui travaillent occupent des postes dans le port de marchandise d'Oran.

Le quartier du Planteur est comme le Bronx à New-York.

Ici, de par les épreuves que j'ai subies, du fait d'avoir fait parler de moi dans un certain milieu parisien et pour ma simplicité, je suis estimé par les garçons de mon âge et par les plus jeunes. Je suis bien vu de tout le monde.

Arrivé chez moi, ma mère me remet une lettre d'Hamel.

"Mon cher Slim,

Depuis le jour où nous nous sommes rencontrés, je ne cesse de penser a toi. Il me semble que l'on se connaît depuis toujours et tu me manques beaucoup. Je vais venir au Planteur passer quelques jours chez ma tante Aïcha pour être près de toi, respirer le même air et goûter la saveur de tes lèvres. A bientôt. Hamel."

Depuis que nous nous connaissons, nous correspondons régulièrement mais là, je trouve que cela devient trop sérieux du côté cœur. Hamel est âgée de 19 ans et elle est orpheline de mère. Elle vit avec son père et son frère aîné. Sa défunte mère était la sœur de la mienne.

Le soir même, je réponds ouvertement à son courrier, sans détour ni déguisement de la vérité :

"Chère cousine,

J'ai reçu ta lettre dont j'ai bien compris le contenu. Tes sentiments à mon égard me font chaud au cœur mais, sans vouloir te faire de mal, regarde la réalité en face. Je ne suis plus tout frais, j'ai le double de ton âge avec un enfant sur les bras. Toi, ma cousine, tu es dans tout l'éclat de la jeunesse et je suis sur que tu rencontreras un prince charmant qui correspondra à ton cœur. Je t'embrasse. Slim."

Le lendemain, je poste cette lettre puis je pars avec mon fils et Rex le chien de ma mère, faire un pique-nique à la montagne qui est à proximité du quartier du Planteur, comme chaque week-end. Nous quittons la maison le matin et nous rentrons au coucher du soleil. Dans ce lieu planté de sapins, l'air est pur pour les enfants.

Quelques jours plus tard, je vais à pied rendre visite à Kiki, à son bar de la place des Victoires. Il est en train de discuter avec son barman lorsque j'entre dans la salle. Je m'approche de lui en lui disant :

— Salut la famille.

Kiki se tourne vers moi en me tendant la main que je prends dans la mienne. Il commande au serveur deux bières bouteilles. Après avoir bu une gorgée, je m'adresse à lui :

— Je suis venu te parler de la proposition de m'épauler que tu m'a faite à notre dernière rencontre.

— Slim, je maintiens toujours ce que j'avance à mes amis.

Je poursuis :

— Depuis que j'ai vu ta cave, cela m'a donné des idées, elle m'a tapée dans l'œil. C'est dommage qu'elle soit hors service, j'aurais envie de l'utiliser sur le plan commercial. Il suffirait d'un peu de bricolage pour lui redonner sa fraîcheur d'antan, on pourrait installer un comptoir ainsi que des tables et des chaises pour accueillir des clients.

— Je n'avais jamais pensé à ça, me répond Kiki, mais maintenant que tu en parles je trouve que c'est une bonne idée. C'est d'accord, je te laisse la cave mais je m'occupe de la rénovation moi-même. J'ai sous la main quelqu'un de capable et de confiance pour ce travail. Slim, tu restes avec moi ce soir jusqu'à la fermeture et nous irons passer un bon moment ensemble au cabaret Le Florida.

J'accepte sa proposition et je reste en sa compagnie. Le midi, nous allons manger des grillades dans le quartier.

Le soir, à l'heure de la fermeture, Kiki prend la recette de la journée dans la caisse et l'enfouit dans sa sacoche de cuir noir, alors que le serveur range les chaises, les tables et donne un coup de balai.

Nous sortons du bar, Kiki ferme sa porte à clé puis nous montons dans sa voiture, une BMW 320 gris métallisé.

Nous prenons la route de la corniche oranaise en direction de Bousfer. La BMW se gare près de l'entrée du Florida. Il y a là un portier ressemblant à un lutteur de foire.

En entrant dans le cabaret, je vois une salle immense meublée de tables et de chaises avec une belle piste de danse, un orchestre et un long comptoir de style moderne.

Kiki est connu de la direction, nous nous installons à une table près de l'orchestre et nous commandons une bouteille de Whisky. Un serveur nous porte la bouteille, deux verres, un petit récipient contenant des glaçons et la note. Kiki règle immédiatement.

Le prix du Whisky est très élevé. J'ai remarqué que les nationaux aisés sont pires que les Saoudiens, ils font des dépenses folles pour satisfaire leurs caprices, mais ce sont toujours les mêmes qui ont les privilèges dans le système algérien.

Je dis à Kiki :

— Tu te rends compte que le prix de la bouteille est deux fois plus élevé ici que dans les cabarets de Paris, c'est du vol.

— Slim, ici en Algérie, il manque de tout mais avec l'argent tu trouves tout, beaucoup de choses s'achètent en fraude.

Il remplit les deux verres et nous trinquons.

Certains clients qui veulent entendre leur chanson préférée se déplacent vers l'orchestre pour leur donner un titre à interpréter en leur glissant un billet de banque.

Il y a des filles mignonnes qui guettent le micheton. L'ambiance est chaleureuse.

Nous quittons le cabaret vers trois heures du matin et Kiki m'a reconduit jusqu'à chez moi. Avec le double de la clé que m'a fourni ma mère, je monte directement au premier étage à pas de loup pour gagner ma chambre. Là, je me mets à l'aise et je m'installe dans mon lit pour sombrer dans un profond sommeil.

C'est ma mère qui vient me réveiller en me disant que Milord demande à me voir et qu'il m'attend dehors. Encore tout étourdi, je me lève et me dirige vers la fenêtre qui donne sur la rue. Je vois Milord debout, appuyé sur l'aile avant de la 404 de Samir qui est au volant.

— Salut Milord, j'arrive tout de suite.

Je quitte la fenêtre sans lui laisser le temps de répondre. Je m'habille en cinq-sept et je descends rejoindre mon associé qui me dit :

— Slim, j'ai un client sérieux de longue date qui a besoin de huit caisses de Ricard. Tu vas faire le voyage à Marnia avec Samir, sans moi car j'ai un empêchement familial très sérieux qui m'oblige à rester à Oran. Tu vas ramener douze caisses de Ricard, si tu es gêné par le manque de place, tu déballes les bouteilles et tu les mets en vrac dans la voiture. Il faut que tu prennes la route aujourd'hui, Samir fera l'aller-retour avec toi, il est compétent et il a l'habitude.

— C'est OK, lui dis-je, sois tranquille, je vais m'occuper de la commande. Attends une seconde, je monte dans ma chambre mettre un peu d'ordre dans mes affaires et je reviens tout de suite.

Je presse le pas en regagnant ma chambre, je récupère toutes mes économies, j'ai assez pour les frais de la commande et du voyage.

Je rejoins mes compagnons à l'intérieur de la voiture. Milord se tourne vers moi en me disant :

— J'ai préparé la somme d'argent pour la commande de Ricard.

— Ce n'est pas nécessaire, lui dis-je, j'ai pris le nécessaire avec moi.

Le chauffeur dépose Milord à la place d'Arme au centre ville et je m'installe à l'avant de la 404.

Nous prenons la route de Marnia à vive allure. A Sidi Bel Abbès, nous faisons une petite halte dans un restaurant de l'avenue Mohamed V puis nous allons faire le plein d'essence. Il nous reste 90 km à parcourir.

A Marnia, nous nous dirigeons vers l'épicerie de la rue de la République pour voir le barbu. Cet après-midi, il fait chaud et l'air est sec, les habitants sont presque tous à l'abri à faire la sieste. Nous garons la voiture assez loin de l'épicerie et je m'y rends à pied.

Le propriétaire, le barbu, est seul derrière son tiroir-caisse, il me reconnaît et vient à ma rencontre, nous nous serrons la main. Je lui explique que Milord n'a pas pu venir mais que j'ai une commande de douze caisses de Ricard. Il me demande si je suis en voiture, je lui réponds "oui" de la tête.

— Très bien, me dit-il, tu auras ta commande aujourd'hui, accompagne moi.

Il ferme son magasin et nous rejoignons Samir qui était resté dans la voiture. Le barbu s'installe à l'avant, moi, sur le siège arrière et nous partons en suivant les indications de l'épicier.

Nous arrivons à l'atelier de menuiserie, le barbu descend en nous demandant d'attendre un instant, puis il entre à l'intérieur de l'atelier où il y a des bruits de machines, c'est que des gens y travaillent.

Un quart d'heure plus tard, il ressort avec hâte et remonte dans la 404 en disant à Samir de faire le tour de l'atelier en voiture pour nous garer près d'une petite porte à l'arrière. Là, le barbu ressort comme s'il avait le feu au derrière, je le suis, il ouvre la petite porte et je vois les caisses de Ricard empilées, tout près. Le compte y est, je vérifie le lot vite fait et je paie la commande au barbu.

Il nous aide à charger les caisses dans la 404. Nous sommes obligés d'ouvrir des cartons et de ranger quelques bouteilles en vrac. Samir dépose de vieilles couverture sur le tout.

Nous faisons un bref salut au barbu et nous repartons. Le chauffeur conduit silencieusement, moi, j'écoute des cassettes en fumant cigarette sur cigarette et en cogitant. Dans toute mon existence, je n'ai jamais eu affaire à la justice algérienne puisque j'ai vécu ma jeunesse en Europe.

A un moment, Samir se racle la gorge en disant :

— Slim, maintenant nous avons dépassé les endroits chauds et nous pouvons être relax.

Au coucher du soleil, nous sommes à Oran, place des Victoires et Samir gare la 404 sur le trottoir du bar de Kiki et je lui dis :

— Je vais en face, au bar des Arcades téléphoner à Milord.

Les PTT n'ont pas encore remis le téléphone au bar des Victoires. J'appelle Milord pour lui donner rendez-vous chez Kiki.

Je retourne auprès de Samir en l'invitant à aller boire un verre mais il préfère rester dans la voiture.

— Dans le coin il y a des gens à la main habile, me dit-il, aucune serrure ne leur résiste, vas y tout seul.

Je le quitte pour entrer au bar des Victoires qui est presque plein, le patron est derrière son comptoir et je vais lui serrer la main. Je me fais servir deux bières "Bao", je vais en porter une à Samir puis je reviens auprès de Kiki.

Celui-ci me dit :

— Viens avec moi jeter un coup d'œil à la cave.

Et nous prenons les escaliers qui y descendent.

— Slim, comme tu le vois, le chantier est en marche, aujourd'hui les ouvriers n'ont travaillé que le matin pour des raisons matérielles. D'ici un mois au plus tard tout sera prêt et tu pourras commencer à travailler dedans.

Je suis tellement content que je ne trouve pas les mots qu'il faudrait pour lui prouver ma reconnaissance, je pose ma main sur son épaule en lui disant :

— Je suis très touché de ta générosité.

— Maintenant, viens plus souvent à la cave pour voir l'évolution des travaux.

— Compte sur moi, lui dis-je, dès demain je vais hanter les lieux.

Nous remontons au bar au moment où Milord fait son entrée, il vient vers moi et me serre dans ses bras.

— Slim, je suis content que le voyage se soit bien passé.

Puis il se tourne vers Kiki pour lui serrer la main et nous trinquons ensemble à la bière “Bao”.

Il faut maintenant que nous allions livrer notre commande et nous vidons nos verres pour rejoindre Samir.

Nous nous rendons au quartier du Plateau à un bistrot du boulevard Adda Denouda. A l'intérieur, il y a quelques clients attablés à consommer de la bière ou du vin rouge. L'homme derrière le comptoir est de taille moyenne, il a de larges épaules, des sourcils broussailleux, des yeux noirs malicieux des cheveux noirs clairsemés de gris, son visage est celui d'un baroudeur.

Milord va lui serrer la main en lui disant :

— Mourad, je te présente mon ami Slim, j'ai avec moi douze caisses de Ricard, tu les prends toutes ou bien tu ne prends que les huit que tu m'as commandées.

— Et comment, dit Mourad, décharge-moi tout ce que tu as, je suis preneur.

Nous sortons tous les trois pour décharger la voiture et nous portons les caisses dans la cuisine du bistrot. Là, Mourad contrôle les caisses et paie Milord en espèces.

Après une tournée du patron et une autre payée par Milord pour marquer le coup, nous prenons congé de Mourad.

Dans la voiture, j'annonce mes projets à Milord :

— Maintenant, je vais rentrer chez moi au Planteur car demain matin, je dois me rendre au bar de la Victoire donner un coup de main aux ouvriers qui rénovent la cave du bar. Dès qu'elle sera prête, je vais tenter ma chance en y travaillant, ce sera ma première démarche pour une vie honnête. Notre association s'arrête mais mon amitié te reste et si un jour, tu as besoin de moi, je serais toujours prêt à te rendre service.

Milord me répond :

— Je suis content pour toi Slim que Kiki ait décidé de te garder auprès de lui pour gérer la cave du bar. Franchement, tu as de la veine mais tu le mérites.

Puis il se tourne vers Samir :

— Bien, nous accompagnons Slim dans sa jungle au Planteur.

En cours de route, il me remet la somme que j'avais investi pour la commande et le bénéfice de l'affaire que nous avons partagé en trois parts égales.

Arrivé chez moi, en franchissant la porte du salon, je vois ma mère, Nassim assis sur les genoux de ma cousine Hamel et ma belle-sœur Hafda. Mon fils vient vers moi en courant, je le soulève du sol dans mes bras pour lui faire des câlins puis je me dirige vers ma cousine que j'embrasse sur les joues.

Ma mère tourne la tête vers moi :

— Slim, si tu as faim, le dîner est prêt dans la marmite, tu as juste à le faire réchauffer.

Hamel se lève de son siège en me proposant de le faire elle-même et elle va dans la cuisine. Nassim prend la place de la cousine sur le siège en face de la télévision.

Je rejoins Hamel dans la cuisine où je me trouve en tête à tête avec elle, elle me tombe dans les bras en écrasant ses lèvres contre les miennes avec ardeur. Je me retire de crainte que quelqu'un de la famille ne surgisse et je m'installe à la table où Hamel, me sert le dîner qu'elle a fait réchauffer, des boulettes de poisson et du riz mélangé à des petits pois.

Hamel regagne le salon pendant que je termine mon repas. Je grille une blonde et je pars chercher mon fils pour le coucher. Nassim est endormi sur le canapé et sa tête repose sur la cuisse de sa grand-mère.

Je m'apprête à le prendre dans mes bras lorsque ma mère me dit :

— Non, laisse le dormir, il passera la nuit avec moi.

Nous nous souhaitons une bonne nuit et je monte au premier étage, dans ma chambre où je m'installe sous les draps en fumant une cigarette Hoggar, la veilleuse de la table de nuit allumée.

Je suis allongé depuis un moment à penser à Hamel lorsque j'entends frapper discrètement à ma porte. Je me lève pour tirer le loquet et je vois Hamel qui se faufile comme une ombre dans la chambre, je referme la porte à clé. Elle est venue me rejoindre en chemise de nuit. Sans échanger une parole, nous tombons dans les bras l'un de l'autre en nous embrassant avec passion. Nous flirtons comme des damnés sans aller trop loin dans notre désir car Hamel m'a averti qu'elle est encore vierge.

Nous restons ensemble jusqu'à l'aube puis Hamel se lève pour rejoindre la chambre de sa tante. Elle est hébergée dans la chambre de ma mère.

Dès son départ, je plonge dans un profond sommeil et je ne me réveille que lorsque le soleil est déjà bien haut. Je saute de mon lit et fais un brin de toilette avant de descendre déjeuner.

Dans la cuisine, ma mère fait le ménage aidée par Hamel, ma belle-sœur Hafda me sert le petit déjeuner.

Ensuite, je sors de la maison pour me rendre place des Victoires.

Les rues de mon quartier du Planteur sont pleines de jeunes au chômage, certains groupes se cotisent pour acheter des bouteilles de vin rouge et ils se mettent dans un coin à picoler ensemble pour échapper un moment à la misère. Ils se racontent leurs rêves entre eux, c'est la seule issue qu'ils ont pour se défouler et alléger leur cœur de ce manque d'activité, de travail et de loisir. Ils sont tous perdus dans ce labyrinthe façonné par le gouvernement. Chaque fois qu'ils sont en fête et qu'ils me voient dans les parages, ils m'invitent à me joindre à eux, ce que j'accepte toujours. Je suis estimé par les garçons du quartier.

Je fais la route à pied jusqu'à la place des Victoires. Au bar, il y a quelques clients attablés et le barman derrière son comptoir. Je demande où est le patron, le serveur m'indique l'escalier de la cave que je ne tarde pas à descendre. Kiki est là à discuter avec un homme de couleur entre deux âges, un autre, plus jeune est en train de faire le mortier.

Kiki pose la main sur mon épaule.

— Slim, je te présente Embarek qui s'occupe des travaux, et voilà son associé Yacine.

Je leur serre la main à tous les deux puis Kiki s'adresse à Embarek :

— En mon absence c'est Slim qui me représente. Si vous avez besoin de matériel, faites lui signe. Il va rester avec vous pendant toute la durée des travaux.

Il est remonté au bar, me laissant avec les deux ouvriers avec qui j'ai vite sympathisé.

A midi, les gars arrêtent le chantier pour manger sur place des plats qu'ils ont apportés. Moi, je remonte au bar et Kiki m'invite à déjeuner en laissant les rênes du café au serveur. Nous prenons la BMW pour nous rendre rue de la Pêcherie, dans un restaurant de spécialités de crustacés.

Nous dégustons des crevettes rouges grillées suivies d'un plat de rouget barbet avec des tranches de bonite et une bouteille de vin rouge "La Cuvée du Président". Franchement je me suis régalé. Kiki paie l'addition et nous repartons vers la place de la Victoire. Il gare sa BMW devant le bar fermé. En Algérie, les bars ferment à une heure et ouvrent à trois heures de l'après-midi. Kiki ouvre la porte avec sa clé et nous trouvons le barman assis à une table en train de déjeuner.

Nous descendons à la cave, les ouvriers sont en plein travail.

Tous les jours, vers quatre ou cinq heures de l'après-midi, la clientèle est nombreuse au bar, les gens commandent les bières par caisses qu'ils planquent sous les tables. A sept heures il n'y en a plus à servir car les bars d'Oran sont limités par les responsables de l'usine de bière "Bao". Lorsque la livraison de bière est liquidée, c'est le Ricard, acheté au marché noir, qui prend la relève, pour ceux qui peuvent se le payer, bien sûr, car la dose est très chère.

A la fermeture du bar, Kiki m'accompagne chez moi au Planteur. Nous nous entendons bien tous les deux.

En rentrant à la maison, je monte dans ma chambre et dès que je suis au lit, ma cousine Hamel vient se glisser dans mes draps et nous passons de bons moments, nous sommes aux anges. Pendant la semaine de séjour où elle est hébergée chez ma mère, elle n'a pas raté une occasion de venir dans ma chambre. Nos deux corps n'ont plus de secrets l'un pour l'autre.

Le jour où elle a décidé de rentrer à la ferme de son père, à Tabia, je l'ai accompagnée en taxi jusqu'à la gare Saint Charles sur le Plateau. Sur le quai, Hamel me dit :

— Slim, je t'aime très fort et je suis sincère avec toi. La différence d'âge qu'il y a entre nous n'a pas d'importance à mes yeux. Je serai une bonne mère pour ton fils.

— Hamel, moi aussi, je vais te prouver ma loyauté. Dans les jours qui viennent, je vais te rejoindre à Tabia, à la ferme de ton père accompagné de ma mère et je demanderai ta main selon la tradition musulmane.

Elle me saute au cou de joie et m'embrasse.

— Fais moi confiance, lui dis-je encore, allez, prends ton train tranquillement jusqu'à chez toi.

Elle monte dans un wagon et je reste sur le quai jusqu'à son départ.

Je vais à pied jusqu'à la cave du bar de Kiki et pendant toute la sainte journée mon esprit est préoccupé par la réaction que va avoir Othman, le père d'Hamel, quand je vais lui présenter ma demande en mariage.

Le soir, à la fermeture du bar, je rentre chez moi.

Un samedi après-midi je me trouve devant la télévision du salon lorsque j'entends ma mère crier très fort après mon fils dans la cour de la maison près de l'entrée. Je sors voir ce qu'il se passe. Il y a notre voisine que je connais simplement de vue accompagnée de son fils qui saigne de la tête, celui-ci doit avoir à peu près le même âge que le mien. Ma mère tient Nassim par le bras, il est pale comme un linge. Je m'approche en demandant que l'on m'explique la situation.

Ma mère me répond avec une voix pleine de colère :

— Ton fils a lancé une pierre sur la tête de l'enfant de Bahia, ça lui a coupé le cuir chevelu.

Je me tourne vers la voisine et lui dis :

— Mme Bahia, je suis désolé, ce qui est arrivé à votre enfant est regrettable et je suis prêt à vous dédommager de tous les frais de soins, avec toutes mes excuses. Les enfants ont l'âme innocente et le jeu les conduit quelques fois à des actes inconscients.

— Allez, ça va, répond Mme Bahia, je ne veux pas de dédommagement, l'affaire est close, et sans rancune.

Sur ces mots Mme Bahia rentre chez elle.

Sans prononcer un mot, je prends mon fils par le bras et le fais monter dans ma chambre pour une explication en tête à tête.

— Nassim, pourquoi as-tu lancé une pierre à la tête de Djamel, le fils de Bahia.

— Papa me répond Nassim, c'est lui qui avait commencé. J'étais assis sur le trottoir à manger une pomme et Djamel s'est approché de moi pour m'arracher la pomme de la main, je me suis levé et je lui ai donné un coup de pied sur la jambe. Il s'est sauvé et il a ramassé une pierre qu'il a lancée sur moi, j'ai fait pareil mais il a reçu ma pierre sur la tête.

Je lui fais un peu la leçon :

— Mon petit, je ne veux pas d'histoires avec les voisins. Pour cette fois, ça passe, je ne dis rien mais la prochaine fois tu auras droit à la fessée.

Je n'ai pas corrigé mon fils car je connais bien les enfants du quartier, ce ne sont pas des saints et leur passe-temps favori est le jeu de la force où le faible a toujours la place du souffre-douleur.

Je descends au salon où ma mère me dit :

— J'espère que tu as donné une fessée à Nassim pour qu'il ne recommence plus à lancer des pierres aux enfants de nos voisins. Tous les gens du quartier me témoignent du respect, ils sont presque tous prêts à me rendre service, j'aimerais que ça continue.

— Mère, lui dis-je, pourquoi dramatiser la situation, l'affaire est classée. Je viens te voir car j'ai besoin de ton concours. Il faudrait que tu m'accompagne chez le père d'Hamel pour lui demander la main de sa fille.

Ma mère me fixe avec un regard malicieux.

— Toi au moins, tu n'as pas perdu de temps. Tu t'es mis d'accord avec ta cousine, ne me dis rien, je ne veux pas de détails. Je vais t'accompagner, c'est mon devoir de mère mais je crains que nous nous dérangions pour des prunes. Je connais bien Othman, à la mort de ma sœur, sa femme, Hamel était encore une petite fille, c'est la benjamine de la famille. Pour Othman elle est comme la prunelle de ses yeux. En plus, il est au courant de ta vie marginale en Europe, et la différence d'âge entre vous deux... Enfin, je t'accompagnerai.

— Mère, nous ferons le voyage demain jusqu'à la ferme d'Othman à Tabia.

Ma mère réagit :

— Nous ne pouvons pas y aller les mains vides. Dans notre coutume, il faut amener des présents.

Je plonge la main dans la poche de mon pantalon pour en sortir quelques billets de banque que je remets à ma mère.

— Achète les cadeaux, s'il te reste de l'argent garde-le pour toi.

Le jour suivant, elle avait acheté les cadeaux qu'elle a rangé dans un couffin et nous avons pris un taxi pour nous rendre à la gare Saint Charles sur le Plateau à Oran. Là, nous avons pris le train pour Tabia, il y a environ 95 km entre Oran et Tabia.

Dans le compartiment je suis assis en face de ma mère qui me dit :

— Slim, la dernière fois que je suis allée à Tabia, c'était le jour de l'enterrement de ma sœur Hadja, la mère d'Hamel, les années se sont écoulées et je suis de retour à la ferme d'Othman. C'est un homme au caractère autoritaire mais le fond de son cœur est bon, il est toujours prêt à tendre la main à ceux qui ont besoin d'aide dans son entourage.

Le train arrive dans l'après-midi à la station de Tabia. Là, nous marchons à pied sur deux kilomètres, ma mère s'arrête devant une petite ferme et elle dit :

— Slim, c'est dans cette ferme-là, devant toi, que ta tante Hadja est morte, c'est la demeure d'Othman.

Je porte le couffin qui contient les présents et avec la chaleur de cet après-midi, j'ai l'impression qu'il a doublé de volume.

Ma mère frappe à la porte d'entrée de la ferme qui s'ouvre sur Hamel Elle semble surprise de me voir là avec ma mère, son regard est figé puis elle revient sur terre. Elle nous souhaite la bienvenue et nous nous embrassons. Elle nous conduit dans une grande salle avec une cheminée au dessus de laquelle sont accrochés trois plateaux de cuivre aux dessins ciselés. Sur le mur, couleur bleu ciel est cloué un grand tapis oriental avec le motif de la Grande Mosquée, il y a un vieux lustre au milieu du plafond.

Othman, le maître des lieux est installé sur des coussins disposés sur un grand tapis, il est en position semi-allongée avec à ses côtés, une table basse garnie d'une théière et un verre de thé à moitié plein.

Othman est un homme de forte corpulence, il a un visage marqué par les années, une grande moustache bien fournie, toute blanche, un turban sur la tête. Il porte une djellaba de fil, il doit être âgé de plus de soixante ans.

Il reçoit ma mère chaleureusement. Celle-ci prend la parole :

— Othman, je suis venue avec mon fils aîné Slim qui est rentré d'Europe.

Je m'approche du maître des lieux en lui faisant la bise et nous nous asseyons par terre sur les coussins en face d'Othman.

Quelques instants plus tard, Hamel apparaît avec un plateau portant une cafetière, des verres et une assiette de gâteaux secs qu'elle dépose sur la table qui est entre nous. Elle remplit nos verres de café noir puis elle disparaît.

Après avoir fait revivre le passé, ma mère attaque le sujet de notre venue.

— Othman, je suis venue tout particulièrement te voir pour te demander la main de ta fille Hamel pour mon fils Slim qui souhaite fonder un foyer.

Le vieil Othman reste silencieux, les yeux fixés sur ma mère comme quelqu'un qui a reçu un coup de massue sur la tête.

Après ces quelques secondes sans réaction, il remonte à la surface pour dire à ma mère :

— Ma chère belle-sœur, je te respecte beaucoup mais je

suis désolé, ma fille est encore trop jeune pour le mariage. Oublions cette idée et parlons un peu de nous. J'espère que vous allez passer la nuit sous mon toit tous les deux.

La réponse négative d'Othman me brise le cœur.

Ma mère lui répond :

— Je te remercie de ton invitation mais il faut que je rentre chez moi aujourd'hui. Je n'ai prévenu personne de mon absence et mes enfants vont s'inquiéter si je reste ici. A un de ces jours si Dieu nous prête vie.

Avant mon départ, je revois Hamel dans la cour de la ferme, toute excitée de connaître la réponse.

— Ma chère cousine, lui dis-je, ton père a rejeté la demande en mariage que ma mère a faite pour moi.

Le visage d'Hamel se referme.

— Mon père a refusé ! répète-t-elle à deux reprises comme si elle se parlait à elle-même, je vais lui faire regretter son refus.

Et elle part sans ajouter un mot.

Nous faisons nos adieux à Othman et je sors alors que ma mère va dire au revoir à sa nièce. Lorsqu'elle me rejoint, elle me dit qu'elle a trouvé Hamel en larmes dans sa chambre. Je lui explique que je lui ai transmis la réponse de son père.

Nous prenons le chemin du retour. A la station de Tabia, il n'y a que nous deux sur le quai, le train fait une petite halte et nous prenons place dans un compartiment vide. Le train reprend sa course et ma mère dit :

— J'aurais mieux fait de rester chez moi, je n'aurais pas pris cette gifle qu'a été pour moi le refus d'Othman.

Puis elle a sombré dans le silence total jusqu'à l'arrivée du train à Oran. A la gare Saint Charles, nous prenons un taxi pour le Planteur.

Après le dîner, je monte dans ma chambre avec mon fils pour jouer avec lui jusqu'à ce qu'il s'endorme, ensuite je grille une cigarette et je me couche.

Le lendemain, je vais à pied place des Victoires, au bar de Kiki.

Il est derrière son comptoir, je lui réclame un café noir et il me dit :

— Slim, ça y est, j'ai trouvé un comptoir pour la cave ainsi que des tables et des chaises chez un brocanteur de la ville nouvelle. Ça s'est fait par hasard, je suis tombé sur ce brocanteur qui avait tout un bric-à-brac dans sa cour. Le comptoir a fait son temps mais il est encore solide, il a besoin d'une petite réparation et d'un coup de peinture. De toutes façons, je l'ai déjà payé avec les tables et les chaises. Dès que la cave sera prête, j'irai chercher le lot avec un camion de déménagement.

— Kiki, lui dis-je, toi au moins tu n'as pas perdu ton temps, toutes mes félicitations.

Je descends à la cave voir les ouvriers qui sont en train de faire la peinture dans le couloir, toutes les bricoles sont terminées. A chaque fois que je vois que le travail avance bien, j'ai le cœur qui se gonfle de joie à l'idée que la cave va être prête.

Quelques jours plus tard tout est terminé. Les deux ouvriers s'occupent du nettoyage alors que Kiki arrive avec le camion de déménagement qui transporte le comptoir, les tables et les chaises. Nous nous mettons tous à décharger le contenu du camion et bientôt tout est en place.

Kiki, qui était sorti un instant, revient avec les mains chargées d'un plateau de sardines grillées et d'un autre rempli de salade niçoise. Il dépose le tout sur une table et remonte au bar chercher du vin rouge, du "Sidi Brahim". Nous mangeons en famille dans la cave. La journée s'écoule dans la gaieté.

Un habitué du bar qui connaît la menuiserie retape le comptoir un peu endommagé par le temps, puis nous le repeignons couleur bois.

Nous mettons tout en place et la cave ressemble à une boite de nuit de Jazz Band de Saint Germain des Prés.

Le jour suivant, j'achète un réchaud à gaz d'occasion ainsi que des marmites, des poêles, des couverts... J'ai l'intention de faire la cuisine, je servirai un plat unique, chaque jour différent et à prix fixe, vin compris.

Kiki est d'accord avec mes projets à condition que je lui vende sa bière. Moi, j'achète l'alimentation et le vin dont j'empoche les bénéfices et les caisses de bière que je vends, c'est pour Kiki.

Le premier jour, je fais des tripes aux haricots blancs.

L'aide de Kiki qui m'envoie des clients m'a bien servie au départ puis, petit à petit, le mot était donné et une grande partie des gens venaient à la cave pour le vin rouge.

Je vends deux caisses de vin rouge par jour, mes repas et des caisses de bière.

Mes clients sont jeunes, beaucoup d'entre eux viennent de mon quartier Le Planteur, ils traversent toute la ville pour venir boire et manger chez moi, ils sont à l'aise en ma compagnie, comme chez eux. Parfois, certains laissent une ardoise mais ils sont corrects, ça ne dure jamais plus de deux jours, ils s'acquittent de leurs dettes. Quelques fois, ils paient avec le fruit de leurs cambriolages, je leur prends tout ce dont j'ai besoin.

Un jour de fin de semaine, trois jeunes hommes de mon quartier qui viennent souvent à la cave, Brams, Soiny et Benameur, m'invitent à passer le week-end en leur compagnie dans une villa au bord de la plage de Bousfer. Ce sont de braves garçons qui me témoignent beaucoup de respect et j'accepte cette invitation avec plaisir.

Brams, le plus âgé des trois fixe le rendez-vous :

— Slim, jeudi soir nous venons te chercher en fin d'après-midi, ici, à la cave.

— C'est OK mais à condition que vous n'achetiez ni de vin rouge, ni de bière, je fournirai la boisson.

Comme convenu, le jeudi en fin d'après-midi, j'avais déjà mis de côté quatre caisses de bière Bao et deux caisses de vin rouge quand Brams et ses deux amis sont arrivés, vers 18 heures. Ils ont pris les caisses pour les charger dans la voiture de Brams.

Moi, je reste là pour mettre un peu d'ordre et encaisser les notes des derniers clients avant de fermer la grille qui sert de porte à la cave. Je passe au bar pour remettre l'argent des bières que j'ai vendues à Kiki et je rejoins la R 12 de Brams qui est garée sur le trottoir.

Soiny et Benameur sont sur le siège arrière, je m'installe à l'avant près du conducteur.

Ce soir du mois de mars 1981, il fait froid. Brams fait démarrer la R 12. A la sortie de Mers El Kébir, le chauffeur se tourne vers moi.

— Slim, nous t'avons fait une surprise comme tu les aimes, il y a sur place, dans la villa, la concubine de Soiny et deux autres filles qui sont en train de s'occuper de la cuisine. Tu as une des filles réservée pour toi.

Brams s'arrête devant la villa. Sur les roches, les fortes vagues claquent et meurent sur le mur de clôture qui protège la villa. Nous déchargeons les caisses de bière et de vin rouge. Un jeune homme nous reçoit accompagné de trois jeunes filles, toutes mignonnes, chacune en son genre, l'une d'entre elle devait avoir à peine 18 ans.

Elles s'entraidaient à faire face à leur tache, un poste cassette passait de la musique Raï, c'est Cheb Khaled qui chantait. Nous avons déposé les caisses dans la salle à manger.

Benameur s'adresse à moi :

— Slim, ici tu fais comme chez toi, nous sommes en famille. Nous sommes amis avec le gardien de la villa et il nous la laisse à chaque fois qu'il peut. Le propriétaire ne vient que l'été, l'hiver nous en profitons quand nous voulons faire la fête.

Lorsque Brams qui était parti garer sa voiture revient, nous nous installons tous autour d'une grande table dans la salle à manger. En cinq-sept, la table est garnie de plateaux remplis de grillades de viande, de poissons, de deux saladiers de salade niçoise et de fromages. Les verres sont remplis de vin rouge.

Franchement, ils ont pensé à tout, c'est une invitation honorable.

Je fais la connaissance des filles. Brams appelle la plus jeune, celle qui devait avoir moins de 18 ans.

— Naïma, viens t'asseoir à côté de notre invité et prends bien soin de lui.

Sans perdre de temps, la jeune fille toute souriante vient prendre place près de moi. Elle est de taille moyenne, son teint est fortement basané, elle a une poitrine prononcée, bien dessinée sous son pull-over, des yeux sombres, une petite bouche et ses cheveux noirs bouclés et en désordre lui tombent sur les épaules.

Le poste cassette émet des sons aigus qui étouffent un peu le bruit houleux de la mer déchaînée qui envoie ses fortes vagues claquer comme des fouets contre les roches. En jetant un œil par la fenêtre de la salle à manger, je vois le ciel gris et la plage déserte, on pourrait se croire seuls sur la planète. Nous commençons à bouffer et à vider des verres, les garçons racontent des blagues. A la fin de la quatrième et dernière caisse de bière, Brams se lève et vient vers moi en me tirant par le bras pour que j'aille danser avec Naïma. Les deux autres filles, Aïcha et Rachida s'en sont mêlées en nous encourageant.

Je pose mon bras sur Naïma, et l'entraîne au milieu de la salle et nous commençons à danser ensemble. Je fais le premier pas, je la prends dans mes bras et je pose mes lèvres sur les siennes, elle me répond avec ardeur. A la fin de la danse, nous retournons à la table, j'ouvre une bouteille de vin rouge et elle boit dans mon verre. Elle s'assoit sur mes jambes en me posant des questions sur la vie parisienne, quand je dois repartir ?...

Elle m'assomme de questions, chaque fois, je lui donne des réponses favorables et remplies d'espoir pour les jours à venir pour nous deux. Naïma est toute heureuse, elle s'occupe de moi comme d'une vieille connaissance.

Presque toutes les jeunes filles du pays rêvent de faire un séjour à Paris pour jouir totalement de leur liberté.

Vers trois heures du matin, je m'adresse à Brams :

— Je ne sais toujours pas où se trouve ma chambre.

Et il me répond :

— Viens mon frère, elle est déjà prête.

Il me conduit au fond du couloir dans une petite pièce où le lit est installé par terre, en face il y a une vieille armoire sans valeur avec une porte disloquée, une table basse en bois avec une bougie enfoncée dans une bouteille de vin vide à côté d'un cendrier en cuivre. Il y a une petite fenêtre couverte d'un rideau aux nombreuses couleurs, les murs sont vides.

Après cette petite visite je dis à Brams :

— C'est bon, moi je suis rôdé, tout me convient.

Nous retournons auprès des autres, je bois quelques verres de vin rouge en écoutant de la musique.

A un moment, je me lève et prends Naïma par le bras pour la conduire dans la chambre, elle me suit sans un mot.

A l'intérieur de la chambre nos lèvres se sont soudées, nous restons un moment comme ça puis nous nous mettons à l'aise sous les draps du lit étalé par terre, la bougie allumée. Nos deux corps ne font plus qu'un. Naïma, malgré son jeune âge, est experte, elle me répond avec ardeur de ses coups de hanches vivaces. Avec un cri de victoire, elle m'enfonce ses ongles dans le biceps. Le combat terminé, je glisse à ses côtés, inerte. Je grille la moitié d'une cigarette et le temps de l'éteindre, je sombre dans un profond sommeil.

Le matin, je dormais encore lorsque Brams fait irruption dans la chambre.

— Slim, réveille-toi et habille-toi vite.

Je le regarde, il a le visage troublé et un air affolé, je comprends qu'il y a du danger quelque part. Je me lève d'un bond comme piqué par une abeille.

— Vite, me dit Brams, il y a une descente de la brigade de gendarmerie. Ils sont devant la porte de la villa, on a sûrement été dénoncés.

Moi, le mot de gendarmerie me donne des ailes et sans me soucier de Naïma, les filles seules ne risquent rien, je suis Brams en courant. Nous rejoignons les autres garçons qui fuient par la fenêtre qui donne à l'arrière de la villa sur une côte rocheuse. Nous escaladons la piste qui n'est pas facile pour atteindre un sentier donnant sur la route. Je ne sais pas combien de temps a duré l'escalade mais je transpire comme un bœuf. Nous débouchons sur la route à pied où nous marchons jusqu'au centre de Bousfer.

Brams nous dit :

— Il faut encore patienter un moment, je vais aller chercher ma voiture, heureusement que je l'avais planquée, je connais bien le coin.

Je reste sur place avec les autres garçons. Ici au pays, la loi algérienne punit sévèrement les débauches organisées entre gens des deux sexes.

Nous attendons un moment puis nous voyons la Renault 12 de Brams. Tout le groupe monte dans la voiture qui nous conduit au Planteur, devant chez moi.

Dès que je franchis la porte de la maison, ma mère m'accueille à l'entrée, comme si elle guettait ma venue. Je veux parler mais elle me fait signe de me taire en posant ses doigts sur sa bouche et en tournant la tête, me faisant comprendre qu'il fallait que je la suive. A l'intérieur de la cuisine, je lui demande :

— Pourquoi tant de mystère ?

— Othman, le père d'Hamel est chez nous, il est très inquiet pour sa fille qui a disparue de chez lui à la suite d'un malentendu qui concerne le refus du mariage avec toi. Il est persuadé que tu sais où sa fille se cache. Entre nous, tu sais où elle est ?

— Mère, jamais je n'oserais faire une telle chose au sein de la famille, je suis ce que je suis mais je suis honnête avec moi-même, je ne suis pas au courant de sa fugue.

Je sors de la cuisine pour rejoindre Othman dans la salle de séjour, il est installé sur le divan, le coude sur le coussin, la tête appuyée sur sa main, il a l'air pensif.

Je ne lui laisse pas le temps d'ouvrir la bouche.

— Othman, ma mère m'a mis au courant de la situation, je t'assure que je ne sais rien de la fugue d'Hamel. Je pense qu'elle s'est réfugiée chez un membre de la famille.

Ma mère nous rejoint et je reste un moment en leur compagnie jusqu'à ce que le sommeil m'envahisse. Je monte dans ma chambre me reposer, c'est le début de l'après-midi, je m'allonge en réfléchissant au sort d'Hamel et je m'endors.

Lorsque je me réveille, il fait noir, la nuit tombe vite en hiver. Je suis au lit en train de griller une blonde lorsque la sonnerie du téléphone retentit dans la chambre voisine. Je me déplace pour décrocher et j'entends la voix de ma sœur Rachida, elle habite Tlemcen au foyer de la gendarmerie avec son mari. Je lui demande ce qu'il lui arrive.

— Tout va bien pour nous, grâce à Dieu. Je t'appelle pour te prévenir qu'Hamel est chez moi depuis deux jours et qu'elle ne veut pas retourner chez son père. Elle m'a avoué son amour pour toi et elle est prête à faire la pire des folies si son père s'obstine à refuser qu'elle vive avec toi.

Je lui réponds :

— Rachida, justement son père se trouve actuellement à la maison avec notre mère.

— Passe moi ma mère, reprend Rachida, je vais lui faire un topo qu'elle puisse expliquer à Othman.

J'appelle ma mère et je la laisse au téléphone avec sa fille puis je descends au salon attendre qu'elle vienne elle-même annoncer la nouvelle à Othman.

A son retour, elle parle tout de suite à Othman :

— Ma fille Rachida qui habite Tlemcen vient de me prévenir par téléphone que ta fille se trouve chez elle depuis deux jours.

Othman se redresse, en alerte.

Ma mère continue :

— Maintenant, tu es fixé, tu sais où Hamel se trouve. Quand tu iras la chercher sois diplomate avec elle pour ne pas risquer d'initiative fâcheuse de sa part.

— Je ne souhaite pas qu'un acte regrettable survienne dans ma famille, répond Othman. Mon vieux cœur ne supporterait pas le choc de l'humiliation. A l'heure même, je pars faire le voyage en train jusqu'à Tlemcen pour la demeure de Rachida. Sur place, je vais essayer de trouver un terrain d'entente avec ma fille.

Puis il prend congé de nous.

Je passe tout le week-end avec Nassim dans la montagne puis au début de la semaine, je reprends mon travail à la cave du bar des Victoires. Le soir, après la fermeture, Kiki me conduit en voiture dans la boite de nuit Le Cintra au centre d'Oran sur le boulevard de la Soumam. L'intérieur de la boite est bien équipé avec des décorations orientales. L'ensemble des clients des deux sexes paraissent se connaître, l'ambiance est bonne. Nous buvons une bouteille de Whisky à deux et Kiki me ramène chez moi au Planteur.

Depuis que je suis à la cave du bar, presque chaque soir après la fermeture, je vais visiter d'autres lieux publics ou privés où l'on boit de l'alcool.

Un après-midi, je venais juste de m'installer derrière le bar de la cave lorsque Blon-Blon, un expulsé de Paris que j'ai connu à Oran au bar de Kiki, pénètre dans la salle. On l'appelle Blon-Blon à cause de sa tignasse blonde bouclée. Au fil des jours, quand je le voyais au bar, il me déballait ses aventures parisiennes et la raison de son expulsion. Au pays, Blon-Blon ne travaille pas, il est toujours bien habillé, il fréquente quelques personnes de l'administration. Il se fait payer pour procurer des documents administratifs, communaux ou préfectoraux et même pour obtenir un rendez-vous dans un dispensaire. Tout se monnaye en Algérie.

Blon-Blon s'accoude au comptoir et il me commande une bière que je lui sers et je vais m'occuper de vider des sardines que j'ai achetées pour le repas d'aujourd'hui, je commence à les faire frire.

Blon-Blon me règle sa bière et prend l'escalier de sortie. Je termine ma friture pour servir deux clients qui viennent de s'installer. Je leur porte aussi du pain et du vin rouge et je vois Blon-Blon qui réapparaît accompagné de deux hommes d'allure campagnarde. Il devance ses deux compagnons rapidement et s'approche de moi pour me parler en sourdine.

— Slim, je viens d'inviter les deux hommes qui sont avec moi, ils sont de ma famille et je les ai rencontrés par hasard au coin de la rue Loubet. J'aimerais que tu me rendes un service, tu me laisses derrière le comptoir et je leur sers à boire moi-même.

Je lui réponds :

— Si c'est correct, pas de problème, tu sais bien que je suis toujours prêt à rendre service aux gens que je connais, par contre si on me fait une crasse, ça se paie cher.

— Ils sont de ma famille et je voudrais leur faire croire que je suis un honnête commerçant pour qu'ils passent le mot chez nous.

Je suis d'accord et il passe derrière le comptoir pour servir ses deux invités, il sort trois bouteilles de bière et se met à discuter avec eux.

A chaque fois que mon regard se pose sur Blon-Blon, il est en conversation acharnée, je n'entends pas ce qu'il raconte mais je vois ses mains se balader dans tous les sens comme un acteur qui présente une pièce par gestes.

A un moment, il sort du comptoir en me disant : "A tout de suite" et il prend l'escalier de sortie. Voyant que les verres des invités sont vides je leur propose une tournée. L'un des lascars qui semble être le plus dégourdi me répond :

— Ce n'est pas la peine, nous attendons le retour du patron.

Je les foudroie d'un regard sauvage.

— Ici, le patron c'est moi et personne d'autre, alors, ou je vous sers à boire ou bien vous payez vos consommations et vous prenez la sortie.

Le gars reprend :

— Blon-Blon nous a dit qu'il était le patron de la cave et du bar. Il nous a proposé des devises françaises. Nous nous sommes mis d'accord et nous lui avons remis 5000 DN en main propre. Blon-Blon nous a demandé de l'attendre un peu ici, le temps qu'il aille chercher les devises en voiture. Nous lui faisions confiance puisqu'il nous disait que le bar lui appartenait.

— C'est juste un habitué de la cave, leur dis-je, vous l'avez connu dans quelles circonstances ?

Les deux lascars répondent presqu'ensemble :

— Dans la brasserie de la rue Loubet et il nous a conduit ici.

— Moi aussi je cherche des devises étrangères, tous les Algériens en cherchent. Il vous a dupés tous les deux et vous ne pouvez même pas porter plainte à la police car vous seriez inculpés de trafic de devises. Alors cherchez-vous une solution.

Les deux lascars s'en vont en prenant la résolution d'essayer de mettre le grappin sur Blon-Blon.

Tout ce mic-mac m'a mis les nerfs en boules. Ma colère n'a pas de limite contre Blon-Blon, il a osé faire une arnaque dans mon établissement sans m'avoir affranchi. Depuis le départ des deux lascars, j'ai les yeux rivés sur l'escalier dans l'espoir de voir réapparaître Blon-Blon, je suis sur le qui-vive jusqu'à la fermeture.

Je n'ai rien dit de cette affaire à Kiki, cela me concerne personnellement.

Deux jours de suite, les deux lascars passent à la cave pour voir si Blon-Blon n'y était pas. Personne ne sait où il se cache Je pense qu'ils ont compris qu'ils ne reverraient plus la couleur de leur argent.

Dix jours plus tard, dans la soirée, presqu'à l'heure de la fermeture j'avais deux clients à table qui consommaient une bouteille de vin rouge, lorsque je vois Blon-Blon se pointer, bien nippé. Il s'approche du comptoir avec un air hautain. A sa vue, la colère m'envahit, je tremble de rage.

Je me dirige vers lui avec un sourire qui est plutôt une grimace et je pose la main sur son épaule.

— Blon-Blon viens au coin de la salle, j'ai à te parler.

Je le conduis à l'endroit voulu, je lui lance en pleine figure :

— Tu as osé abuser de ma confiance, tu es la pire des canailles, tu mérites que je te fasse asseoir sur un goulot de bouteille.

Il me répond :

— L'homme qui me fera asseoir sur un goulot de bouteille n'est pas encore né.

A la fin de sa phrase, je lui envoie une puissante droite, de toute mes forces, en plein menton. Il s'écroule par terre comme un sac de pommes de terre mais ma colère n'est pas apaisée et je lui file des coups de savate en pleine gueule. Il pisse le sang de la bouche et du nez, il crie au secours. Les deux clients qui finissaient une bouteille de rouge se déplacent pour me retenir et je me calme. Les clients relèvent Blon-Blon et le conduisent aux toilettes pour laver un peu de son sang.

Kiki, alerté par le bruit, descend à la cave et constate le remue-ménage et l'état de Blon-Blon.

— Ne fais pas cette tête là, lui dis-je, c'est un traître, il m'a fait une crasse et il n'a eu que ce qu'il méritait.

— Tu te rends compte de l'état dans lequel tu l'as mis.

A son tour Kiki donne un coup de main à remettre un peu d'ordre sur la personne de Blon-Blon et il l'accompagne vers la sortie.

Lorsque mes deux derniers clients s'en vont, je donne un coup de balai à la cave quand je vois revenir Kiki.

— Slim, me dit-il, j'ai emmené le blessé aux urgences, on lui a soigné sa lèvre et je l'ai conduit chez lui. Au cours du voyage, il n'a rien dit de fâcheux.

Je termine mon balayage et je monte rejoindre le bar où j'aide le serveur à ranger les chaises sur les tables.

Kiki ferme le bar et me raccompagne chez moi, sans me reparler de Blon-Blon. Il se comporte avec moi comme un frère ou plus.

Le lendemain matin, il revient me chercher en faisant fonctionner l'avertisseur de sa BMW. De ma chambre du premier étage, je jette un coup d'œil par la fenêtre, voyant Kiki dans sa voiture qui regardait vers moi, j'enfile un pantalon de jeans et ma veste pour le rejoindre.

A peine arrivé à sa hauteur, il me dit :

— Slim, ces jours-ci, ne viens pas faire l'ouverture de la cave. La police du commissariat du cinquième est venue me voir, ils ont demandé après toi. Blon-Blon a porté plainte contre toi. Il s'est fait faire un certificat médical d'incapacité et il est venu me voir pour me dire que si tu lui verses 3000 DN pour ses soins médicaux il retirera sa plainte. Slim, reste dans le quartier, moi, je vais essayer de négocier avec lui, je te tiendrai au courant.

Une colère de révolte s'empare de tous mes membres.

— Kiki, ça me dégoûte vraiment ces mecs qui jouent les machos et qui, dès que tu leur mets un coup dans la gueule, vont pleurer pour se faire faire un certificat médical et porter plainte à la police. Après ils viennent te demander du pognon pour retirer leur plainte. On dirait qu'ils attendent le moment de se faire boxer pour gagner du fric, ils crachent sur leur honneur pour une poignée de billets. Cette nouvelle forme d'arnaque est vraiment puante.

Il m'était arrivé une affaire similaire avec un ancien barman de Kiki, Saïd, qui avait été licencié pour des raisons personnelles. Saïd revenait au bar en tant que client et quand il avait bien bu, il devenait méchant. Un jour où Kiki s'était absenté, moi et un jeune serveur, nous nous occupions du bar. Saïd s'est pointé éméché et a cherché chicane au jeune serveur avec des paroles insolentes. Je me suis déplacé pour lui dire d'être poli et que s'il n'était pas content, il n'avait qu'à prendre la porte.

Saïd m'a regardé des pieds à la tête avec un air de dégoût puis il a craché par terre. Mon sang n'a fait qu'un tour et je lui ai envoyé une série de coups de poing sur la gueule. Son arcade sourcilière a pétée et il avait le visage plein de sang, des clients sont intervenus. Saïd est parti après s'être nettoyé et il est revenu deux heures plus tard avec la police en me montrant du doigt au brigadier.

Je me suis fait embarqué au commissariat du cinquième où ils m'ont mis dans une cellule pendant deux jours, au sous-sol. C'était infect, un robinet d'eau se trouvait au-dessus des WC à la turque en faïence qui avait perdu sa couleur blanche pour virer au jaune d'œuf avec un mélange de gris. Le coin dégageait une forte odeur de pisse qui donnait la nausée et piquait les yeux. La nuit, je dormais sur un lit en ciment avec une couverture usée qui avait une odeur de cadavre, les murs étaient ternes et humides. Il n'y avait pas de lumière sinon celle qui filtrait à travers une petite fenêtre ronde condamnée

Le premier soir, le planton m'avait remis un pain entier avec de la viande grillée à l'intérieur. C'était Kiki qui l'avait apporté. Cela me réconfortait de savoir que Kiki bougeait pour moi et qu'il ferait son possible pour me sortir de mon trou. J'avalais quelques bouchées de pain mais mon estomac se nouait, j'ai déposé le restant du casse-croûte près de mon lit ou je me suis allongé. J'avais étalé la couverture pour amortir la dureté et la froideur du ciment. Mes yeux fixaient le plafond, ici, en Algérie la garde à vue n'a pas de date limite, ça dépend du commissaire de l'arrondissement. De plus, de nos jours ils utilisent la torture avec des méthodes d'avant-garde. Je me suis réveillé plusieurs fois dans la nuit et à un moment je cherchais mon casse-croûte, il avait disparu. Les locataires du lieu, les rats, l'avaient emporté, le cachot est le territoire des gaspards. La deuxième nuit, il m'ont encore piqué la moitié de mon repas.

Au bout de trois jours, je sentais le fauve, ce manque d'hygiène était vraiment de trop.

Dans la journée de ce troisième jour, le planton est venu me chercher pour me conduire devant le commissaire, Kiki était aussi présent.

Le commissaire s'est adressé a moi :

— Saïd, le plaignant, a annulé sa plainte aujourd'hui. Il n'y a donc plus de poursuite contre toi, je classe l'affaire mais la prochaine fois, garde tes poings dans tes poches, ce sera plus sage.

J'ai récupéré mes papiers, mes bijoux, mon portefeuille et je suis sorti accompagné de Kiki. Dans la voiture, celui-ci me dit :

— Slim, Saïd n'a pas été coopérant, il n'a pas voulu retirer sa plainte en homme, il a fallu que je lui verse 2000 DN.

Voilà que je retombe sur ce salopard de Blon-Blon qui me fait le même coup pour gratter un max de fric contre le retrait de sa plainte.

Ce jour-là, je suis resté dans mon quartier au Planteur et le lendemain Kiki est venu m'apporter des nouvelles de son entretien avec Blon-Blon.

— Slim, Blon-Blon exige 3000 DN pour son sang perdu et ses frais médicaux. Je me suis mis d'accord avec lui et je lui ai remis 1000 DN d'acompte pour qu'il retire sa plainte et je lui donnerai les 2000 DN plus tard.

Pendant qu'il parle, la colère m'étouffe, je ne peux plus rester en place et je dis à Kiki :

— Merci pour tout mais je ne veux pas que tu donnes le reste de l'argent à cette ordure, je vais m'en occuper. Je ferai toutes les rues d'Oran s'il le faut mais je le retrouverai, je le forcerai à annuler sa plainte

— Je vois que tu es déterminé, me dit Kiki, je n'insiste pas mais sois prudent, s'il y a du nouveau, fais le moi savoir

Kiki remonte dans sa voiture et démarre. Moi, je reste un moment sur place puis je grimpe dans ma chambre pour endosser ma tenue de combat : un ensemble de jeans et ma paire d'Addidas.

Je prends la route du centre-ville à pied pour ratisser les bistrots que Blon-Blon fréquentent habituellement. Je n'obtiens aucune nouvelle de lui.

Tout à coup, dans la rue de la Vieille Mosquée qui est peu fréquentée, j'aperçois Blon-Blon en compagnie d'une jeune fille. Mon cœur se met à battre rapidement et je presse le pas vers lui et dès que mon regard croise le sien, son visage change de couleur, il a un petit pansement au coin de la lèvre. Il laisse sa compagne pour venir vers moi, il prend la parole :

— Slim, ça y est, j'ai retiré ma plainte, je regrette ma conduite envers toi.

— Tous les regrets du monde ne te blanchiront pas à mes yeux, tu restes un pourri. Je ne veux plus que tu remettes les pieds au bar de la Victoire, sinon, tu le regretteras pour de bon.

— Comme tu veux, me dit-il en me tendant la main.

Je ne me donne pas la peine de la lui serrer et je lui tourne le dos pour reprendre ma route. Je décide d'aller au bar des Victoires où je rejoins Kiki qui a l'air surpris de me voir, je lui raconte ce qui vient de se passer :

— Je viens de rencontrer Blon-Blon, l'affaire est close, il n'y a plus de poursuite contre moi car il a retiré sa plainte.

— Je suis content pour toi, me répond Kiki, tu sais que je t'aime comme un frère. Je tiens à ce que tu tiennes la cave du bar sérieusement, il faut que tu sois un peu plus souple avec les clients.

— Ce n'est pas moi qui cherche des noises, certains clients ne respectent rien, ils se croient tout permis mais je vais faire de mon mieux.

Je reste là jusqu'à la fermeture du bar et Kiki me raccompagne chez moi.

Le lendemain, je reprends mon travail à la cave, comme d'habitude, à revendre mon vin rouge et à faire la cuisine, tantôt des tripes, tantôt des sardines ou des merguez.

Ça marche bien mais la cave est devenue un repère de voyous et Kiki voit ça d'un mauvais œil. Chaque fin de soirée, je le rassure en lui disant que tout va bien et qu'il n'a pas à s'inquiéter de cette clientèle un peu marginale.

Un matin où j'étais au lit dans ma chambre, j'entends des bruits dans la cour qui me réveillent. Je descends voir qui sont les agitateurs qui troublent mon sommeil. C'est mon fils et son cousin Sofiane qui ont à peu près le même âge. Sofiane est le fils de ma sœur Rachida qui habite Tlemcen avec son mari qui est gendarme motorisé. C'est chez elle qu'Hamel s'était réfugiée. Les enfants jouent avec une balle de tennis.

J'interpelle mon fils :

— Nassim, tu ne peux pas aller jouer au ballon dans la rue avec ton cousin et me laisser dormir tranquille ? !

Ma sœur apparaît à la porte de la salle à manger et elle me dit :

— Laisse les enfants jouer, j'ai une bonne nouvelle pour toi.

Je la rejoins pour lui faire la bise puis j'entre dans la salle de séjour où ma mère est assise sur le divan, un chapelet à la main. Je m'installe à côté de ma frangine qui s'adresse a moi :

— Le jour où je t'ai prévenu qu'Hamel se trouvait chez moi, son père est arrivé à Tlemcen. Le père et la fille ont eu une sérieuse discussion sur le mariage. Finalement Othman a cédé, il n'est plus contre votre union.

— Je suis ravi de la bonne nouvelle, dis-je, cela me va droit au cœur. Maintenant que tu es là, tu vas accompagner notre mère à Tabia, à la ferme d'Othman et suivant la coutume vous allez demander la main de sa fille pour moi.

Ma sœur me répond :

— C'est d'accord, j'accomplis cette mission avec ma mère.

Je me tourne vers ma mère.

— Je ne t'ai pas demandé ton avis, je compte sur toi pour cette besogne.

Et elle me répond :

— J'accomplis toujours mon devoir de mère et envers tous mes enfants, sois assuré que j'irai rendre visite à Othman.

Je quitte la salle de séjour pour aller chercher de l'argent dans ma chambre puis je redescends pour le remettre à ma mère en lui disant :

— Mère, prends ces billets pour acheter le présent comme l'exige notre coutume musulmane.

Le lendemain, elle achète le présent. De mon côté, j'ai loué les services d'un taxi clandestin du Planteur. Ma sœur Rachida porte le couffin avec le présent suivie de ma mère, elle monte à l'arrière de la 404 Peugeot, moi, je m'installe près du chauffeur. Nous partons pour Tabia en passant par Sidi Bel Abbes. C'est Hadja, la femme de mon frère Kaled qui garde Nassim et le fils de Rachida.

A destination, à la ferme d'Othman, nous descendons tous et je dis au chauffeur de nous attendre pour nous ramener.

Rachida qui porte le couffin avec le présent pour le père d'Hamel frappe à la porte qui s'ouvre sur Othman qui nous invite à entrer et nous nous faisons la bise. Hamel apparaît, son visage est amaigri.

Nous sommes conduits au salon où Hamel nous sert des boissons chaudes et des gâteaux et ma mère remet le couffin à Othman en lui disant :

— Je souhaite que cet instant soit bénéfique, je viens renouveler ma demande pour que tu accordes la main de ta fille à mon fils Slim.

Othman passe sa main sur son crâne rasé puis lui répond :

— Je souhaite le bonheur de ma fille et de ton fils Slim, il me semble bien qu'ils soient déjà d'accord entre eux et que j'ai juste à donner ma bénédiction à leur union. Qu'ils prennent soin l'un de l'autre.

Ensuite il a discuté avec ma mère au sujet de la dot et les détails du mariage.

Je prends la parole :

— Othman, il faut que je vous fasse part de ma situation, je suis encore en instance de divorce avec la mère de mon fils. Notre union devra être célébrée devant un religieux musulman.

— Slim, me dit-il, tu es un membre de la famille et j'ai confiance en toi.

Nous avons fixé la date de notre union, ça sera dans deux semaines à partir de ce jour.

Dans la soirée, ma mère, ma sœur et moi, nous avons repris le taxi qui nous attendait pour rentrer à Oran.

Le jour suivant, je puise une grosse somme dans mes économies et je la donne à ma mère afin qu'elle gère les exigences matérielles du mariage. Je laisse le soin à la famille de s'occuper des préparatifs de la cérémonie.

Moi, je reprends mon travail à la cave du bar de la Victoire comme à l'accoutumée.

Mes sœurs m'ont apporté une aide financière pour les achats de moutons.

Une semaine avant la fête du mariage, je vais à Tabia accompagné de ma mère et de mes deux sœurs en voiture. A la ferme d'Othman, nous sommes attendus par la famille d'Hamel et c'est Mama, la fille aînée d'Othman, qui nous accueille. Elle nous conduit au salon auprès de son père qui, après l'embrassade, dit à ma mère :

— Je vais m'absenter un instant pour aller chercher le religieux qui célébrera l'union d'Hamel et de Slim.

Il prend congé de nous et Mama nous sert un café.

“Tout pratiquant de la religion musulmane qui veut se marier doit passer devant le Taleb (religieux musulman)”.

Voilà qu’Othman est de retour accompagné d’un homme de taille moyenne qui a un visage rond et bien potelé avec un collier de barbe poivre et sel. Il est habillé d’un burnous blanc et il tient à la main le Coran.

Le religieux s’installe et l’on nous fait venir, Hamel et moi, en face de lui près d’une table basse. Hamel a deux témoins, son frère et sa sœur. Ma sœur et le mari de Mama, l’aînée d’Othman : sont mes témoins. Le religieux commence la cérémonie en suivant le verset coranique et pour terminer, il bénit notre union.

Ma mère et moi sommes rentrés à Oran en train et mes deux sœurs sont restées près d’Hamel pour l’aider à organiser la fête de la mariée entre femmes.

Pour mon mariage, j’ai invité un groupe de jeunes musiciens du quartier Saint Pierre qui sont clients à la cave. A plusieurs reprises, ils avaient apporté leurs instruments et avaient joué à la cave, entre copains avec ma permission. Ils chantent des chansons du Raï oranais et des airs marocains, ils connaissent toutes les chansons à succès.

J’ai obtenu la promesse de Yacoub, le responsable du groupe, qu’ils viennent animer la fête de mon mariage.

J’ai également invité mon ami Kiki et d’autres. Ma mère et mes frères, de leurs côtés ont conviés des gens qu’ils connaissent.

Ma mère m’annonce qu’il faut quatre voitures pour aller chercher la mariée car elle n’arrive pas seule. Je m’en occupe en demandant à Kiki de se charger de conduire Hamel et de trouver trois autres véhicules pour les invités.

Le lendemain, il est là avec sa voiture et trois autres. Il a apporté aussi des caisses de bière et du Ricard pour la fête que je vais porter dans ma chambre.

Ensuite, ma mère et mon jeune frère ont pris place dans la BMW de Kiki et les voitures partent, l’une derrière l’autre en direction de Tabia pour ramener au Planteur la mariée et ses invités.

Après leur départ je vais au quartier de Saint Pierre pour ramener Yacoub et ses musiciens avec leur matériel, il nous a fallu deux taxis clandestins.

Le groupe s’installe sur la grande terrasse de notre maison que mes frères avaient aménagée pour la fête.

Le cortège des voitures arrive avec Kiki en tête, les trois autres suivent en manifestant leur passage avec les klaxons.

Mes sœurs accompagnées de la mariée entrent dans la maison. Moi, je m'occupe de faire installer les hommes et je fais servir le dîner aux musiciens puis aux autres invités. Yacoub et son groupe commencent à réchauffer l'atmosphère en chantant de chansons à succès de Raï oranais. Les invités se mettent à danser entre eux, les femmes de leur côté manifestent leur joie par les cris répétés des you-you. Aux fêtes de mariage, les hommes et les femmes sont séparés.

A minuit, l'heure du crime, je franchis la porte de la chambre à coucher. Hamel est installée, prête à me recevoir. Je me déshabille ainsi qu'Hamel et nous sommes entrés dans le grand jeu de l'amour charnel. Hamel perd sa virginité, comme le veut la tradition, je donne le tissu taché de sang de la mariée à l'entourage qui se tient derrière la porte de la chambre. On annonce la nouvelle avec les you-you traditionnels.

Puis je quitte la mariée pour rejoindre mes invités. La fête dure jusqu'à trois heures du matin. Là, les musiciens remballent leurs instruments et Kiki et ses amis les ont raccompagnés chez eux avec leur matériel. Je retourne dans la chambre à coucher près d'Hamel.

Le lendemain, je suis allé à la cave du bar pour reprendre mon travail comme à l'ordinaire.

Les jours suivants, à l'ouverture de la cave, trois jeunes hommes de mon quartier du Planteur sont arrivés en commandant trois bières bouteilles. Au moment où j'ai déposé les bières sur leur table, l'un des trois, Mourad, s'adressa à moi :

— Slim, nous avons un lot de marchandise : une machine à coudre mécanique et trois tapis, un grand et deux autres plus petits.

— Ça m'intéresse, lui dis-je, c'est à voir.

— Demain matin, on t'apporte le lot chez toi, me dit Mourad

Ils ont payé leurs consommations et sont repartis tous les trois. Ce sont des garçons sérieux et j'ai confiance en eux.

Le lendemain matin, comme convenu, Mourad et ses deux copains ont déposé la marchandise prévue. Il y avait deux petits tapis carrés avec des motifs orientaux et un troisième, de la grandeur d'une chambre à coucher. La machine à coudre est ancienne mais en bon état de marche. J'ai tout installé dans notre chambre avec l'aide d'Hamel

Chaque jour, je passe au marché de la Bastille faire mes achats pour la cuisine puis je passe chez le marchand de vin prendre deux ou trois caisses de vin rouge selon mon travail de la veille.

Aujourd'hui, j'ai acheté de la sardine fraîche qui n'était pas chère et j'étais en train de faire ma friture lorsque Mourad et ses deux amis sont entrés.

Je dis à Mourad de se servir à boire car je suis occupé. Il prend une caisse de bière qu'il dépose sous une table où ses deux copains s'étaient installés. Je prépare une assiette de sardines avec du pain que je porte aux trois garçons en leur disant :

— Les gars, pour les trois tapis et la machine à coudre, je suis preneur mais il faut être raisonnable avec moi sur le prix pour qu'à l'avenir, je vous débarrasse de tout ce que vous ramenez sans chipoter.

Je rejoins mon comptoir servir un autre client puis je retourne à la table de Mourad qui m'annonce un prix correct, je suis satisfait et je le règle en espèce. Je leur offre le plat de sardines et les bières, tout le monde est content.

Depuis, à chaque fois qu'ils ont quelque chose d'intéressant ils viennent me le proposer et nous faisons affaire. Ils sont plus souvent à la cave et me ramènent des clients.

La cave devient leur quartier général et Kiki voit cela d'un mauvais œil, il connaît leurs activités et plusieurs fois il me fait la morale. Je ne prends pas trop ses remontrances au sérieux car nous nous entendons à merveille.

Un beau matin de printemps, je décide de ne pas ouvrir la cave, je prends du repos et je reste au comptoir du bar à consommer de la bière lorsque je vois entrer Claude, un coopérant français qui travaille dans une compagnie de gaz à Arzew dans le département d'Oran. Arzew est un port où débouche du gaz saharien.

Claude est un client du bar des Victoires et je l'ai connu par l'intermédiaire de mon ami Kiki. Il est pédéraste mais ça ne me dérange pas et à chaque fois que l'on se rencontre au bar, nous faisons un brin de causette ensemble.

Là, il se pointe au comptoir, près de moi et je l'invite à boire un verre, il prend une bière bouteille puis il me dit :

— Slim, ces jours-ci, je ne sais pas où donner de la tête, je passe un moment difficile, je suis pris à la gorge et j'ai besoin d'argent.

Je lui réponds avec une arrière pensée :

— Claude, pourquoi veux-tu t'endetter, tu sais comme moi qu'ici, à Oran, tout s'achète et tout se vend. Si tu as un objet dont tu n'as plus besoin, moi le premier, je serais intéressé.

Il me regarde droit dans les yeux, il prend son verre qu'il avale d'un trait puis il se tourne vers moi.

— J'ai deux postes de télévision dont un portatif, je pourrais m'en séparer si on m'en donne un prix raisonnable.

Je saute sur l'occasion.

— Il m'intéresse ton poste portatif, il faut me le faire voir.

Claude me répond :

— Il est dans mon appartement.

— Allons-y tout de suite, s'il est en bon état, on s'arrange sur le prix.

Claude est d'accord et nous partons tous les deux en direction de son domicile, un appartement au rez-de-chaussée de la rue Mohamed Khemisty. C'est un F1 où règne un désordre pas possible, le lit est en bataille, il y a du linge sale sur un vieux fauteuil.

Il prend le téléviseur portatif qui se trouve sur l'étagère d'une table vernie à deux étages au-dessous d'un autre poste plus grand. Il le pose sur la table du salon, j'y jette un coup d'œil et je constate que la carapace est en bon état mais il faudrait l'essayer.

— Il est juste dix heures, me répond Claude, et la chaîne algérienne ne commence qu'à midi. Je t'assure qu'il a toujours bien fonctionné. J'en veux 1200 DN.

Je plonge la main dans la poche intérieure de ma veste pour en sortir mon portefeuille. J'en tire cinq billets de 100 DN.

— Claude, pour l'instant, prends ces 500 DN en acompte. Nous allons porter le poste chez le réparateur pour qu'il le révise et je te donnerai le restant de la somme si le résultat est bon.

Claude empoche l'argent et nous partons ensemble à la boutique de réparation de télés et radios de la rue Larbi Ben Mhedi. Je connais son propriétaire, c'est un client du bar de la Victoire.

Dans le magasin, je pose le poste sur le comptoir en demandant au patron de regarder s'il fonctionne bien.

— Parfait, me dit-il, mais le début des programmes est à midi et moi, à midi, je casse la croûte. Revenez après l'ouverture cet après-midi, vous aurez le résultat.

Nous sortons en laissant la télé et nous rejoignons le bar de la Victoire. Nous nous installons au comptoir et je commande deux bières Bao.

Pour moi, l'argent que j'ai donné à Claude lui suffira, il n'aura pas un centime de plus. Le coup du réparateur, c'est juste pour endormir sa méfiance. Je lui arrange un coup d'arnaque dont il va se retirer sur la pointe des pieds.

Nous trinquons ensemble lorsqu'un jeune homme se pointe à la porte d'entrée du bar en appelant Claude par son prénom.

Celui-ci le rejoint comme un toutou, je pense qu'il s'agit de son concubin. Le jeune homme lui parle avec colère et des gestes brusques. Claude revient au comptoir pour me dire au revoir puis il rejoint son jules.

Plus tard, je passe à la boutique de réparation de télé et dès que le propriétaire me voit, il m'apporte le poste qu'il dépose sur le comptoir en me disant :

— Il fonctionne à merveille, si tu veux le vendre, je suis acheteur.

— Pas question de le vendre, je le garde pour moi, je te dois combien ?

— Je n'ai rien fait dessus, tu n'as rien à me donner, me répond le patron.

— Si l'européen qui était avec moi tout à l'heure vient se renseigner sur l'état de la télé, dis lui qu'il y avait de grosses réparations à faire, lui dis-je.

J'amène le poste chez moi et l'installe dans ma chambre à coucher.

Le lendemain, dans la journée, Claude vient me rendre visite à la cave du bar, je suis en train de préparer des tripes avec des haricots blancs pour le menu du jour.

Je ne lui laisse pas le temps d'ouvrir la bouche et je l'attaque d'un air mécontent.

— Claude, la télé que tu m'as fourguée est détraquée, j'en ai eu pour 600 DN de frais de réparation. Rends-moi l'acompte que je t'ai donné et je te rends ton poste.

Claude devient blême.

— Slim, je n'ai plus ton argent, je l'ai dépensé, donne ce qu'il te reste à me payer.

— Je n'ai rien à te donner, c'est moi qui ai la mauvaise part dans cette affaire.

— C'est bon, dit Claude, tu as gagné, alors offre-moi une bière.

Je le regarde toujours avec un air sérieux, il a l'air malheureux, complètement abattu. Je m'écrase et je lui sers une bière bouteille qu'il avale en deux gorgée en buvant au goulot. Ensuite, il sort sans prononcer un mot. Je pense qu'il a compris la duperie mais il est désarmé.

Après son départ, je termine mes tripes aux haricots blancs lorsque quatre jeunes hommes de mon quartier du Planteur entrent. C'est Benamar et son équipe, ils ont tous les quatre un comportement bizarre et ils ont les yeux rouges, ils paraissent défoncés.

Ils me serrent la main à tour de rôle puis s'installent à une table. Benamar me demande une caisse de bière que je leur porte puis je leur sers quatre plat de tripes aux haricots et du pain. Ils mangent d'un bon appétit.

Au moment où je débarrasse leur table je leur conseille d'aller se reposer en leur disant que cela leur ferait du bien. Benamar me répond :

— Slim, tu es comme notre grand frère, nous te respectons beaucoup. Toute la nuit nous avons fait la bringue et nous n'avons pas encore fermé l'œil. Je te demande un service, garde-nous une caisse de vin rouge pour ce soir, nous passerons la chercher. Je compte sur toi !

— Sois tranquille, tu trouveras ta caisse de vin ce soir.

Lorsque la caisse de bière est épuisée, ils me saluent et prennent l'escalier de sortie.

Trois heures plus tard, je vois revenir un garçon qui était avec Benamar tout à l'heure. Sur le coup, je pense qu'il vient chercher la caisse de vin rouge que je leur ai réservée mais il semble très troublé et il me dit :

— Slim, Benamar est mort.

Je le regarde bien au fond des yeux.

— Tu es bien dans ta tête ?

Le garçon reste silencieux et ses yeux se remplissent de larmes. Je comprends que c'est sérieux.

— Comment est mort Benamar ?

Il marmonne :

— C'est la police qui l'a tué, ils lui ont tiré dans le dos.

— Calme-toi et explique-moi comment les choses se sont déroulées, lui dis-je en lui servant une bière bouteille.

Il s'est mis à boire par gorgées au goulot. C'est le début de l'après-midi et les clients sont rares. Le garçon lâche un grand soupir et commence son récit :

— Lorsque nous avons quitté la cave, nous sommes montés à notre quartier du Planteur. Benamar nous dit qu'il avait un compte d'honneur à régler avec un mec qui crèche dans la vieille caserne de Bab El Amra (cette vieille caserne est en ruine et est squattée par toutes sortes de fugueurs, voleurs et paumés). Nous avons récupéré des armes : un sabre-baïonnette, deux serpettes et un fusil harpon. Chacun de nous a pris son arme et nous sommes allés à pied au quartier de Bab El Amra. Sur les lieux le mec en question n'était pas là et nous avons saccagé son gourbi puis nous sommes repartis. On était tous défoncés par l'alcool et par dessus, nous avions pris des cachets de stupéfiants, nous étions dans un état second. Nous avons pris le bus qui mène au Planteur à la station de Bab El Amra, profitant de la descente de quelques voyageurs pour ne pas payer de ticket. Le conducteur qui fait aussi fonction de caissier nous a interpellé : “Alors la jeunesse, on se décide à payer son ticket ou bien vous redescendez tout de suite, je n’ai pas de temps à perdre”. Là Benamar a lancé, d’une voix sèche : “Avant de descendre, vous allez tous nous remettre vos bourses” et il a fait jaillir sa serpette, nous avons tous suivi son exemple. Nous tenions tous les voyageurs en respect avec les serpettes, le sabre-baïonnette et le fusil harpon. Ils étaient à notre merci et nous avons fait la récolte des bourses. Par un simple hasard, le fourgon de police est venu à la hauteur du bus et le conducteur a crié de toutes ses forces : “Police, au voleur”. Le fourgon a stoppé net. Benamar qui se trouvait près du conducteur s’est tourné vers lui en le menaçant : “Si tu fais encore un geste, je te transperce”. Nous, nous nous sommes précipités vers la porte de sortie du bus qui était restée ouverte et nous avons pris la fuite sans demander notre reste.

Benamar restait le dernier à s’enfuir. La police nous a donné la chasse et nous nous sommes dispersés, j’entendais les cris des policiers : “Halte...”, ça n’étonnait personne et aucun de nous ne s’est arrêté. Un des policiers qui nous coursaient a tiré sur Benamar, la balle qui l’a atteint dans le dos a stoppée sa course net. Son corps a basculé en avant dans la poussière, je l’ai vu tomber par terre sans un cri comme une masse, sans vie. J’étais dans les hauteurs du chemin que j’avais pris pour m’échapper, c’est au moment où je m’étais arrêté pour reprendre mon souffle que j’ai vu la scène. Maintenant, la police va faire la razzia dans le quartier du Planteur, elle va essayer de coincer les gars qui étaient avec Benamar. Moi, je vais me faire oublier chez mes grands-parents, à la campagne. Slim, peux-tu m’aider en m’avançant un peu d’argent, je te le rembourserai plus tard, quand je pourrai.

Je pose ma main sur l’épaule du garçon en lui disant :

— Tu as pris une sage décision, suis ton idée.

Je vais à mon tiroir-caisse pour en tirer quelques billets de banque que je donne au garçon.

— Tiens, mets cet argent dans ta poche, je t’en fais cadeau et je te souhaite bon voyage.

Il est touché par mon geste, il me fait la bise puis il s’en va.

Il est venu me prévenir en premier, il sait que Benamar était mon ami.

Après son départ, je reste pensif après tout ce que je viens d'entendre. Benamar et toute l'équipe avait comme quartier général la cave du bar que je gère et ce serait étonnant de ne pas avoir la visite des poulets.

Le soir, plusieurs clients parlent entre eux d'une bande de fous du Planteur qui ont braqué un bus avec des armes, la police a tiré et il y a un mort.

Je ferme plus tôt que d'habitude et je monte vers mon quartier. Le Planteur est triste, plusieurs groupes de jeunes et de moins jeunes discutent entre eux. Tous sont profondément touchés par la mort de Benamar. Il était ce qu'il était mais c'était un homme brave, toujours prêt à rendre service aux plus vieux comme aux plus jeunes du quartier.

Le lendemain de l'incident du bus, je vais au bar, je n'ai pas envie de travailler. Je m'accoude au comptoir en compagnie de Kiki et nous trinquons ensemble quand trois hommes font une entrée provocante.

Kiki me dit :

— Slim, c'est des flics.

Ils s'approchent de Kiki et le saluent. Celui qui semble être leur chef prend la parole :

— Nous sommes venus voir Slim qui travaille avec toi à la cave du bar.

Kiki, d'une manière honnête me désigne de la main. Tout de suite, les trois flics m'entourent et me mettent les menottes aux poignets. Kiki veut intervenir mais les flics ne lui laissent pas le temps d'ouvrir la bouche.

— Kiki, reste en dehors de ça, c'est grave lui dit l'un d'eux.

Mon ami me regarde avec des yeux interrogateurs. Je réponds à sa question muette :

— Je n'ai rien fait de mal, je suis du matin au soir à la cave du bar en train de travailler.

Et je suis sorti du bar escorté par les trois flics qui m'ont conduit à leur voiture, une 404 Peugeot commerciale dans laquelle un chauffeur attendait. Ils m'ont fait monté sur le siège arrière entre deux flics, en sandwich, le troisième s'est installé près du chauffeur et nous sommes allés au bureau de la P.J. au Château Neuf situé au centre-ville d'Oran.

Là, on m'introduit dans un bureau au rez-de-chaussée en compagnie de l'équipe qui m'a arrêté et je me retrouve devant le patron. Il me font vider mes poches qui contiennent mes bijoux, une somme d'argent, un trousseau de clés et ma carte d'identité toute récente.

Le principal prend la parole :

— C'est toi le fameux Slim, le commanditaire de l'agression des voyageurs du bus ?

— Moi, je ne suis pour rien dans toutes ces histoires, je gagne ma vie à la sueur de mon front.

Le patron des flics dépose cinq photos d'identité sur le bureau. Ils sont tous jeunes et ce sont des gars du quartier du Planteur, je les connais.

— Tu reconnais ces têtes, me demande le principal, ils sont tous du Planteur.

Je lui réponds :

— Je suis né au Planteur et j'y habite aujourd'hui. Je quitte le quartier le matin pour n'y rentrer que le soir. Je consacre le reste de mon temps à mon travail, je ne connais aucune personne sur ces photos.

En guise de réponse, l'inspecteur qui se tenait debout à mes côtés m'envoie une droite en pleine bouche, en traître. Je sens un liquide chaud au goût salé qui s'échappe de ma lèvre supérieure. J'ai le coin de la lèvre coupée et le sang coule le long de mon menton et vient tomber sur ma chemise en jeans.

Une colère froide s'empare de moi, je suis comme insensibilisé et je reprends :

— Je ne connais pas ces têtes sur les photos, ni de près, ni de loin.

L'inspecteur qui m'a lancé sa droite à la gueule se tourne vers son collègue.

— Tiens regarde ce bourricot qui ne veut pas avancer, en parlant de moi.

Il m'envoie son poing au ventre et le second flic me fiche un coup au bas-ventre qui me fait plier de douleur.

Le principal des flicailles me dit :

— Relève-toi, espèce de pourriture. Nous, on ne te connaît pas, c'est ton entourage qui nous a parlé de toi et qui nous a dit que tu commanditais la bande du Planteur.

— C'est une calomnie, lui dis-je, je n'ai rien à voir avec personne…

Je n'ai pas fini de parler que les coups recommencent à pleuvoir sur moi. Je me retrouve en sang mais l'esprit lucide et chaque fois qu'ils me montrent les photos, je répète la même chose : “Je ne connais personne”.

Le principal donne l'ordre de me conduire dans une cellule d'attente. Un inspecteur m'y accompagne, c'est au sous-sol du bâtiment.

Il y a d'autres personnes dans la cellule, tous des jeunes, certains assis par terre, d'autres qui font le va-et-vient. Dans un coin, il y a un robinet d'eau en hauteur et des WC d'où se dégage une forte odeur d'urine. Ici, tout le monde attend d'être conduit au palais de justice devant le juge d'instruction.

Je me lave la gueule et je nettoie, en gros, le sang qui est sur ma chemise.

Cela faisait une bonne heure que je me trouvais là lorsqu'un inspecteur est venu me chercher pour me conduire à nouveau au bureau du principal.

Celui-ci, après que l'on m'ait fait asseoir, me dit :

— Tu as bien réfléchi ? Tu ne reconnais toujours pas les visages sur ces cinq photos ?

Après ma réponse négative, il reprend :

— Si on prouve le contraire, tu vas regretter le jour où tu es venu au monde.

Un inspecteur quitte le bureau et revient avec un homme entre deux âges ayant un visage allongé, une moustache très fournie, une tête dégarnie, des yeux noirs au regard sombre. Il porte un pantalon de jeans et une veste de fonction des transports publics de l'Etat, je comprends qu'il s'agit du conducteur du bus qui a été agressé. Ils l'ont amené pour reconnaître si j'avais été présent au moment de l'agression.

L'homme me regarde des pieds à la tête puis il se tourne vers l'inspecteur de la P.J. qui l'avait accompagné en lui disant :

— Je n'ai jamais vu cet homme.

L'inspecteur me fait sortir et me reconduit à la cellule d'attente au sous-sol, ça pue toujours autant.

Je suis un peu plus tranquille, le témoignage du conducteur m'innocente. De plus, en Algérie, mon casier judiciaire est vierge. Ceux qui ont raconté des salades sur mon compte à la police sont sûrement des jaloux et la police n'a aucune preuve contre moi.

A la tombée de la nuit, un inspecteur est revenu me chercher et je me suis trouvé encore une fois face au principal. Sur son bureau, il y a ma carte d'identité et mon trousseau de clés.

Le chef de la police me dit :

— Bonhomme, tu es verni, tu vas pouvoir coucher chez toi mais dès que j'obtiens la moindre petite preuve, tu es bon.

Il sort l'enveloppe qui contient mon argent d'un tiroir de

son bureau en continuant à parler :

— Kiki le patron du bar de la Victoire t'aime bien, il a été une vraie mère poule pour toi. Prends tes affaires et décampe.

Je ramasse mes affaires et je prends la porte de sortie suivi d'un inspecteur qui donne l'ordre au planton de me laisser passer.

Dehors, sur le trottoir, Kiki m'attend et dès qu'il me voit, il me fait un sourire qui ressemble à une grimace. Je suis très ému de sa présence, cela me réconforte. Je vais vers lui et nous nous faisons la bise puis nous nous dirigeons vers sa voiture.

Il démarre en direction du Planteur et en cours de route, il me dit :

— Slim, je suis désolé de ce qu'il t'est arrivé mais tous ces ennuis viennent de ta nouvelle clientèle. Ceux qui viennent à la cave ont mauvaise réputation, ils vont nous perdre tous les deux. Moi, déjà au bar, j'ai perdu beaucoup de mes bons clients qui ont peur, la cave est devenu le quartier général des voyous. Si ça continue comme ça, je vais mettre la clé sous la porte pour de bon.

— Kiki, à l'heure actuelle, je n'ai pas la force de m'expliquer. Je suis encore secoué par le traitement de choc que m'ont fait subir les flics de la P J. La nuit porte conseil, demain j'aurai les idées plus claires et je serai à ta disposition pour dialoguer.

Il stoppe sa BMW devant la porte de chez moi en me disant :

— Ne parlons plus, l'amitié n'a pas de prix. Repose-toi bien et à demain.

Je descend en claquant la porte de la voiture qui redémarre.

En rentant chez moi, je trouve toutes les lumières des chambres allumées, d'habitude, à cette heure là, tout le monde est au lit. J'entre au salon et je vois ma mère entourée de mes frères et de ma femme, mon fils dort tout habillé sur le canapé. Ma mère est en discussion, à ma vue elle s'arrête et me dit :

— Grâce à Dieu, la police t'a laissé partir. Ton ami Kiki est venu à la maison et nous a prévenu que tu étais à la P.J. au Château Neuf, il m'a conseillé de rester chez moi aujourd'hui. Il m'a dit qu'il allait faire le nécessaire auprès de ses relations pour que tu sois relâché. Slim, tu es ici dans ta famille, il ne te manque rien oublie un peu ton passé.

— Je n'ai rien fait lui dis-je, la preuve est qu'ils m'ont relâché. Maintenant je vais prendre une bonne douche pour enlever cette odeur infecte que j'ai récoltée dans leur cellule du sous-sol de la P.J.

Je sors du salon pour aller me doucher et changer de fringues. Ensuite je vais à la cuisine manger un morceau et je vais me coucher. Toute la journée, j'avais les nerfs à fleur de peau, la douche m'a décontracté et maintenant je suis abattu. Je m'allonge sur le plumard et je ne tarde pas à sombrer dans un profond sommeil.

Le lendemain, je me réveille alors que le soleil est déjà bien haut. Je fais ma toilette et j'avale le petit déjeuner qu'Hamel m'a préparé. Ensuite je sors en direction de la place des Victoires.

Au bar, Kiki n'est pas encore là, il y a juste le serveur et quelques clients dans la salle. Je prends place, debout contre le comptoir et le serveur m'apporte le café noir que je lui ai commandé. Je n'ai pas terminé mon café lorsque Kiki est arrivé près de moi. Nous échangeons une poignée de main et je lui dis :

— Kiki, viens, on descend à la cave, il faut crever l'abcès.

Nous descendons tous les deux et nous nous installons à une table. C'est Kiki qui prend la parole :

— Slim, je t'ai toujours considéré comme un frère et tout ce qui te touche me touche. Aujourd'hui, il y a un problème et tu peux le résoudre. Pour notre bien à tous les deux il faut que tu sélectionnes ta clientèle pour les jours à venir.

— Je suis désolé, lui dis-je, je n'ai jamais fermé la porte au nez aux gens qui me sont sympathiques. Toi aussi Kiki tu m'es très cher, jamais je n'oserais te causer du tort. A bien réfléchir, c'est moi qui vais quitter la gérance de la cave. Je vais également quitter le territoire algérien pour aller à Paris quelques temps, tenter une aventure. Je suis habitué aux coups durs, dès aujourd'hui je me retire, sans rancune.

Kiki me semble ému, ses yeux noirs reflètent une vive émotion et ses paupières clignotent rapidement lorsqu'il me dit :

— Slim, c'est toi qui vois mais sache que ma porte est toujours ouverte pour toi.

— Kiki ! sois tranquille, je réglerai à ma façon les détails que nécessitent mon voyage en France. Pour le moment, je te quitte pour résoudre quelques problèmes familiaux.

Je me lève en plongeant la main dans ma poche de veste pour en sortir la clé de la cave que je remets à Kiki.

— Je passerai te voir quand j'aurai réglé certains problèmes, allez, je te laisse.

Nous échangeons une poignée de main et je prends l'escalier de sortie pour rentrer chez moi.

Actuellement, il y a des gens dans l'ombre qui me font porter le chapeau et je suis dans le collimateur des autorités, il vaut mieux que je reparte en France, comme ça tout le monde sera tranquille. Maintenant, je dois convaincre Hamel, il faut que je lui présente un argument solide pour qu'elle soit d'accord et qu'elle prenne bien soin de mon fils en mon absence. Après avoir fait tout le chemin à pied jusqu'au Planteur, je pénètre dans la maison en passant par la cuisine. Hamel est avec ma belle-sœur Haïda, la femme de mon frère Kaled, en train de discuter. Je prends place sur une chaise de la table à manger en demandant à Hamel de me verser une tasse de café noir. J'allume une blonde et Hamel dépose la tasse de café devant moi, j'en déguste quelques gorgées en réfléchissant puis je dis à ma femme :

— Hamel, viens, allons dans notre chambre, j'ai à te parler sérieusement.

Je prends ma tasse où il reste un peu de café et nous montons tous les deux, Hamel me suit sans prononcer un mot. Je m'assois sur le lit et Hamel sur le fauteuil, en face de moi.

Je me racle le gosier.

— Hamel, la roue de la chance a tourné à mon désavantage. Je viens de démissionner de la cave du bar des Victoires car je suis dans le collimateur de la police. Si je reste travailler là, avec la mauvaise réputation de la cave, les flics vont me rendre la vie impossible. J'aurai droit à des opérations coup de poing pour me faire craquer et le bar de Kiki en pâtira aussi. Alors, pour éviter la casse, j'ai le projet de partir en France pour quelques mois, le temps de récupérer une bonne somme d'argent. Ensuite je reviendrai ouvrir un commerce dans ta commune, à Tabia. En mon absence, Nassim restera auprès de toi et je veux que tu ailles avec lui vivre chez ton père.

Hamel me répond :

— J'ai confiance en toi et en ton projet d'avenir. On devra aller rendre visite à mon père et lui expliquer tout cela. Tu me laisses faire, je sais comment parvenir à le persuader. Je suis certaine qu'il sera d'accord pour ton départ et pour nous héberger, moi et Nassim, pendant le temps de ton absence.

Les paroles d'Hamel me réconfortent, je suis tout content et je la prends dans mes bras en lui donnant de tendres baisers. Nous nous retrouvons tous les deux nus à faire l'amour comme des possédés.

Hamel s'est rhabillée pour sortir de la chambre, me laissant seul sur le lit à griller une cigarette. J'écrase mon mégot dans le cendrier puis je fais ma toilette avant de sortir dans le quartier.

Je décide d'aller voir mon ami Brams pour qu'il me procure un passeport dans son entourage, il connaît mieux que moi les habitants du quartier du Planteur.

Je trouve Brams le dos appuyé contre le mur de l'épicerie de son cousin, en train de discuter avec un autre jeune. Je les salue tous les deux et je m'adresse à Brams :

— Tu as un moment ? J'ai à te parler.

— Bien sûr Slim, dit-il en s'excusant auprès de son compagnon et en s'approchant de moi.

Je lui propose d'aller faire un tour jusqu'au bar du Belvédère pour discuter tranquillement. Le Belvédère est situé au milieu de la forêt dans les hauteurs du Planteur, c'est une grande bâtisse qui fait hôtel restaurant et bar américain. Il reçoit de la clientèle des deux sexes qui viennent de tous les coins d'Algérie, il est situé à environ deux kilomètres du quartier du Planteur. Nous parcourons le chemin à pied et en cours de route j'explique mon problème à Brams.

— Je voudrais que tu me rendes un service, me procurer un passeport car j'ai l'intention de quitter le territoire national. Après la traversée, je renvoie le passeport à son propriétaire.

Arrivés au Belvédère, nous entrons au bar. La salle est garnie de tables encadrées par des fauteuils de chaque côté, c'est moderne. Il y a une autre grande salle de restaurant classique avec une vue superbe dominant un paysage rempli de verdure, ainsi qu'une vue sur le port d'Oran.

Nous prenons place sur des tabourets au comptoir en commandant deux Ricard. Ici, il y a toutes les boissons alcoolisées que l'on veut.

Brams me dit :

— Slim, au sujet du passeport, il n'y a pas de problème, je te passe le mien avec ma carte militaire. Je suis plus jeune que toi de quelques années mais ça ne se voit pas trop, ça passera. Tu peux compter sur moi.

Nous prenons d'autres verres de Ricard et à un moment, Brams m'annonce qu'il veut rentrer car il travaille le lendemain. Je règle l'addition et nous prenons le chemin du retour, à pied.

— Slim, me dit Brams, si tu as une photo d'identité sur toi, tu me la remets pour le passeport, j'ai tout le matériel nécessaire pour le falsifier.

— Je n'en ai pas sur moi mais si tu m'accompagnes chez moi, je t'en donnerai une

Devant la porte de la maison, je demande à Brams de m'attendre un instant et je monte en vitesse dans ma chambre. Je prends une photo d'identité dans le tiroir de la table de nuit et, sans perdre de temps, je rejoins Brams pour la lui remettre. Nous rentrons chacun chez soi.

Hamel me sert à dîner puis nous allons nous coucher tous les deux.

Le lendemain matin, elle a préparé un goûter et de la boisson qu'elle a mis dans un sac de sport pour faire un pique-nique. Mon fils et moi allons passer la journée dans la montagne avec Rex le chien de ma mère. Je peux réfléchir dans le calme. Au retour, Nassim est fatigué et je le porte sur mon cou, ses pieds suspendus sur ma poitrine, jusqu'à la maison.

A mon arrivée, je prends une douche puis je m'installe à la cuisine où Hamel me sert une tasse de café que je commence à déguster lorsque mon frère Abdel vient me dire que Brams m'attend dehors.

Je me lève aussitôt pour rejoindre Brams accroupi, le dos contre le mur de la maison. Il me voit m'approcher et se lève pour me serrer la main.

— Slim, j'ai le passeport, il est réussi, ta photo est en place. Je t'ai aussi ramené ma carte militaire.

En parlant, il sort de la poche arrière de son jeans le passeport qu'il me remet. La carte militaire est à l'intérieur. Je regarde la photo, elle est bien en place avec l'empreinte du cachet, on dirait l'original, c'est impeccable. Je suis tellement content que la gaieté semble sortir de toutes les pores de ma peau. Je remercie Brams.

— Les documents que tu m'offres me donnent une joie inégalable au cœur.

— Je suis fier de te donner mon aide aujourd'hui, me dit-il, demain peut-être, ce sera moi qui aurai besoin de tes services. La seule recommandation que j'ai à te faire est de ne pas oublier de me renvoyer les papiers dès que tu seras en France.

— Sois tranquille pour ça, maintenant, il me manque un titre de congé pour débarquer.

— Je vais m'arranger pour t'avoir un titre de congé à la boite ou je travaille. A bientôt Slim.

Et nous nous quittons sur une poignée de main.

Ensuite, je dîne en famille puis je monte seul dans ma chambre, je dépose le passeport et la carte militaire sur la table de nuit. J'allume la télé et Hamel me rejoint, elle s'allonge à mes cotés sur le lit. Je prends le passeport dans la main et lui dis :

— Regarde ce que je viens d'obtenir pour mon voyage en France, j'ai aussi une carte militaire, il ne me manque plus qu'un titre de congé que je vais avoir dans les jours qui suivent.

Elle jette un œil sur le passeport en disant :

— Chapeau, il est bien falsifié.

— Maintenant lui dis-je, il faut qu'on aille rendre visite à ton paternel pour que tu lui étales nos projets et pour le convaincre qu'il t'héberge avec Nassim pendant mon absence.

— Ne te fais pas de bile pour mon père, il va être d'accord.

Elle me rend le passeport que je place dans le tiroir de la table de nuit avec la carte militaire puis nous nous endormons.

Le jour suivant, Hamel et moi sommes allés acheter quelques cadeaux en ville et nous avons pris le train pour Tabia à la gare Saint Charles d'Oran.

A la ferme du père d'Hamel, celui-ci nous reçoit plein d'enthousiasme. Sa fille se met à l'aise tout de suite et prend la maison en main. Elle prépare du thé qu'elle nous sert puis elle met de l'ordre dans la maison. Son père est veuf et vit avec son garçon de 22 ans, célibataire, travaille dans l'administration.

Je suis assis par terre, sur le matelas, en face d'Othman avec qui je parle de l'ensemble du régime algérien. Je ne veux pas lui exposer mon projet moi-même, j'en laisse le soin à sa fille.

Dès qu'Hamel vient s'asseoir près de nous, je lui dis, en guise d'excuse :

— Je te laisse un moment en tête à tête avec ton père, je sors dans le quartier pour m'acheter des cigarettes.

Je vais dehors me promener dans les champs des environs pendant une bonne heure puis je rentre à la ferme.

C'est Hamel qui m'ouvre la porte, elle est toute souriante et me saute au cou avec enthousiasme, elle pose ses lèvres sur les miennes.

— Slim, en ton absence, j'ai parlé à mon père de notre projet, il est d'accord pour je reste à la ferme avec Nassim pendant ton séjour en France.

— Très bien, lui dis-je, maintenant qu'on est sur le bon terrain, je vais lui parler à mon tour.

Je me dirige vers le salon ou je reprends ma place en face d'Othman en allumant une blonde, je m'adresse à lui en rejetant une bouffée de fumée.

— Othman, aujourd'hui, je suis venu te demander de l'aide. Je souhaiterais que tu héberges Hamel et mon fils chez toi car je dois m'absenter pour me rendre à Paris où j'ai un problème à régler. Ensuite je rentre au bercail avec la volonté de Dieu, tout homme est soumis à subir son destin.

Othman me répond :

— Je suis au courant, ma fille Hamel m'a déjà parlé de vos projets. La porte de ma ferme est toujours ouverte à la famille, tu es ici chez toi. Quand tu veux tu peux apporter tes affaires, mon toit est toujours disponible pour toi, mon fils et ma fille.

Je le remercie :

— Je suis très touché par tes paroles remplies de bonté, Othman. Je te remercie beaucoup de ta générosité.

Il lève sa main en l'air pour me faire signe de me taire.

— Quand as-tu l'intention de déménager tes meubles ? me demande-t-il.

— Dès que nous serons prêts, dans les jours à venir.

Puis Othman sort dans la cour pour égorger un poulet.

Nous avons passé tout un week-end à la ferme où nous avons été très gâtés par le père d'Hamel.

De retour à Oran, à peine arrivé à la maison, mon frère Abdel me remet une enveloppe de la part de Brams, c'est le titre de congé au même nom que le passeport falsifié. Ensuite, j'ai pu embrasser mon fils qui m'attendait les bras ouverts, je lui ai remis une pièce de monnaie pour s'acheter des bonbons et il s'est éclipsé en courant.

Le voyage m'a bien fatigué et juste après le dîner, je suis monté dans ma chambre où je me suis endormi tout de suite.

Le lendemain matin, je me suis rendu au bar des Victoires, mon passeport en poche. Kiki est derrière son comptoir, je vais le saluer, je commande un café noir et j'allume une cigarette Hoggar. Je m'adresse à Kiki :

— Je sais que tu as de bonnes relations avec la direction de l'agence de voyage d'Air France de la place des Victoires. J'ai besoin d'un billet aller-retour Oran-Paris.

— Oui, me dit-il, l'agence est à dix pas d'ici et la plupart des employés mâles viennent prendre l'apéritif au bar, nous sommes voisins. Donne-moi ton passeport et je te ramène le billet.

J'ai confiance en mon ami et sans réfléchir, je lui remets le passeport ainsi que de l'argent pour le prix du billet.

Il prend le passeport et me rend l'argent en me disant :

— Garde ton argent, il te sera utile pour autre chose.

Il quitte le bar pour aller à l'agence de voyage qui est sur le même trottoir et je me commande une bière bouteille que je bois au goulot.

Kiki tarde à revenir et j'en suis à ma sixième bière lorsque je le vois rentrer au bar

— Ne te revoyant pas, j'ai pensé que tu avais pris l'avion

pour Paris, lui dis-je.

— Tu fais de l'esprit maintenant, je t'ai obtenu un billet aller-retour Oran-Paris. Ce qui m'a retardé c'est que j'ai été obligé d'aller à la banque de la rue Mohamed Khemisty pour changer de l'argent algérien contre des devises françaises, j'ai eu 320 francs. Il y avait un monde fou au guichet de change et il a fallu que je montre ton passeport ainsi que le billet de voyage. La réservation que je t'ai obtenue est pour le début de la semaine prochaine, dans huit jours. Tous les autres vols sont complets à cause des vacances d'été, ce qui explique aussi le monde au guichet de change de la banque.

Kiki me rend mon passeport, le billet de voyage et les devises françaises. je jette un coup d'œil sur l'ensemble et je l'enfouis dans la poche arrière de mon jeans.

Je remercie Kiki et je reste en sa compagnie jusqu'à la fermeture du bar, puis il me conduit chez moi en voiture. Là, nous nous faisons l'embrassade des adieux.

A la maison, Hamel me sert le dîner et je vais me coucher juste après.

Le lendemain matin, je descend à la cuisine où je grignote une tarte au beurre avec du café au lait puis j'allume une cigarette. Il y a là ma mère, ma belle-sœur et Hamel.

Je parle à ma mère :

— Je t'informe que dans huit jours je repars en France. je vais conduire Hamel et Nassim chez Othman avec mes meubles. Ils resteront à la ferme jusqu'à mon retour.

— Toi mon fils, me dit-elle, tu as toujours fait tout ce qui te passe par la tête sans demander d'avis à personne. Je ne suis pas surprise de ta décision, fais ce qu'il te semble le mieux. Quoiqu'il arrive la porte de la maison est toujours ouverte pour toi, ta femme et ton fils.

— Mère, je suis content que tu prennes les choses du bon côté, je t'aime très fort.

Je reste là, le temps de griller une cigarette et je vais voir Bahri, un voisin du quartier qui a un fourgon Peugeot J9 pour mon déménagement

Bahri est au café maure du Planteur en train de jouer aux dominos. Je lance un salut à tous les occupants de la table où il se tient puis je le prends à part :

— Bahri, lorsque tu auras fini ta partie, j'aimerais te parler.

Je vais au comptoir, je commande un verre de thé et quelques instants plus tard, Bahri me rejoint. Je l'invite à boire un verre en lui disant :

— Bahri, je regrette de te déranger en pleine partie de dominos mais j'ai drôlement besoin de toi et de ton fourgon pour déménager mes meubles jusqu'à la commune de Tabia.

Il baisse les yeux en se grattant la tête, il réfléchit un instant puis me regarde.

— Je peux te faire le déménagement mais pas aujourd'hui, je suis déjà pris, demain matin si tu veux.

— Ce qui te convient me convient, moi, de mon côté, je vais emballer les meubles et les accessoires, que tout soit prêt quand tu arriveras.

Nous tombons d'accord et je règle la note des deux verres de thé avant de quitter le café maure en saluant Bahri.

Rentré chez moi, je vois Hamel à qui je dis :

— Ça y est, j'ai trouvé quelqu'un pour le déménagement et il faut que tout soit emballé pour demain matin, j'ai besoin de tes bras pour m'aider.

Je commence à démonter les meubles. Hamel range avec soin le linge dans les valises et mon frère Kader nous donne un coup de main à emballer les accessoires.

Nassim est tout surpris.

— Papa, pourquoi as-tu défait le lit et les meubles de la chambre ?

— Mon petit, lui dis-je, nous allons partir de la maison de Grand-Mère pour aller habiter chez le papa d'Hamel, à la ferme. Demain matin, un monsieur va venir avec une grande voiture pour nous conduire là-bas avec nos bagages.

Nous avons terminé à la tombée de la nuit, épuisés. Nous dînons en famille à la cuisine puis nous remontons dans notre chambre pour y installer un lit sur le sol où nous nous couchons tous les trois.

Au matin, je suis réveillé par la sonnette de la porte d'entrée, il est six heures à mon bracelet-montre. En ouvrant la fenêtre de la chambre, j'aperçois Bahri et son fourgon. Je réveille Hamel et Nassim puis je m'habille pour commencer à descendre les affaires emballées.

Une demi-heure plus tard, tout est rangé dans le fourgon. Personne de la famille n'est venu me donner un coup de main.

Nous prenons place dans le fourgon, Hamel et Nassim s'assoient sur le siège avant tandis que je m'installe à l'arrière sur les bagages.

Bahri démarre en direction de Sidi Bel Abbès qui est la

préfecture de Tabia. Il y a 80 km entre Oran et Sidi Bel Abbès et là il nous reste 15 km pour atteindre Tabia.

Tout le long du trajet, Bahri et moi nous faisons le point sur tous les articles qui manquent dans l'ensemble des commerces dans le pays.

A Sidi Bel Abbès, nous nous arrêtons devant la station d'essence pour faire le plein que je règle. Tout le monde descend pour se dégourdir les jambes puis nous reprenons la route pour Tabia.

Arrivés à la ferme d'Othman, Hamel descend du fourgon avec Nassim et se dirige vers la porte d'entrée pour y frapper à petits coups. Othman apparaît sur le seuil et fait entrer Hamel. Quelques instants plus tard, le grand portail s'ouvre pour laisser entrer le fourgon dans la cour de la ferme.

Nous vidons le camion pour déposer les affaires en vrac dans la grande salle. Othman invite le chauffeur à prendre une tasse de café. Bahri lui répond :

— Je suis désolé mais je dois repartir sur le champ, je suis attendu à Oran.

Le voilà reparti dans son fourgon, je le suis et monte à ses cotés.

— Bahri, je sais que ton fourgon est ton gagne-pain, annonce la couleur.

Je plonge la main dans la poche de mon pantalon et en sort quelques billets de banque pour le payer. Il me regarde et me sourit.

— Remets ton argent dans ta poche, je n'ai jamais eu l'intention de te faire payer le transport à toi, Slim. Tu as déjà fait le plein d'essence, n'en parlons plus. Allez salut.

Nous échangeons une poignée de main et nous nous quittons là, Bahri repart pour Oran. Je referme le portail et je vais rejoindre Hamel qui est en pleine conversation avec son père.

Othman nous a donné une chambre que nous aménageons avec nos meubles.

Le midi, nous déjeunons avec Othman et son jeune fils Rany qui vit avec lui, ensuite, je vais me promener avec Nassim dans la campagne environnante.

C'est ce que nous ferons tous les après-midi. Le soir, à chaque occasion je parle de mon fils à Hamel en lui recommandant de bien prendre soin de lui lorsque je serai absent. Elle me rassure à chaque fois en me disant qu'elle veillera sur Nassim comme sur son propre fils. Quand je pense à mon départ pour la France, j'ai le cœur brisé à l'idée de laisser Nassim seul derrière moi. Je suis obligé de faire le voyage à Paris pour tenter une aventure, en forçant un peu la chance, pour redresser ma situation.

Dans l'après-midi de la veille de mon départ, je range quelques linges de rechange ainsi que mon nécessaire de toilette. Hamel reste silencieuse me laissant faire ma valise sans prononcer un mot.

Le jour suivant, je dois prendre l'avion à l'aéroport d'Oran à 9 heures et je vais passer la nuit chez ma mère pour être plus prêt. Je demande à Hamel d'aller me chercher Nassim pour que je lui fasse mes adieux.

Elle revient avec Othman qui tient mon fils par la main.

Othman, en voyant la valise, me dit :

— Ça y est, c'est le départ ?

— Oui, malheureusement, c'est pour demain matin et je vais passer la nuit chez ma mère, à Oran.

Je me penche vers lui et nous nous embrassons.

— Slim, me dit-il, sois tranquille, je prendrai bien soin d'Hamel et de Nassim.

J'embrasse Hamel, ses yeux sont brillants de larmes.

Je me baisse pour prendre mon fils dans mes bras, je le serre contre ma poitrine. J'ai le cœur déchiré de le laisser, je tiens à lui comme ma chair tient à mes os. Depuis que sa mère nous a abandonné, lorsqu'il avait un mois, je lui ai donné tout ce qui était en mon pouvoir, j'ai joué les deux rôles, celui du père et celui de la mère sauf quand j'étais en prison. Là, je payais pour qu'il soit protégé.

J'embrasse Nassim en le tenant dans mes bras et en lui disant :

— Papa va faire un long voyage, il faut que tu restes sage avec Hamel et Othman jusqu'à mon retour.

Il me regarde droit dans les yeux avec un air penaud.

— Papa tu te sauves en me laissant seul ?

La manière directe dont il m'a parlé me fait l'effet d'une décharge électrique, je reste sans voix, mes lèvres sont soudées, c'est comme si une main d'acier me broyait la gorge. Mes yeux se remplissent de larmes, je dépose mon enfant au sol et je baisse la tête pour ne pas montrer la tristesse qui m'étouffe.

Je prends ma valise à la main et je sors. Je fais quelques pas dans la rue, les larmes se mettent à couler le long de mes joues. Je prends mon courage à deux mains pour ne pas céder à la tentation de renoncer à mon voyage.

Je marche à pied jusqu'à la gare de Tabia où j'achète mon billet à l'unique guichet. J'attends le train un bon quart d'heure et lorsqu'il s'arrête je m'installe dans un compartiment en m'affalant sur le siège, le cœur meurtri par la séparation d'avec mon fils.

Quand le train arrive à Oran, je ne me suis pas rendu compte du trajet tant mon esprit était obscurci.

Je quitte la gare d'Oran en prenant un taxi qui me conduit au Planteur. Je passe la nuit chez moi pour repartir le lendemain à l'aéroport.

Je m'y fais conduire par un taxi clandestin dont j'ai loué les services.

A la Senia, l'aéroport d'Oran, je me présente au guichet d'enregistrement des bagages puis au contrôle douanier avec mon passeport, mon billet aller-retour, ma carte militaire et mon titre de congé.

Un douanier y jette un œil en me demandant si je n'avais rien à déclarer puis j'avance vers la salle d'attente avec d'autres passagers.

A l'heure de l'embarquement, un autocar vient nous prendre pour nous mener à l'avion.

La traversée a durée deux heures. A Orly, je repasse au contrôle douanier sans problème. Je prends un taxi pour gagner Paris, j'annonce l'adresse au chauffeur : rue Brochant dans le 17ème. C'est là qu'habite mon vieil ami Barabas. Notre amitié date de 1967, il connaît bien mon caractère rebelle et mes activités scabreuses, nous nous sommes toujours bien entendus tous les deux. Son amitié est une valeur sûre.

A destination, je règle la somme du compteur au chauffeur et je gagne l'immeuble de Barabas.

Devant les boites aux lettres, je vois son nom sur l'une d'entre elles et une bouffée de joie m'envahit. Il y a longtemps que je l'ai perdu de vue et je n'étais pas sûr de le trouver à cette adresse.

L'immeuble n'a pas d'ascenseur et je monte tranquillement les quatre étages jusqu'à la porte du studio de mon ami où j'appuie sur la sonnette. La porte s'ouvre sur Barabas qui est en pyjama, il a une sale mine.

Je lui dis :

— Barabas, j'espère que je ne te dérange pas, vieux frère.

— Entre, tu ne gênes personne.

Je m'approche de lui et me penche pour l'embrasser puis il referme sa porte en se tournant vers moi.

— Slim, ne fais pas attention au désordre, j'étais cloué au lit, je ne pouvais plus me redresser après avoir pris un coup de froid sur les reins. Je suis allé consulter un médecin dans le quartier en déployant tous mes efforts pour me déplacer. Il m'a prescrit des antibiotiques et depuis, ça va mieux. Slim, ne te gêne pas, ici tu fais comme chez toi.

J'ouvre ma valise pour en sortir mon linge que j'accroche dans la penderie de Barabas puis j'installe mes affaires de toilette dans sa salle de bain.

Barabas prépare deux tasses de café soluble. Je m'assois sur le canapé près de mon ami en prenant une cigarette d'un paquet posé sur une table basse.

— Slim, me dit Barabas, explique ton débarquement d'Algérie.

— C'est une drôle d'histoire avec des hauts et des bas mais dès que j'ai touché un petit magot, je retourne auprès de mon fils que j'ai laissé là-bas.

Barabas m'héberge, je dors sur le canapé.

Le deuxième jour de mon séjour à Paris, je renvoie les papiers à Brams par courrier, de la poste de l'avenue de Saint Ouen dans le 17ème. Ensuite, je fais une déclaration de perte au commissariat de la Gare du Nord.

Quelques jours plus tard, je suis allé au "Trou", une salle de jeu où l'on parie sur les courses de chevaux dans l'impasse de la Défense dans le 18ème.

A l'intérieur de la salle, il y a beaucoup de monde, de toutes races, des deux sexes et de tous âges. Les parieurs sont l'un derrière l'autre devant les guichets de pari course par course (couplé, jumelé, triplé). Il y a également quelques bookmakers qui prennent les mises des joueurs ; quelques pickpockets se noient dans la foule.

Je m'installe au bar qui est situé près de la porte d'entrée, je me fais servir une tasse de café noir que je paie comptant, ici il faut payer cash sa consommation. D'où je suis, je distingue tout le va et vient des gens qui entrent et qui sortent.

A un moment, mon regard se fixe sur une tête connue. C'est un homme de taille moyenne avec de larges épaules de déménageur, il a les cheveux châtains, un teint méridional, il est habillé d'une chemise avec foulard, une veste de cuir couleur rouille, un pantalon de tissu noir et il tient un journal à la main. Il avance d'un air décontracté, c'est mon ami Marco.

Marco et moi nous nous sommes connus en 1969, au tripot

de jeux clandestins de la rue des Ruisseaux dans le 18ème arrondissement de Paris. A cette époque là, on se voyait tous les soirs puis Marco est descendu dans le midi pour passer Noël avec ses proches et moi, à la nouvelle année de 1970, je suis tombé sous diverses inculpations. J'ai été incarcéré à la maison d'arrêt de la Santé, le tribunal m'avait condamné à quatre ans. J'avais un autre mandat d'inculpation pour coups et blessures avec arme blanche sur deux frangins havrais. Je suis resté deux ans à la Santé puis l'on m'a transféré à la prison du Havre pour être jugé, en 1972. Marco était incarcéré aussi au Havre et nous nous voyions dans la cour de promenade, nous nous sommes fait des confidences.

Il avait été condamné à dix mois de prison ferme plus une amende pour escroquerie. Il faisait le camelot et vendait des flacons d'eau de toilette. En fait, il installait une table avec une nappe bien humectée d'eau de toilette avec des flacons de 250 ml dessus, remplis d'eau du robinet. L'affaire était florissante jusqu'au jour où un handicapé qui avait acheté un flacon a découvert le stratagème et a alerté la police qui a embarqué Marco et ses flacons. Il est passé en correctionnelle avant de se retrouver à la prison du Havre.

Moi, trois mois après mon arrivée au Havre, j'étais déféré devant le tribunal correctionnel, aucun plaignant ne s'était présenté. J'ai plaidé la légitime défense avec mon avocat et je m'en suis sorti avec une amende. En tout je suis resté cinq mois à la prison du Havre puis on m'a transféré et j'ai été séparé de Marco.

Nous nous étions revus après ma libération, nous restions en contact.

Pendant que j'étais à Oran je n'avais renoué aucun lien avec la métropole. Et voilà qu'aujourd'hui, nos chemins se croisent à nouveau. Il n'y a que le ciel et la terre qui ne se rencontrent pas.

Dès que j'aperçois Marco, la joie de vivre me saisit, je me déplace pour aller à sa rencontre et je lui donne une petite tape sur l'épaule. Il se retourne avec agilité, une mauvaise expression sur le visage puis, à ma vue, un sourire se dessine sur ses lèvres et il me dit :

— C'est toi vieux frère, heureux de te revoir Slim.

Et nous tombons dans les bras l'un de l'autre nous faisant la bise. Marco poursuit :

— Slim, j'avais entendu dire que tu t'étais installé à Oran pour de bon.

— Tu sais Marco, partout sur la terre où un homme se trouve à l'aise, il tente de prendre racine. C'est ce que j'ai essayé de faire à Oran mais j'ai eu des démêlés avec la police du pays et je me suis découragé. Je recommence tout à zéro et j'ai besoin de sous pour me refaire.

— Viens, me dit Marco, je vais miser sur un cheval que j'ai en vue, il va courir dans la prochaine course.

Nous descendons les escaliers qui mènent au guichet des paris, Marco joue son cheval. Résultat, le bourrin sur lequel il a misé n'arrive pas en tête. Il déchire son ticket puis se tourne vers moi.

— Slim, ta présence est plus importante, suis moi, on change de coin, on va dans un endroit plus tranquille pour discuter.

Nous sortons de la salle de jeu et Marco me conduit au bar-tabac Le Havane, place Clichy dans le 17ème.

Là, nous nous installons dans la salle du bar en commandant deux Pastis et je lui explique un peu ma situation.

— Marco, je viens de débarquer à Paname après une longue absence. Je crèche chez un ami pour le moment, je suis en position hors jeu.

Marco m'affranchit globalement sur certaines magouilles et sur qui tire les ficelles. Il me remet un marché en main pour me permettre de remettre mes pendules à l'heure.

Il règle les consommations et d'un geste rapide de la main, il dépose des billets de banque dans la poche de ma veste. Nous nous levons pour sortir du bar-tabac, nous échangeons une poignée de main et Marco me dit :

— Chaque début d'après-midi, je suis au passage de la défense, au "trou", passe me voir de temps en temps.

Nous nous séparons.

Je marche à pied jusqu'au quartier de Barbès pour faire la tournée des bars où je connais du monde. Je rentre assez tard au studio de Barabas.

Le lendemain et les jours suivants, je me sers du tuyau que Marco m'a donné et je commence à me remplumer. Alors je pense quitter la rue Brochant pour laisser son indépendance et sa liberté à Barabas.

Je rentre plus tôt que d'habitude au studio, Barabas est en pyjama en train de regarder la télé, il jette un œil vers moi.

— Si tu n'as pas encore dîné, j'ai fait un ragoût de lapin, sers toi.

Je m'assois sur le canapé en lui disant :

— Merci, j'ai déjà dîné à Saint Paul au bar de Wari.

J'allume une blonde en continuant à parler.

— Barabas, demain je quitte le studio, je vais ailleurs.

Sans quitter des yeux l'écran de la télé, il me répond :

— Si tu me dis ça ce soir, c'est que ta décision est prise et je la respecte.

Il se lève pour aller à la cuisine et revient avec une bouteille de Bordeaux à la main avec deux verres qu'il dépose devant moi.

Nous avons trinqué ensemble jusqu'à vider la bouteille en parlant du passé. Le lendemain matin, au réveil, j'ai plié mes fringues dans la valise en y ajoutant ma trousse de toilette. Je vais saluer Barabas puis je prends la sortie.

J'ai marché jusqu'à la station de taxi, près de la bouche de métro Brochant. Là, j'ai pris un taxi qui m'a conduit boulevard Barbès dans le 18ème arrondissement où j'ai loué une chambre à l'hôtel du Progrès.

Ces derniers jours, tous les soirs je suis à Saint Paul, rue du Bourg Tibourg dans le 4ème, au bar hôtel La Grillade dont le patron Wari est un ami et un compatriote. La clientèle du bar est pour la plus grande partie oranaise.

Un après-midi, j'arrive chez Wari qui est au comptoir en face d'un couple. Je salue tout le monde puis je m'installe à une table pour manger car j'ai une faim de loup. Le patron vient à ma table en me demandant si un plat de spaghettis et des côtes de mouton me conviendraient, c'est tout ce qu'il reste.

— Ça me convient, lui dis-je, tu rajoutes une bouteille de vin rouge, du Sidi Brahim.

Je me régale et lorsque je suis rassasié, Wari vient débarrasser la table. Je garde la bouteille de vin qui est encore à moitié pleine et je suis en train d'en déguster un verre lorsque trois gars que je connais s'approchent de moi.

Ce sont des gars qui gagnent leur vie au "Bonneteau", à la sauvette, au Marché aux Puces de Clignancourt. Le "Bonneteau" se joue avec trois cartes retournées, deux cartes de dix, de couleur noire et un valet rouge. Les cartes sont légèrement pliées dans le sens de la longueur pour qu'elles soient plus facilement maniables. Le bonneteur fait passer adroitement les cartes entre ses mains sous les yeux du naïf puis il les dépose à l'envers et il faut deviner où est placée l'une des cartes, le valet de couleur rouge est la bonne. Jamais personne ne gagne, c'est un jeu de triche.

Ils viennent à ma table et, à tour de rôle, ils me serrent la main. Je leur paie la tournée, Wari leur sert deux verres de Pastis et une bière bouteille.

Je règle mon repas et les consommations au patron puis nous décidons de faire une partie de Rami tous les quatre. Je vais au comptoir où Wari me remet le jeu de carte et un petit tapis avec une publicité Ricard.

Je prends la moitié des cartes et je les mêle, l'un des trois autres prend l'autre moitié et suit mon exemple. Avant la distribution des cartes nous nous sommes mis d'accord sur les conditions, la descente du jeu est directe, le premier qui étale son jeu terminé reçoit 50 francs de chacun des trois autres. Nous commençons la partie.

Nous jouons depuis une demi-heure et j'ai vidé le reste de la bouteille de Sidi Brahim. A chaque partie, les perdants payaient cash le gagnant.

A un moment, Wari vient près de moi en se penchant à la hauteur de mon oreille et me dit en sourdine :

— Slim, il y a une femme au comptoir qui te demande.

Sans retenue, je tourne la tête vers le comptoir et mon regard croise celui d'une femme brune qui a un visage ovale aux traits fins, des cheveux noirs coupés courts, c'est mon ancienne femme Sabrina.

Je termine la partie que j'ai perdue, je règle le gagnant puis je me lève pour rejoindre Sabrina au comptoir. Elle me tend la joue pour que je lui fasse une bise. Elle a un verre de Whisky devant elle, je commande la même chose.

Sabrina me dit :

— Slim, cela fait un moment que je voulais te voir. J'ai demandé des nouvelles de toi dans ton milieu, certains m'ont dit que tu étais en Algérie, d'autres en prison. Le dernier renseignement que j'ai eu était le bon. Cela me fait très plaisir de te revoir, j'ai tellement insisté pour te rencontrer. Je suis dans une position très critique et tu es le seul que je connaisse qui pourrait régler la situation cauchemardesque que j'endure depuis des mois. Slim, après notre séparation, je suis allée à Arles (sur le Rhône) où je suis restée deux mois avec ma sœur et ses enfants. La nostalgie m'a prise et je suis rentée à Paname. Un jour de l'été 1980, j'assistais à l'anniversaire de mon amie Mado qui m'a présenté Alain, l'ami de son mec. Il était gentil avec moi et nous avons cohabité. Ensuite, il est devenu plus exigeant, il m'a taxée et si je ne rapportais pas, le soir, la somme exigée, il me tabassait salement. Je lui ai demandé de me laisser faire ma vie toute seule, Alain a évalué le prix de ma liberté et j'ai accepté pour être tranquille. Je travaillais toutes les nuits sur le boulevard Berthier dans le 17ème. J'ai bossé dur pendant trois mois en me serrant la ceinture et je me suis acquittée de la somme fixée par Alain, j'avais gagné ma liberté. Une semaine plus tard, Alain est venu le soir, sur mon lieu de travail, boulevard Berthier, en voiture et accompagné de deux amis black. Il s'est arrêté à ma hauteur et m'a fait monter de force dans la voiture, puis il m'a conduit dans une chambre où il a vidé mon sac pour prendre mon argent. Il voulait m'obliger par la force à rester avec lui, je refusai ses propositions, alors il m'a rouée de coups. Le lendemain, j'ai réussi à m'échapper. Depuis, chaque fois qu'Alain passe avec ses amis à l'improviste, ils m'embarquent contre mon gré pour me piquer l'argent du travail de la soirée et en prime, je reçois des coups. Tu me connais Slim, je ne suis pas une femme à flics.

J'écoute son récit et je lui dis :

— Sabrina, avant d'écarter tes jambes pour ton Alain, tu n'es pas venue me demander mon avis. Aujourd'hui, pourquoi veux-tu me mêler à ta vie privée ?

Elle me répond d'une voix blanche :

— Slim, j'ai beaucoup de respect pour toi et tu es mon seul espoir pour venir à bout de cette situation. Je t'en prie Slim, fais quelque chose pour moi, au nom des beaux jours que nous avons eu ensemble. Depuis ce moment, je vis dans la terreur.

Tout à coup, ses yeux se remplissent de larmes qui roulent sur ses joues. Je sors un paquet de Kleenex de ma poche et j'en tend un à Sabrina.

— Tiens, essuie-toi les yeux, calme-toi, tu as gagné. As-tu au moins une adresse ou un numéro de téléphone où je peux joindre le fameux Alain l'Arabe ?

Sabrina se mouche.

— Alain fréquente beaucoup les bistrots antillais et il ne reste jamais au même endroit Tu le connais de réputation, il sait que nous étions ensemble avant.

Elle sort une feuille de papier d'un calepin où elle inscrit un numéro de téléphone en me disant :

— Slim, tiens, c'est le numéro du bar Marylou, rue Poissonnière dans le 18ème, c'est un bistrot de blacks. Alain me l'avait donné au début de notre rencontre au cas où j'aurais eu besoin de l'appeler d'urgence.

Je regarde le numéro de téléphone sur le bout de papier posé dans le creux de ma main puis je me tourne vers le patron du bar en lui disant :

— Passe-moi le téléphone.

Wari me répond d'un "Oui" de la tête et il dépose l'appareil sur le comptoir, près de moi. Je compose le numéro que m'a remis Sabrina, j'obtiens la communication, je demande à celui qui a décroché de me passer Alain et j'entends à l'écouteur une voix qui crie : "Alain l'Arabe, téléphone pour toi". Puis la voix d'Alain me parvient.

— Allô, qui est à l'appareil ?

— C'est Slim, je t'appelle de la part de Sabrina.

— Viens me retrouver au bar Marylou que l'on s'explique au sujet de Sabrina, elle connaît le chemin.

— Je n'aime pas me placer sur un mauvais terrain pour discuter, on va se voir dans un lieu neutre, sans témoin.

J'entends Alain, à l'autre bout du fil, me répondre :

— Où tu veux et quand tu veux, je suis ton homme.

— Rendez-vous à quatre heures de l'après-midi au bar Richelieu, rue Montmartre dans le 2ème arrondissement, prés du métro Richelieu-Drouot. Sabrina sera aussi au rendez-vous pour faire les présentations.

— OK, répond l'autre, j'y serai.

Et il raccroche le téléphone. Je repose lentement le combiné en regardant Sabrina dans les yeux Elle a tout entendu et un sourire qui ressemble à une grimace se dessine sur ses lèvres.

— Tu as entendu Sabrina, tu viens avec moi au rendez-vous. Pour l'instant, fais ce que tu as à faire et demain, tu viens ici, au bar, avant quatre heures, je serai là et nous partirons ensemble.

Elle fouille dans son sac et sort son porte-monnaie pour régler les consommations, j'arrête son geste.

— Laisse tomber, je m'occupe de l'addition, toi, ce sera pour une autre fois.

Elle me fait la bise et elle s'en va.

Je reste sur place à réfléchir, il me faut un calibre, le mien je l'ai donné à mon ami Hakim lors de mon séjour dans son studio, rue des Trois Frères, avant mon départ en Algérie. Je n'aime pas beaucoup me rendre à un rendez-vous scabreux une main devant et une main derrière. Il faut que j'aille à la salle de pari, "le trou", revoir mon ami Marco. Il va m'obtenir une arme, j'ai confiance en lui.

Je règle les consommations ainsi que le téléphone et je quitte le bar.

Je fais quelques achats dans le quartier. Je vais chez le marchand de fruits puis chez le boulanger où je prends du pain et des gâteaux, des amandines, j'adore ça.

Ensuite, je prends un taxi qui me conduit à mon hôtel Le Progrès, boulevard Barbès.

Le lendemain matin je téléphone en Algérie, à Tabia. Hamel me donne des nouvelles réconfortantes de mon fils et de l'ensemble de la famille. Je leur ai déjà envoyé de l'argent, j'assume mes engagements jusqu'au bout.

Je déjeune dans un restaurant de la rue Charbonnière à Barbès puis je me rends à l'impasse de la Défense, au "Trou", à pied. A l'intérieur, je descends à la salle du dessous, il y a peu de monde, la première course n'est pas encore partie ; je suis en avance et je remonte pour m'installer au bar. Là, je me fais servir un verre de Pastis que je paie cash. Les turfistes arrivent en nombre, la première course a débutée.

Je suis à mon troisième verre de Pastis lorsque Marco franchit la porte, il a sur le dos une gabardine à cause du temps qui est capricieux Il tourne la tête en direction du bar. De mon coin, je lève la main pour lui faire signe et quand il me voit, il vient vers moi et nous nous faisons la bise.

— Depuis la dernière fois que l'on s'est vus, me dit-il, à chaque fois que j'entre au "Trou", je jette un œil au comptoir instinctivement.

— Marco, prends un verre avec moi, j'ai une demande à te faire.

— Pas tout de suite, me dit-il, tu sais bien que je suis contaminé par les jeux, maintenant il faut que j'aille prendre les mises des courses. Va m'attendre au bar-tabac Le Havane de la place de Clichy, je t'y rejoins le plus tôt possible.

— Marco, je suis attendu, j'ai besoin d'un feu d'urgence.

— Tu as besoin de ma présence. Où es-tu attendu ?

— Non merci, Marco, je veux juste un calibre et des balles.

— J'ai compris, me dit-il, laisse-moi pour l'instant, on se revoit tout à l'heure au Havane, j'aurai ta commande.

Nous nous quittons et je me rends directement à pied au bar de la place de Clichy, Le Havane où je me commande une boisson chaude, à une table.

Une heure plus tard, je vois Marco débarquer avec un sac plastique à la main. Il m'aperçoit et vient s'installer en face de moi en me disant :

— Slim, je ne veux pas connaître les raisons de ton besoin immédiat d'un feu. Je t'ai amené mon calibre, un automatique de 7,65 avec deux chargeurs pleins, je t'en fais cadeau et je te souhaite bonne chance.

Il sort un petit calepin de la poche intérieure de sa veste et griffonne un numéro sur une feuille qu'il arrache et qu'il dépose devant moi en me regardant bien en face.

— Slim, la prochaine fois que tu as besoin de moi pour affaires, téléphone-moi à ce numéro. Comme ça, nous pourrons nous voir en dehors de la salle de jeu.

Je prends la feuille que je place dans mon portefeuille en le remerciant.

— C'est un cadeau précieux que tu me fais là, j'en ai drôlement besoin en ce moment. Maintenant excuse-moi mais je dois partir.

— Moi aussi, me dit-il, je retourne au "Trou".

Nous nous faisons la bise, je prends le sac plastique de Marco et nous nous quittons là.

Je me rends en taxi dans le quatrième arrondissement à l'angle de la rue du Roi de Sicile et de la rue du Bourg Tibourg pour aller au bar de Wari.

Dès que je franchis la porte du bar, je zieute Sabrina assise sur un grand tabouret contre le comptoir. Je m'approche d'elle, nous nous faisons la bise, et je reste debout auprès d'elle avec mon sac plastique à la main. Je salue Wari à qui je commande un café noir puis je vais aux WC. Là, je referme bien la porte derrière moi et j'ouvre le sac plastique pour en sortir l'automatique enveloppé dans une vieille serviette de table avec les deux chargeurs pleins. J'arme le calibre de 7,65 et je le place entre ma hanche et la ceinture de mon pantalon, laissant retomber ma veste par dessus puis j'enroule le chargeur qui me reste dans la serviette que je remets dans le sac plastique.

De retour au bar je donne le sac à Wari en l'informant de son contenu, il le prend et va le mettre dans la cuisine.

Je bois mon café qui est presque froid et je mets la main à ma poche pour payer.

— C'est fait, me dit Sabrina.

— Bon, on décampe, nous avons un rendez-vous.

Nous prenons la rue de Rivoli où j'appelle un taxi en marche pour qu'il nous conduise rue Montmartre, près du bar Richelieu.

Nous faisons quelques pas pour entrer dans le bistrot, là, je regarde Sabrina qui secoue sa tête. Nous prenons place à une table libre d'où l'on aperçoit tous les gens qui entrent au bar. Nous prenons une boisson chaude. A un moment, la pluie se met à tomber, des filets d'eau coulent en abondance pendant vingt bonnes minutes puis cela cesse d'un coup et le ciel s'éclairci.

L'heure du rendez-vous est passée et Alain ne s'est pas

montré. Nous restons tout de même là encore un quart d'heure à guetter son arrivée en reprenant une consommation.

Je dis à Sabrina :

— Alain nous a posé un lapin. Un homme qui ne confirme pas ses engagements est un chien perfide.

Je règle l'addition et nous sortons.

— Sabrina, on a poireauté pour rien, Alain s'est dégonflé et s'il a un peu de dignité, il ne se représentera jamais plus devant toi mais j'aimerais bien voir la tête de ce zouave. Demain, dans l'après-midi, je vais m'installer au bar Marylou qu'il fréquente et toi, tu vas m'aider. Tu téléphoneras au bar toutes les demi-heures, si celui qui te répond te dit qu'Alain n'est pas là, tu te fais connaître et tu dis que tu vas rappeler.

Sabrina m'interrompt :

— Mais que vais-je lui dire, quand Alain sera au bout du fil ?

— C'est simple, tu dis que tu voulais t'assurer qu'il était toujours bien à Paris car tu étais au rendez-vous avec Slim, et tu coupes net. Moi, dès qu'il sera appelé au téléphone et qu'il commencera à te parler, je le photographie des yeux. Alors, tu viens demain, en début d'après-midi au bar de La Grillade, rue du Bourg Tibourg, je serai sur place et nous mettrons tout ça au point.

— Pour moi, c'est OK, me dit Sabrina, à demain Slim.

Nous partons en taxi, chacun de notre côté. Moi, je me rends à La Grillade où Wari m'a servi à dîner et je reste avec lui jusqu'à la fermeture avant de rejoindre mon hôtel.

Le lendemain, vers deux heures de l'après-midi, je retourne chez Wari où je retrouve Sabrina au comptoir. Nous buvons un pot ensemble et je lui dis en allumant une cigarette :

— Sabrina, comme convenu, tu restes là pour passer tes coups de fil toutes les demi-heures au bar Marylou. Dès mon départ, tu chronomètres.

Je finis ma consommation et je sors pour prendre un taxi qui me conduit jusqu'à la station de métro Marcadet-Poissonnière. Là, je remonte la rue Poissonnière et sur ma droite je vois l'inscription du bar Marylou.

Il y a quelques blacks devant l'entrée. Je pénètre dans le bar, le comptoir est à ma droite. Derrière celui-ci, près de la caisse, il y a une femme noire sans âge, bien en chair. A ses côtés, un homme de même couleur se tient debout, il est un peu dégarni sur le devant et il ressemble au chanteur Harry Belafonte mais c'est une vraie bijouterie ambulante. Il porte une grosse chaîne d'or autour de son cou, une épaisse gourmette au poignet droit et une bague, sur l'autre main, une fine chaîne au poignet gauche et une bague au petit doigt.

Au coin du comptoir, à l'entrée, une jeune fille noire se tient assise sur un tabouret, elle est mignonne, ses cheveux sont attachés par un tissu africain. Dans la petite salle du bar, trois tables sont occupées, dans le juke-box un disque africain passe.

Je m'installe sur un tabouret du comptoir et commande une bière bouteille. A chaque sonnerie du téléphone, c'est l'homme, la bijouterie ambulante, qui va répondre.

La nuit commence à tomber et toujours rien. Je continue à consommer de la bière mais modérément.

Il est huit heures du soir lorsque trois gars font leur entrée, deux blacks et un troisième au teint plus clair, de type méridional. Ils jettent un coup d'œil sur moi vite fait et s'approchent du comptoir pour serrer la main aux deux bonnes femmes et à la bijouterie ambulante.

Le black derrière le comptoir s'adresse au gars de type méridional :

— Alain, Sabrina t'a téléphoné et elle va te rappeler.

Les trois arrivants vont s'installer à une table près du juke-box et c'est la jeune fille avec le tissu attaché sur la tête qui va les servir.

Moi, dès que j'ai entendu le nom d'Alain, mon cœur a fait un bond et a commencé à battre plus vite qu'à l'ordinaire. Le gars est de taille moyenne avec un bon physique.

Quelques temps après, le téléphone fait entendre sa sonnerie et la bijouterie ambulante va décrocher puis il se tourne vers la salle en disant :

— Alain l'Arabe, téléphone pour toi.

L'homme pose l'appareil sur le comptoir, le type méridional s'approche et saisit le combiné. Maintenant je le vois bien, je le dévisage encore une fois.

Je règle ma consommation et je sors pour regagner le bar de Wari à Saint Paul.

Là, je vois Sabrina juchée sur un tabouret près du comptoir, elle m'a vu arriver et me fait un petit sourire.

— J'ai fait le boy-scout pour satisfaire ma curiosité, lui dis-je, et j'ai horreur des surprises, des inconnues.

Sabrina descend de son perchoir.

— Slim, j'ai quelqu'un à voir maintenant, je te laisse.

Nous nous faisons la bise et elle s'en va.

D'un seul coup, je me sens engourdi par la lassitude, cela doit venir du temps que j'ai passé à attendre au Marylou, mes nerfs sont tendus à bloc. Je me déplace jusqu'à une table où je m'assois pour dîner. Wari me sert le plat du soir puis, après avoir réglé mon dû à la caisse, je rentre à mon hôtel.

Le jour suivant, je passe comme d'habitude à La Grillade pour voir s'il n'y a pas de commission pour moi. Tous les gens que je connais m'appellent à cet endroit.

Depuis une semaine, Sabrina ne m'a pas donné de ses nouvelles, habituellement, elle me passe un coup de fil dans la soirée.

Dans l'après-midi, je suis au comptoir devant un verre de Whisky lorsque Sabrina fait son apparition, elle a un œil au beurre noir et un petit pansement à la pommette gauche. Elle vient vers moi et me fait la bise en s'accrochant à mon cou en pleurant.

— Calme toi lui dis-je, viens nous allons nous installer dans la salle.

Elle s'essuie les yeux et me suit jusqu'à une table. Je demande à Wari de me porter mon verre de Whisky et un café noir avec un quart Vittel.

— Sabrina, explique-moi ce qu'il t'est arrivé.

— Le jour où tu étais allé au bar Marylou pour repérer Alain et que je l'ai obtenu au bout du fil, je lui ai demandé pourquoi il nous avait posé un lapin en lui disant qu'il avait peur de se confronter à un homme. Alain m'a raccroché au nez sans répondre. La vérité blesse. Le soir, alors que j'étais sur le boulevard Berthier à gagner ma vie, il est arrivé en voiture avec un autre mec, un black. Alain m'a demandé de monter dans la voiture en me disant que l'on avait à se parler. Je me suis rebiffée en lui répondant qu'on n'avait rien à se dire. Je me suis déplacée et Alain, d'un coup sec, est descendu pour m'attraper par le bras et il m'a dit : "Petite tête, tu es devenue insolente, Slim t'a bien monté le chou, Celui-là, s'il reste sur mon chemin, il est en train de creuser sa tombe". J'ai dégagé brusquement mon bras et j'ai pris un coup de poing en pleine face qui m'a fait tomber par terre. Alain m'a refichu un coup de pied qui a atteint ma pommette puis il a pris mon sac qui était par terre, l'a vidé sur ma tête après avoir récupéré l'argent. Il est remonté dans sa voiture comme si de rien n'était. Je me suis levée aveuglée par la rage et la peur et je me suis rendue au commissariat de police de la rue Truffaut porter plainte pour vol et agression.

Elle tire de sa veste de cuir une ordonnance de police de déclaration de vol. J'y jette un coup d'œil, vols est écrit avec un

“S”, il y a plusieurs articles déclarés : pièces d’identité, trousseau de clés, argent… Sabrina reprend son discours :

— Si je ne t’ai pas téléphoné c’est que j’étais chez une copine qui s’est occupée de moi et m’a soignée. Le lendemain, j’avais la gueule toute enflée, on aurait dit que des abeilles m’avaient piquée. Aujourd’hui, je me sentais un peu mieux et je suis venue te voir pour t’expliquer tout cela de vive voix et pour reprendre un peu de courage en ta présence.

— Ne t’inquiète pas, lui dis-je, je vais m’occuper sérieusement de lui. Je vais lui montrer de quel bois je me chauffe. Au moment où tu veux retourner boulevard Berthier, fais-moi signe et je passerai faire un tour dans ton secteur. Je guetterai ton Alain et je lui dirai deux mots.

Nous restons ensemble à dîner chez Wari. Après le repas, Sabrina s’en va et moi je reste là jusqu’à la fermeture du bar.

Quelques jours plus tard, Sabrina me téléphone pour me dire qu’elle reprenait son travail boulevard Berthier où elle racole les routiers et les automobilistes.

Après son coup de fil au bar La Grillade, je rentre chez moi à l’hôtel pour changer de toilette, je mets un jeans et ma veste de cuir et je prends mon calibre 7,65 en engageant une balle dans le canon. Je le glisse dans ma ceinture.

Je referme la porte de ma chambre, ce n’est pas encore l’heure. Je vais au bar d’un pote à Barbès, rue Léon, d’où je pars en taxi vers neuf heures du soir vers la porte de Clichy. Là, je monte à pied le long des arbres du trottoir du boulevard Berthier. En face, je vois Sabrina en tenue provocante, plus loin, une autre fille.

Je monte jusque sous le pont du boulevard et je reviens sur mes pas. Je fais le va-et-vient comme un essuie-glace.

Vers onze heures du soir, un homme s’arrête près du trottoir de gauche du boulevard en montant vers la place Pereire. La silhouette de l’homme qui en descend ressemble à celle d’Alain l’Arabe. Sur le coup, je sens comme un courant électrique qui me parcourt tout le corps. A cet instant, je suis juste en face de lui, sur l’autre trottoir.

Je traverse la route à toute vitesse et en pressant mes pas pour le rejoindre, mon impression se confirme, c’est bien Alain. Il a senti une présence derrière lui, il ne cherche pas à comprendre et il accélère le pas, moi aussi. A quelques mètres de lui, je sors mon calibre en retirant le cran de sécurité et j’appelle Alain. Il se retourne vers moi puis se met à marcher encore plus vite. Je le rattrape et lui prends le bras droit de ma main gauche, j'appuie à deux reprises sur la détente de mon 7,65. Il est atteint au ventre et d'un mouvement brusque de douleur, il se détache de moi en se jetant sur la route et en criant : "Au secours, il veut me tuer". Il lève ses bras pour alerter les voitures, il crie comme un fou.

Une voiture s'arrête puis une autre, Alain court vers la portière du conducteur de la première.

Je fais demi-tour, il fait sombre et je cours le long du trottoir en direction de la porte de Clichy, là, je traverse tranquillement au feu rouge jusqu'à la station de taxi. Je prends la voiture de tête pour me rendre porte de la Chapelle. Je paie la course au chauffeur et je fais quelques pas pour m'asseoir sur un banc public. J'attends dix minutes puis je remonte dans un taxi pour regagner mon hôtel.

Le lendemain, dans l'après-midi, je me rends à Saint Paul au bar La Grillade. J'y trouve Sabrina assise à une table, une tasse de café devant elle. Je la rejoins et commande un Whisky. Elle me tient au courant de la suite des événements du boulevard Berthier :

— Hier soir, cinq minutes après les coups de feu, le fourgon de police et l'ambulance sont arrivés sur place., il y avait un sacré embouteillage. L'ambulance a conduit le blessé à l'hôpital Bichat. Une demi-heure plus tard, une voiture d'inspecteurs de police s'est arrêtée près de moi et de ma copine Eva, ils nous ont embarquées au poste de police de la rue Truffaut. L'inspecteur principal m'a demandé si je connaissais un dénommé Slim. Je lui ai répondu que oui mais qu'il y avait belle lurette que nous n'étions plus ensemble. Le principal me dit que le blessé a parlé et t'a dénoncé, il voulait que je déballe mon sac. Ma réponse fut : "Vous me faites marrer inspecteur, il n'y a pas qu'une personne qui se fait appeler Slim à Paris, allez chercher ailleurs et laissez-moi tranquille". Il n'était pas satisfait et avant de me laisser partir, il a lâché : "Je sens que tu me caches quelque chose, je vais connaître la vérité, qui vivra verra".

— Avec tout ce que tu me racontes, lui dis-je, Alain a compris que c'était moi qui lui ai tiré dessus et il m'a balancé à la police. Maintenant, il faut que je quitte Paris, le temps que l'affaire se tasse. Je vais aller faire un tour à Malaga en Espagne, j'ai des compatriotes sur place. Il me faut de l'oseille pour la cavale.

— Ne t'inquiète pas, me dit Sabrina, je vais t'avoir ce dont tu auras besoin, patiente quelques temps. En attendant, tu vas venir te reposer chez moi j'ai un appartement au rez-de-chaussée dans le 10ème arrondissement, rue Louvel Tessier, tu verras Slim, c'est tranquille.

— On va faire comme tu le dis, maintenant il faut que j'aille chercher mes affaires à mon hôtel.

Sabrina propose de m'accompagner et nous voilà partis ensemble boulevard Barbès.

A l'hôtel, elle m'aide à ranger mes affaires puis je vais rendre ma clé et régler ma note à la réception.

Nous prenons un taxi pour nous rendre rue Louvel Tessier.

L'appartement de Sabrina est un deux-pièces avec salle d'eau et coin cuisine, bien équipé. Je m'installe dans la pièce qui fait salon, sur le canapé, et Sabrina me sert un apéritif et un autre pour elle.

Ensuite, je range mes affaires avec les siennes, je pose ma valise sur l'armoire et mon calibre en dessous.

Nous dînons ensemble puis Sabrina part travailler, moi je me plante devant la télé avec une demi bouteille de Whisky.

Vers deux heures du matin, Sabrina rentre, je suis toujours au salon. Elle se verse une bonne dose de Whisky et en avale une bonne gorgée puis me regarde bien dans les yeux

— Slim, ce soir, la flicaille n'a pas cessé de faire le va-et-vient boulevard Berthier, en voiture et à pied. A la dernière heure, j'étais avec un routier qui m'a conduit jusqu'à la porte de la Chapelle, là j'ai grimpé dans un taxi jusqu'à l'avenue Parmentier et je suis rentrée chez moi à pied.

— Sabrina, tu sais que tu es dans le collimateur. Quand les flics en veulent à quelqu'un, ils emploient tous les moyens. Lorsqu'ils s'aperçoivent que tu es sur tes gardes, ils lâchent la laisse mais n'y crois pas, tu restes toujours en vue. Alors, ils envoient des femmes comme toi pour te suivre. Ne fais confiance à personne, le temps que je suis chez toi. Si tu prends un taxi et que tu te sens suivie, ne rentre pas chez toi, va chez ta copine ou prends une chambre d'hôtel. Même chose si tu es emballée par les flics et qu'ils te relâchent. Je sens que l'étau se resserre, il faut que je prenne le large.

Sabrina s'accroupit auprès de moi.

— Slim, je serai très prudente, cette semaine tu auras le nécessaire pour quitter la France.

Je me lève, je me sens las, toute la nuit j'ai bu du Whisky. Je me mets au lit et plonge dans le sommeil tout de suite.

Le jour suivant, Sabrina rentre de son travail en me disant :

— Slim, j'ai une bonne nouvelle à t'annoncer. Ce soir, la police des mœurs m'a emballée au commissariat de la rue Truffaut. L'inspecteur principal m'a informé que le blessé du boulevard

Berthier s'était enfui de l'hôpital en laissant une pièce d'identité falsifiée. Je lui ai dit que cela ne me concernait pas. Le flic m'a regardée en souriant et il m'a laissée repartir.

— Dis moi franchement, tu es venue directement ici ?

— Oui, je suis venue tout de suite pour t'annoncer la bonne nouvelle.

— Les conseils que je t'avais donnés n'ont strictement servi à rien. Si le principal t'a parlé comme ça, c'est qu'il est bien renseigné. Demain dans la journée, je m'en vais et Basta !

Au lever du jour, je suis réveillé en sursaut et je vais ouvrir la porte. Deux flics en civil me braquent suivis d'un policier en tenue qui tient un pistolet-mitrailleur.

L'inspecteur-chef s'adresse à moi :

— Slim, pas de bêtise, tu es fait, donne-moi gentiment ton calibre.

Lui, c'est une vieille connaissance, il fait partie de la 1ère B.T. et il était de l'équipe qui m'avait arrêté à la Bastille en 1970 pour un délit qui m'était reproché.

Je suis en pyjama, je vais à l'armoire chercher mon calibre que je remets à l'inspecteur-chef. Je m'apprête à prendre mon pantalon qui est posé sur une chaise. On me fait signe de ne pas bouger et je ne peux m'habiller qu'après la fouille de mes vêtements. Ils me mettent les menottes aux poignets, les mains derrière le dos.

Sabrina fait sa toilette et nous sortons tous de l'appartement pour être conduits à la 1ère B.T., rue du Faubourg Saint Honoré.

Là, nous montons au premier étage où se trouve le bureau de l'inspecteur-chef qui m'a arrêté. Un collègue, à ses côtés, a une machine à écrire devant lui. J'avais vidé mes poches.

Le chef prend la parole.

— Slim, nous avons une plainte contre toi déposée par un dénommé Alain sur qui tu as tiré à deux reprises et que tu as blessé au ventre. Selon ses dires, c'est Sabrina qui avait préparé le guet-apens, elle lui avait fixé un rendez-vous boulevard Berthier et toi Slim, tu es arrivé et tu lui as tiré dessus.

Je réponds :

— Toutes ces déclarations sont fausses, Sabrina n'était pas au courant de mes intentions. Voilà comment les faits se sont déroulés : un après-midi, elle était venue me voir au bar que je fréquente à Saint Paul. Moi et Sabrina, nous nous connaissions depuis 1975, nous nous sommes fréquentés puis nous nous sommes quittés, chacun menant sa vie à sa guise. Elle m'a demandé de l'aide pour raisonner son jules Alain, pour qu'il la laisse tranquille et qu'il ne s'occupe plus de sa vie. Elle a d'ailleurs déjà déposé plainte contre lui au commissariat du 17ème arrondissement pour vol et agression sur sa personne. A ce moment, j'ai décidé de faire quelque chose pour elle mais elle m'a prévenu qu'Alain était toujours armé. Il fréquentait le 18ème, j'ai fouiné dans le quartier et j'ai fini par trouver l'endroit où il était le plus souvent. Le jour suivant, j'ai téléphoné à Alain et il m'a fixé un rendez-vous, le soir même au pont du boulevard Berthier. Je m'y suis rendu armé, par précaution. Sur place, dès que je l'ai reconnu, je me suis approché de lui, il s'est adressé à moi d'un ton menaçant : "Toi, tu veux faire l'homme et te mêler de mes affaires, salope" et il m'a lancé un coup de poing au visage que j'ai évité en reculant. Je voyais sa main se poser sur sa hanche au niveau de la ceinture, j'ai cru qu'il sortait son feu. J'ai eu une réaction défensive et j'ai tiré sur Alain. Ensuite, il s'est précipité pour arrêter la première voiture qui passait. Moi, je me suis esquivé.

Voilà la version que j'étale aux flics.

Sabrina rajoute :

— Alain me terrorisait, il venait en voiture pour me prendre mon argent et me tabasser car je résistais. J'ai porté plainte au commissariat de la rue Truffaut, vos collègues n'ont rien fait pour me protéger. Je vivais constamment dans la peur, c'est pour cela que j'ai demandé de l'aide à Slim. Je voulais qu'il parle à Alain et ça a mal tourné.

L'inspecteur-chef prend son téléphone pour appeler le commissariat de la rue Truffaut. Il obtient la confirmation de la plainte déposée par Sabrina contre Alain l'Arabe puis il me dit :

— Slim, tu as de la veine, c'est la plainte qui va faire pencher la balance en ta faveur, ça amortira les poursuites.

L'inspecteur avait tapé ma déclaration et je l'ai signée.

Ensuite, ils m'ont fait sortir du bureau et m'ont conduit à une cellule d'attente. Sabrina était libre. Elle est sortie dans le quartier m'acheter une cartouche de cigarettes, un sandwich au fromage et une boisson non alcoolisée que l'inspecteur m'a apporté dans ma cellule.

Je mastique quelques bouchées de mon casse-croûte puis je le dépose auprès de moi, je fume cigarette sur cigarette.

Plus tard, la porte de la cellule s'ouvre et un inspecteur me fait sortir pour me conduire à un bureau du rez-de-chaussée. A l'intérieur, il y a trois inspecteurs, l'un est assis derrière le bureau, le deuxième sur le bord du bureau et le troisième sur une chaise.

Celui qui m'a accompagné se plante derrière le troisième.

Celui qui est derrière le bureau et qui semble être le chef me fait asseoir en désignant une chaise libre.

Je jette un coup d'œil circulaire sur les quatre hommes

— Pourquoi suis-je là ?

— Calme toi, me dit le chef, les collègues du bureau du dessus nous ont avisés. Nous voulons juste te parler entre hommes, rien de ce que tu nous diras ne sera retenu contre toi, tu as notre parole. En 1978, le soir où tu as franchi la porte de l'Empire Bar, tu as regardé l'ensemble des clients et quand tu nous a vu, tu as fait demi-tour.

Je réponds :

— J'étais venu voir le gérant Sâad et comme je suis allergique aux flics, je suis reparti.

L'inspecteur reprend :

— Slim, tu arrives déguisé au bar et tu veux nous faire croire que tu venais faire une visite amicale ? Et quand nous sommes sortis derrière toi tu t'es sauvé à toutes jambes.

— Comment étiez-vous sûrs que c'était moi, dis-je.

— Le gérant nous a tuyauté à la minute où tu es entré. Sâad est devenu blanc comme un linge comme s'il avait vu un revenant. Il nous a dit que c'était toi avec une fausse barbe et que tu avais sûrement de mauvaises intentions à son égard.

— Je ne sais pas pourquoi il pensait ça, moi, je ne sais rien.

— Tu préfères garder le silence, c'est ton droit, me dit l'inspecteur. Je te souhaite bonne chance.

On me reconduit à la cellule jusqu'au moment où deux flics reviennent me chercher pour me transférer en fourgon au dépôt du palais de justice de Paris avec d'autres prévenus.

Là, on nous regroupe dans une grande salle pour nous remettre dans des cellules à quatre places. Je passe une nuit blanche à fumer comme un pompier et au matin nous passons aux empreintes digitales et à la photo puis un surveillant me reconduit à la cellule. A midi, on nous distribue une bouffe inmangeable et vers trois heures de l'après-midi, la porte de la cellule s'ouvre et j'entends que l'on appelle mon nom.

Je sors, deux gendarmes sont là, ils me fouillent et me mettent les menottes. Mes deux gardes du corps m'emmènent devant le juge d'instruction. Celui-ci m'a inculpé de tentative d'homicide volontaire avec arme de 4ème catégorie et proxénétisme.

Je retourne en cellule puis, vers huit heures du soir, je prends la direction de la prison de Fresnes en camion cellulaire.

Là, j'ai suivi la routine de tout arrivant : photos, empreintes digitales, remise de l'argent et des objets de valeur au bureau du greffe. Ensuite nous passons à la fouille corporelle, nus comme des vers, on me remet deux couvertures, une paire de draps, un couvert complet et le nécessaire de toilette.

Je passe à la douche collective avant d'aller dans une cellule d'arrivants où nous sommes six à dormir sur des lits superposés.

Le lendemain matin, j'ai droit à la visite médicale et à un entretien avec l'assistante sociale avant d'être conduit dans une cellule à trois personnes où il y a déjà deux locataires. Je suis un cheval de retour, je connais le règlement intérieur, je range mes affaires dans le placard vide et prépare mon lit, au dernier étage.

Je sympathise rapidement avec mes deux voisins puis c'est la routine, l'attente. La première semaine je vois Sabrina au parloir, elle a contacté mon avocat Maître Seba et elle m'a apporté du linge de rechange.

L'avocat m'écrit en me demandant de faire une lettre à mon juge d'instruction l'informant que c'est lui qui assure ma défense et une autre que j'enverrai à son cabinet, rue Marx Dormoy, affirmant mon choix pour qu'il puisse obtenir le permis de visite du juge.

Le soir même, j'écris ces deux lettres ainsi qu'une autre pour Hamel en Algérie dans laquelle je lui explique ma situation actuelle.

Les jours suivants, l'avocat me rend visite dans la cabine aménagée à cet effet.

— J'ai étudié votre dossier, me dit-il. Il s'agit d'une procédure d'assise, mais rien de méchant, il y a plusieurs éléments à votre avantage. S'il n'y a rien de nouveau, je vais essayer de la correctionnaliser. Maintenant, nous allons attendre l'expertise balistique avec les analyses du 7,65 automatique et le résultat de la commission rogatoire. Il faut vous armer de patience et si j'ai du neuf, je vous en fais part.

L'entretien se termine et je regagne ma cellule.

Le deuxième mois de mon incarcération, je suis vu par deux experts psychologues, à une semaine d'intervalle. Ils m'ont questionné sur mes parents, ma jeunesse, ma scolarité, mes relations avec ma femme, mon fils… La quinzième semaine de mon incarcération, je suis convoqué chez le juge qui instruit mon dossier au palais de justice de Paris. Mon avocat est là.

Le juge relit certains détails de mon dossier ainsi que les conclusions des experts psychologues. Cela parait correct. De mon côté je maintiens les déclarations que j'ai fait aux inspecteurs de la 1ère B.T.

Le juge d'instruction donne l'ordre aux gendarmes de me reconduire au dépôt d'où je repartirai pour la prison de Fresnes.

Sabrina vient me rendre visite à chaque parloir. J'ai droit à trois parloirs par semaine, les condamnés n'ont droit qu'à un seul.

J'ai reçu une lettre d'Hamel avec deux photos de mon gamin et de bonnes nouvelles, cela me réconforte moralement.

Quelques semaines plus tard je suis reconvoqué devant le juge avec mon avocat. Il lit les résultats de l'expertise balistique qui confirment que c'est bien mon arme qui a servie contre Alain l'Arabe sans aucun autre détail. Ce résultat m'enlève un doute qui planait dans mon esprit. L'audition terminée, je retourne à Fresnes.

Le résultat de toute expertise pendant la détention préventive est remis au juge d'instruction qui le transmet de vive voix au prévenu, en présence de son avocat. Si l'intéressé n'est pas d'accord, il demande une contre-expertise au juge qui lui sera automatiquement accordée.

J'entame mon septième mois de préventive lorsque je reçois une lettre recommandée de la chambre d'accusation qui m'annonce que la poursuite en assise s'est correctionnalisée. Je m'attendais à cette nouvelle et elle confirme les dires de mon avocat. Il n'y a plus de plaignant contre moi. Depuis qu'Alain l'Arabe s'est enfui de l'hôpital Bichat, il n'a plus donné signe de vie. Le délit de proxénétisme est tombé à l'eau et le juge n'a retenu contre moi que : "Coups et blessures volontaires avec arme à feu".

Au dixième mois, je comparais devant la 14ème chambre correctionnelle de Paris. Devant la cour, je maintiens la version des faits que j'avais énoncé à la police. Mon avocat enfonce le plaignant et plaide la légitime défense. Je suis condamné à deux ans de prison ferme et je ne suis pas trop mécontent de la peine prononcée.

J'ai déjà accompli dix mois de préventive et avec les grâces, il me restera huit mois à tirer.

Après ma condamnation, je n'ai plus droit qu'à un parloir par semaine, le samedi. Chaque fois, Sabrina est présente.

Je reçois régulièrement du courrier d'Algérie d'où Hamel ne manque jamais de me donner des nouvelles de mon fils.

Dans sa dernière lettre, elle m'annonce qu'elle s'est fait faire un passeport et qu'elle sa venir bientôt faire un séjour chez sa demi-sœur qui demeure à Argenteuil en Seine et Oise. Elle me dit qu'elle viendra me rendre visite à la prison.

Je suis resté deux samedi sans visite et ce silence crée le désordre dans ma tête.

Le troisième samedi, je suis appelé au parloir, j'entre dans la cabine et je vois deux femmes assises côte à côte, chacune sur une chaise. Je reste debout, inerte, pendant une bonne minute, sans voix, les yeux fixés sur mes deux visiteuses. Je me ressaisis.

— C'est une grande surprise, je pense que ce n'est pas la peine que je vous présente l'une à l'autre.

Hamel prend la parole, la voix pleine de colère.

— Non, pas besoin de ta bénédiction, ça fait déjà deux semaines que j'ai fait la connaissance de Sabrina devant la porte de la prison. Nous nous entendons très bien toutes les deux Slim, les beaux jours entre nous sont terminés, je ne te pardonnerai jamais ta trahison. Je suis venue te voir ici pour te dire ce que j'ai à te dire entre quatre yeux, tout est fini entre nous. "Celui qui a bu boira". Dès que je rentre chez moi en Algérie, je renvoie ton fils chez ta mère à Oran.

Pendant la visite, Sabrina échange quelques mots avec moi.

— Je t'ai ramené ton linge de rechange...

Je sens qu'elle se sont mises d'accord entre elles pour me faire mal. Ce qu'Hamel vient de me jeter en pleine gueule m'a complètement retourné Tout s'est assombri, mes nerfs se tendent comme un arc, je suis comme un fauve prêt à bondir et s'il n'y avait pas cette séparation de plexiglas, Hamel aurait déjà reçu ma main à la figure.

La lampe clignote, c'est le signal de la fin de la visite et je sors de la cabine du parloir sans prononcer un mot à mes visiteuses.

Je réintègre ma cellule, le cœur meurtri. "L'homme éprouve toujours de la difficulté à croire qu'il a pu perdre tout à fait l'amour de la femme qu'il aime même s'il l'a trahi. Il essaiera donc de faire la paix avec la femme, moyennant quelque attention mais c'est la grande erreur de l'homme car la femme ne pardonne pas facilement l'humiliation. Elle le fait croire en jouant le jeu jusqu'au moment où l'occasion se présente et elle renvoie la monnaie de sa pièce".

Depuis, je n'ai plus de parloir avec personne. Sabrina continue à m'envoyer un mandat tous les mois, sans courrier.

Ensuite, je suis transféré à la prison de Rouen en Seine Maritime pour finir ma peine. Je suis affecté à l'atelier de travail manuel.

Un mois après mon arrivée à Rouen, je reçois une lettre d'Oran, c'est mon frère qui m'annonce le décès de ma mère survenu à la suite d'une crise cardiaque.

Le destin est parfois très cruel, dans un moment où je pourrais servir à quelque chose en apportant mon aide, je suis inutile ; entre ces quatre murs, tous mes moyens d'action sont enchaînés. Ils ne me reste plus que les dents pour bouffer ces murs et mes yeux pour pleurer.

Je réponds à la lettre en disant toute ma douleur et mes regrets de ne pouvoir assister à l'enterrement de ma défunte mère. Je lui dis également d'aller à Tabia, à la ferme d'Othman et de ramener mon fils au Planteur.

Je reste en contact avec mes frères qui me transmettent des nouvelles de Nassim à chaque courrier.

Au mois d'avril 1984, je suis libéré de la prison de Rouen avec un sac de voyage contenant mes affaires personnelles et mon pécule. Je marche comme un touriste jusqu'à la gare de Rouen où je prends le train pour Paris Saint Lazare. Après une heure et demi de voyage, je prends un taxi qui me conduit à l'hôtel Bijou, rue Poulet dans le 18ème arrondissement, où je loue une chambre.

Ensuite, je vais rendre visite aux gens que je connais et je termine la soirée chez mon ami Wari au bar La Grillade, rue du Bourg Tibourg.

Les jours suivants je fais des rondes dans tous les coins que Sabrina a l'habitude de fréquenter mais en vain.

Quelques jours plus tard, je vais rue Myra dans le 18ème rendre visite à mon ami Anis au bar "Chez François". Il est installé à lire un journal de course. Je m'approche de lui en lui disant "Salut" et en posant ma main sur son épaule. Il lève la tête de son journal et laisse tomber celui-ci sur la table en me voyant.

— Slim, ça fait combien de temps que tu es en liberté ?

— Depuis vingt jours en tout, lui dis-je.

— Tu as beaucoup maigri depuis la dernière fois où l'on s'est vu, avant que tu ne tombes.

Il me tient au courant des événements du quartier, passés et présents, en détail.

A un moment, je vois entrer une femme à la démarche sûre, elle a une belle tête métissée sur un beau corps. Elle est habillée avec goût et sa coupe de cheveux soignée fait penser qu'elle sort de chez le coiffeur.

Elle va vers le comptoir et fait la bise à François, le patron du bar. Celui-ci dépose une bière bouteille près d'elle. Moi, je ne cesse de la regarder car sa tête me dit quelque chose, je fouille dans ma mémoire, dans les années passées afin de la restituer. Ça y est, je me rappelle, elle se nomme Mina, elle est de père algérien et de mère bretonne et elle est née dans le quartier de Barbès. Je l'ai connue dans les années 1967, elle avait à ce moment là 17 ans et elle fréquentait une équipe de jeunes pickpockets du 18ème arrondissement. Elle était souvent au Cujer, le quartier général, une boîte de nuit, rue des Trois Frères où se retrouvaient beaucoup de jeunes du quartier. Je la voyais aussi au bar que je fréquentais à l'époque. Mina était partout, c'était une fille très maligne qui obtenait toujours ce qu'elle voulait. Nous étions copains et lorsqu'elle avait des petits ennuis, je prenais son parti. J'aimais bien sa mentalité saine.

Je me lève de table pour m'approcher d'elle, je l'appelle "Mina" et elle se retourne vers moi. Elle me fixe une fraction de seconde.

— Slim, crie-t-elle, mon frère.

Elle se jette dans mes bras en me faisant la bise. Elle me regarde, le sourire aux lèvres.

— Slim, que je suis contente de te voir. A chaque fois que je demande de tes nouvelles à des gars qui te connaissent, j'ai toujours la même réponse : il est en prison. Tu n'as pas beaucoup changé physiquement, aujourd'hui nous allons fêter nos retrouvailles.

Je prends une bière bouteille comme Mina et j'invite Anis à se joindre à nous, il commande un pastis.

— Slim, que deviens-tu maintenant, me demande Mina.

— Je suis toujours le même, ça ne fait pas longtemps que je suis sorti du placard. J'ai rencontré certains gars lors de ma virée, quelques uns sont rangés, certains ont disparus de la circulation. J'ai entendu citer les noms de ceux qui ont tourné leur veste, qui bouffent à tous les râteliers, je suis déçu. Le mot confiance est périmé, il est remplacé par la devise : "Chacun pour soi et Dieu pour tous".

— Si tu es mal à l'aise en ce moment, viens chez moi le temps de te refaire une santé, me propose Mina. Je vis seule avec mes deux filles qui vont à l'école.

— Mina, ton offre me va droit au cœur, j'accepte avec plaisir, juste le temps de remonter la pente.

Mina sort de son sac un agenda sur lequel elle inscrit son adresse, elle en arrache une page pour me la remettre. J'y jette un coup d'œil, elle demeure dans la banlieue parisienne au Plessis Robinson.

Nous restons un moment ensemble à faire revivre le passé puis Mina m'annonce qu'elle doit me quitter.

— Slim, c'est l'heure des braves, il faut que je rentre chez moi m'occuper de mes filles et leur préparer le dîner. Toutes les fins de semaine, je viens au quartier à Barbès, rue de Chartres rendre visite à mes parents puis je fais la tournée des bars que je connais.

Elle règle sa consommation, me fait la bise ainsi qu'au patron et salue Anis avant de s'en aller. Je reste en compagnie d'Anis jusqu'à ce que François ferme son bar à huit heures du soir.

Je vais faire un saut chez Wari à Saint Paul où je dîne. Ensuite je fais une partie de Rami avec les copains avant de rentrer à mon hôtel, rue Poulet.

Le lendemain, je prépare mes affaires après avoir fait ma toilette et je vais rendre ma clé en payant à la réception.

Je marche à pied, mon sac de voyage à la main, jusqu'à la station de métro Château Rouge. Je vais à la Gare du Nord puis je prends le RER en direction de Plessis Robinson, le terminus.

A la descente, je demande la rue de Paris à une passante qui m'indique le chemin à prendre. Je fais le trajet à pied pour arriver devant le numéro de l'immeuble où demeure Mina. Dans le couloir de l'immeuble, je jette un coup d'œil sur les boîtes aux lettres, le nom de Mina est inscrit sur l'une d'elle qui est toute cabossée. Je monte au premier étage et je sonne à la porte de droite où une petite plaque de cuivre m'indique son appartement.

La porte s'ouvre sur une petite fille toute mignonne âgée de six ans environ.

— Bonjour mon enfant, lui dis-je, va dire à ta maman que Slim est là.

La petite fille crie :

— Maman, maman, viens vite il y a un monsieur qui te demande.

Mina arrive et, voyant mon sac de voyage, me fait entrer. Je la suis jusqu'à un petit salon bien équipé avec un grand bar à l'entrée. Je m'assois sur le canapé et Mina fait venir ses deux filles.

— Mes petites chéries, voilà tonton Slim, il va habiter avec nous quelques temps, alors soyez gentilles avec lui, maintenant, faites lui la bise.

C'est la plus jeune, Nora, celle qui m'a ouvert la porte, qui vient m'embrasser en premier puis vient le tour de Louisa, l'aînée. Mina apporte du café et en sert deux tasses.

— Slim, tu fais comme chez toi mais pense qu'il y a les enfants, tu sais que je t'ai toujours considéré comme un frère. Tiens voilà le double des clés de l'appartement.

Je prends les clés des mains de Mina.

— Je serai discret le temps que je resterai ici, je ne veux pas déranger vos habitudes.

Le jour de mon arrivée, fin du week-end, je le passe en compagnie de Mina et de ses enfants. Elle m'a préparé un lit dans la chambre des filles, Louisa et Nora dorment dans des lits superposés. Je range le peu de fringues que l'ai dans leur armoire.

Je me sens très à l'aise avec Mina et ses enfants, l'ambiance est agréable, je suis adopté, on m'appelle tonton.

Dans la journée du lendemain, je flâne un peu partout dans Plessis Robinson, c'est une commune bourgeoise et tranquille. J'ai toujours la trique sur le dos, je vais me faire faire une pièce d'identité et un passeport qui seront vrai faux

Lors de mon dernier passage à Fresnes, il y avait dans la cellule que j'occupais un toxico métis, de père maghrébin et de mère française, enfermé pour vol à l'étalage. Il avait pris quatre mois de prison ferme et à l'entrée, il n'avait pas un sou pour cantiner. Rani était gentil et serviable et le je laissais se servir sur ma cantine.

Un jour, Rani avait écrit à la mairie du 13ème arrondissement, son lieu de naissance pour obtenir un extrait de naissance. C'est moi qui le lui avais demandé pour effectuer les démarches indispensables à ma sortie du territoire français. Il avait accepté de me rendre ce service.

J'ai fait une déclaration de perte de mes pièces d'identité au nom de Rani et à l'adresse de mon ami Kewider, rue Léon dans le 18ème.

Kewider est un compatriote et je suis allé le voir pour l'affranchir, il m'a fait un certificat de domicile de plus de six mois, rue Léon, ainsi qu'une quittance de loyer du dernier mois.

Ensuite, j'ai écrit au service de l'état civil de la commune du Nord où était née la mère de Rani pour obtenir son acte de naissance.

Après avoir reçu les papiers je me suis rendu à la mairie du 18ème au service de la nationalité pour y déposer les actes de naissance de la mère et du fils et mon certificat de domicile.

Quinze jours plus tard, j'ai obtenu un certificat de nationalité française qui m'a permis, avec l'extrait de naissance et la déclaration de perte de me faire établir une carte d'identité.

Lorsque je suis allé la chercher, à l'Hôtel de Ville de la

Cité, des douleurs me tordaient le ventre comme si j'allais accoucher. A la seconde où l'on m'a remis ma carte d'identité française, les douleurs ont laissé la place à une joie sans égale.

Quelques jours plus tard, je me présente à la mairie du 18ème où j'effectue une demande de passeport. Je présente ma carte d'identité avec deux photos et un timbre fiscal, j'attends un quart d'heure et l'on me remet un passeport. Je me sens en règle.

A la première occasion je rentre à Oran revoir mon fils, son visage me manque terriblement.

Depuis un moment, je hante le quartier de Barbès en gagnant ma vie au jour le jour. J'ai su par le téléphone arabe du quartier que mon ami Fadel était patron du Marais dans le 4ème et un après-midi, je me décide à lui rendre visite. Au moment où je rentre dans le bar, Fadel croise mon regard, et nous nous prenons par les épaules pour nous faire la bise, Fadel garde ses bras sur mes épaules.

— Je te félicite de ton succès, lui dis-je.

— Je ne suis pas tout seul dans l'affaire, je suis associé avec mes deux frères que tu connais. Ce bistrot sert de relais pour les amis.

Je m'accoude au comptoir tandis que Fadel passe derrière et nous buvons un Whisky ensemble.

— Que deviens-tu, me demande-t-il, ça fait un bail que tu as disparu de la circulation.

— Il n'y a pas longtemps que je respire l'air pur de la liberté, je pense que je suis maudit par le sort. A chaque fois que je me remplume, la prison me déplume et tous les profits partent en fumée. Chaque fois, je recommence à zéro. Aujourd'hui, je tourne en rond à la recherche d'une bonne aubaine.

— Slim, nous sommes des battants, me dit Fadel, on surmonte toujours les mauvais moments, nous allons attendre mon cadet qui vient pour me remplacer et tu vas venir avec moi chez mon ami Mario, c'est un chic type. Il est dans le commerce clandestin des bijoux des montres, briquets, stylos, lunettes… des imitations de grandes marques célèbres. Je vais lui demander s'il n'y a pas un terrain libre à exploiter pour toi.

Quelques temps plus tard, son jeune frère Lamine fait son entrée et vient me dire bonjour. Fadel lui dit de s'occuper du bar puis nous partons tous les deux dans son Opel Omega gris métal.

— Nous allons boulevard des Capucines dans le 9ème, Mario fréquente régulièrement le bar Le Trou, me dit Fadel.

Après avoir stationné sa voiture sur le boulevard en face du

Café de la Paix, nous faisons quelques pas avant d'entrer au bar.

C'est un bar américain avec, à l'entrée un aquarium. Fadel se dirige directement vers un homme assis sur un tabouret contre le comptoir. Il a l'air distingué, il a le teint bronzé, les cheveux poivre et sel, on ne peut pas lui donner d'âge. Je suis mon ami pas à pas.

A la vue de Fadel, l'homme descend de son perchoir, le sourire aux lèvres, il ouvre les bras en disant :

— Quel bon vent t'amène, fiston ?

Et ils se font la bise. Fadel me présente et Mario me tend la main. Allons dans la petite salle, nous serons plus tranquille, dit-il.

Nous nous installons à une table dans cette petite salle où la serveuse porte le verre de Whisky de Mario. Fadel et moi commandons deux Pastis.

Mario s'adresse à Fadel :

— Depuis l'invitation à l'ouverture de ton bar, tu deviens très rare mais je suis content de te revoir.

Mario, répond Fadel, dans la présence ou dans l'absence, je suis toujours fidèle à notre amitié. Je viens te voir avec mon ami qui sort du placard, c'est un homme sûr, je me porte garant de lui, il a besoin d'activité en ce moment.

— Mario me regarde comme s'il venait de m'apercevoir et il me dit d'une voix sereine :

— Un homme sûr, on a toujours besoin de ses services. “Lorsqu'un vrai rubis tombe dans la boue, il ne se tache jamais, dès qu'il est à la surface il reprend toute sa valeur”. Bien, j'ai confiance en toi Fadel et les amis de mes amis sont mes amis. Slim, je pense que Fadel t'a affranchi sur mes activités. Mon job à moi c'est la contre-façon de bijoux, montres, briquets, lunettes, des imitations de grandes marques. Je te prends avec moi, ton rôle consistera à aller à Nice prendre la livraison et à la ramener à Paris.

Je réponds à sa proposition :

— OK, je marche avec toi.

Mario me tend la main que je serre dans la mienne. Mario reprend :

— Nous allons faire le premier voyage ensemble pour que tu fasses connaissance avec le correspondant de Nice pour récupérer la marchandise. Patiente un peu car je vais être absent pendant quatre jours, téléphone-moi après ce délai.

Il inscrit un numéro sur un morceau de papier qu'il me donne et que j'enfouis dans la petite poche de mon jeans.

Nous buvons encore une tournée et Mario s'excuse car il

doit partir, il embrasse Fadel et me serre la main avant de quitter la salle.

Lorsque nous appelons la serveuse pour régler, elle nous répond que tout est payé.

Nous reprenons l'Opel pour regagner le bar de Fadel. En cours de route celui-ci me dit :

— La proposition de Mario, c'est du solide, sois tranquille.

Au bar du Marais, plusieurs personnes de ma connaissance étaient présentes. L'ambiance est animée et je suis bien entouré. Au moment de la fermeture, je demande à Fadel de me ramener en banlieue au Plessis Robinson, ce qu'il accepte.

Arrivés là-bas, Fadel me quitte en me disant :

— N'oublie pas de téléphoner à Mario.

Après son départ, je monte au premier étage et j'ouvre la porte avec la clé que m'a confiée Mina et j'entre discrètement dans la chambre des enfants. J'allume la veilleuse et je me défringue pour me mettre en pyjama avant de me glisser entre les draps.

Le lendemain, alors que le soleil est déjà bien haut, je sors de mon lit et après ma toilette, je vais à la cuisine où je trouve Mina qui prépare le repas de midi. En ce moment, elle ne travaille pas, elle est en congé maladie, elle occupe habituellement un poste de comptable.

Nous échangeons un bonjour et je me sers un café avec un croissant.

— Slim, me demande Mina, tu déjeunes avec nous ce midi ?

— Non merci, c'est trop tôt, je viens de me lever, je vais aller à la capitale en RER après mon petit déjeuner.

J'allume une cigarette que je déguste avec mon crème puis je pars en direction du RER.

A Paris, je me rends à Barbès chez le coiffeur de la rue de la Goutte d'Or pour me faire faire un shampoing avant d'aller au restaurant oriental du quartier où je me remplis bien la panse.

Plus tard je me retrouve rue Polonceau au bar d'Oran tenu par une compatriote, le plus souvent occupé par de jeunes clandestins qui volent à la roulotte et d'anciennes prostituées maghrébines un peu défraîchies.

Je suis debout contre le comptoir à boire une bière quand la patronne l'oranaise vient en face de moi.

— Slim, j'ai eu des échos sur Sabrina dont tu m'as parlé la dernière fois que tu es passé me voir, elle fréquente la rue Petit dans le 19ème.

— Merci de ton aide, cousine.

La nuit commence à tomber, je règle ma consommation et je sors pour prendre le métro jusqu'à la station Laumière d'où je me rends à pied à la rue Petit. Je ratisse les bistrots et j'arrive dans un bar maghrébin mal famé que j'ai gardé en dernier. Dès que je franchis la porte mon regard tombe sur la table où Sabrina est assise avec une autre fille et un mec.

Je me dirige directement vers Sabrina, elle a un visage cadavérique et est dans l'état négligé d'une droguée.

— Lève toi Sabrina, lui dis-je.

Elle me regarde d'un air bête et se lève avec flegme. Je la prends par le bras et la conduis au coin du comptoir, je commande deux bières.

— Depuis quand tu te drogues ?

— Depuis six mois je sniffe de l'héroïne, me répond Sabrina.

— Tu as fait un pas de géant en te convertissant à l'héroïne, maintenant ton seul dieu est ta dose, rien d'autre n'a d'importance à tes yeux, ni famille, ni amis. La seule qui mérite ta considération et te fais battre le cœur de joie, c'est la drogue. "La drogue est un fléau qui détruit la santé extérieure et intérieure, épuise tout amour et appauvrit toute confiance dans l'entourage". Revenons à Hamel, que devient-elle ?

— Hamel avait quitté le domicile de sa sœur, reprend Sabrina, elle est venue habiter avec moi et nous avons travaillé ensemble sur les rues, place de la Nation. Un beau matin, elle a fait sa valise et elle est repartie en Algérie, je n'ai pas voulu en savoir plus.

— Tu es une vraie salope, tu avais les deux pieds dans la boue et tu l'as entraînée avec toi.

— Slim, je te jure que non. Elle savait ce que je faisais, c'est elle qui a insisté pour m'accompagner sur le tas. Elle a le vice dans le sang, tu n'as pas perdu grand chose, va.

— Retourne à ta place nous n'avons plus rien à nous dire.

Je paie la consommation et je sors du bistrot

Le jour convenu, dans l'après-midi, j'appelle Mario au téléphone et il me donne rendez-vous pour le lendemain matin à 9 heures devant le tableau de départ des avions à Orly, nous irons à Nice ensemble.

Ce jour-là, je rentre de bonne heure au Plessis Robinson, à l'appartement de Mina. Je dîne avec elle et les enfants puis je me mets au lit assez tôt pour être en forme pour le voyage.

Le lendemain matin, je suis à Orly à 9 heures devant le tableau des horaires de vols. Je viens d'allumer une cigarette lorsque je vois Marco arriver, une mallette de cuir à la main, il a l'allure d'un représentant de commerce. Il a les billets d'avion et nous embarquons à l'heure convenue pour atterrir à Nice une demi-heure plus tard. La, nous prenons un taxi et Mario donne l'adresse au chauffeur qui nous conduit dans le vieux Nice, rue Rossitti.

Nous marchons à pied jusqu'à une boutique d'articles de pêche où Mario entre en premier et je le suis. A l'intérieur, prés de la caisse, il y a un homme grand et maigre entre deux âges, il porte de lunettes cerclées d'or, il a un visage fin et est habillé d'un ensemble bleu marine (bleu Shanghai).

— Salut Vincent, lui dit Mario.

L'homme fait le tour du comptoir et vient à la rencontre de son ami pour lui faire la bise. Mario poursuit :

— Vincent, je te présente Slim, c'est lui qui est chargé de transporter les colis à Paris. A chaque fois que je te ferai signe, je t'envoie cet homme et tu lui remets la marchandise commandée.

— C'est enregistré, répond l'autre en me faisant un clin d'œil amical.

Vincent va derrière son comptoir et revient avec un écriteau "Fermé" puis il nous invite à passer dans l'arrière boutique. Dans un coin, il y a une table avec chaises, un frigidaire et une plaque chauffante, dans l'autre coin, des cartons empilés les uns sur les autres et des cannes à pèche debout dans un tonneau. Nous prenons place sur les chaises et Vincent nous sert l'apéritif.

Ensuite, il nous invite dans un restaurant de poissons avant de retourner à la boutique.

Là, Vincent dit à Mario :

— Ta marchandise est prête, tu peux la prendre quand tu veux.

— On va la charger dans ta voiture, lui dit Mario Ensuite tu conduiras Slim à la gare de Nice. Il voyagera avec la marchandise en train jusqu'à Paris.

J'aide Vincent à porter les valises que nous mettons dans le coffre de sa Mercédès couleur bordeaux métallisé qui est garée tout près.

Mario me dit :

— Slim, tu vas faire le parcours en train, moi, je reste à Nice régler certaines questions personnelles et je renterai à Paris en avion. Dès que tu seras à Paname, tu me téléphone, tu as en gros six heures de trajet et je serai déjà rentré.

Vincent m'accompagne à la gare et me voilà embarqué avec mes deux valises dans un compartiment de seconde. Pendant le trajet, j'essaie d'ouvrir les bagages pour savoir ce qu'ils contiennent, c'est strictement impossible et je n'ose pas forcer les serrures. J'aime toujours connaître ce que je mange mais dans mon cas, j'ai besoin de sous pour aller à Oran voir mon fils. La nostalgie me démange le cœur. La nécessité fait sa loi et je n'ai pas le choix.

Le voyage a duré un peu plus de six heures lorsque le train entre en gare de Lyon. Juste après ma descente du train je téléphone d'une cabine au numéro que Mario m'avait donné le premier jour de notre rencontre au bar “Le Trou”. J'obtiens la communication et Mario me donne l'adresse où je dois le rejoindre, rue du sentier dans le 2ème arrondissement.

Je m'y rends en taxi en le faisant s'arrêter un peu avant le numéro de rue indiqué et je vais à pied jusqu'à la porte d'un entrepôt où Mario m'attend. Je dépose les deux valises à ses pieds et il me dit :

— Slim, va m'attendre au bar du drugstore de l'Opéra, j'arrive tout de suite.

Je prends le métro de la rue Montmartre à la place de l'Opéra et je vais directement au drugstore où je m'installe au bar en commandant une bière et en allumant une cigarette.

Mario arrive auprès de moi et se fait servir un alcool puis il plonge la main dans sa poche pour en sortir une enveloppe qu'il me tend en me disant :

— Tiens Slim, c'est ta part du gain.

Je prends l'enveloppe et jette un coup d'œil à l'intérieur, le contenu valait bien le déplacement, je la range dans la poche de mon pantalon.

— Slim, me dit Mario, dans une semaine, on se verra au bar “Le Trou” boulevard des Capucines, avant ton départ en solo pour Nice.

— Compte sur moi, je serai là.

Nous quittons le drugstore tous les deux et je prends la route du Plessis Robinson en métro puis en RER.

A l'appartement de Mina, je la vois venir vers moi du salon, elle a entendu le bruit de la porte d'entrée.

— C'est toi, Slim ? Viens prendre une bière avec moi au salon. — Avec plaisir, lui dis-je.

Et je la suis, un disque tourne sur la chaîne Hi-Fi et on entend en sourdine une chanson de Nicoletta “Ma vie c’est un manège”. Les enfants dorment dans leur chambre.

Je m’assois sur le canapé et Mina me verse un verre de bière, le sien est déjà plein.

Mina commence à parler des bonnes années de sa jeunesse puis elle en vient à l’échec de l’union avec le père de ses filles. Je me confie également à elle en lui racontant comment la mère de Nassim avait fui ses responsabilités sans jamais tenter d’avoir des nouvelles de son fils. Moi, je suis ce que je suis mais je n’abandonnerai jamais mon sang, jusqu’à ma mort.

A mesure que l’on discute, les verres se vident et il est tard. Nous nous souhaitons une bonne nuit et je vais dormir dans la chambre des enfants.

Le lendemain, à mon réveil, j’ai un peu mal au crâne et je reste encore un moment au lit. Les enfants de Mina sont partis à l’école sans me déranger. Il est vrai qu’elles sont gentilles avec moi, je suis leur tonton.

Je me rends compte que je commence à m’attacher, il ne faut pas que j’abuse de la bonté de Mina, il est temps que je déguerpisse et que je me mette à la recherche d’un logement.

Je m’occupe de ça dès aujourd’hui. Je saute du lit pour faire ma toilette ; dans l’appartement, c’est le silence complet. Je pars sans même prendre un café en direction de Paris.

Pour louer un logement il me faut des fiches de paie et je me rends chez mon ami Habib qui tient un salon de coiffure rue de la Goutte d’Or.

Au salon, je prends Habib à part.

— Je ne t’ai jamais demandé de service, aujourd’hui j’ai besoin que tu me fasses trois bulletins de salaire de coiffeur. C’est juste pour présenter à une agence immobilière afin de louer un appartement. Dès que je règle les formalités, je te rendrai les bulletins que tu pourras détruire toi-même.

Habib me répond :

— J’ai confiance en toi Slim, je vais te rendre ce service.

Je prends un stylo sur son petit bureau pour inscrire le nom et le prénom de ma nouvelle identité qu’il faudra faire figurer sur les fiches de paie. Habib me dit de revenir le voir une heure plus tard.

En attendant, je m’achète un journal et je vais faire un tour à la Butte Montmartre, je m’assois sur les marches du Sacré Cœur pour lire les faits divers et pour décortiquer les annonces de locations immobilières.

Le délai s'est écoulé et je reprends le chemin du salon où Habib a le nez plongé dans un journal.

— Habib, lui dis-je, laisse tomber ton journal et viens avec moi prendre un café.

— Avec plaisir, me dit-il.

Il se lève, retire une enveloppe de la caisse qu'il met dans sa poche puis nous allons au bar-tabac de la rue de la Goutte d'Or. Là, nous restons debout au comptoir pour prendre une tasse de café noir chacun. Habib sort l'enveloppe, il me la donne en disant qu'elle contient les bulletins de salaire, il avale son café en trois gorgées puis regagne son salon.

Je règle les deux cafés et en sortant du bar, j'ouvre l'enveloppe dont le retire les fiches de paie pour les mettre dans ma poche.

Je vais visiter quelques studios que j'avais repérés parmi les annonces du journal mais pour ce premier jour, je n'ai pas de succès.

Les jours suivants, je me présente à une agence immobilière du boulevard Beaumarchais. En pénétrant dans le bureau, je vois un homme entre deux âges avec un visage sympathique, il porte de grosses lunettes de vue, une jeune femme tape à la machine à ses côtés, ils ont un air de famille.
J'explique à l'homme que je suis à la recherche d'un studio dans le quartier ou dans les environs.

— J'ai tout à fait ce qu'il vous faut, me dit-il, j'ai un studio refait à neuf qui se trouve sur le boulevard Magenta dans le 10ème arrondissement.

Cela m'intéresse et je lui demande de m'emmener le visiter.

Nous voilà partis avec sa 505 vers le boulevard Magenta où nous nous arrêtons près de la station de métro Jacques Bonsergent. Le propriétaire de l'agence me dit que le studio se trouve à 50 mètres.

Il se trouve au premier étage d'un immeuble et est composé d'une grande salle faisant chambre à coucher et séjour, un petit couloir avec deux portes donnant sur les toilettes et la cuisine, le sol est moquetté.

Je me tourne vers le propriétaire.

— Le studio me convient.

— C'est une bonne affaire, 2500 francs par mois, étant donné l'emplacement et l'état général.

Nous retournons boulevard Beaumarchais pour accomplir les formalités de location. Je lui présente ma carte d'identité française et les trois fiches de paie, je signe le contrat en payant deux mois de loyer d'avance et un dépôt de garantie. Il me remet les clés du studio et de la porte d'entrée de l'immeuble.

En sortant de l'agence je retourne chez Habib à qui je rends les fiches de paie qu'il déchire devant moi.

A mon retour à l'appartement de Mina, je trouve Louisa et Nora qui sont rentrées de l'école en train de prendre leur goûter que leur mère a préparé. Mina s'adresse à moi :

— Slim, ces jours ci, tu es comme un fantôme, tu apparais et tu disparais aussitôt.

— Après une longue absence de la vie civile, les débuts sont un peu difficiles avant de remettre les pendules à l'heure. Il faut tout le temps se déplacer à droite et à gauche et être à la hauteur afin de récupérer ce qui doit être récupéré.

Je plonge la main dans ma poche pour en sortir les clés du studio que je viens de louer.

— Mina, je viens de louer un studio dans le 10ème arrondissement. Je te remercie infiniment de ta générosité. Je pars ce soir même, je vais faire ma valise.

En fait, ce n'est que mon sac de voyage où je mets le peu d'affaires que j'ai. Je remets ses clés à Mina en lui disant au revoir ainsi qu'à ses filles.

Mon studio du boulevard Magenta est vide, il y a juste un lit nu avec un couvre-lit. Pendant la nuit je ne suis pas trop à l'aise mais je suis chez moi.

Le lendemain, j'achète le minimum nécessaire sur le marché de Clignancourt et j'arrange l'intérieur proprement.

Le jour du rendez-vous prévu avec Mario est arrivé et en fin d'après-midi je me rends au bar Le Trou, boulevard des Capucines.

Mario est là devant un verre de Whisky. Il m'explique le plan de mon voyage.

— Vincent t'attend demain à Nice, tu prends le train pour Nice puis un tacot pour aller à la boutique d'articles de pêche. Vincent te remettra deux valises que tu chargeras dans le même tacot pour repartir à la gare. Là, tu pourras les mettre à la consigne pour aller bouffer. Dès que tu arrives à la gare de Lyon, tu me téléphones et tu viens rue du Sentier comme la dernière fois.

— OK, j'ai compris.

Nous prenons un verre d'apéritif ensemble et nous nous quittons.

En sortant je vais au cinéma boulevard des Italiens puis je

téléphone pour obtenir les horaires de train pour Nice. Ensuite je fais quelques provisions pour me faire un petit dîner tranquille dans mon studio d'où je ne bouge pas jusqu'au lendemain matin.

Pendant le voyage vers Nice, je m'assoupis dès que le train prend de la vitesse car la veille, allongé sur mon lit, le sommeil était chassé par la pensée de mon fils dont la situation me préoccupe.

A Nice, comme prévu, je prends un taxi jusqu'à la boutique de Vincent. Celui-ci me remet les deux valises que je place dans le taxi qui m'attend puis je reprends la direction de la gare. Là, je me remplis le ventre au buffet après avoir déposé mes bagages à la consigne.

Ayant récupéré mes valises, je grimpe dans le TGV pour Paris. Depuis une bonne heure que le train roule, je ne cesse de penser à ces voyages en aveugle. Je n'aime pas jouer à cache cache. J'examine la situation dans tous les sens et je conclus que je préfère arrêter mes relations avec Mario et rejoindre mon fils à Oran. "Un homme qui n'est pas maître de lui-même est un nullard".

A la gare de Lyon, je refais le même scénario que l'autre fois, je téléphone à Mario qui m'attend rue du Sentier.

Je lui remets les valise devant l'entrepôt de la rue du Sentier et il me fixe un rendez-vous pour le lendemain à quatre heures de l'après-midi au "Trou".

Je me rends ensuite au bar du Marais, rue Ferdinand Duval chez mon ami Fadel. Le bar est plein et je m'approche du comptoir où je rencontre Fadel.

Je l'informe de ma décision.

— Je suis venu te faire mes adieux J'ai l'intention de faire le voyage à Oran ces jours-ci, je veux revoir mon fils car il me manque énormément.

— Mario est au courant ? me demande Fadel.

— Non, lui dis-je, j'ai rendez-vous avec lui demain, je lui expliquerai. Il n'a aucun reproche à me faire, j'ai toujours été au bout de mes engagements. Depuis toujours, je suis indépendant dans mes choix.

Je quitte le bar pour terminer la soirée chez Wari à La Grillade, rue du Bourg Tibourg, où je dine et où je reste jusqu'à la fermeture.

Le lendemain, je suis au rendez-vous avec Mario au Trou, il est au comptoir, assis sur un tabouret avec un verre d'apéritif. Je m'installe à ses côtés en commandant une bière bouteille que la serveuse, une belle brune méridionale me sert.

Mario me donne l'enveloppe qui contient la même somme que la dernière fois. Je me tourne vers lui.

— Mario, il ne faut plus compter sur moi, dès aujourd'hui je me retire, je rentre chez moi à Oran pour voir mon fils qui est chez mes frères. Ça fait trois piges que je suis privé de son visage. Sur place, je prendrai une décision selon sa mine.

Il me répond :

— Slim, tu prends là une sage décision. Lorsque tu reviendras, si tu as besoin d'un coup de pouce, viens me voir. Je te souhaite un bon voyage.

Nous trinquons plusieurs fois ensemble avant de faire nos adieux

Je consacre le jour suivant à faire des achats, des vêtements pour Nassim, des cadeaux pour mes frères et sœurs et deux valises pour le voyage J'achète mon billet d'avion aller-retour "Paris-Oran" à l'agence Air Algérie du quartier de Barbès.

Le jour de mon départ, je range mes affaires et les cadeaux dans les valises et le sac de voyage et je mets un peu d'ordre dans mon studio.

Sur le boulevard Magenta, je prends un taxi pour Orly où j'enregistre mes bagages, je dois payer un supplément car il y a un excédent de poids. Je passe le contrôle douanier sans problème avec mon vrai-faux passeport français.

Deux heures plus tard, je suis à Oran. Je n'ai prévenu personne de mon arrivée. Un taxi me conduit jusqu'au Planteur et me voilà à frapper à la porte de la maison de mes défunts parents. C'est mon frère Kader qui ouvre, Nassim se tient derrière lui. J'embrasse mon frère et sa femme Leïla qui vient m'accueillir puis je prends mon fils dans mes bras. Je le regarde, il a un air chétif, il est âgé de neuf ans maintenant mais il fait moins, il n'a rien sur les os. Le feu de la colère me brûle, à l'intérieur, je m'en veux plus à moi-même qu'à d'autres.

Mon frère Kader s'occupe de la maison de mes parents avec sa femme. C'est un gars spécial, emporté par un zèle excessif pour la religion. Lui parler, c'est me heurter à un mur.

J'entre au salon, toujours avec mon fils dans les bras et je m'installe sur le canapé. Mon frère se met près de moi tandis que Leïla nous porte du café et des gâteaux secs. C'est Kader qui fait le service, il remplit les tasses de café, moi, je donne des gâteaux à Nassim.

— Slim, me dit mon frère, j'ai appris à Nassim à faire sa prière, maintenant il l'assume très bien, chaque vendredi de la semaine, nous allons tous les deux à la Mosquée pour la prière commune avec les fidèles.

— C'est une bonne nouvelle, lui dis-je, maintenant il connaît sa religion mais ce qui tape à l'œil chez lui, c'est sa croissance, il n'est pas très développé pour son âge, il n'est pas malade ?

— Non, me répond Kader, pas que je sache, il ne s'est jamais plaint.

Je termine ma tasse de café puis je me lève pour prendre les deux valises, je confie le sac à Nassim et nous montons à mon ancienne chambre au premier étage. Leïla nous accompagne avec des draps à la main pour nous arranger un lit et elle redescend.

Je déshabille mon fils et regarde son corps maigre avec soin, je pourrais compter ses côtes une à une. A chaque coin des sourcils, il a des cicatrices comme un boxeur. Je le prends sur mes genoux et pose ma joue sur sa tête.

"Tout enfant qui vit loin de ses parents est un orphelin privé de l'amour et de la chaleur paternels et maternels. Il est déshérité de tout. L'enfant frustré souffre à l'intérieur de lui-même ; il a moins d'appétit, de sommeil, sa santé en prend un sacré coup. Il se referme sur lui-même et a moins confiance dans les adultes. A ce stade, il faut lui manifester une grande tendresse, le protéger physiquement et moralement pour qu'il reprenne goût à la vie et confiance en lui".

Je me lève pour déballer les vêtements des valises et j'habille Nassim avec du linge que j'ai ramené de Paris. Il est tout content et s'en va montrer ses fringues neuves.

J'arrange les vêtements dans la penderie puis je m'allonge sur le lit tout habillé, une cigarette au bec, et je réfléchis à la situation de mon enfant qui ne me convient pas. La seule issue est de le faire venir auprès de moi à Paris à n'importe quel prix

Après ce moment de repos, je descends pour manger en famille, le soir Nassim et moi avons dormi dans la chambre du premier.

Dans l'après-midi du lendemain, je vais voir mon ami de confiance Kiki, au bar de la Victoire en faisant le trajet à pied.

Il y a beaucoup de monde au bar, je regarde à gauche et à droite pour apercevoir enfin Kiki au fond du comptoir en compagnie d'une autre personne. Je me fraie un passage pour le rejoindre. Son regard se pose sur moi et il s'avance.

— Oh Slim, quel bon vent t'a ramené sans bruit au pays ?

— C'est la nostalgie et surtout l'amour de mon fils, je ferai un bref séjour si tout se passe comme je l'espère, lui dis-je

— Si je comprends bien tu es juste venu pour affaires et tu repars. Si je peux t'être utile à quelque chose, compte sur moi.

— Effectivement, j'ai un petit problème et j'ai besoin de ton concours.

— Prends un verre avec moi, on a le temps d'en parler.

Je reste là jusqu'à la fermeture du bar puis nous sommes partis tous les deux dans la BMW de Kiki pour aller faire un tour à la boite de nuit "Cintra", boulevard de la Soumam dans le centre d'Oran.

A l'intérieur de la boîte, la décoration est typiquement orientale. Nous nous installons à une table, Kiki commande un Whisky, moi un thé à la menthe. Après que le serveur nous ait porté notre commande, Kiki m'adresse la parole.

— Slim, ici nous sommes tranquille pour discuter du problème qui te chiffonne.

— Je veux faire quitter à mon fils le territoire algérien pour la France. En arrivant, je n'avais rien prévu mais quand j'ai vu l'état de santé de mon fils, j'ai pris une décision. L'air du pays ne lui convient pas. J'ai pensé à toi pour me rendre ce service, tu es le seul en qui j'ai vraiment confiance pour cette action délicate. Comme tu as des enfants, il n'y aura aucun problème.

Kiki me répond :

— Slim, je te rassure tout de suite, je prends la responsabilité de ramener ton fils à Paris avec moi. Quand tu seras décidé à partir, fais-moi signe et je te dirai le jour où je pourrai me libérer.

— Kiki, tu me retires une sacrée épine du pied. Ton voyage et ton séjour à Paris seront entièrement à ma solde, ça me fera plaisir. Tant que je serais à Oran, on se verra de nouveau et je te donne de mes nouvelles.

Vers deux heures du matin, nous quittons la boite de nuit et Kiki me raccompagne en BMW au Planteur.

Je rentre chez moi avec le double des clés que j'avais demandé à Leïla et je monte dans ma chambre où je trouve Nassim endormi dans mon lit. Je me mets en pyjama et je m'allonge auprès de lui.

Le lendemain dans la journée, je prends quelques cadeaux que j'ai ramenés de Paris et je vais rendre visite à ma sœur Zora qui habite une cité du quartier Victor Hugo.

Lorsque je sonne à la porte de Zora, elle m'ouvre d'un air étonné, nous nous embrassons.

— Zora, lui dis-je, tu es surprise de me voir, je n'avais

avisé personne de ma venue à Oran, c'est l'amour pour mon fils qui m'a poussé.

— Je suis heureuse de te voir, me répond-elle, tu es toujours le bienvenu chez moi.

Ma sœur Zora n'est ni grande ni petite et a un visage rieur. C'est ma sœur préférée. Elle est mariée, mère de quatre enfants, elle est réfléchie et pleine de sagesse, c'est une bonne croyante, pratiquante.

Elle apporte un plateau avec du café et des gâteaux maison et elle s'assoit en face de moi.

— Sœur, lui dis-je, je suis très déçu de votre comportement avec Nassim. Il est en mauvaise santé, on dirait qu'il est sous-alimenté.

Zora me répond :

— Depuis que notre frère Kader est allé chercher Nassim à la ferme d'Othman, le père d'Hamel, comme tu lui avais demandé, c'est lui qui s'occupe de son éducation. Chaque semaine, je vais au Planteur à la maison de nos défunts parents et lorsque je parle à Kader du bien-être de ton fils, il fait la sourde oreille.

— Zora, après ce que j'ai constaté, j'ai décidé de faire venir Nassim à Paris auprès de moi. Je ne le laisserai plus jamais vivre loin de moi.

Zora reprend :

- Frère, tu sais qu'il faut consacrer beaucoup de temps à un enfant de neuf ans. Ce sera très dur pour toi car tu es seul, tu ne pourras pas l'emmener avec toi dans tous tes déplacements. Je respecte ta décision mais je te conseille de te trouver une fille de bonne famille ici, au pays, et de te marier avec. Elle pourra s'occuper de toi et de ton fils. Si tu es d'accord avec mon idée, j'ai une amie d'enfance qui se nomme Faty, elle n'est pas mariée. Ses parents sont des gens pieux. Elle te connaît à travers moi car je lui ai beaucoup parlé de toi. Elle venait souvent chez nous, au Planteur, nous passions des moments ensemble. Nos frères et sœurs la connaissent bien et on se revoit de temps en temps.

Soeurette, je suivrai tes bons conseils. Je te laisse le soin de t'occuper des démarches auprès de ton amie Faty et de ses parents.

— Fais moi confiance, me dit Zora, dès que j'aurai une réponse, je viendrai te voir au Planteur.

La sonnette de la porte d'entrée se met à tinter. Zora va ouvrir. Ce sont ses enfants qui rentrent de l'école. Je reste jusqu'à l'arrivée de mon beau-frère puis je rentre chez moi.

Les jours suivants, je remets les autres cadeaux à la famille, chacun a le sien. Nous sommes cinq garçons et trois filles et je suis l'aîné de la famille.

Quelques jours après la discussion avec Zora, celle-ci arrive avec ses enfants et son mari, en voiture, à la maison du Planteur. Je suis là lorsqu'elle débarque avec tout son petit monde et nous nous installons dans la salle de séjour. Ma belle-sœur Leïla fait le service, elle nous apporte du thé et des beignets. Zora distribue les beignets à ses enfants et à Nassim puis elle les envoie jouer dehors.

Elle se tourne vers moi.

— Slim, j'ai vu Faty et j'ai pu parler avec elle et ses parents qui me considèrent comme une de leurs filles. Il n'y a aucun obstacle, nous allons tous aller les voir. Sur place, tu pourras parler franchement avec Faty de tes projets d'avenir. Si tout concorde entre vous deux et que vous êtes satisfaits l'un de l'autre, nous demandons la main à ses parents selon l'usage. J'ai pensé à tout, j'ai apporté avec moi un présent pour les parents que j'ai laissé dans la voiture de mon mari.

— Zora, lui dis-je, je vois que tu n'as rien laissé au hasard, je suis prêt à te suivre.

Je me lève, suivi de ma sœur et de son mari et nous rejoignons la Coccinelle Volkswagen blanche de mon beau-frère. Les enfants restent avec Leïla.

La voiture s'arrête au quartier de Sidi Houari dans la rue Trobillant près de l'immeuble où demeure Faty.

Nous descendons tous les trois de la Coccinelle, ma sœur portant un couffin contenant le présent à la main. Nous montons les quatre étages sans ascenseur qui nous mènent à l'appartement.

Zora sonne à la porte qui s'ouvre sur une femme solide, de taille moyenne qui a le teint cuivré, des cheveux couverts d'un foulard, un visage qui respire la santé, un âge indéfinissable. Elle embrasse ma sœur qui fait les présentations, c'est la maîtresse de maison, je la salue avec respect.

Toute souriante, elle nous conduit à l'intérieur du salon où se tient homme d'un certain âge habillé tout en blanc, assis par terre sur un matelas. Il a dans sa main droite un chapelet dont il fait glisser les grains entre ses doigts.

Nous nous serrons la main et il nous invite à prendre place et nous nous asseyons en face du maître de maison par terre sur le matelas.

L'accueil est très chaleureux, on nous porte le café et des gâteaux maison. L'homme au chapelet, le père se tourne vers moi en me demandant :

— Tu travailles en France ?

— Je suis commerçant, dans le vêtement.

Il fallait que je donne une réponse positive. J'ai également un enfant d'une première femme française.

— Tu souhaites refaire ta vie, me dit le père de Faty. Chaque homme possède sur cette terre juste ce qui lui est prescrit dans le livre suprême de la vie qui est tracé sur la ligne de son destin.

La maîtresse de maison est venue chercher ma sœur Zora et elles ont disparues dans une autre pièce de l'appartement. Quelques instants plus tard Zora réapparaît au salon, elle vient vers moi en me demandant de la suivre, ce que je fais sans chercher à comprendre.

Je me retrouve dans une pièce où se tiennent Faty et sa mère. On nous laisse en tête à tête, Faty et moi.

C'est une jeune fille de taille moyenne au teint basané, au visage ovale avec des yeux noirs. Ses cheveux noir corbeau lui tombent sur les épaules et elle est habillée d'une robe unie. Elle me plaît au premier coup d'œil et je lui parle :

— Faty, je suis très heureux de te connaître. Le destin a fait croiser nos chemins, j'espère que ce sera pour toujours. Je te préviens, j'ai un enfant de neuf ans de ma première femme avec laquelle je suis en instance de divorce et je vis en France qui est mon pays d'adoption. Tu me plais franchement et je désire lier ma vie avec la tienne si tu y consens.

Faty et moi, nous avons échangé des idées fertiles pour l'avenir et nous nous sommes mis d'accord sur la vie commune. Le courant passe très bien entre nous, Faty est d'accord pour unir son sort au mien.

Je lui fais une bise sur chaque joue.

Tout de suite, ma sœur prend ma place encore toute chaude auprès de Faty, moi, je retourne au salon avec mon beau-frère et le maître de maison. Ce dernier m'interroge.

— Alors, tu t'es bien entendu avec Faty ?

— Comme les doigts de la main.

— Alors, je ne vois pas d'inconvénient.

Dans l'intervalle, ma sœur arrive et prend la parole :

— Maintenant que les intéressés se sont mis d'accord et que nos deux familles sont satisfaites, nous reviendrons plus tard pour les formalités.

Et elle serre la main du père de Faty. Moi et mon beau-frère, nous nous levons pour l'imiter, nous quittons le salon en saluant au passage la maîtresse de maison qui était dans le couloir.

Nous rentrons tous les trois au Planteur avec la Coccinelle.

A la maison, Zora déclare :

— Maintenant que tu as vu Faty et que vous vous êtes plus tous les deux, je retournerai avec ma grande sœur Zouzou dans quelques jours chez les parents pour régler les conditions du mariage et fixer une date.

— Soeurette, lui dis-je, je te laisse le soin de régler les formalités avec les parents de Faty. Je suis d'accord d'avance avec toutes les décisions que tu prendras mais je te préviens que je veux que l'union soit célébrée dans deux semaines.

— Tout sera réglé au mieux, me répond Zora. Je connais bien les parents de Faty, ils sont bons et justes, tu seras satisfait.

Une semaine plus tard, mes deux sœurs Zora et Zouzou viennent à la maison m'annoncer qu'elles se sont mises d'accord avec les parents de Faty sur la dot ainsi que sur la célébration de l'union.

Je remets la somme d'argent de la dot à ma sœur.

Quelques jours après, je pars avec mes deux sœurs et mes deux beaux-frères en voiture jusqu'au quartier de Sidi Houari, rue Trobillant. La coccinelle a stoppé près de l'immeuble de Faty.

A l'appartement, la famille nous attend pour faire bénir notre union par un religieux coranique. Nous sommes accueillis royalement dans le salon où tout est prêt pour la célébration.

Je m'assois par terre sur le tapis couvert d'un matelas, Faty s'installe à mes côtés. Son père est près d'elle, il est son témoin, pour moi, c'est mon frère qui tient ce rôle. Nous sommes en face du religieux coiffé d'un turban blanc, sa barbe poivre et sel lui mange le visage. Il est habillé d'une longue blouse blanche orientale, il est impossible de lui donner un âge. Il tient entre ses mains le Coran ouvert.

Il célèbre notre union devant témoins et nous déclare mariés devant Dieu. La cérémonie terminée, je prends congé de tout le monde.

"Tout musulman croyant doit faire célébrer son union selon la tradition coranique pour que la naissance soit bénie (halêle) puis devant le maire pour officialiser le mariage."

En quittant l'appartement des parents de Faty, je me rends à pied place de la victoire voir mon ami Kiki à son bar pour l'inviter à mes noces ainsi qu'un groupe d'amis.

La fête s'est déroulée chez moi au Planteur, j'ai invité un

petit groupe de chanteurs pour l'animation.

Tout s'est bien déroulé, dans la gaieté et la joie. Maintenant Faty est ma femme.

Moi qui étais venu à Oran passer quelques jours avec mon fils, voilà que j'entame ma cinquième semaine de séjour. "Dans ce monde incertain, nul n'est à l'abri de l'imprévu qui parfois surgit à un moment inattendu".

Aujourd'hui, il me manque un certificat d'hébergement en France pour ma femme afin qu'elle puisse quitter le territoire algérien. Je fais les démarches nécessaires à Paris auprès d'une connaissance qui me fait parvenir en quelques jours ce certificat, par la poste.

Le jour de congé hebdomadaire de l'école de mon fils, je l'amène faire une promenade en ville pour lui faire part de mon départ et de mes projets pour lui. Nous allons dans une crémerie du boulevard Emir Abdel Kader prendre un rafraîchissement. On nous a servi à chacun une coupe de crème aromatisée que j'ai commandée.

Je laisse le temps à Nassim de finir sa crème puis je lui parle.

— Mon petit, dans la semaine, je vais repartir avec Faty en France, toi tu nous rejoindras plus tard.

Nassim me répond :

— Papa, tu m'as connu avant Faty, pourquoi tu ne me prends pas en premier avec toi et Faty viendra après.

— Nassim, il faut faire confiance à ton papa, il ne te ment jamais, tu connais mon ami Kiki ?

— Oui, me répond Nassim, je suis allé deux ou trois fois le voir avec toi au bar de la Victoire.

— C'est avec lui que tu feras le voyage en avion jusqu'à Paris. Quand Kiki viendra te chercher pour partir, tu te conduiras avec lui comme s'il était ton père devant les gens. Si on t'appelle par un autre nom que le tien, il faudra que tu répondes à ce nom. Ce sera juste pour le temps du voyage à Paris. Moi, je t'attendrai à l'aéroport d'Orly. Maintenant, nous allons aller au bar de la Victoire ensemble pour parler avec Kiki.

En sortant de la crémerie, nous allons à pied au bar de la Victoire où je vois Kiki à la porte de son établissement. Nous nous saluons puis nous nous installons à une table tous les trois et je m'adresse à mon ami.

— Ça y est, tout est en ordre, j'ai les billets d'avion pour ma femme et moi ainsi que son certificat d'hébergement, nous partons après demain. J'ai expliqué à Nassim que c'est toi qui l'accompagnera à Paris.

Il se tourne vers mon fils.

— Nassim, ne t'inquiète pas, j'ai donné ma parole à ton père que je t'emmènerai à Paris avec moi, sois en certain.

— Kiki, lui dis-je, j'ai déjà laissé la commission à mon frère Kader pour qu'il te confie Nassim quand tu viendras le chercher.

— Sois tranquille, je m'occupe de tout soigneusement. Je ne prendrai le vol pour Paris qu'après avoir réglé diverses affaires personnelles. Je pourrai te rejoindre d'ici un mois.

Je sors mon carnet pour lui donner mes coordonnées afin qu'il puisse me prévenir du jour et de l'heure de leur arrivée pour que je sois présent à l'aéroport pour les accueillir.

Tout est clair entre nous et nous nous quittons là pour reprendre le chemin du Planteur. En cours de route je parle avec Nassim de mon départ, je l'assure de mon engagement en tant que père à son égard. Je tranquillise son esprit avec des mots vrais et chaleureux. Son sourire me prouve qu'il est rassuré.

A la maison, c'est lui qui m'a aidé à préparer ma valise puis nous descendons rejoindre la famille.

La veille de mon départ, je vais faire mes adieux à Kiki ainsi qu'à certaines connaissances que je respecte dans le quartier. J'ai commandé un taxi clandestin pour me conduire à l'aéroport d'Oran.

Le lendemain, je suis réveillé de bonne heure avec Faty et mon fils qui a dormi dans mes bras. Nous prenons le petit déjeuner en famille.

Au moment où le taxi clandestin arrive, je fais mes adieux à mon frère et à ma belle-sœur puis je prends Nassim dans mes bras pour lui renouveler mes recommandation pour le voyage avec Kiki.

— Je ferai exactement comme tu dis, me répond mon fils. Je t'aime très fort Papa.

Et il m'entoure le cou en m'embrassant, je le serre très fort comme un père qui aime son enfant.

Il faut que nous partions, je le pose à terre puis je prends les valises pour aller au taxi qui nous attend.

A l'aéroport, nous enregistrons nos bagages puis nous passons au contrôle douanier séparément. Tout se passe bien et nous embarquons à 9 heures du matin dans l'avion d'Air Algérie.

Deux heures plus tard, nous sommes à Orly. Le contrôle douanier se fait sans problème et nous récupérons nos bagages.

Un taxi nous conduit à Paris, boulevard Magenta.

Nous montons au premier étage pour entrer dans le studio qui est un peu poussiéreux.

Je laisse Faty mettre un peu d'ordre à l'intérieur et moi, je descends pour aller à la poste envoyer un mandat au propriétaire pour être à jour du loyer. Je fais quelques courses d'alimentation que je ramène à Faty.

A mon retour, elle avait tout nettoyé et rangé les vêtements dans l'armoire. Elle prépare notre repas de midi puis nous sortons ensemble pour lui faire visiter un peu Paris.

Depuis que je suis de retour à Paris, je téléphone deux fois par semaine à mon fils au Planteur. Je lui apporte le réconfort et la confiance dont il a besoin.

Pendant une période de dix jours, je n'ai pas pu lui téléphoner, occupé que j'étais à chercher un appartement plus grand. Lorsque j'appelle à Oran, j'obtiens ma belle-sœur en ligne et après les formules de politesse Leïla me dit :

— Slim, il y a longtemps que tu n'as pas téléphoné à ton fils et Kader lui a dit qu'il n'irait jamais en France et que tu ne lui avais pas dit la vérité. Nassim lui a répondu qu'il avait confiance en toi et que tu n'étais pas un menteur. Ton fils t'aime beaucoup, il compte les jours.

Puis elle me passe mon fils à qui je remonte le moral à bloc en chassant les idées fausses qui ont pu lui effleurer l'esprit. Nous nous quittons avec tendresse.

Depuis que je suis allé à Oran et que j'ai vu son état de santé, j'ai hâte qu'il soit près de moi.

Un matin je reçois un coup de fil de Kiki.

— Slim, tout est réglé. Je prends le vol pour Paris aujourd'hui avec ton fils. A quatre heures de l'après-midi, nous serons à Orly.

— Cette nouvelle me va droit au cœur, je savais que je pouvais compter sur toi. Je vous attendrai à la sortie des voyageurs.

Je dépose le combiné puis je sors de chez moi pour me rendre à Saint Paul dans la rue du Bourg Tibourg chez mon ami Wari, au bar hôtel La Grillade.

Wari est à son comptoir et la salle est presque vide. Le matin, les habitués sont rares, c'est en fin d'après-midi que les vedettes débarquent.

Je vais saluer Wari en lui commandant un café puis je lui demande s'il peut me dépanner d'une chambre pour un ami qui arrive d'Oran.

Wari me répond qu'il lui reste une grande chambre de libre.

— C'est parfait, lui dis-je, tu me la réserves je vais chercher mon ami à Orly, à tout à l'heure !

Je prends un taxi pour aller à Orly. Là, je me poste devant la sortie des voyageurs du vol en provenance d'Oran qui commencent à défiler. Je cherche Kiki et mon fils des yeux. A un moment j'aperçois Nassim encadré de deux personnes, Kiki et un autre homme. Kiki jette un coup d'œil circulaire sur les familles qui attendent les leurs, ses yeux se posent sur moi et il se penche sur mon fils en lui murmurant quelque mots. A son tour, Nassim me flashe du regard, comme un éclair, il dégage sa main de celle de Kiki et court vers moi.

Je le prends dans mes bras et je noie son visage de bisous remplis de tendresse.

Kiki arrive à ma hauteur avec l'homme qui l'accompagne, c'est Nacero dont j'avais fait la connaissance la dernière fois où j'étais à Oran, ils sont inséparables tous les deux. Je leur fais la bise puis je les conduits au bar à l'intérieur de l'aéroport, mon fils dans les bras.

Nous nous installons à une table en commandant des boissons, Kiki et son ami prennent des bières bouteilles, moi un café noir et Nassim un jus d'orange. Celui-ci me dit :

— Papa, ton ami Kiki me faisait appeler Medhi.

— Tu étais le fils de Kiki le temps de la traversée, maintenant c'est fini, tu es avec ton papa, tu es mon fils Nassim pour toujours. Tu sais, parfois, on est obligé de cacher la vérité pour obtenir ce que l'on veut mais c'est terminé, nous allons rejoindre Faty chez nous.

Les deux touristes reprennent une bière puis je règle les consommations.

Nous prenons un taxi qui nous monte à Paris jusqu'à Saint Paul au bar de Wari.

Le bar est plein en cette fin d'après-midi, Wari me confie la clé de la chambre qu'il a réservé pour Kiki et nous nous y rendons tous ensemble.

Je leur ouvre la porte et ils peuvent voir une grande chambre bien équipée avec deux lits jumeaux.

Kiki me dit :

— C'est impeccable.

— Je suis content pour vous, lui dis-je, maintenant je vous laisse vous installer à votre aise, je rentre avec Nassim qu'il reprenne des forces. Allez, salut et à demain, je passerai au bar dans la journée.

Je prends mon fils par la main et nous redescendons voir Wari à qui je dis :

— La chambre est à mon compte pour toute la durée du séjour.

Je tire une liasse de billets de ma poche.

— Tiens, c'est une avance.

Puis nous partons, Nassim et moi en direction du studio. Là, mon fils est heureux de retrouver Faty, il s'entend bien avec elle, puis il fait le tour du propriétaire.

— C'est petit ici, dit-il.

— Je sais, mais nous allons déménager pour un appartement plus grand dès que j'aurai trouvé. C'est vrai que tu es habitué à la grande maison du Planteur.

Faty lui fait prendre un bain et le soir, nous faisons un petit gueuleton de fête ensemble. Nassim s'endort sur la banquette lit en regardant la télé.

Le lendemain je vais seul au bar La Grillade où je ne trouve pas mes deux invités. Je vais frapper à leur porte, Kiki vient m'ouvrir, torse nu, les cheveux en bataille.

— Bonjour, je vois à ta tête que tu as fait la fête hier soir avec Nacero… Je redescends vous attendre au bar.

Là, je prends un café noir et j'en profite pour me mettre à jour avec le patron Wari en lui payant le loyer de la chambre pour la semaine.

Un moment plus tard Kiki et Nacero me rejoignent en commandant du café. Je prends Kiki à part.

— Hier nous avons été bousculés par le temps pour te dire combien je suis heureux que tu m'aies ramené mon fils. Aujourd'hui, c'est à mon tour de te faire plaisir.

Je sors une somme en billets de banque que j'avais préparée et je la mets dans la main de mon ami.

— Prends ce cadeau, c'est loin de valoir l'acte généreux que tu as fait pour moi. A mes yeux tout l'or du monde ne vaut pas mon enfant Nassim.

Kiki me répond :

— Slim, c'est par les actes risqués que les liens d'amitié se renforcent.

— Nous sommes des frères, lui dis-je.

Nous nous faisons l'embrassade puis nous rejoignons son ami Nacero au comptoir. Je reprends un verre en leur compagnie et je prends congé de mes deux touristes.

Je rentre chez moi pour trouver Faty qui fait la lessive et

Nassim qui regarde la télé sur la banquette lit. Je le regarde d'un œil paternel. Je suis inquiet pour sa santé, il est petit et chétif pour son âge. Je décide de consulter un pédiatre.

J'avais égaré son carnet de santé, pour la rentrée des classes de 1985, il faut que je lui fasse faire tous ses vaccins.

J'emmène mon fils chez un médecin spécialisé à son cabinet, boulevard de Rochechouart dans le 18ème arrondissement. C'est un compatriote, père de famille qui m'a donné son adresse en ne me disant que du bien de lui.

Le Docteur nous reçoit dans son cabinet, c'est un homme entre deux âges avec un visage de "Monsieur tout le monde". Je lui explique mon inquiétude puis je fais mettre Nassim torse nu devant lui. Il l'examine soigneusement et retourne derrière son bureau. J'aide mon fils à se rhabiller pendant que le médecin remplit une ordonnance.

— J'ai prescrit des ampoules buvables pour redonner des forces à votre fils, me dit-il, et d'autres pour sa croissance. Vous lui ferez boire ces dernières à jeûn. De toutes façons tout est expliqué sur l'ordonnance. Revenez me voir dans huit jours avec votre enfant.

Je règle le médecin en récupérant l'ordonnance. Il nous raccompagne jusqu'à la porte de son cabinet.

Sur le boulevard Rochechouart, nous sommes entrés dans une pharmacie pour acheter les médicaments prescrits. Ensuite nous faisons un peu de lèche-vitrines, j'achète quelques vêtements à Nassim puis nous rentrons chez nous.

Chaque jour, je vais rendre visite à Kiki et Nacero pour savoir comment ils se débrouillent et s'il ne leur manque rien. En même temps, je règle leur loyer.

Leur séjour a duré trois semaines et ils sont satisfaits de leur visite dans la capitale française. Le jour de leur départ pour Oran, nous avons fait nos adieux chez Wari, au bar. Ils sont partis en taxi à Orly prendre l'avion du retour.

Lorsque les huit jours qui nous séparent de la première visite au médecin se sont écoulés, j'accompagne mon fils au cabinet du boulevard Rochechouart. Le matin, il n'a pas de clients et il nous fait entrer tout de suite. Il ausculte Nassim, lui fait ses vaccins puis me remet un certificat et une ordonnance pour ses médicaments.

Après la visite et un détour par la pharmacie, j'emmène mon fils à la Butte Montmartre, au Sacré Cœur.

Nassim marche devant moi sur le trottoir, je regarde sa frêle silhouette et des souvenirs de ma jeunesse me reviennent à l'esprit.

J'avais treize ans dans les années 1956, les temps étaient

difficiles pour ma famille avec huit enfants dont je suis l'aîné. Mon défunt père n'avait pas un travail stable et j'étais livré à moi-même. Je me réveillais au petit matin et je partais sur le port au marché du poisson frais, dans la pêcherie d'Oran. La vente se faisait à la criée, je faisais le portefaix, je portais les cageots pleins de poissons sur ma tête pour les acheteurs jusqu'à leur voiture. Je resquillais quelques poissons à gauche et à droite pour chez moi. Je terminais à neuf heures du matin et je rentrais chez moi.

Les week-ends, dans l'après-midi, je vendais des journaux, "L'Echo du Soir", dans les rues du centre-ville d'Oran. Physiquement j'étais un gamin mais un adulte mentalement. Je ne pouvais compter que sur moi pour ramener le bifteck à la maison.

Avec le temps, je me suis construit par mes propres moyens, j'apportais l'aide dont ma famille avait besoin. A la longue, j'ai progressé par mes efforts et j'arrive toujours au but que je me fixe. Depuis que je me connais, je me suis toujours battu avec rage en toutes circonstances, je suis un boxeur et tant que je serai debout, je me battrai, jusqu'au KO définitif.

En tant d'années de combat, j'ai goûté à tous les plats de la vie et j'ai payé le prix salé de mes audaces par des années de placard. J'ai reçu des coups bas, amers, donnés par des amis perfides qui ont fait tourner mon bonheur en malheur.

J'ai aimé, j'ai été aimé et j'ai volé de doux instants de plaisir, de bonheur sucré. Aujourd'hui, la maturité me fait apprécier à sa juste valeur le bonheur familial que j'éprouve.

Je ne suis pas fortuné mais riche d'expérience de la vie et cette richesse me permettra d'aider mon fils sur le chemin qu'il doit poursuivre, en lui évitant de prendre les routes remplies de fausses merveilles qui éblouissent et troublent l'esprit de l'homme.

J'emploierai tout mon savoir pour donner une bonne éducation et une vie saine à mon gamin ainsi qu'aux enfants que me donnera Faty dans les années à venir.

Ces rêveries font subitement sombrer mon âme dans la mélancolie. Mon fils marche toujours devant moi, je presse le pas pour le rattraper et je le guide sur le chemin du retour que nous faisons à pied.

Le mois suivant, j'obtiens un appartement dans le 11ème arrondissement, celui d'un couple avec des enfants, que je connais bien, et qui avait réussi à avoir un logement par la mairie.

Nous déménageons du studio pour cet appartement. Nassim y a une petite pièce pour lui tout seul.

Dans les mois qui ont suivis, j'ai obtenu le divorce d'avec

ma première femme, la mère de Nassim. Elle a eu tous les torts pour elle, j'étais libre.

Faty et moi sommes passés devant le maire qui a célébré note mariage, il a remis à Faty le livret de famille.

L'amour et la sagesse de ma femme m'ont beaucoup apporté. Elle a changé complètement ma vie par son amour attentionné à mon égard et à l'égard de mon fils. J'ai inscrit Nassim à l'école primaire du quartier où je demeure. Aujourd'hui, le destin a rallumé une lanterne qui éclaire mes pas, m'offrant le sourire de mon enfant à tout jamais et une femme qui me témoigne beaucoup d'amour et de respect, ma vie est couronnée d'une union fortunée.

FIN

"Je viens de conter avec mes mots l'histoire de la rencontre avec la mère de mon fils, l'événement de sa naissance et tout ce qui s'est produit par la suite jusqu'à l'année 1985, Nassim est devenu un jeune homme de neuf ans et il a désiré connaître les raisons des séparations que nous avons subies. Alors j'ai vidé mon cœur de tout ce qu'il contenait : rage et amour..."

IMPRIMERIE SPECIALE DES EDITIONS LA BRUYERE